JN076015

J. M. G. Le Clézio

ALMA

アルマ

ル・クレジオ　中地義和 訳

作品社

アルマ

主な登場人物

†存命する人物の回想にのみ登場する物故者。

ジェレミー・フェルセン　主人公で語り手、作家の分身。パリ国立自然史博物館勤務。絶滅鳥ドードーの調査を口実に、先祖が数代にわたって暮らしたモーリシャス島に滞在中だが、高齢の住民から往時の話を聞き、一族の過去を復元する願望に突き動かされている。

アレクサンドル・フェルセン†　ジェレミーの父で医者。十五歳で島を出てから二度と戻らなかった。子供のころ、サトウキビ畑でドードーの砂嚢の石を拾う。それを息子は、モーリシャス滞在中、護符のようにポケットに携帯している。

アリソン・オッコナー　ジェレミーの母親、元看護婦。ニースのサン・シャルル修道院で老後を過ごしている。

クララ　ジェレミーの恋人。

クリスタル　ジェレミーが宿泊先のペンションの窓から姿を見かけ、惹かれる年若い娼婦。本名をマルレーヌ・ヴィナドーといい、ブルー・ベイの漁師の娘。

アディティ　モーリシャス野生生物財団で働く、森の自然を知悉する女性。インド系奴隷の子孫を自称する。

ジャンヌ・トビー　強姦により妊娠した子を、森のなかで、だれの介助も受けずに産む。名だたる海賊ロベール・シュルクーフの末裔であることから「シュルクーヴ夫人」というあだ名を持つ。ジェレミーが話を聞くために訪ねる勝気な高齢女性。

エムリーヌ・カルセナック　幼時、アレクサンドルと親しく交わった遠縁の九十四歳の女性。彼女の口からジェレミーは、一族の系譜の「悪しき枝」であるドードー（ドミニク）の家庭、その両親、祖父母の話を聞き、また、かつて奴隷の地下牢があった場所を教えられる。

パティソン夫人　ジェレミーが滞在するペンションの経営者。

アントワーヌ・デュカス　通称トーニオ。かつてサトウキビの大農園を所有した一族の末裔で、長い外国暮らしのあと島に戻り、事務職に就いている。娘の結婚を祝う会にジェレミーを招待する。

サン・レジエ夫人　ある嵐の日に、自らの別荘で、昔の海賊たちの魂を呼び出す交霊術の集会を主宰し、ジェレミーを招待する。

*

ドミニク・フェルセン　通称ドードー。もうひとりの主人公、語り手。両親はともに混血児で、一家はフェルセン一族の「できそこない」、「悪しき枝」と蔑（さげす）まれる。若くして感染した「Σ（シグマ）の病気」のために鼻梁とまぶたを失う。両親の死後、異形の浮浪者として島じゅうで知られる。やがて「浮浪者の代表大使」としてフランスに渡る。

アントワーヌ・フェルセン†　ドードーの父。アシャブ・フェルセンと、ジュアン・ド・ノヴァ島の原住民の女性との間に生まれた。パリで知り合ったレユニオン島出身の歌手エレーヌ・ラニ・ラローシュとの間にドードーをもうけるが、ロンドンで財産を浪費し、弁護士職を失った「変わり者」。

エレーヌ・ラニ・ラローシュ†　ドードーの母、「ラロスの母さん」。レユニオン島出身の歌手。ドードーが六歳のときに死亡。

アシャブ・フェルセン†　ドードーの祖父。第一世界大戦前、モザンビーク海峡で行方をくらまし、現地女性との間にもうけたアントワーヌを連れて帰還、一族から爪はじきにされる。

ジャニー・ベト† ドードーの「ベト祖母ちゃん」。アシャブ・フェルセンの妻。スコットランド出身で、血縁のない孫ドードーをかわいがり、ピアノを教える。長じて病を得たドードーがその後も唯一弾ける曲、ロバート・バーンズの詩を歌詞とする「オールド・ラング・サイン」（邦題「蛍の光」）は、彼女の思い出に結びつく。

ヤヤ† 幼児のドードーをあやしてくれた黒人の使用人。人知れぬ場所に墓標もなく葬られたヤヤの墓を、ドードーはしばしば供え物を持って訪れる。

アルテミジア† ヤヤの娘でドードーの乳母。野卑ななぞなぞ遊びで子供のドードーをおもしろがらせた。権勢をふるうアルマンドー家の指図で、住まいの小屋を予告なしに取り壊され、そのショックで死んでしまう。

オノリーヌ アルテミジアの娘で、寄る辺ない身となったドードーの後見的役割を果たす。

トプシー† 〈大いなる大地〉からモーリシャスに連れてこられ、フェルセン家に売られた奴隷。ヤヤたちの先祖。

ゾベイード 若いドードーが交わりを持ち、Σの病気をうつされた娼婦。

セミノール ドードーがヤヤの墓に持参する供え物をかすめ取ろうと狙っているダウン症の少女。セミノールは、シューベルトのハ短調ソナタにちなむドードーの命名。

ヴィッキー 墓地で暴漢に襲われたドードーを看護するイギリス人研修生。「浮浪者の代表大使」として彼がフランスに行くにあたっては、準備を助け、身の回り品を贈る。約束どおり、ドードーはもらったノートに滞在記録を綴る。

ベシール パリ郊外サン・ジェルマン・アン・レーの浮浪者たちの集会で、ドードーが弾いたピアノに心打たれ、南仏に向かう放浪の旅をともにすることになるアルジェリア人。故郷に帰る希望はかなわず、途中ニースで死ぬ。

青い髪の娘　南に向かう放浪の途中で同行することになった聾唖の娘。自分に甘えるようにもたれて眠る娘に、ドードーはときめきと困惑を感じる。途中、歓待を受けた「ひげ男たちの村」の若者と恋仲になり、ドードーたちと別れる。

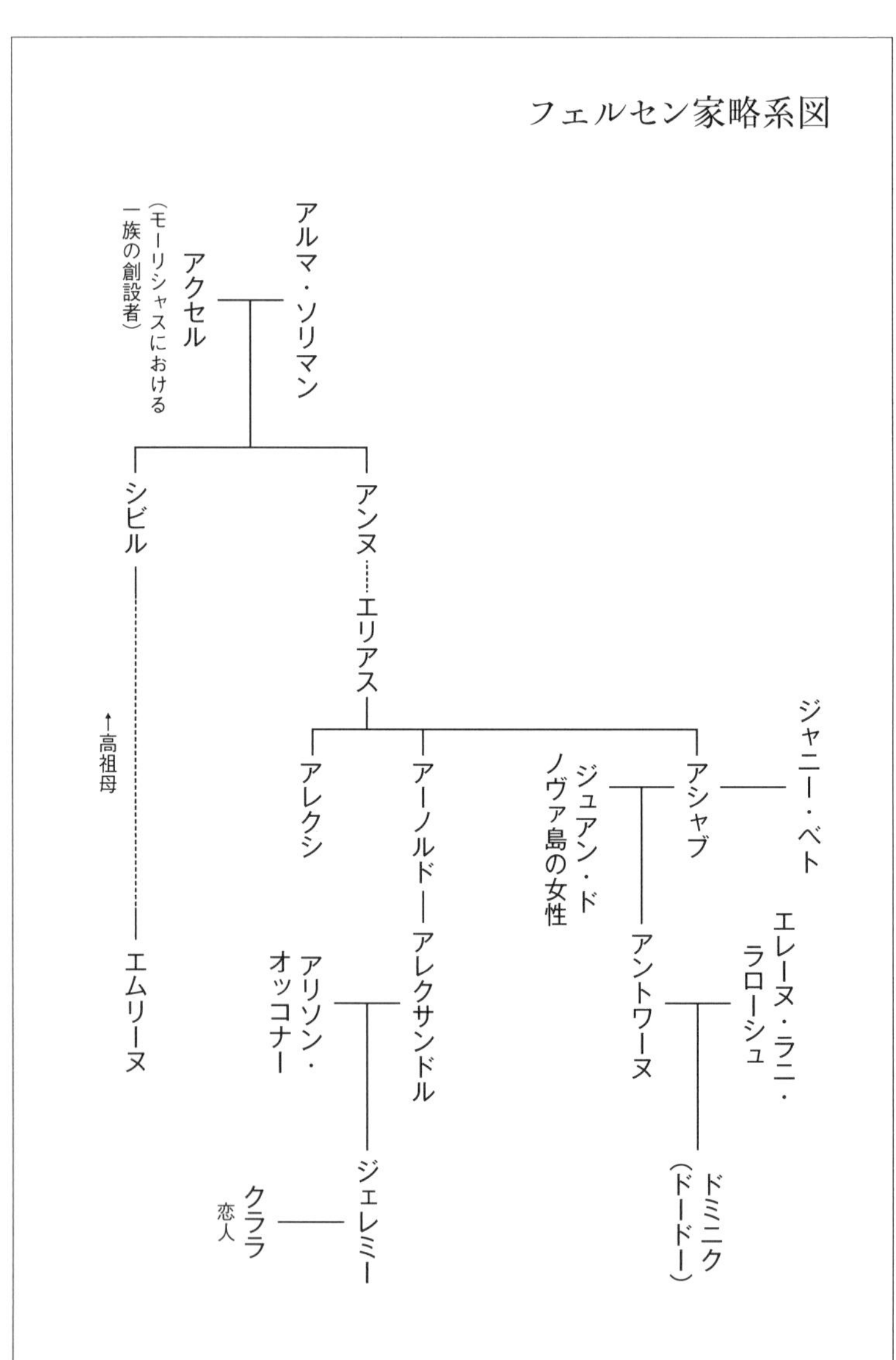
フェルセン家略系図
アルマ・ソリマン
アクセル
（モーリシャスにおける一族の創設者）
アンヌ
シビル
エリアス
高祖母
エムリーヌ
アレクシ
アーノルド
アレクサンドル
アリソン・オッコナー
ジェレミー
クララ
恋人
ジュアン・ド ノヴァ島の女性
アシャブ
ジャニー・ベト
アントワーヌ
エレーヌ・ラニ・ラローシュ
ドミニク（ドードー）

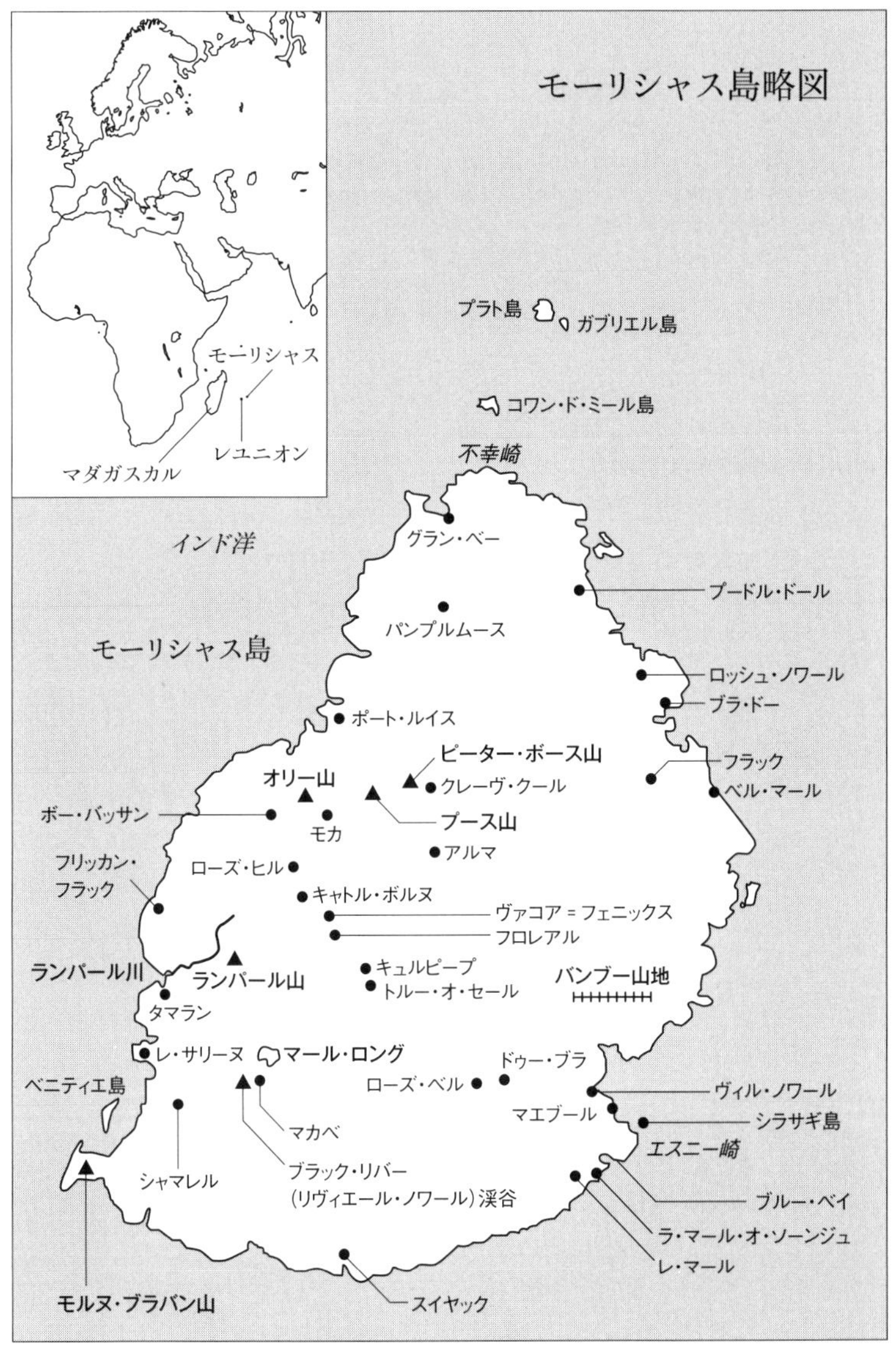
モーリシャス島略図
モーリシャス
レユニオン
マダガスカル
プラト島
ガブリエル島
コワン・ド・ミール島
不幸崎
インド洋
グラン・ベー
プードル・ドール
パンプルムース
モーリシャス島
ロッシュ・ノワール
ブラ・ドー
ポート・ルイス
ピーター・ボース山
フラック
オリー山
クレーヴ・クール
ベル・マール
ボー・バッサン
プース山
モカ
アルマ
フリッカン・
フラック
ローズ・ヒル
キャトル・ボルヌ
ヴァコア = フェニックス
フロレアル
キュルピープ
バンブー山地
ランパール川
ランパール山
トルー・オ・セール
タマラン
レ・サリーヌ
マール・ロング
ドゥー・ブラ
ローズ・ベル
ヴィル・ノワール
ベニティエ島
マエブール
シラサギ島
マカベ
エスニー崎
シャマレル
ブラック・リバー
(リヴィエール・ノワール)渓谷
ブルー・ベイ
ラ・マール・オ・ソーンジュ
レ・マール
スイヤック
モルヌ・ブラバン山

なつかしい日々のために、友よ
なつかしい日々のために
親愛の一杯を酌み交わそう▼1
なつかしい日々のために

ロバート・バーンズ、一七八六年

序に代えて、人名

これらの名はひとつの家族を、ひとつの民衆を形成するのだろうか。現実の名前だろうか。これらは子供のころからぼくのなかにあって、虚空を浮遊し、狂った蝶のように周囲をひらひら舞っている。なかには、言葉を覚えたころから知っている名もある。会話の端々に父や叔母たちの口から、それに、直接にはかかわりのなかった母の口からも発された名だ。また、父が毎週受け取っては、本棚の経済の本や『ブリタニカ百科事典』のかたわらに積み上げてあった「モーリシアン・シルネアン」紙[2]のページに偶然見つけた名前もある。さらに、郵便封筒の裏面や、写真の裏に盗み見た名前もある。これらの人名のおおもとは、アクセル＝トマ・フェルセンの時代に出た栗色の革の装幀を凝らした小さな本で、本棚の一番上の段に置かれていた。子供のころ、昔の電話帳か何かのように、それを読んだ

―――

モーリシャス年鑑
および植民地人名録
一八一四年度版[3]

この本には、潮汐表やサイクロン一覧のほかに、島の住民名簿も含まれていた。彼らは、南極環流と、たえずアフリカ沖に流れ込む南大西洋海流と、東南アジア島嶼部（とうしょぶ）からの暖流と、オーストラリア西岸からくる長い波とが出会って混じり合うインド洋のまん中に投錨（とうびょう）した、ひとつの巨大な石の筏（いかだ）に乗り合わせた旅客に似ていた。――実際、だれもがある日、何かの船に乗って海を渡ってやって来ていたのだから。ここ、この島では、さまざまな時代、血縁、生涯、伝説が、そして最も著名な冒険とだれにも知られずに過ぎ去る時間とが入り混じり、船乗りたち、兵士たち、御曹子たち、耕作人や労働者や召使や小作人たちが交錯した。誕生し、命脈を保ち、死に絶え、つねにとって代わられ、世代から世代へと継承されてきたあのもろもろの名前は、海面に半分だけ突き出した巨岩を覆う緑の泡みたいに、予見不可能だが不可避の終焉に向かって滑り落ちていくのだった。

ぼくは以下のような名を一度でいいから口にしてみたい。呼んで思い出すためだ、どうせたちまち忘れてしまうだろうけれど――

建築家のドラバール、ガスタンビッド、サルドゥー、芸術家のエリザ・ベナール嬢、マルヴィナ嬢、コンスタン・オードゥアール、フルーリー、弁護士のデピネー、フェデルブ、石工のマーシャル、エティミエ、牛馬仲買人のベーカー、ブラウン、ジュロ、マンカン、サリス、測量士のオアール、アロ、砂糖菓子屋のボード、ベリション、クーパー、デュムーラン、商人のフェレール、フローラン、フォントモワン、ジラン、ゴッドシャル、クーレージュ、ラショーヴレ、ラファルグ、ル・ボンノム、レシエル、ルガル、ルノワール、マビーユ、マイヤール、マルシエ、ペリーヌ、ピニュギー、リヴィエール、ルースタン、シュフィールド、タドゥボワ、ヴィグルー、ヤルダン、事務職のベガ、ベネク、ブーレー、ブートン、シャルー、クームス、コーソン、ドゥミアネー、ドゥルーアン、デュプレ、ジケル、グーラミー、ジャージー、クネル、コック、ルクレジオ、マラン、マルトワ、パスキエ、パンロン、クレル、サレス、ソジエ、サヴァール、トリュケーズ、ティアック、ヴィリウー、ザミュジオ、お針子のブロード未亡人、アネット・メゾントゥルヌ、モロー、ノガラ、サン＝タマン、競売吏のシャストー、マリニー、モングースト、車力のブルトナッシュ、ラフーシュ、ラゴアルデット、油屋のバルブ、ラポテール、パテ、ブリキ屋のバロー、デュボワ、ルグール、時計屋のアレン、シュデル、エスヌフ、音楽家のルリエーヴル嬢（ピアノ）、ペリション（ヴァイオリン）、ウイデット（フルート）、ザナーディオ（ギター）、産婆のヴァレ未亡人、医者のブランシエット、ベルナール、卸売商のアンテルム、キュレ、フロベルヴィル、ルサージュ、ピト、シッバルド、ヴィーエ、ヴォルニッツ。

他にもいろいろな名前がある。職人や勤め人だった自由民の名だ——ルイ・キュピドン、エロワ・ジャンヴィエ、ゼフィール・フランソワ、ジュール・ビュイレット、ジャン＝バティスト・サン＝スーシ、メーメド・アリー、アブドゥール・アジム、ママード・バトゥータ、カドール、バドゥール・カン、ズーモン・ラスカル、ズラブディーヌ、カシム・ムルママード、ザマル・オテミー、イセップ・ラフィック、マダル・サキール、ムートゥーサン・ソルトムートゥー、シャブラヤ・マラガ。

さらに他の名前がある、ファーストネームしかない男女の名だ——給仕、料理人、シーツやタオルの整理係、洗濯屋、乳母、庭師など。

買われてはまた売り払われた彼らが、古文書に残した形跡といえば、T・ブラッドショーとかいう奴隷担当書記のためらうような筆跡で『奴隷登録簿』に記された、それぞれの生年月日と没年月日だけだった。

マリ＝ジョゼフ、共和暦六年草月（プレリアル）▼4 二日に略式洗礼を受ける。ジュスティーヌ、一七八六年十二月十二日死亡。ラファ、一七八七年五月八日。ロバン、一八二五年五月二日。さらに、ぼくがその短い生涯を思い描いたメアリー・カリーシーという娘がいる。彼女は十六歳にしてすでに一児の母で、一八六〇年シュリヴァン船長の率いるダフネ号で、ガラの国のティーモト（モザンビーク海岸）からポート・ルイスに来たのだが、ひと月後に天然痘で亡くなり、地面に穴を掘って生石灰を撒く以外に何の儀式も行なわれなかった。

名前たちは現れては消えていく。それらはぼくの頭上で音の丸天井を形成している。ぼくに何かを語り、ぼくを呼ぶ。一つひとつを確認したいが、こちらに届くのはごくひと握りにすぎない。古めかしい本のページや、墓の敷石からもぎ取った、たわいない数音節だ。名前たちは、ぼくの肌を覆い、髪の毛に振りかかる宇宙のちりだ。どんなに息を吹きかけても取り除けない。これらの名前、これらの生涯のなかでぼくにとくに重要なのは、忘れられた人々だ。あれこれの船が大海原の対岸からかっさらってきて、浜辺に打ち上げ、ドックの滑りやすい階段に置き去りにして、やがて焼けつく日差しとひりつく鞭打ちに委ねてしまった連中だ。ぼくはこの地で生まれたわけでも育ったわけでもない。しかし自分のなかにこの地の歴史の重みを、生命力を感じている。どこに行くにも一種の重荷を背負って運んでいくような感じがしている。ぼくの名は、ジェレミー・フェルセン。そうしようと思いつきすらしないうちに、ぼくはすでにこの旅を始めていた。

おれの名はドードー

ドードー。あんなドードードーなんて。ははーん、連中がそう言うのが聞こえる！　いつも言うことは同じだ。父さん、母さん、どうして何も言わないの？　二人は絶対に何も言わないね。連中の言いぐさなど鼻であしらっている。気にしちゃいかん、放っておけ、意地の悪い奴らさ、妬(ねた)み深い奴らさ。お前がののしれば、自分に唾を吐きかけることになる。放っておけ、あんな奴らのことは知らなくていい。消し去ってしまいな。簡単なことさ、目をつむればいいんだ、口を噤(つぐ)めばいいんだ、そうすりゃ、連中は暗闇に消えてしまう。染みには石鹸はいらんぞ、こする必要なんかない、ひとりでに消える、水もいらない。まぶたを閉じるだけでいい、ぎゅっと目を閉じて、まぶたに拳固を押しあてて力を入れると、目玉がへこむ。すると目のなかで火花が飛ぶ。おれはそれが結構気に入っている。乳母のアルテミジアは年を取ってほとんど目が見えない、でも火花が見える。おれにそう言った。何が見えるんだい、ママ？　黒い顔のなかの青い目で何を見ているんだい。火花だよ、坊や。あたしにゃ火花が見える、それだけさ。おれに乳をくれたアルテミジア。今じゃ左右の乳房はたるんで、突き出した腹にだらりと垂れている。灰色のシャツを着ているみたいだ。でも顔は黒くてすべすべしている。おれは彼女の頬を指で触るのが今も好きだ。あたしのかわいい子、愛しい子。そう、やさしく、やさしく言う。それでおれは目を閉じて、彼女が見ているものを見ようとする。暗闇のほか何もない、ただ両端にわずかな赤色と、日差しを浴びて揺れる木の葉の影がちらつくだけだ。彼女にはおれしかいない。娘のオノリーヌも姪たちも甥たちも、彼女に会いにくることはない。ラロス〔訳註：ラローシュのなまり〕家やフェッセン〔フェルセンのなまり〕家で乳母をやり、彼らに言わせれば奴隷だったので、彼女のことを恥じているのだ。それに彼女はコールタールのように真っ黒だからだ。だけどおれはアルテミジアが好きだ。彼女の手の肌はすべすべして硬く、すり切れていてもうっすら赤みが差して皺がない、生命線も感情線も女の子たちの手にあるどんな線も彼女にはない。ラロスの母さんは死んだ、だけどアルテミジアは今も元気だ。アルテミジア、お前は死なないよね。ドードー、だれでも死ぬんだよ。だけど、お前は死なないよ、死ぬなんてありえないよ、アルテミジア。笑うときの彼女が好きだ、どの歯も真っ白なのは、いやなにおいを放つ煙草を吸っても必ず甘草の根を嚙むからだ。肥えて動きづらく、左右の脚が腫れて、足にできたちょっとした切り傷もなかなか癒えずに小蠅がたかっている。彼女の老いぼれたおっぱいを触るのが好きだ。母さんは乳が出ないもので、おれが死にかけているときにはこのおっぱいが乳をくれた。こっちのおっぱいはおれのもの、あっちのもおれのもの。すると彼女は笑う。何すんのよとこぼしながら、おれの手をたたく。だけどおもしろがっている。アルテミジアはおよそどんなことも知っている。とくにちょっと下品なやつ、ふつう子供たちには言わないようなやつを。たとえばこれ――ハラトハラヲ、クッツケテ、チッチャナ、サキヲ、クチニ、イレル、とは、赤ん坊が母さんの乳を吸うことだ。いつも吹き出してしまうこんなのもある――シラミノ、ケツヨリ、チッチャナ、モノハ、ナンダ？　答えは、あいつのおちんちん。娘のオノリーヌがあまり会いにこないのはそのせいだ。オノリーヌはペンテコステ派の信徒だ。フェッセン家の連中をだれかれなく毛嫌いしている。地獄に落ちればいいと思っている。もうみんな死んじまった、ラロスの母さんも、父さんも、アルテミジア婆さんも。おれひとりしか残っちゃいない。だがおれは、フェッセンでも、投石野郎(クー・ド・ロス)〔母方の姓のなまりラロスをもじったあだ名〕でもない。おれはドードー、それ以外の何でもない。だからオノリーヌはおれを迎え入れてくれる。住処(すみか)のない浮浪者みたいに、ドアのかたわらの床にじかに敷いたマットレスに寝かせてくれる。

来る日も来る日もおれは歩く。朝から晩まで。あんまり歩くもので、靴に穴が開いてしまった。穴が広がって厚紙でふさげなくなると、別の靴を探しに出かける。どこに行けば見つかるかわかっている。キュルピープの高台方面、トゥルー・オ・セール[▼5]や、植物園や、スウェーデンボルグ教会のほうに行く。そこなら別の靴が見つかるのだ。ごみ箱をあさる必要さえない。おれは戸口にいる乳母たちに尋ねる。すると奥様に訊きに行く。そうして新聞紙に包んだ一足の靴を抱えて戻ってくるのさ。おれは新聞紙も捨てずに取っておく。昨今のできごとでなくても、ニュースを読むのが好きだから。靴も新品じゃない。街路の大きな木の陰に腰を下ろすが、紙面の行がごちゃごちゃになってちゃんと読めない。だから読むのは固有名だけ、人名を読むのは好きだ。それをこんな具合にアルファベット順に覚える――

チャン・ウィン・シン・マリ＝ルイーズ
チャウラ・チャヘック
チーロー・ザイナー
チレンバー・マドヴィ
チョン・ユース・アリソン

チョズチョー・ビビ・シャジーア
トリロク・マヌ・ロハン
イエー・トン・ワー・ジェレミー

おれに靴をくれるとき、乳母たちはやさしい言葉をかけてくれる。おれをドードーと呼んで、けっしてフェッセンの投石野郎とは呼ばない。ときどきちょっとふざけて恋人を気どることがある、おれは彼女らの彼氏というわけだ。白い歯を見せて笑いながら、靴をくれる。これでまた歩き出せる、遠くまで、山の連なるあたりまで、森まで行ける、道端を大股で歩ける。自動車がクラクションを鳴らす、バスやトラックがブレーキをかけるとキーキーと軋る。「おーい、ドードー」と大声でおれを呼ぶ奴らもいる。歩き疲れると土手に腰を下ろす。山々や雨雲を眺める。ときどき遠くランパール山の方角に海を見やる。波の上で太陽が光っているのが見える。

いつも最後はアルマに行きつく。その新しい街のあちこちを歩き回る、若い連中が大勢いる、学生や銀行員だ。ここじゃだれもおれのことを知らない、ここは新しい世界だ。カスカード橋を渡るか、ミニシー経由でサトウキビの道を行く。峡谷の縁を川伝いに行く。日が照りつけて目がひりひりする。ヴァレッタに着くと、橋の下をくぐって湖沿いに昔の鉄道のところまで行く。ここに来るのが好きだ、だれもいないから。ときどき、火をおこす小枝を集めている婆さんや、アラキ酒の瓶をたずさえてぐずぐずしている百姓がいるくらいだ。湖のほとりで犬どもが吠えている。おれは奴らを警戒している、人にかみつく黄色い小犬だ。おれはそこにじっとして動かない。朝の水辺は心地よく、とんぼをうかがっている。小石を拾い、待ち構えている。伐採されたサトウキビを探して、甘い汁をすする。おれの前歯は傷(いた)んでいるが、奥歯は大丈夫だ。繊維質をかみつぶして汁を吸える、えがらくて苦い汁だ。父さんはつる付きの銅の鍋でそれをドロドロになるまで煮込むよう指示する。健康にいい、土を飲んでいるみたいだ、と言う。

アルマ。この名はごく小さいときから言える。ママ、アルマと言う。ママとはアルテミジアのこと。母さん(ママン)のことはよく覚えていない。母さんはおれが六つのときに死んだ。背が高くて顔は青白い。血の病気か、骨の病気か、ゆっくりと死んでいくらしい。とても歌がうまいとみなが言う。父さんが母さんのことを好きなのはそのためだ。意地の悪い奴らは、母さんがよそへ行けばよいと思っている、レユニオン島生まれのクレオール[6]で、分厚い縮れた髪をしているからだ。そんなこと、父さんはものともしない。母さんはとても痩せて、いつもしゃきっと背筋を伸ばしている。死ぬ前の母さんの姿を覚えている、台所の戸口に白っぽい姿で立っている。寝間着が白いからだ。庭師のハレクリシュナは幽霊みたいだと言う。アルテミジアはどこ？　そばにいてほしいのはママだ。おれは幽霊に向かって叫ぶ、お前なんか呼んじゃいない、おれが呼んでいるのはママだ、アルテミジアだ、おれの乳母だ。お前なんかに用はない。

それから、またキャトル・ボルヌ市のサン・ジャン墓地に行く。ここに来るのが好きだ。家なしのおれにとって、ここは言ってみればわが家だ。墓守たちにそう言うと、連中は笑う。「ドードー、オカエリカイ？」おれのことをからかうが、丁重に接してくれもする。おれがフェッセン家の最後の生き残りだからだ。フェッセン一族は、死者たちに交じって、この墓地のＯ区にもＪ区にもＭ区にもいたるところにいる。おれだって全員を知っているわけじゃない。それでも死者たちがどこに住んでいるかは知っている。アシャブ・フェルセンはおれの祖母ジャニー・ベトとともに、黒々とした大きな林の近くにいる。ウジェーヌ・フェルセンはマリ・ザカリーとともに天使ガブリエル像の近くだ。神父のロベール・フェルセンは、小道の突き当たり、フィトゥーシ家の墓のそばに眠っている。大理石の平墓石に故人の肖像が描かれているが、消えかけている。墓地の反対側の端の古い壁の近くには、それ以外の場所には迎え入れてもらえないために、父さんと旧姓ラロスの母さんが、灰色の玄武岩の下に眠っている。以前は平墓石の周りに鎖が張られていたが、だれかが鎖を盗んでしまい、穴を開けた四本のセメントの杭だけが残っていて、まだ鎖の錆(さび)の痕(あと)が見える。おれはチョークを一本持参して、消えかけた文字をなぞる。アントワーヌ・フェルセン、一九〇二―一九七〇、エレーヌ・ラニ・ラローシュ、一九一三―一九四〇。二人の名前が好きだ。とてもやさしい。おれの奥のほうで、ささやきのような音を立てる。おれはごく小声で言ってみる、そしてチョークで文字と年号をなぞる。「ドードー、何シテルンダ?」墓守だ。とても大柄で、とても色が黒くて、いつも麦わら帽をかぶっている。染みがついてくたびれた黒い三つ揃いを着込んでいる。ジャンという名だ。ミシエ・ザン〔ムッシュー・ジャンのクレオールなまり〕。「消エチマウゾ、ソンナンジャ。ピンキヲ塗ラナケレバ。オレノピンキヲヤッテモイイゾ」だが、おれは奴のピンキなどいらない。一度塗ったら忘れちまうのかい? そのあと一年間、一度も墓に来ないのかい? いやいや、ご先祖が望むのはチョークさ。夢のなかで、連中自身がおれの耳元でそう言ったんだ。

小雨が降っている。サン・ジャン墓地に来るたびにこんな天気だ。サトウキビ畑を後にして、日差しを浴びながら小道をたどる。地面は赤くひび割れている。顔と手がひりひりする。街道をいくつも横切ってエベーヌのほうに行くと、山の上空に雲が群がっている、白い雲、黒い雲がいくつもぶつかり合っていて、雨を含んだ冷たい風を感じる。人々が傘をさして身をかがめ、急ぎ足で行く。女学生たちがバスに乗ろうと殺到している。「あー!」とか、「おー!」とか叫んでいる。笑うと白い歯がこぼれて顔が輝く。おれをまじまじと見て、いっそう大声で笑う。おれは彼女たちを知らない。うんと遅い生まれだろう。おれのほうから彼女たちを見ることはない、もっとも、ジーヌ夫人の娘アイーシャは別だ。学生だが、男の子たちと出かけているというもっぱらのうわさだ。アイーシャの髪は黒い巻き毛で、目は緑色だ。おれを見ると、おれの名を大声で言う――「ネエ、ドードー、ドードー鳥サン！　ドコへ行ッテキタノ？」おれはちょっと手を振って答える。アイーシャのことが好きだから、とてもきれいな子だ。そして雨に向かって歩きつづける。雨は空から降ってきて、頬を流れ、シャツを濡らし、両脚を伝って流れ落ちる。サン・ジャン墓地に降る雨が好きだ。父さん、母さん、二人も雨が好きだよね。死んでしまったら雨が好きになるものだ、涙に似ているから。小さいころのおれは「雨が降る（イル・プルー）」と言えずに、「涙が降る（イル・プルール）」と言ったものだ[7]。

父さんは背が高くとても痩せている。いつも黒い服を着ている、妻が死んだせいかもしれない。みなに尊敬されている。昔は裁判官をしていた、きっと多くの人に怖がられている。だけどとてもおだやかで、けっして怒らないし、大声を出すこともない。毎朝、仕事で町に出かける。おれにキスも握手もしない。ちょっと前かがみの姿勢でおれを見つめる。父さんは大柄で、おれはちびだからだ。父さんはただ「行儀よくしなさい（ビヘイヴ）」とだけ言う。おれに英語で話しかけるのが好きなのだ。むだ話はぜったいにしない。ぺちゃくちゃしゃべったり、つまらない言い争いをしたり、うそを並べたりする人たちとは大違いだ。おれに話しかけるときは、英語で「じゃ、また（ソー・ロング）」とか「やあ、どうだ（ワッツ・アップ）」とかほんの短い言葉をかけるだけだ。そして晩になると帰ってきて、夕食後は革の肘掛椅子に座り、新聞を広げる。そしてそのつど居眠りをする。父さんはまた煙草を吸う。イギリス煙草を親指と人差し指の間に鉛筆のように挟んで持つ。指先も歯も黄色くなっている。母さんがまだ生きていたころには家では吸わなかった、冷えた吸い殻のにおいを母さんが嫌ったからだ。この情報はアルテミジアからの受け売りだ。それで母さんが死ぬと、父さんはまた煙草を吸いだした。そのせいで激しい咳の発作を起こした。夜、父さんが咳き込んでいるのが聞こえる。自分では止められない。喘息を患っているからだ、喘息持ちは煙草を吸ってはならない。煙草を一本吸うたびに何年も命を縮めているんですよ、とハルシン医師が父さんに言う。だけど父さんは耳を貸さない。ただこう応える、「だがね、命を縮めるのは望むところだとしたらどうかね」そのとおりのことが起こる。父さんは昼夜の別なく咳き込む。そしてある朝、心臓か頭の血管が破れて死んだ。死ぬときには音がする。大きな音だ、床にばったり倒れるからだ。おれは怖くて動けない。まもなく喉で水がゴボゴボ鳴るような音がして、父さんはいびきをかいて息が詰まる。父さんがタイル張りの床に倒れているのを、アルテミジアが正午に見つける。だれの助けも借りずに父さんをベッドに寝かせる。もしおれが大声を上げるか、とっとと医者を呼びに走れば、父さんは今も生きている。

　最初のころは、サン・ジャン墓地に来ると、父さんに文句を言った。父さんとラロス家出身の母さんの名前が刻まれた灰色の平墓石の上に、腰を下ろす。「ハルシン先生の言うことを聞かなければいけないよ。もし先生の言うことを聞けば、今もおれといっしょにいられるのに」けれど実際は、父さんは医者の言うことなど聞かずに、命を縮める煙草を存分に吸ったことに満足していると思う。今では奥さんのもとに行けたのだから。もう父さんに非難めいたことは言わない。おれも早く父さん、母さんのもとに行くのに煙草を吸いはじめなければならないと思う。その一方で、この灰色の平墓石の下に埋まることを思うとぞっとする。それに、おれが墓石の下に入ったら、いったいだれがチョークで名前と生没年をなぞるのだ？　ミシエ・ザンはしてくれまい。筆をピンキに浸けて名前をなぞる手間すらかけないだろう。花に水をやったり使い古しの歯ブラシをコップの塩水に浸して墓の継ぎ目を掃除したりする見返りに、小銭をせびり取れるカモがやって来るまでは、相変わらずラム酒を飲んで、墓地の高台の小屋で寝るだろう。サン・ジャン墓地のいいところは、中国人の墓があることだ。ツァン・フーとかツァン・ホとかいう名前だ。あまり大きな墓じゃないが、とてもきれいだ。いつも花や緑の葉がある。燃え残った線香の束もある。中国人が隣にいるのは、おれの両親にはいいことだ。近親からも、友人からも、だれからもひどい仕打ちを受けてきたと嘆き、決まって口にするのは「まむしの種族」とか「地獄（ゲヘナ）」とかいう言葉だから。つまりこの島は、二人には地獄という意味だ。だけど今じゃ、あんなに清潔できちんとした中国人の隣で眠っている。

以前は、昔は、年に一、二度、父さんといっしょに来た。父さんは喪服を着て、小さな帽子をかぶり、小さな毛皮の襟巻をして、エナメル靴を履いていた。花を持ってくることは一度もなかった、父さんはそれを嫌っていた。だからおれも、絶対に持ってこない。ミシエ・ザンはそれを責める――「ソレジャ、フェッセンサン、花ヲ持ッテコナカッタノカイ？」おれのことをネズミ野郎と思っている、おれが素足にじかに靴を履いているので軽蔑しているのだ。自分のものじゃない靴を履いていると踏んでいる。ごみ箱で見つけた靴だと。死人の靴だと。死人の皮膚をまとって歩いたと。どの靴も死人の皮膚だと。しかし父さんは裁判官だから、ミシエ・ザンは距離を置いていた。昔は父さんといっしょだから、だれもおれたちを困らせたり、うるさがらせたりする者はいなかった。ミシエ・ザンがほかの連中とすでにやって来ていて、ゴキブリみたいに巣穴に隠れているのはまちがいない。人がいなくなったら出てきて、墓を嗅ぎ回っては、何かかすめ取れるものはないか検分する。あのときはまだ、墓を囲む鎖があった。ガキのころは、鎖のうえに腰掛けてぶらぶら揺すったものだ。母さんの名前と生没年はまだ新しくて、灰色の平墓石に黒い字で書かれていた。おれは一文字一文字を、数字の一つひとつを眺めた。それを目の奥にしっかりと焼きつけた。黒字でくっきりと塗り直したいが、炭が見つからない。鉛筆で試してみるが、すぐに消えてしまう。それで今はチョークの白い字で書くことにした。だけど、奴のとんでもないピンキなどいらない。おれに見せつけるために、ミシエ・ザンはそばの墓に塗りたくる。中国人の墓ではなく、おれの知らないラルマシー村〔島の東部フラック地方〕出身の婆さんで、姓はアマムプールというらしい。奴はおれを脅すためにわざわざあんなことをしているのかもしれない。次におれが塗りたくるのはお前たち一家、フェッセン家の墓だぞと。だがおれは奴をじっと睨んで、何も言わない。それは、もし手をつけたらお前を殺す、という意味だ。おれは父さんみたいに体がでかくない、痩せていて神経質だ。しかしおれの顔を人は怖がる、鼻がないしまぶたもないうえに両頬はあばただらけだからだ。それはおれが年寄りだからじゃない、おれは大きくなってからずっとこんなふうだ、これは病気のせいだ。だれもおれの病気の話などしない。だがおれの鼻を削ぎ、両の頬や口の周りをあばただらけにしたのは、例の病気だ。病気がおれをすっかり蝕んだ。そいつの名前をおれは知らない。父さんがまだアルマにいたころのことだ。ある日、父さんの書斎で書類を調べているうちに、紐を掛けたホルダーを見つけた。その上には「ドミニク」とおれの名が書かれていた。ホルダーのなかには、モカ市役所に登録されたおれの出生証書だの、ブーリス校での成績表だの、いろんな書類があった。ある医者が書いた英語の手紙が一通交じっていて、おれにはそこに書かれている言葉の意味はわからなかったが、上のほうに赤い色で奇妙な印がつけられていた。忘れないように、いつかそれが何を意味するか知るために、その印をノートに書き写した。その文字こそおれの顔を蝕んだ病気の名だとわかったからだ。それは「Σ」だった。

ゾベイード

　おれはある日、この文字が何を意味するのか尋ねる。「ゾベイード」——そう答えるのはミルー伯母さんだ。しかしゾベイードはＺで始まり、あの文字じゃない。あの文字をおれは知らない。だれも知らない。だけどミルー伯母さんはゾベイードの名を言う。大文字のシグマ、おれはそれを忘れない。みなは忘れてしまった、父さんさえ忘れてしまった。ミルー伯母さんだけは別だ。ミルー伯母さんの言うことはいつも本当だ。ひとりで暮らしているからだ、結婚して一家を離れようなんて思ったことがないからだ。伯母さんは生涯を通じてアルマの大きな家で暮らした。やがて家を去らなければならなくなった、アルマンドー一家、ジュールの息子のアンリ、レオン、ベルナールとのいざこざのためだ。ベルナールは父親に似ていて、生キ写シ（ディロ・カナル）と呼ばれている。みな、おれたちフェッセン家の者に敵対する意地の悪い奴らだ。ラロスの母さんはサン・ジャン墓地に入った。父さんが死んだのは、もちろん、そんなことが全部重なったからだ。脳卒中を起こして寝室の床に倒れ、いびきをかきながら水が流れるような音を立てていた。何日も生死の境をさまよったあげく死んだ。それから寝台に横たえられた父さんはすっかり血の気が失せている。それでもひげは伸びつづける。ミルー伯母さんは父さんのもとを離れない。ずっと父さんのそばにいる。伯母さんはぼくらの家でいっしょに暮らしている。

この家を伯母さんは「竹小屋」と呼ぶ。アルマの峡谷の底、竹林の反対側にあって、とても小さくてとても汚いからだ。伯母さんは父さんの書斎である小さな部屋で寝る。書斎に折り畳み式ベッドを持ち込んでいる。だけど父さんにはもう書斎などいらない、書くことさえできないから。そんなとき伯母さんは、例の大文字に関わる名前をおれに告げ、おれに病気をうつした女の話をする。おれは答えない、ほんの二、三回だけだから、いやひょっとすると、もうちょっと多いかもしれない。ゾベイードに二回か三回会うだけで、どうしてΣの病気をうつされたりするだろう？　どうしてそれが鼻も両頬も蝕み、両の目のまぶたを溶かしてまるで二つの穴みたいにしてしまうことなどありえよう？　それでもおれは伯母さんの話を聴く、いつも本当のことを言うからだ。そして頭のなかで、ポート・ルイスの四区で起きたことを思い返してみる。昔のことだ、まだアルマの家に住んでいるころだから。父さんはバラックス界隈の裁判官事務所に勤めている。おれは高等中学校に通っている。だれもおれのことを「ドードー」とも「投石野郎」とも呼ばない、おれは奴らより強いし、ステッキで奴らを打つこともできるから。それに、よく競馬場に散歩に行って競馬を観る。馬が走るのを観るのが大好きだ。競馬場を駆けているのを観るのが好きだ。今も好きだが、もはや金がなく、よれよれの服をまとい、死人の皮膚でできた靴を履いているせいで、またとくにおれには鼻がなく両頬はあばただらけなので、場内に入れてもらえない。

ゾベイードはモレノ通りの、第一病院からも、中国人の店やフセイン王モスクからも遠からぬところに住んでいて、おれは日曜の午後に会いに行く。それが日曜のことと覚えているのは、父さんとミルー叔母さんが大聖堂のミサに出かけるからだ。一月の四区界隈はとても暑く、競馬も暑さを避けるためにいつもより遅く四時ごろから行なわれる。それで時間を持て余していると、友人のモハンダスがゾベイードに会いに行こうと言う。四区までいっしょに来るが、奴はなかに入ろうとはせずに、おれを戸口に残して行ってしまう。

　ゾベイードの住まいはとてもきれいだ。壁も、カーテンも、ベッドも、いたるところ赤色で、中国ふうの家具までが赤と黒だ。ゾベイードは赤い服を着ている。それは足もとまで垂れるロング・ドレスで、仙女の物語に出てくるような小さな赤いスリッパを履いている。そんなふうに女といっしょにいるのははじめてなので、おれはどぎまぎして何を言えばいいのかわからない。彼女は言う、「お入りよ、あんた、嚙みつきゃしないわよ！」彼女が発する一言ひと言を覚えている。やがておれたちは彼女の大きなベッドに横になり、彼女がおれの服を脱がす。おれをからかうように、「あんた素っ裸になっても、毛が生えていないけれど、あそこだけは一丁前に生えているわね！」手の甲でおれの両頬を撫(な)でて言う、「コドモネ！」こうも言う、「あんたはおかしな鳥だわ！」何も身に着けていなくても、ゾベイードの家はひどく暑くて、おれの肌は汗で濡れている。ゾベイードの肌は乾いていて、日の光に輝いている。カーテンのせいで、赤土の色をしている。乳首はこちこちだ。彼女はおれを自分の体のなかに導いていく。心地よくて温かい、おれは気持ちがよくなる、体から液体がほとばしるとき、おれは叫んでしまう。ゾベイードは「あぁ！」という声を洩らして言う、「あんた、鳥の兄さんよ、お前はとんだ悪たれだね。はじめてと言うが、あたしは信じないよ。大嘘つきだ。あんたに教えることなんかないよ、おめでた鳥！」彼女がそんなふうに言うのが、おれにはまんざらでもない。何しろ、本当にそのときがはじめてだったから。もっとも、ときどき床を離れる前に自分の手でやることはあったけれども。それで父さんはある日、激怒して、「それはいかん、男子が朝、ベッドに長々と寝そべったままでいてはいかん」と言い、おれにシャワーを浴びに行かせる。シャワーと言ってもアルマでは、亜鉛のたらいのなかに立って、柄杓(ひしゃく)で掬(すく)った冷たい水を自分の背中にかけ、ヘチマたわしで体を洗うだけだ。ゾベイードに関わることを父さんに話したことは一度もない。しかしだれが告げ口したのか、ミルー伯母さんは知っている。モハンダスかもしれない。それともカドゥールか。奴はよくアルマに来るし、「カサゴの舌」を持っている、他人の悪口をべらべらしゃべるのだ。カサゴはまたの名を「サソリ魚」とも言い、それが奴につけられたあだ名だ。カドゥールはよく四区の、フセイン王モスクに来る。叔父がモレノ通りで布地の店を開いているのだ。それでこの話は知れわたる。とくにおれがよくゾベイードに会うのに四区にやって来ることが。ゾベイードはおれのことが好きで、おれを「おめでた鳥」と呼び、ときには「サル」とも呼ぶ。肌が褐色で縮れ毛のおれは、グラン・バッサン〔島南西部の山の火口にできた湖〕の猿に似ていると言う。しかし彼女はもうおれのことを「コドモ」呼ばわりしない、おれはもううぶじゃないし、何だってできる、彼女の上に乗って悦(よろこ)ばせることだってできる。おれが体を揺すっている間、彼女はおれの髪をつかんで、喉から小さな音を洩らす。ラア、ラア、ラア、ラアと、大きな猫が喉を鳴らす音に似ている。

　やがておれは重い病気にかかった。するとゾベイードはもう自宅でおれに会いたがらない。医者よりもうんと先に、彼女はおれの体を検分する。窓辺の明るいところにおれを立たせ、鼻に拡大鏡を当てる。いたるところ、竿も玉も余さず調べてから言う、「おめでた鳥よ、あんたは病院に行かなくっちゃならない」厳粛な声でそう言う、抗弁している場合じゃないことをおれにわからせるためだ。こうも言う、「サルよ、あんた、これからはもうここに来られないわ。訊(き)かれても、絶対にあたしのことを話しちゃだめよ、いいわね？」薬を買えと、金をくれる。おかしなものだ、ふだんカッス〔キャッシュのなまり〕でちょっとしたチップを手渡すのはおれのほうだから。学食の食事を切り詰めてためたルピー硬貨や、アルマの庭の草を刈って稼いだ紙幣を渡す。ところが今日は、彼女のほうからカッスをくれる。それは自宅からおれを追い出すため、別れを告げるためだということが、おれにはまだわからなかった。おれは病院には行かなかった。この病気が恥ずかしいからだ。自然に癒えてくれるよう望んでいる。だが、薬を塗っても治らない。

　四区のモレノ通りに何度も出かける。ゾベイードの住む建物の入口前を徘徊する。しかしある日、ひとりの男が出てきて、おれの知らない大柄でがっしりした、肌の色がとても黒い男だ、そいつがおれにびんたを食らわせ、溝に突き落とす。「うろついているのはどいつだ？　てめえ、わからないのか、オカマ野郎め！　とっとと消え失せろ(バガー・オフ)！」そいつはおれを通りの端まで走らせる。それからは二度とゾベイードの家には行かない。しかも病気が悪化する。何度も大汗をかく。それで父さんがハルシン先生を呼ぶ。先生はおれを診察するが、何も言わない。おれは寝室で寝て過ごす、目が痛いのでカーテンを引く。うわごとを言ったり、悪魔どもがベッドに近づいてくるのを目の当たりにしたりする。そいつらの顔はねじれ、目は悪辣(あくらつ)で、手を伸ばしておれの髪をつかもうとするので、おれは大声を上げる。そのとき以来、どこに行っても鏡に悪魔どもが映って見えるので、鏡に紙を張ったり、表面を衣服で隠したりした。それからは病気のせいでもう家には住まず、中庭の奥の竹小屋で暮らしている。体中にかさぶたができて、口のなかで出血し、舌が黒くなっている。もう食べることも眠ることもできない。ひどい頭痛がする。アルテミジアが、頭に巻くようにと、水で湿した布を持ってきてくれる。そんなわけで、おれは鼻と眉毛、まぶたと髪の毛を失い、一個の怪物になった。もうだれにもおれとはわからない、うじ虫がおれの頭蓋を食ってしまった。そして悪魔どもを見るのが日常茶飯事だ。

砂嚢の石

　ぼくは帰ってきた。これは奇妙な感情だ、モーリシャスにはこれまで一度も来たことがないのだから。見知らぬ国にこうした痛切な印象を持つのはどうしてか。父は、十七歳で島を離れて以来、一度も戻ったことがない。祖母はこの島の出ではなく、アルザス生まれだ。母はアリソン・オッコナーという名で、イギリスで看護婦をしていた。父は戦後母と出会い、二人は結婚した。父は故国を離れた移住者、今で言う「一族離散（ディアスポラ）」による移住者だった。父がこの言葉を口にするのを一度も聞いたことはない、「流謫（るたく）」という言葉にしてもそうだ。たとえ生まれ故郷へのこのうえない郷愁でいっぱいだったにせよ、口には出さなかった。なつかしさを言葉では言わなかった。父はそれを身ぶりで、癖で、ある種の物への偏愛で表した。ぼくの子供時代にはいつも、いたるところに、父をかの島に結びつける数々の物を目にした。いろんな貝殻（浜辺で自身が拾い集めたものであり、古物商の店で買ったりすることなどけっしてよしとしなかったはずだ）、溶岩の破片がいくつか、珊瑚（さんご）、乾燥させた魚が一匹、それは青い斑点のあるハコフグで、小さな目、ちっぽけで砕けそうな鰭（ひれ）、それに黒ずんで老人の口のようにすぼんだ肛門を備えていて、笑ってしまう。植物の種もあり、コーヒー豆、タマリンドの莢（さや）、赤褐色のザルガイ、黒いココナッツの木片、それに他の何にも似ておらず、辞書にもその名は載っていないので、とても早くに名前を覚えたあの光沢のある大きな種子。タンバラコク〔アカテツの一種〕だ。この種子を餌とする、羽のない大きな鳥のことを父から聞いたことがあったかもしれない。この鳥は、消化されて柔らかくなったこの種子を糞とともに排出して、世界でも類を見ない、ぼくには太古の昔から存在しているように思えたシデロクシロン・グランディフロルム、大きな葉を持つ別名「鉄の木」を発芽させたのだった。しかしよく考えてみれば、父は何も話さなかった。これらのオブジェは父の書斎の机の上や、本棚の際（きわ）や、ナイト・テーブルの上に、何のためということはなく、何を語るでもなしに置かれていた。ただそこにあったのだ。

　それに地図もあった。壁に掛けられて綿毛のような埃（ほこり）に覆われ、あるいは、いつか役立つ日が来るとでもいうように、簞笥（たんす）の上に巻いたまま置かれたり、英語辞書のかたわらに積み上げられたりしていた。すべてモーリシャス島の地図で、縮尺はまちまちだった。首都ポート・ルイスの地図もあり、今は別の呼び名になった通りの旧名が記され、商人名が手書きで書き込んであった。アリ、ソリマン、アモーラシン、ウォーン・チョン・リ、パク・ソー、ツリダー。それから役所名や、モスク通り、エディト・カヴェル通り（旧ランパール通り）、ロンロ社のオフィス、シュガー・アイランド社、商業銀行、合併オリエンタル社、それにいくつかのホテル名、ただし今日の気どった大型ホテルではなく、ナショナル、パール、マッカーサー、モンテギューといった名前を冠した、イギリス人下級公務員向けの小さな賄（まかな）い付きの宿だ。さらに、フロール、バラショワ、キャプテン、エスペランス、ドライカレーといった名のレストランもある。父がこれらの地図を眺めていたようには思えない。地図は貝殻や植物の種、インテリアを構成する他の物とともに、また記念写真や旅の写真とともに、そこにあった。父は地図を眺めることはなかったが、だれかがたまたま場所を移そうものなら、すぐに気づいて、「ポート・ルイスの地図に触ったのはだれだ」と言うのだった。しかもすぐさま、いっそう重要なことのように、「一九二三年の版だ」と付け加えた。まるでぼくや母以外に、そんな地図に関心を寄せ、かすめ取りさえする者がいるかのように。

そうした物すべてのうち、ぼくのその後の人生を決定づけるほど、格別にぼくを惹きつけ魅了したのは、本棚の貝殻と種子のそばに置かれた、増水のあとに取り残されたようなあの摩滅した白っぽく丸い石だった。上段に置かれていたが、そこに手が届くようになって以来、何度もそれをいじった。それが何か尋ねた覚えはない。テニスボールか、もう少し小さめの小石、ただの小石だ。まん丸で、表面に軽く突いたあとのような斑点の線がついていたが、日に当てて見ないとわからないほどだった。おもちゃかもしれないとは考えたことはない。しばしば手に取り、温まるまで握っていた。重さを感じ、表面のきめを吟味した。どんな味だろう、どれほど硬いのかと、唇を近づけた。それから、そのつど、本棚上段のもと置かれていたとおりの場所、タンバラコクの種とタカラガイの貝殻の間に戻した。

何年も経ってからのことだが、ある日思い切って父に尋ねた。「あの丸い石だけど、あれは何?」ひどく驚いたことに、ふだん寡黙で、とくに自分の過去は語らない父が、不意に打ち明け話を始めた。「見当がつかないか? あれが何か教えてやろう。十歳ぐらいのころのことだ、南のマエブールのほうのサトウキビ畑であの小石を見つけたのさ。伐採が終わったところで、私はサトウキビのなかをほっつき歩いていた。父はだれかと面会しにモン・デゼールの工場へ出かけていた。そのとき、刈り取られたサトウキビのすき間の赤土のうえで光っている、あの白い石を見つけたのだよ。家に持ち帰って父に見せた。それから、工場のひとりの技師が小石をじっと見て、おれに言った。『めずらしいものを見つけたね、これはドードーの砂嚢にあった石だ。大きいし重いだろう、こんな石を嗉嚢にぶら下げていた鳥がどんなに大きかったか想像がつくだろう』」

父の話を聞いたこのとき以来、その丸い石がこの先ぼくの人生に独自の場所を占めることがわかった。父が死んだとき、ぼくが取っておいた唯一の形見はその石だった。母はニースの高台にあるサン・シャルル修道院に入ることを選んだ。何もかも売り払われ、あちこちに散らばった。母方のオッコナー家の祖母が所有していた古い家具――彼女はルイ十六世様式の肘掛椅子をリポランのエナメルで塗装していた――や、小物類、台所用具、縁の欠けた皿一式、行李に入ったレース、小物入れの小箱、すべてが古物商行きとなった。遺された書籍、古新聞、地図、暦は、ある古本屋が買い取った。それでもぼくは、縮尺二万五千分の一のモーリシャスの古地図は取っておいた。一八七五年の日付を持つ、デキュール社が黄色のプリント地に印刷した地図で、竹竿に巻かれていた。そこには、すべての区画が地主の名とともに記載され、昔の製糖所も載っている。ぼくはもちろん、フェルセン家の名とともにアルマを眺めた。しかし地図を取っておいたのは郷愁のせいではない。正確な区分けと起伏を表す線描が、絶滅したドードーのことを調べるときに役立つかもしれず、そこに記載された人名と地名のいくつかだけが、鳥がたどった境遇を証言するものだったからだ。地図には茂みの跡や峡谷や沼も記されていた。地図をもとに、翼のない大きな鳥が藪のなかを駆け回っているさまを想像できた。鳥の叫び声さえ、荒涼たる自分の縄張りに仮借ない捕食者たちが侵入してきたために悲嘆に暮れるわめき声さえ聞こえた。ぼくは地図を大学都市の寝室の壁に貼り、自然史博物館で講義を聴く間も、砂嚢の石をポケットに入れて持ち歩いた。この地図と石はぼくのお守りだった。ある日、恋人のクララに石を見せた。彼女は褐色の小さな両手でそれをつかんだ。石は若々しくきらきらと輝いていた！父が死んでからこの方、石を触ったのはクララだけだと思う。例の砂嚢の石に関する論文を書くためにモーリシャスに行くつもりだと言うと、冗談でしょうと言わんばかりにけらけらと笑った。こんな講釈さえ付け加えた、「ついてるわよ、あなた、島々の浜辺でのんきに過ごすのでしょうから！」当時は多くの人がモーリシャスは群島だと思っていた。ぼくは、いっしょに来ないか、とは言わなかった。言い訳も不要だった。ブラック・リバーの森や峡谷のこと、高地の泥に濁った水たまりや、霧に包まれた山々のことを話す気にはならなかった。書類と資金を取り集め、荷造りをした。蚊帳(かや)代わりのチュールや、早瀬の水を殺菌するためのオゾン丸薬を持参するのも忘れなかった。巻いた地図を筒に入れ、白い石を手提げ鞄(かばん)に入れて、ぼくは出発した。

ラ・マール・オ・ソーンジュ▼8

ぼくは初歩的なことから始めた。本で読んだこと以外には何も知らなかった。何も想像などしていなかった。まずは、砂嚢の石をあたかも金剛石(ダイヤモンド)のようにポケットに入れて、サヴィニア、ラ・バラック、ル・シャラン方面のサトウキビ畑を歩きにいく。父が歩いた道筋をそのとおりになぞってみよう。父の子供時代の時間を生き直してみよう。重苦しい日差しに照りつけられながら、父がたったひとりで、伐採の済んだサトウキビ畑に入っていき、枯れ葉のなかに、卵に似た白いものを見た瞬間を。もちろんぼくは何も探しはしない。こんな重要なものが二度も見つかるわけがない。土は赤く乾いて、いくつもの小山を造っているが、ぼくのテニス・シューズで踏んでもほとんど崩れない。今は、父が歩いたときと同じ季節ではない。サトウキビはまだ伐採前で高く伸びている、ぼくの背よりも高く、剛直で、鋭い。海風が吹くと、葉っぱが金属的な音を立てて響く。ぼくは身を守るために鞄を腹に押し当て、野球帽を目の上で折り返して、前傾姿勢で歩く。どこに向かっているのかわからない。サトウキビ畑は際限なく広がっていて、さながら緑の海だ。空は烈(はげ)しい青、ほとんど紫色だ。ときどき立ち止まって、ペットボトルのぬるい水をひと飲みする。日はすでに高く、どぎつい光だ。サトウキビのにおいは息苦しいほどで、枯れ葉が茎の根元で発酵している。尿のにおい、砂糖のにおい、それにぼくのにおいも混じっている。汗が目の上を流れ、首筋を流れ、シャツの生地が肌に貼りつく。ぼくはどこにいるのか？　問題の場所はここなのか、それとももっと先なのか。父はどこで石を見つけたのだろう？　モン・デゼール方面の、ル・シャランに向かう街道とだけ言い、はっきりした地名を一度も口にしなかった。ずいぶん昔のことだが、何も変わってはいない。タクシーはぼくを工場の入口で降ろした。ただちにぼくは、うねうねと曲がった細道に入って行ったが、その行き止まりはプランテーションだった。ぼくは緑青色の海のなかをでたらめに歩く。

　ここ、サトウキビ畑では、もはや時は流れない。ぼくはこの場所を、三百十年前、ドードーが種としての最後の日々を生きつつあったころの情景のままに、眺めることができる。当時はおそらく、サトウキビ畑の代わりに、黒檀や茨の茂みなど、それにひょっとすると葦もだが、低い木がまばらに生えた森があった。あるいは、雑草が丈高く伸びた盆地があって、そこを大きなドードーが首を伸ばしながら駆け回っていた。しかし暑さは今と変わらず、海のにおいを運んでくる湿った風が吹きつけるのも変わらなかった。その風は、ときにはあたり一面を覆う霧を運んできて、それには、目に見えない空から降ってきて今ぼくの顔をつついている小さな雨滴がはらまれていた。霧雨のしずくは、鳥たちの逆立った羽にくっつき、彼らのくちばしを浸し、三本指の彼らの足が土につけた跡に溜まって光っていたに違いない。鳥たちはときどき立ち止まり、蛇のように身じろぎもせずにこわばっていたに違いない。やがて、わけもなしに、また走りはじめるのだった。ぼくは今、同じ足取りで進んでいく。風に向かって前傾姿勢で、首を伸ばし、目をなかば閉じ、サトウキビの鋭利な葉で怪我をしないよう両手をポケットに突っ込んで進んでいく。当てもないまま、朝日の方向に向かって歩く。ずっと行けば、海に出ることはわかっている。ときどき立ち止まって潮騒に耳を澄ますが、聞こえるのはサトウキビの葉を吹き抜ける風のざわめきだけだ。何を探すのでもない。もう足もとも見ない。長い年月が土地を洗い、削りとり、耕し、どんな痕跡も残っていない。数々のサイクロンに耐えたものなどない。山頂から降りつける雨が、増水した大河のような奔流となって流れた。いっとき、日差しと風でくたびれ果てて、サトウキビの葉っぱが作るわずかな日陰に腰を下ろした。右手にはずっと丸い石を握っている。「ドードー、お前はどこにいる？」と心の内で問う。その名を大きな声で呼ぶこともある。まさにドードーという鳴き声を立てていたらしいから。鳩のようにくうくうと低く軋る鳴き声だ。峡谷を転がる岩が立てるような音、あるいは喉もとでドードードードードードー！……と鳴る白い石のうなりか。膝に額がつくまで身を屈めて待つ。何を待っているのか自分にもわからない。その時をずいぶん前から、子供のころから待っている。白い石を頰に押し当て目をつぶる。顔の皮膚越しに、閉じたまぶたから、はるか昔の何かがぼくのなかに入ってくる、ぼくを養い、ぼくの血に乗って流れ、ぼくに名前を、生誕地を、ぼくの過去を、ひとつの真実を授けてくれる何かが……。サトウキビの鋭利な葉が風に揺すられ、こすれ合って、機械的な音を立てる。乾いた土の上で温められた海風で、渋くてつんと鼻を突く。このにおいに覚えがあるのはなぜだろう。父から、祖父のアーノルドから、最初にやって来たアクセルとその妻アルマ以来この島で世代を重ねてきたフェルセン一族からぼくに伝わり、このにおいはいつもぼくのなかにあった。ぼくの肉と肌に宿る、彼らの肉と肌のにおいだ。その瞬間、空にけたたましい音が響いて大地を震わせる。未知の捕食者のうなり声や、海上にとどろく大砲の音が恐くて首を引っ込める鳥のように、ぼくは首をすくめる。サトウキビ畑の上空をひとつの影が、翼を広げ、胴体で日差しを反射しながら、ゆっくりと通り過ぎる。ジャンボ機が乗客を乗せて離陸したところだ。客室でいくつものフラッシュが弾けるのが聞き分けられるような感じがする。飛行機は重そうに通過し、プレザンスの空に苦しげに上昇し、やがて海のほうに旋回する。

夜にならないうちにラ・マール・オ・ソーンジュのほうへ来ていた。地図を持参してはいたが、見つけるのに苦労した。藪が生い茂る峡谷を遡行して、黒檀とタマリンドの林を横切らねばならなかった。トラクターの車輪の跡がついた細い土の道を通っていった。ぼくは地図で水色をした場所を探していた。ところが沼とはいっても、周囲を森に囲まれ、草と葦に覆われた盆地しかなかった。一八六五年、ガストン・ド・ビシー氏の所有地で現場監督をしていたロワという男が、プランテーションで使う沈泥の塊を採取していたときに、たまたま最初の数体の骨を発見したのはここだ。黒っぽい、粘土質の、腐敗した植物が混じった四角い土の塊がいくつもあった。有毒ガスを吸い込まないように、インド人労働者たちは口にスカーフを巻きつけていた。当時、沼にはまだ水があり、人足たちは裸足で、腰巻だけを身にまとい、黒い肌に汗を滴らせながら水に入った。すぐさま最初のしかばねが現れ、人足のひとりが大発見を告げた。「旦那、ココニ骨ガアリマッセ、ロワノ旦那」黒い土に埋もれた骨が白く露出している土くれを持ってきた。ロワはしかばねを検分し、一羽の鳥の、信じられないほど巨大な鳥の骸骨であることを見てとり、竜骨突起、あばら骨、脊柱を確認した。続いて足の骨を見た。たいそう分厚くて長いので、海鳥、たとえば嵐で迷子になったアホウドリの死骸などではありえなかった。労働者たちが飲料水として持参していた水筒の水で洗うと、骨はふしぎな色をあらわにした。あばら骨の白と対照的な、青い縞の入った黒で、何世紀も前に絶滅したはるか昔の動物の色だった。沼のほとりの草の上に並べられた骸骨は、ふしぎな、ほとんど威嚇的な輝きを放っていた。人足が集まってきて、事態が呑み込めないままじっと見ていた。ロワから大ニュースを知らされて、マエブール海岸を探索していた小学校教員クラークは、発見から一時間もしないうちに馬車で到着した。沼の周囲では黄土と泥炭の塊が乾燥しており、墓地の平墓石に似ていた。風にはためく布のシートの陰に、ロワとガストン・ド・ビシーと人足数名が腰を下ろしていた。人足たちは乾かした軟泥を裁断する作業を再開する命令を待っていたが、水底から出てきた奇妙な鳥の出現に、俗界のすべての活動が中断していた。クラークが告げた、「あのな、君が掘り出したのは、まがいもなくラフス・ククラトゥスだ。モーリシャスの御先祖、かの有名な巨大鳩、またの名をドードーという。好きな呼び方をすればいいがね」彼は納骨堂の前でするようにひざまずいて、長い骨を慎重に扱っていた。それらの位置をずらしたり、違う順序で並べ替えたりして、ついに大型鳥の骸骨全体が現れた。あたかも今しがた永遠の眠りに就いたかのように、地面に横たわっていた。「頭蓋の一部と下顎が欠けているのが残念だが、君が見つけた一体は、アムステルダムやオックスフォード所蔵のものに比べても、何ら引けをとらないだろうよ」

人足が骨を掘り出した正確な場所を尋ねてから、クラークは白い木綿のズボンが汚れるのも構わずに沼に入り、シャベルで水底を調べはじめた。たちまちシャベルは水面に、ひしゃげたボールのような形の泥の塊を掻き上げた。汚れを洗い落とし、水気をふき取ると、頭蓋冠が現れ、その端には巨大で重たいくちばしがついており、やはり表面が、湖底独特の青い縞入りの黒でぴかぴか光っていた。クラークは明らかに昂った様子で、鳥の頭蓋を脊柱のラインの端に置いた。すると正午のどぎつい日差しのもと、怪物じみて親しみ深い一羽の鳥の体がはじめて完璧に復元されて姿を現した。うずくまった鳥の足の先は、三本の長い指に分かれ、鉤爪がついていた。死んでいると同時に生き返った鳥は、きっとこの瞬間をずっと待ちつづけていたのだろう。

「生涯をかけて山中を探索してきたのに、海から目と鼻の先のこんなところに埋まっていたなんて！」

続く数日間というもの、ラ・マール・オ・ソーンジュは、文字どおり熱狂の舞台となった。インド人の人足たち、雇い主たち、近隣の野次馬も、ときに腰まで深さのある水に入った。しかも彼らは、湖底の泥に隠れた尖った骨のでこぼこを敏感に感知するために、裸足だった。

森に夜のとばりが降りてきた。その場を離れる決心がつかなかった。製糖所と石灰窯へ通じる石ころだらけの街道筋に、休める場所がないかと探した。サトウキビ畑を横切ってアカシアの森のほうへ行った。今や岸辺のごく近くまで来ている。切り立った海岸で、岩礁などひとつもない海だ。黒い岩に砕ける波のとどろきがはっきりと聞こえる。大型鳥がここまで来ることはなかったはずだ。岩の割れ目の一つひとつ、峡谷の一つひとつが罠だから。風はあるが、湿気をはらんだ空気が息苦しい。ときどきクジラが虹色の蒸気を噴き上げるが、エキゾチックな海岸で聞こえる音というよりも地獄めいた音だ。ここにいる鳥は、風に運ばれて海面すれすれのところを飛びながらマエブール湾に向かうアホウドリと、群れなす鵜だけだ。入り江のなかの、泡がまだらに浮かぶ暗い海を眺める。すっかり夜になる少し前に、一隻の貨物船が沖合の水平線沿いを航行しているが、やがて動かなくなり、船首に明滅する灯りにかすかに照らされている。うわさに聞いた話を思い出す。ああした中国かインド国籍のコンテナ船は、報復を受ける恐れもなく、モーリシャス沖に汚物を投棄しているというのだ。またもぼくはドードーのことを思う。もしかしたら、尻尾に生えた笑止な羽を突風にめくられながら、この海岸を走り回ることがあったかもしれない。かつてオランダ軍旗艦が、島の南東部の大きな湾に入るための水路を探しながら近づいた海岸はここだった、とぼくには思われる。そのときはじめてかの大型鳥は、自分の命脈が尽きようとしていること、ラッパ銃と棍棒で武装した悪魔どもが何百羽もの仲間を殺して骨しか残らなくしてしまうことを悟った。それはまもなく白い砂浜のあちこちに小さな、ねばつく、黒い玉が散らばることになる世界、世界の反対側の果てから到来する波がそのつどポリ袋や古い瓶を運んでくるはずの世界だった。いや、もしかしたら、鳥は何も悟らず、想像せず、残りいっさいは容赦ない自然が引き受けたのかもしれない。

ラ・ルイーズ[9]

足が痛くてどうにもならないときには、ローズ・ヒル方面、ボー・バッサン行きのバスに乗る。市役所広場に停留所があり、そこに廃墟となった大劇場がある。昔はバスに乗れた。運転手は「ドードーサン、元気カイ」と言い、おれは運賃を払わずに乗れた。だれもがフェッセンの投石野郎（クー・ド・ロス）を知っていたからだ。おれは前のほうのエンジン近くに座り、開け放った窓に顔を寄せて、景色を眺めたものだ。今じゃ、若い者が相手だから、運賃を払えなければ乗らない。連中はおれがだれか知らない。フェッセン家も、アルマも、以前のいろんなごたごたも、何も知らない。連中から見れば、おれはただの浮浪者、ぶかぶかの靴を履き、靴紐の代わりに荷造り用の細紐を通した、みすぼらしい身なりの老いぼれにすぎない。カッスを持ち合わせていれば運賃を払う。さもなければ、バス待ちで並んでいる客の列の先頭のほうに歩きながら、乗車賃を作るのに一人ひとりに何ルピーかをねだる。若い連中にはねだらない、そうするまでもない、奴らはおれをののしり、からかうからだ。この前も、おれを殴った奴がいる、こめかみに拳固を一発見舞われた。そのあと何日も頭痛がしたが、何も言わなかった。何の役に立つだろう、取っ組み合いをしたところで？　昔、うんと昔のことだが、おれは若くて、殴り返すことができた、腕っぷしはめっぽう強かった、手で小石を握りつぶすことだってできた。病気になる前はピアノを弾いていたから手の力は強かった。しかし今じゃもう弾けない、全部忘れてしまった。おれはバス待ちの列の先頭に向かって歩きながら、年配の旦那や御婦人に尋ねる。丁寧な口調でこう言うのだ、「すみません、小銭入れを忘れてきたもので、切符を買うのを助けていただけませんか」それは物乞いではない。絶対におれは物乞いをしない、乞食をするのは恥ずかしいと思う。そうじゃなく、穏やかに、丁重に話すのだ。それを家で父さんに教わった。おれは「……してくださるとありがたいのですが」と言う。この言い回しが好きだ。人々はこの言葉を知らないが、それが丁重さを表すことは知っていて、そう言われるのが好きなのだ。よく何ルピーかをくれる。または五セント硬貨何枚かを。[10] 料金に足りる場合も半額にしかならない場合もあるが、バスが発車すると、新たに列を作っている客たちを相手にまた同じことを始める。ある日、グレーの背広を着込んで磨きのかかった靴を履いた男が、おれに百ルピー札をくれる。男は言う、「ほら、これで中華総菜屋に行って昼食をお買いなさい」おれは礼を言ったものの麵料理屋には行かない、昼食は毎日サン・ポール街道のマダム・オノリーヌのところでとるからだ。あの男はおれのことを知っているのだと思う。じっとおれを見て、「神の御加護のあらんことを！」と言った。英語で「ゴッド・ハヴ・マーシー！」と言ったのだが。どんな意味なのか、おれは知らない。男があんなふうに言ったのは、おれの鼻も眉毛も蝕んだ病気に、自分は罹らないようにと願っていたのかもしれない。

　バスに乗って旅するのが好きだ。あちこちの丘、村、人々を眺めるのが好きだ。アルマにはだれもいない。さびしいかぎりだ。最後のころには、だれも父さんに会いにこない。父さんが病気になり、わが家は破産しちまったからだ。ミルー叔母さんがそう言う。年老いたアルテミジアしかいない。アルテミジアは中庭入口の彼女の住む小屋の前で腰掛けに座り、街道を見やりながら煙草を吹かす。しかしもう何かわからぬ雲やきらめきしか見えない。ときどきジャン・パトゥーローの小父さんといっしょに出かける。本当の叔父ではなく、父さんの幼友達だ。遠距離バスでポート・ルイスに連れていってくれる。おれはまだΣの病気には罹っていない。おれにはまだ顔がある。今ではおれとすれ違うと、みんなが目をそむける。さもなければじっと見つめる。後ろから追ってくる彼らの視線を感じる。長いこと、それがおれを苦しめる。おれは奴らに言ってやりたい、「おれのせいじゃないぞ、これは病気なんだ！　おれは怪物なんかじゃない！」しかししばらく前から、なぜか知らないが、どうでもよくなった。それどころか、みなを怖がらせるのがおもしろい。まぶたのない目の穴から連中をにらみ、意地悪な笑みを浮かべた渋面を作ってやるのだ。それに、おれには連中がよそではけっして見られない一芸がある。ベロを出して、トカゲがやるように、頰を這(は)わせて目に触れるまで思い切り伸ばす。この芸はチップ集めに有効だ。おれは甲高い声でやさしく話しながら、だれかに近寄っていく。すると人々は後ずさりしながら、おれがあまり近づきすぎないようにポケットに手を突っ込む。そして何ルピーかをくれる。おれの望みは、とても清潔な美しい家だ。子供たちがいて、中庭で遊んだり笑ったりしている。木々には鳥がいて、猫が一匹、犬も一匹いる。ただし、おれに向かって吠える黄色い犬どもじゃない。長い毛を持つ黒い大型犬で、前足の間に鼻を置いて寝る。それからめんどりと七面鳥が数羽ずつ。おれは妻がほしい、きれいで優しい女性だ。ラロスの母さんのような美しい目をしている。生きていたころの母さんの顔を覚えている、茶色の巻き毛の髪も、金色の目も。おれが住みたい家はヴィユー・キャトル・ボルヌ〔ラ・ルイーズと同じくキャトル・ボルヌ市の一地区〕かトリオレ〔島の北西部、パンプルムース地方の村〕にある。廃墟になりながら完全に取り壊されてはいないアルマはだめだ。それはセメント造りの小さな白い家で、木々に囲まれて花がたくさん咲いている。何しろおれは、花が大好きだから。そこはおれの場所、おれが休息をとる場所で、他人が住む場所じゃない。おれだけの場所で、悪臭が漂ってゴキブリが這い回るサン・ポールのオノリーヌの家とは違う。清潔な中庭の備わった真新しい場所だ。おれは木陰に寝そべることができ、夕方には鳥の鳴き声に耳を澄ませ、空を眺める。子供たちが学校から戻るのを待ち、フレンチトーストのおやつを用意する。スイカやパパイヤといった果物も添える。子供たちには果物以上のごちそうはないからだ。だが、そんなことがありえないのはわかりきっている。おれはフェッセン家の最後の生き残り、みんな死んじまった、すっかり死んじまった、フェッセン家の者は。みなサン・ジャン墓地に埋葬された。さもなければポート・ルイスの西側墓地に。大革命後にこの島に来たアクセルとその妻アルマは西側墓地にいる。おれは墓に記された名前を読む、父さんとラロスの母さんの名前、ミルー伯母さんの名前だ。伯母さんの名前には日付がついている――「マリ＝ルイーズ・フェルセン　一九〇一―一九七五」しかしおれの場所はない、どこの墓地も満員で、怪物の入る余地はない。おれが死んだら、火葬にしてもらわねばならない。

おれには入るべき墓などない。だがラ・ルイーズがある。

ラ・ルイーズにいるとくつろげる。壁の端に座り、通り過ぎるものを眺めながら、何時間でも過ごせる。トラックが青い煙をもくもくと吐きながら、パルマ街道を上っていく。オートバイ、自転車、何列も連なる車が交差路を通ろうとしている。エンジンが熱くなり、クラクションや罵声が聞こえる。まっすぐ進んでキャトル・ボルヌやモカの方面に、あるいはローズ・ヒルやボー・バッサンに向かうのもあれば、右折してカンドス、ヴァコアのほう、小高いフロレアルやキュルピープに向かうのもある。ネルー大通りを通ってケーンズ・カントンのほうへ行くのや、ベルトーあたりで左折してコール・ド・ギャルドの街へ向かうものなどいろいろだ。日は照りつけ、影を短くする。午後二時を回ると、空気がそれまでよりも軽くなる。風が山あいで渦を巻き、どこの大通りにも吹き込んでくる。おれのいる場所からは、ピーター・ボース山もランパール山も見えない。樹木は見えない。見えるのは、セメントの車道と、車と、通行人だけ。朝から晩まで途切れることのない波だ。ガードレールにもたれてバスかタクシーを待っている子供連れの女たち、ブラインドを下ろした車のなかの実業家たち、連中は海のほうに降りていく。物売りが手押し車を押していく。ぐうたら者やおれのような物乞いがいつまでも立ち去らず、低い石壁や大きな店の階段など座れるところならどこにでも腰を下ろす。地べたに座り込んで柱にもたれる。人の群れが彼らを押し、突き飛ばし、通行人が大きな声を上げたり、呼び合ったりする。おれは毎日、ここ、ラ・ルイーズに来て待っている。何を待つのか？「オメエ、ナニ待ッテンダ？」とオノリーヌ婆さんが言う。「ナニヲ待ッテモオラン」いろんなものが通り過ぎるのを待ってるだけさ。街路は川だ、おれはごみやら、色のついた斑点やら、物の影やら、ありとあらゆるものが通り過ぎるのを眺めている。いろいろな物音が聞こえる。人の声、ラムセー、ラムサミー、ラジャ、ルールー、アリオー、マラニィエ、ラバディなどと発される人名。だが、フェッセンの投石野郎とおれの名を呼ぶ者はいない、この名はけっして呼ばれない、おれの顔を蝕んだ病気は、おれの名前も蝕んでしまった。

ラ・ルイーズが好きなのは、生きている人間の交差路だからだ。よその低地、フリッカン・フラックやベル・マールやブルー・ベイやグラン・ベーでは、人は死んでいる。人は止まって動かない。話をしないし音も立てない。珊瑚の壁のなかに、海辺の別荘に、山荘に、共有マンションに閉じこもり、のべつ幕なしにミルクティーとナポリタン・ケーキ▼11を、ベランダの日陰の籐のテーブルで味わうのだ。連中は、日焼けしたり、トラックが吐き出すガスを吸い込んで息苦しくなったりしないよう、真っ昼間には外出しない。連中はここには来ない。ラ・ルイーズを奴らは怖がっている。日差しとアスファルトで黒くなった肌をしていない、病気に蝕まれた顔などしていない。ここじゃ、おれに注意を向ける者はいない。おれは荒廃した家々やトラックの錆びた車体と同じ物質でできている。おれはインディラ給油所の柱にもたれて座ったままでいる。脚を折る。おれに目を凝(こ)らす者などいない。ときどき場所を変える。アー・フォンの店のほう、ボンベイのほうに昇っていく。なかば閉まっているような木造の店、「お茶屋(オテル・デイテ)」と呼ばれるスタンドだが、そこでジュースとバニラ・ティーを買う。そのあと、反対側の「シャミーン繊維」の近くに行く。または同じ道を先まで歩いてレストラン「アーチョイ・スーパーマイン」まで、さらに少し先の「支那居酒屋」まで行く。さもなければ、「ブーダン・ストア」、「キング・ドラゴン」といった今ふうの建物のほうに行く。少しばかり小遣いのあるときには、ブルース・リーやアパルナ・センやカリスマ・カプールやアイシュワリヤ・ライ〔三人ともインド人女優〕を見にBDC映画に行く。だれもおれの入館を止めたりしない。館内は暗くて、だれも他人に目を凝らしたりしない。しかしこの時間には映画館は閉まっている。以前見た映画を思い出しながら、壁にもたれて座って待つ。女学生たちが学校から戻ってくる。マリン・ブルーのスカートに白シャツという姿で、五、六人のグループで歩道を歩いている。褐色のきれいな脚をしている。彼女たちの黒髪は日差しを浴びて光っている。ぺちゃくちゃと早口でしゃべり、笑ったり鳥みたいな小さな喚声を上げたりしている。おれはシャツの下の胸のふくらみや、腕の下の汗のしみを見ている。平底靴を履くか、ビニールのサンダルを留めずに突っかけている。カンドス〔キャトル・ボルヌの南隣〕方面に行くのに、バスに素早く乗り込む。バスは停車せずにスピードを緩めるだけで、女学生たちは笑いながら昇降口から飛び乗る。日差しで温まった車内で、彼女らは窓から顔を出す。おれの知らない子供たちだ。二度と会うことはない。アイーシャ・ジーヌはラ・ルイーズを通らない、サン・ジャンからキュルピープに直行するのだ。彼女に会いたいと思えば教会まで歩く、そしてやって来るのを待つ。目の前に広がるのは、途切れることのない動きだ。行ったり来たりの。

蟻たち。アルマでは、庭の塀や道路の轍のなかを蟻が駆け回っている。伐採された葉や、わら切れや、パンくずを運んでいる。おれは蟻どもが駆け回るのをひとしきり眺めている。そいつらの行く手に障害物を置いて道に迷わせようと試みるが、蟻どもは進むべき方向をけっして見失わない。障害物を迂回して、小石をよじ登る。おれはもうあまりアルマには行かない。屋敷に入るには壁の割れ目を通らなければならない。蟻たちを見に行きはするが、長居はできない。守衛のラミに見られるのを好まないからだ。奴はおれを追い払う。おれに石ころを投げつけて、「失セロ!」という。「捕まえたら、小ネズミめ、ベルトでひっぱたいてやるぞ」アルマンドー一家が大きな家に住み着いてから、敷地の番人にラミを雇った。奴は何の取り柄もない浮浪者だ。昔は、アルテミジアが敷地の奥の小さな小屋で暮らしていて、おれは入りたいときに入れた、母屋の近くまで行ってユーカリの木陰でくつろぐことさえできた。今じゃ、割れ目から入らなければならない。おれが行くのは午後のはじめ、連中が昼寝をしているときか、日曜の朝、みながアルマの礼拝堂のミサに出かけているときだ。小さな聖ジャンヌ・ダルク礼拝堂はおれも好きだ。真っ白で、大きな窓がいくつもあって、入口にはポーチがある。すぐそばにタマリンドの木が一本あって、昔、父さんとミサに行くと、その莢を拾い集めて、酸っぱい種をしゃぶったものだ。おれには木々を眺める権利もないのか?　あの木々は父さんが学校の休みに帰省する時分にはすでにあり、父さんより前、祖父ちゃんが帰省するときにもあった。永遠にあるわけだ。おれが死んだあともずっとある。だがおれはラミと言い争いはしたくない。ラミは、白と栗色混じりの、尻尾が短く切れたとても美しい犬を飼っている。そいつはおれに文句をつけない。おれがこっそりやって来ると、迎えに出てきて短い尻尾を振る。おれが投げた木切れを追いかける。だけど奴の名前を知らないので、ただ「友(ラミ)」とおれは呼ぶ。飼い主と同じ名前というわけじゃない。アルマの連中はおれのことを知らない。おれを浮浪者だと思っている。おれを知っているのは犬だけだ。アルマの人々、アルマンドー家の連中は、おれがここで生まれたという話を信じない。奴らは意地が悪くて、ある日、アルテミジアがオノリーヌとサン・ピエール市場に行っている間に、ブルドーザーを送ってよこし、彼女の小さな住まいを持ち物ごとすっかり潰してしまう。アルテミジアがオノリーヌと帰宅すると、二人は大声を上げて泣く。だが何も残ってはいない。二人は板材のなかをかき回しながら、手探りで目ぼしいものを見つけようとするが、金属製のでこぼこの古いコップひとつと、片脚のちぎれた人形がひとつ見つかるきりだ。それだけしか見つからない。オノリーヌがそれを引き取り、サン・ポール・ラ・カヴェルヌの家のベッド脇のナイト・テーブルに置いた。アルマンドー家の者たちはオノリーヌに、「アルテミジアはもう長くない」と毎日言う。オノリーヌは聞く耳を持たなかったが、実際そうなってしまった。おれは今じゃ、オノリーヌのところに行く。そこには、アルテミジアのブリキのコップと古い人形が置いてある。それだけがアルマの形見、フェッセン・投石野郎(クー・ド・ロス)家の形見であることをおれは知っている。

　アルマのほうから延びる街道はラ・ルイーズを通る。だから、おれは毎日ラ・ルイーズに行く。高いところから、山のほうからやって来るものは、何でもラ・ルイーズを通過する。草木の間に張られたクモの巣にも似て、おれは街中でうねるいろんな振動を感じる。山々から降りてきて、サトウキビ畑や茶畑を横切り、村から村へ、家から家へと伝わってここまで届く振動だ。連中は全員ここにやって来る、ラミの一家、マロリー、リオネル、サリュスト、ラムセー、ラムシエッティ、市の助役のエロワ、市長つき運転手のヴィヴェク、バスを待つ若者たち、注射の回診からの帰りのシスターたち、無蓋トラックに乗ってアンフェタミンや大麻(ガンジャ)の闇取引をしているザック〔ジャックのなまり〕さえ、それに四輪駆動のトラックに乗ったアルマンドー家の者たちもが、時刻は違っても、みなここを通る。それでおれは日陰で、インディラ給油所の柱に背をもたせ掛けて連中を眺める。

クリスタル

クリスタルを文字どおりはじめて見たのは、ドン・スー所有の海辺の別荘でのことだ。宿泊していたペンション「かもめの岩」の浴室の窓が、この中国人の別荘の庭と建物背面に向いていた。その背面に寝室があった。別荘は年単位で貸されるマンションである。ぼくを泊めてくれているパティソン未亡人からそう聞いた。そこを借りるのは飛行機のパイロットたちらしく、空港のホテルよりも静かだからこちらのほうがよいというのが彼らの弁明だった。実際のところは、中国人の宿では娼婦を連れ込んでもだれも何も言わないからだ。ホテルだといつも門衛の目がついて回る。ゆすりの手段があれば、平気で行なう。ひそかに盗撮して、パイロットの家族に知らせる。この中国人はもっと慎み深い、たとえ娼婦が未成年でもそうだ。

浴室の窓から彼らを見かけた。まずはあのくたびれた四十がらみの男、少し頭が禿(は)げて、パイロットのマリン・ブルーの制服を着ている。虫の食った芝生に立ち、海を眺めるともなしに眺めながら煙草を吹かしている。そうするうちに二人の女が到着した。二人はクレオールで、ともにジーンズとTシャツを着てサンダルを履いている。片方は少々年を取っていて鈍重だ。しかしよく見ると、彼女は大人だが、もうひとりのほうはとても年若く、ほとんど子供だ。年長の女がしばらくパイロットと話し、娘は後ろに下がった。女がパイロットと話している間、ぼくは娘がしぼみかけたゴムのボールを蹴って遊んでいるのに気づいた。彼女は機械的に蹴り、ボールは建物の壁にぶつかって、耳ざわりなパシャン！　という音を立てていた。彼女は二人には目もくれずに続けていた。そうこうするうちに、年長の女が娘のほうを振り向いて、その遊びをやめさせるのにクレオール語で何かを叫んだ。それからまたパイロットと話を始めた。パイロットは退屈そうな様子で聞いていた。娘はとても若かったが、じつはもう子供ではなかった。丸顔で目が大きく、背はすでに伸びて、脚はとてもほっそりして腕は途方もなく長く、ぎこちなかった。とくに、しぼみかけたボールに片方の足先を当て、いくぶん傾いだ姿勢で、横目で年長の女とパイロットを見る様子は陰険だった。それは奇妙な、いくぶん怪しげな状況で、ぼくは窓から離れることも、娘から目をそらすこともできなかった。ふと、浴室のガラス板を透かして娘がこちらを見たように思う。あるいは、ぼくの存在を感じたのかもしれない。ぼくに背を向けて左側に行ってしまったからだ。だが、ガラスにもたれるように身を傾けると、彼女が脇に寄り、今度は彼女がぼくをうかがっているのがわかった！　汗が背中を流れるのを感じた、心臓が早鐘を打ちはじめた。自分がどこか罪深く思えたのかもしれない。いや、罠にはめられたと怒りのようなものすら湧いてきた。年長の女は立ち去り、鞄に何かを詰め込むのが見えた。それを確かめる間もなかった。ぼくの注意は娘に注がれていたからだ。しかし、あとから思うと、女は紙幣を受け取ったのであり、鞄に隠したのはその金だった。パイロットは煙草を消し、建物の端で待っている娘のところまで行った。着くと娘を抱擁した。男は大柄でがっしりしていた。男に抱かれる娘は黒っぽい細枝のようだった。男はしばらく娘を抱いていた、顔を娘の髪の中に埋めているのが見えた、娘のにおいを嗅いでいた、甘い言葉をささやいていたのかもしれない。娘はとても黒くて豊かな巻き毛の髪をして、それが肩と顔を覆っていた。パイロットは両手を彼女の髪に突っ込み、指でもつれさせていた。指を回しながら娘のうなじと肩を撫でてもいた。やがて二人は身を離し、男が前に立ち娘が後に続く格好で、いっしょに歩いて家のなかに入った。入る前に男はパイロットの上着を脱ぎ、空色の半袖シャツと黒ネクタイの姿になった。そのとき娘がぼくの窓のほうを振り返った。あなたを見たわよ、ずっとそこにいるのを知っていたわよ、と告げるためだ。日は右手から差しており、彼女の表情はよくわからなかった。それに彼女の黒いほつれ毛が風に揺れ、顔の一部を隠していた。それでも彼女がニコッと微笑(ほほえ)んだことはたしかだ、微笑むのを現に見たとは言えなくても。そんな印象をぼくは持ったが、それも四分の一秒ほど、光線がきらめいては消える一瞬のことだ。あざ笑うような微笑か、それとも挑発のそれか、ぼくにはわからない。鋭くて残酷な、悲しくもあり、致命的な何かだ。

今では、夕方、サトウキビ畑を歩き回って戻るたびに、浴室の決まった監視地点に立つ。冷たいシャワーしか浴びないのは、「かもめの岩」のパティソン未亡人の使用人ザン＝ザック〔ジャン＝ジャックのなまり〕が素人(しろうと)流に修理した電気給湯器を信用していないからだ。彼は問題ないと言い張るが、ぼくは用心している。シャワーヘッドの抵抗器まで来ている電線がゴキブリか湿気に蝕まれ、絶縁のために巻きつけた絆創膏が剝(は)がれそうになっている。シャワーのあと、素っ裸でタイル張りの床に立って、窓ガラスのすき間から入ってくる生ぬるい空気で体を乾かす。四時ごろ、学校が終わると、あの娘が中庭にやって来る。あいかわらず、身にぴったりのジーンズと同じ白いシャツを着ている。通学鞄を別荘の壁際に置いて待つ。彼女はぼくがここにいて、自分を観察していることを知っている。体を少し左右に揺すり、子供っぽい姿態で腰をくねらせる。ついで振り返ると大人の顔つきになって、唇に紅を塗り、クロムめっきをした手鏡を見る。それは航空会社のパイロットの、ひょっとしたらスチュワーデスのアイデア商品かもしれない。ぼくは身じろぎもしない。背中にも額にも粒の汗が流れるのを感じる。

海風が腹や腕の毛を逆立たせ、心臓がどきどき高鳴っている。恋人とデートをしているような、ばかげた錯覚にとらわれる。娘はぼくの視線を察知している。それに、昨日、いや別の日だったか、彼女は男に何やら耳打ちし、男はこちらの窓のほうを向いた。目を細めてぼくを見ようとしたが、湯気に曇ったガラスがぼくをすっかり隠してくれる。そこで彼は手の動作で、そっちに乗り込むぞと言った。しかし思い直して、ぼくに理解できない言語で――オランダ語かもしれないと思われたが――ののしり、威嚇することで満足した。あの男、いい年をしたあの変態野郎が、こちらに向かってくることに、ぼくの部屋の窓までやって来ようとしたことに、怒りを、いや憤激すら覚えた。一万キロも離れた場所で、家族に隠れて、金銭と、空色のシャツと、コネと、大空の騎士の職業に物を言わせて、十六の娘に手を出すあいつに、あの恥ずべきロリコンに、思うところをいつかぶちまけてやろう。

フラック〔島東部の人口一万五千余りの町〕の街なかで、偶然クリスタルに再会した。路線バスの出発駅の近くにいるときに、通りを渡って美容室が並ぶほうへ行く彼女を見かけた。彼女だとすぐにはわからなかった、ぴったりと体に張りついた黒のワンピースを着て、ヒールの高いサンダルを履いていたからだ。そんな装いが大人の女性の風情を添えていた。男たちの冷やかしを気にせず、振り返りもせずに、車の間を大股で歩いていた。広場の反対側まで行くと、暗い色の大きな車に乗り込んだ。色つきの窓ガラスを嵌めた四輪駆動車だった。車はまもなく姿を消した。ぼくはその続きを期待しながら、歩道にじっとしていた。映画のように続きがあるように思えたからだ。すると年輩の男が話しかけてきて、あの娘の名前を知ることになった――「あのあばずれは、奴ら全員とやってんだぜ」その場を立ち去るべきだったのだろうが、彼女に関して何らかの情報が得られるように思った。ぶしつけに尋ねたら、男は何も言わないだろう。ここではだれもがあらゆる他人を怖がっている。知ったかぶりをしてぼくは言った、「彼女はブルー・ベイの出身だね、ドン・スーのところで見かけたよ」男はせせら笑って、「クリスタルかい？　グラン・ベーじゃ、だれでも知っているさ。毎晩あそこの売春酒場に来ているよ」クリスタル、その名を聞いて吹き出したくなった。いつからマエブールの娼婦たちは、クリスタルという名になったのだ？　それはバーで客を漁（あさ）るのに彼女が選んだ名前だった、何かの雑誌で見つけたのか、それともテレビ小説（テレノベラ）から取ったのか。贅沢の夢にふさわしい名前、竹林（バンブー）や司祭谷のあばら家を、埃っぽい街路や若者たちが集まって小瓶入りのビールを飲んだり大麻を吹かしたりする窪地（くぼち）を忘れるための名前、叫喚や罵倒や乱闘や空の瓶を忘れるための名前だった。それでその夜、ぼくはタクシーを拾って、島を横断した。自分が何を探しているのかわからなかった。青い礁湖（しょうこ）の岸辺に吐き出された観光客の群れ、ばかげた椰子（やし）の木立、法外な値をつけた免税店、寿司や揚げ物のレストラン。ぼくもまた街路をぶらついて、あちこちのバーで何杯も飲んだ。日が暮れるまで、どぎつい彩色画を思わせる日没まで、湾沿いを歩いた。穴倉や洞窟から出てきては、大きな音を立てる車や三人乗りオートバイでどこへともなくそそくさと立ち去る漁色家たちを眺めた。クリスタルのことを思った。淫猥な迷路に、立ち並ぶ店の奥の間に迷い込んだクリスタル、浜辺でヒップ・ホップを踊る汗だくの人の群れのなかに、あるいはバーの奥に迷い込んだクリスタルを、閃光を放つ赤い電球に照らされた幼い彼女の顔を。バーの入口で腰をくねらせて踊っている娘たちに彼女の名を告げてみた。「クリスタルという子を知っているかい？」娘たちはクレオール語であざ笑う。「クリスタル？　知ラナイネ、ダレナノ、アンタノ探シテルノハ？」夜、連なるバーの扉の前を、何組もの車の集団がライトを点し、窓を閉ざして、のろのろと通り過ぎる。どこに行くわけでもない、ひとつの島のなかでどこに行けるというのか。暇をつぶし、アヴァンチュールを探すために、あちこちの界隈を大きくひと回りする。集団が徘徊をやめるのは、明け方、すべてが尽き果てる時刻だ、所持金も、ウィスキーの瓶も、性器も。

アルマ

おれは同じ一日を生きている。どうしてこんなことがありえるのかわからないが、そうなのだ。ボヌ・テールのラバ神父に話したが、わかってもらえない。神父は茶化して言う、「だれでもそうだよ、ドードー。日が昇り、また沈む。そして毎日が同じことの繰り返しさ」神父は、毎日ひげを剃る話をする。それから話をやめて言う、「もちろんお前は運がない！」おれの顔を蝕んだ病気は、おれの体毛も食い尽くしてしまった。おれは神父に説明しようとする。「神父様、そうじゃねえんで。おれの一日は終わりがないということです。一本の道がどこまでも続く感じで。夜の来るのがわからない、おれは寝ません。そうしてすぐ朝が来ちまうんで」神父はおれをじっと見るが返答しない。おれはボヌ・テールを出て、サン・ジャン墓地まで歩く。墓参りにはいい時刻だ、日が重苦しく照りつけて墓地の通路にはだれもおらず、墓守のミシエ・ザンさえ留守だから。あいつはおれの金をちょろまかし、父さん、母さんの墓の手入れなど何ひとつやるわけじゃない。おれは両親の住まいを見にいった。彼らの住まい、それはO(オー)通路の奥、糸杉の大木のそばだ。静かな一角で、墓の大半は手入れされていない。平墓石が割れ、その真ん中に草が伸びている、風に運ばれてきた黒いポリ袋までが、錆びた杭に引っかかっている。墓に記された名前がまだ消えていなければ、それらを読む。ラファ、ロム、ラヴイル、ペルヌティ、アストリュク、ラヴァンチュール、ムーディ、シャランドン、エレーヌ・ド・ルネヴィル、ラポトー、フェルドゥー、サロン、バルボ、ティオン、オジエ。彼らは今どこにいる？　だれが彼らを思い出す？　だれが彼らに会いにくる？　パルマでも、ケーンズ・カントンでも、キャトル・ボルヌでも、カイユーでも、ローズ・ベルでも、すべてがたえず変化している。たえず巡っている。ところでヤヤは、おれが生まれたときに両腕で抱き上げてくれたヤヤ婆の墓石はどこだ？　だれかがどこかにヤヤの名前を書いたか？　ヤヤはサン・ジャン墓地にはいない。どこにもいない。存在しないのだ。ヤヤが死んだとき、おれは子供だった。おれは婆さんのことを覚えている。クレーヴ・クール〔断腸の思い、の意〕村の近く、マンゴーの木のそばの地面に穴を掘り、名前のない木の十字架を立てただけだった。ヤヤは奴隷の娘で、墓石の下に眠る権利がない。十字架はサイクロンで倒され、盛り土のうえには低木が生い茂った。そのヤヤはもう、おれの頭のなかをおいて、どこにもいない。無色の長いワンピースを着て、禿げを隠すのに花柄のネッカチーフを巻き、植物の種の首飾りや、タカラガイや、魔除けのお守りを身に着けているヤヤ。あんなに太って重いので、たまねぎ畑で倒れて死んだあと、男たちが四人がかりで体を持ち上げねばならなかったヤヤ。赤砂糖や、ローの店のタピオカ菓子や、甘草根を、広口瓶に入れておれのために取っておいてくれるヤヤ。ヤヤは、心地よく甘い大麻の煙草を吸っては、おなじみのマンゴーの木陰で地べたに眠り込む。二個の石と一枚の布切れで、マンゴーの木の根のすき間に、アフリカの御先祖のために、クモの祖母様とコウモリの祖父様のために、家を造る。紫色の分厚い唇を丸くして、おれのために、彼女自身のために、いろんな子守唄を口ずさむ。とても優しい歌だ。おれは午後になると、ヤヤの腰にもたれて地べたに寝転がる。蒸し暑くて、耳もとで蚊がいやな音を立てる。すると彼女の肉厚の手が、わらの箕を動かして涼しい風を送ってくれる。聴かせておくれ、ヤヤ、トプシーの話を。聴かせておくれ、サクラヴーの話を。彼女の声は低いしゃがれ声だ、煙草を吸い、男みたいに瓶入りのアラキ酒を飲むからだ。おれはヤヤの声を聞くのが好きだ、彼女の歌はおれひとりのものだ。彼女の小屋、彼女の木、彼女のたまねぎ畑からこんなに遠く離れたこの場所でも、あの声がよく思い出せる。〈大いなる大地〉から、冬のある日、島に到着した御先祖トプシーの話をする。トプシーを乗せた帆船は、海の向こうから、うんと遠くからやって来た。彼女の大きくてかさかさした手がおれの髪の毛を撫でる。おれにはまだ、綿のように柔らかい、トウモロコシのひげのような巻き毛の髪があった。病気に顔を蝕まれ、髪を焼かれるよりも前のことだ。トプシーはモリス〔モーリシャス〕の国に来たとき、怖さのあまり、アルマの庭を駆け回った。自分が食われてしまうのではないかとびくびくしていた、悪辣な白人は黒人の子供を食らうからだ。彼は庭を走り、バンヤンジュの木に登り、一日中、夜になるまで高いところに居つづけた。下りてきな、下りてきな、トプシー、だれもお前を食ったりしないと、いくら言っても下りようとはしないので、大きな梯子(はしご)を持ってきて地上に下ろした。トプシーの話、それはまたヤヤの話だ。彼女が子供のころ、トプシーはとても年老いて白髪頭だがまだ生きていた。ときどき彼は〈大いなる大地〉のこと、かの地の木々や川、村や畑の話をすることがあった。それに血が混じっているために赤い大地のことも。トプシーの木はまだある。廃墟と化した家の前庭の真ん中にある、黒いバンヤンジュの大木だ。落ち葉が絨毯(じゅうたん)を作ると、強烈なにおいがする。晩になると、鳥とオオコウモリの重みで木の枝が揺れ動く。だがおれは腐った落ち葉のうえには絶対寝にいかない、蚊が多すぎるからだ。ヤヤが死んだとき、クレーヴ・クールの高台の彼女のマンゴーの木の近くに、大きな穴を掘った。とても太っていたからだ。たまねぎを収穫しおえた彼女が帰るのはそこだった。もしかしたらトプシーが埋葬されているのも、山の岩に寄りかかるように建てられていた木造小屋の近くなのかもしれない。しかしもう何も残ってはいない。金を持っているときはバスに乗ってリパイユまで行き、そこから徒歩で山を越えてクレーヴ・クールまで行く。マンゴーの古木のところに着く。ヤヤがいろんな物語をしてくれたころの思い出に、おれはいつもプレゼントを持参する。持っていくのは煙草だ、ヤヤは煙草を吸うのが大好きで、紙を剝がして中身の葉を捨て、代わりに大麻を包むのだ。さもなければソーダと唐辛子入りの揚げ菓子を買って、マンゴーの木の根の間に置く。ヤヤがいつも座っていた場所だ。供え物は、おれは直接には知らないが、トプシーのためのものでもある。彼は父さんが十歳のときに死んだ。トプシーはとても大きくて、とても色が黒い。前歯がないので、もぐもぐとしゃべる。ちょっと怖い。アフリカの悪魔たちを知っているそうで、お守りでもって悪魔たちを呼び寄せるらしい。ヤヤがそう言った。おれはアルマの庭でヤヤのそばに寝そべって、彼女の話を聴く。そんなわけで今じゃ、二人のためにプレゼントを持ってきて、マンゴーの木の根の間に置く。ひとりの女の子がおれを見にくる、背はあまり高くないが太っている、もう胸のふくらみもある、遠くからおれをうかがっているが何も言わない。知恵遅れだからだ。病気にやられた顔のせいで、おれを怖がっている。だが茂みに隠れて、立ち去らずにいる。おれはプレゼントを置く。おれが去ればたちまち娘が取りにくることはわかっている。それでも構わない。ヤヤが草葉の陰からあの娘を見たら、きっとかわいがるだろう。おれはあの娘の名前を知らない。あの娘はクレーヴ・クールの丘のふもとの家に住んでいる。母親は生姜畑(しょうがばたけ)で働いていて、ちょっと魔女のようなところのある善良な女だ。ヤヤが設(しつら)えた石の間にろうそくを何本か立てて、マンゴーの木の根のすき間に小枝を十字形に置く。おれが到着すると、ろうそくが灯っていることがある、または棒状のお香が焚かれたり、ぼろの切れ端やサトウキビの何切れかが置かれていたりする。ときどき根っこのすき間の土に、めんどりの血の染みがついていたり、鶏の足や、煮込み卵▼12が置いてあったりする。ヤヤ、話しておくれ、巫女(みこ)の話を、魔女の話を。女たちは土に経血を、彼女らが毎月失う血を混ぜ合わせ、その土の一部を男たちの食べ物に混ぜる。男たちがほかの女のもとに行かないように、毎晩自宅にいるようにするためだ。ついで血をマンゴーの木に肥やしとして与える。ヤヤが言うには、その木は川の女神ママ・ワタの家だ。トプシーが死ぬ前に彼女にそう言った。かの地、〈大いなる大地〉では、川は海と同じくらい広大で、そこにママ・ワタは住んでいる。女神は若者を待ち構えて捕らえ、水底に連れていく。彼らが見つかったときには顔と性器が小さな魚にかじられている。本当の話なのかどうかおれは知らない。ヤヤはそんな話をする、おれはごく幼い。いつか病気がおれを蝕むこと、鼻とまぶたを蝕むがおちんちんはやられずに済むことなど、まだ知らずにいる。おれのおちんちんは長くて赤い、朝にはクズウコンのように硬く、オクラみたいにやさしくふにゃふにゃしてはいない。それがゾベイードのお気に入りだ。

アルマ、アルマ・マーテル〔恵みの母の意で、地母神キュベレー、または聖母マリア〕、と父さんはふざけて言う。父さんはよく、モーリシャスの製糖所は、ピンク色をした多数の子豚に授乳する太った雌豚に似ていると言う。株主全員がまさにピンクの肌をした白人だからだ。子豚の一匹一匹が母さん豚の乳首をがつがつと吸い、体じゅうべたべたで腹いっぱいになり、これ以上は入らないというところまで飲みつづける。それから母豚のそばで寝入るのだが、一方の母豚は彼らを養うことに憔悴してやせ細る。その間、労働者にはパン屑（くず）と、雌豚のわずかばかりの乳しかない。口はからからで、怒りに手を震わせながら、彼らは豚小屋の光景を眺める。真っ黒で腹を空かせた彼らは、半開きの口からひと筋の母乳を垂らしながら、母豚に寄りかかって眠るピンクの子豚を眺める。アルマ、それはおれの母親ではない、おれはその乳を一度も飲んだことはない、おれが飲んだのはアルテミジアの乳だ。そしてヤヤの腹にもたれて寝た。だがおれはアルマに怒りなど抱いていない。それどころか、その土地が好きだ、そこの小川や木々が好きだ。今はすべて廃墟になり、道には草がはびこり、沼には鉄柵が張りめぐらされているが、だれのものでもないその場所が好きだ。アルマに通じる道という道をおれは知っている。自分の背よりも高いサトウキビのなかを進み、キジバトを狩りだす。大地は赤く、空は青い。丸いちぎれ雲が風に運ばれていく。ときどき黒雲がひとつ破裂し、ぱらぱらと雨が降りかかる。小石みたいにちくちくする。こんな昔のことを覚えている。――サトウキビの葉に切られないように両手をポケットに突っ込んで、おれは進んでいく。アウワ！　ハー！　と叫ぶ労働者の声に耳を澄ます、サトウキビを刈る伐採刀の音にも耳を澄ます。おれはサトウキビ畑の近くには住んでいない、おれたちの家は労働者の村の近くにある。おれには工場に通じる道を歩く権利がない。だから、大きな沼から鉄道までの細い道はどれも知っている。屋敷のすぐそばまで近づき、小川と竹垣を越え、小さな石壁をよじ登ると、地上の楽園の入口だ。フェッセン家の大きな建物、椰子の木立、鬱蒼とした大木、泉水、花の植え込みがある。ヤヤの小屋は、道の端、昔の馬小屋の近くにある。暗くてじとじとして、煙やごみのにおいがする。ヤヤの家には便所さえない、うんちは森の奥に掘った穴にして、その上に枯葉や土を掛ける。おれはそこに行くのが怖い。ある日、穴の底に大きなカエルを見つける。そいつは黄色い目でおれをうかがっている。おれは一目散に逃げ帰る。だが、アルマンドー家の者たちがアルテミジアの家を壊すあの呪われた日、おれはそこにいる。その日、彼女は具合が悪く、薬を買いにサン・ピエールまで行く。留守中にブルドーザーがやって来て小屋を持ち物ごとすっかりつぶしてしまう。アルテミジアのベッドも、彼女の家具も、皿一式も、古い衣装も。そのときおれは、小さな林の茂みの陰に隠れて、ブルドーザーが前進して押しつぶすのを見ている。ガラスが割れるけたたましい音を聞いている。骨が砕けるような音だ。かわいそうなアルテミジア、彼女の骨も、歯も、コップも皿も、甥や姪の子供たちの写真を貼ったボードも、それから父さんが撮った彼女の写真――幼いおれは彼女の膝に抱かれている――もこなごなだ。ブルドーザーが停まると、おれは駆け寄って叫ぶ、おれも大声を上げる。「悪党ども！　悪党ども！」だが、それを見て労働者は笑い転げる、この白人のチビめが、走ってきてはスズメみたいな声でピーピー喚(わめ)きやがる。男はおれがサル同然、マカベの森の猿ほどのものでしかないみたいに、カボチャの種を投げてくる。「白イ子ネズミメガ！」これ以後、アルテミジアは二度と来ない、彼女はサン・ポールに住む娘のオノリーヌのもとに身を寄せている。今おれが住んでいるのはそこだ。夜、どこで寝ればよいかわからないからだ。

マヤ

マヤランド[13]は冬の終わりに開場した。ロッシュ・ノワール〔島北東岸の村、「黒い岩」の意〕の建物、工場、付属施設の何ひとつとして残ってはいない。新しい道路が畑の上方にそびえ立ち、そこは長い間、飛行機の滑走路、ブルドーザーで腹をえぐられた赤土の広大な荒地と思われたかもしれない。何もないところに何かが、コンクリートとガラスの幻影めいたものが出現するなんて、想像できただろうか。砂糖、茶、たまねぎさえ、もはや何の価値もない。サトウキビはエチルアルコールを製造したり、燃やして発電所のボイラーの燃料にしたりする以外の用途はない。あの骨の折れる仕事、かがめた背中、真っ黒に日焼けした顔、汗びっしょりの服、そのすべてが無意味だった。アフリカの奥地、キリマンジャロのふもと、ニアサ湖の岸辺、ガラの国、エリトリアやエチオピアで、自分の土地から引き離された人々、死体や骨が転がる道を鎖につながれて果てしなく歩きつづけたあの男たち、女たち。彼らはタンザニアのキルワ島でアラブ人の捕囚となり、ザンジバルで売り払われ、ダウ船に詰め込まれ、喉の渇きと赤痢や天然痘で死にかけていた。そうしたいっさいは何のためだったのか？　何のためでもなかった。もっぱら、ある日ブルドーザーが作業を始め、サトウキビを根こそぎにし、岩を転がし、運河を造るために切通しを掘り、別の日には赤茶けた荒地の上にそびえるショッピング・センターのセメントの建物をそびえさせるためだった。細枝と鉄塔でできた城のような建物は、蓮の花をかたどった屋根を戴（いただ）いている。金の力と栄光に捧げられた、インド人建築家アマル・ラジ・センによる類を見ない作品だ！

　マヤは今、畑の上空を、ダンス・パーティ用のドレスを着た巨大な女のように、翼を開いたトキのように、合成樹脂で覆った幻影のように浮遊している。夕方になると白とピンクに染まる。薄明のせいではなく、無数のネオンの看板が灯って点滅し、ゆらめき、破裂するからだ。常軌を逸した、驚異的な、無意味な名が照らし出される。

セピア
シャルミーユ
ラダマ、アリュール、サラマ　　フレーザー
ジュルネ
シュラ
メスキーヌ
クイック
シルヴァー・クラウド　　マジシアンヌ
ソコトラ
カリーセイ
ジョアス

ガラスの絨毯を敷いた通路に沿って、照明が躍り、音がうねる。人波が一方の柱廊から他方の柱廊へと、おとなしく、夢見るように流れていき、ときどき分かれてはまたひとつになる。人の声は、天井に隠されたおびただしい拡声器が発する単調な音楽に運ばれるようにかき消される。それはいつまでも終わらない歌詞のない音楽で、ハンマーの打撃、水晶のように澄んだフルート、木琴とギター、オルガンの滑走などが混じっている。ただし、演奏者のいない音楽、未知の理解しがたい周波数に基づいて、一定の数字と節回しと演算法に従って、コンピュータが編み出した歌だ。人々は目を見開いて、フラッシュに瞳孔を縮めながら、視線はショーウィンドーを次から次へと動いていく。その視線はもはや現実の何を捉えることもなく、ものの反映に惹きつけられているようだ。それともそれは恐怖なのか。

クリスタルはマヤを歩いている。彼女をふたたび見かけたのはそこだ。もうバンブーの学校には通っていない、何の役に立つ？　というわけだ。女の先生は始終説教をする。ああしちゃいけない、こうしちゃいけない。服装をきちんとしなさい、マスカラと口紅を洗い落としなさい。恥ずかしくないの。お母さんは何と言うでしょうね？……ごもっとも。だが、彼女の母親は毎晩毎朝大酒を飲み、酔っていないときには大声でクリスタルをののしる。「お前は体を売って稼げばいいのさ！」母親の恋人はだいぶ前に立ち去った。まだ若く、母親よりも年少だ。彼にしてみれば、町をほっつき回り、仲間と飲んだり、太鼓を叩いたり、座礁したカヌーにもたれて浜辺で寝るほうがいいのだ。クリスタルは客のパイロット――いや、結局のところ、チーフ・パーサーにすぎないのかもしれない――に、小娘の声音を巧みにまねながらこう言った、「ねえ、お願いだからマヤに連れてって。あそこなら知り合いのだれともぜったいに会わないわ！」男はドードー・ツーリング社でトヨタ・カムリの中古車を借り、そのおんぼろ車でサン・ピエール方面の高台にあるクリスタルの望みの場所へ連れていく。彼自身は浜辺のほうがよかった。クサトベラの茂みの陰で、ちくちくする砂に寝そべって、静まり返った水平線を眺めたかった。あるいはシャワーを浴びたあと、開け放った窓辺の涼しいベッドで、素っ裸で寝たかった。クリスタルは彼に拳固を何発も食らわせ、腹に飛び乗る。パパを起こそうとする優しい小娘といったところだ。「起キテ！　たっぷり寝たわ！　起キテ、なまけ者！」男はだらだらと運転し、娘は彼の肩にもたれかかる。男は娘の胡椒のようなにおいを嗅ぐ。髪を梳かすのにつけるアルガン油のにおいだ。彼女の敏捷な手がズボンの前開きから滑り込んでくるのがわかる。男の一物は固くなり、彼の理性は揺らぐ。「やめろ、事故を起こすぞ！」クリスタルは続ける、そしてこうからかう、「あんたの奥さん、何て言うかしら。そしてノランド〔オランダ、のなまり〕にいる子供たちは。自分らより若い女の子とあんたがいっしょだと知ったら！」ローズ・ベルを過ぎたあたりから高速道路に雨が降りだす。トラックが水蒸気をもくもくと吐きながら難渋している。マヤランドに入場するのは容易でない。周りの盛土が完了していないのだ。通行の邪魔になるもの、ブルドーザーや渋滞する車の間を縫っていかなければならない。パイロットは不満げで、何やらぶつくさ愚痴っている。迷路を、ガラスのアーケードを、クリスタルの後についていく。殺虫剤や飴のにおいがする、それにカレーや熱された食用油のにおいもあちこちでしている。マヤの中心部、蓮形の有名な丸天井の下に、テーブルとプラスチック製の肘掛椅子が置かれている。コーラを飲むために二人が休憩するのはここだ。クリスタルはうつろな目をしている。

彼女はぼくを見なかった。彼女にぼくが見分けられないのは、群衆の顔が見分けられないのと同じだ。もしかしたら、わずかに視線の隅に同じ年恰好の男子のグループを垣間見たかもしれない。彼らはサン・ピエールからバスでやって来ている。女学生の制服を着た女の子たちといっしょだ。女子のなかにはジーンズとジャンパーに着替えている子もいる。蛍光を放つきれいなバスケット・シューズを履いている。サンダルの子もいる。彼らは、クリスタルが年輩の男といっしょに到着するのに気づいたかもしれない。彼女の服装をあれこれ論評し、彼女のそばに座っている白髪交じりの男について感じの悪いことを言ったのかもしれない。そのせいだ、彼女はパイロットがアムステルダム・スキポール空港の免税店——一番安く買えるのがそこだ——で買ったレイバンのサングラス、ウェイファァーラーで顔を隠している。ここには重要なものなど何もない。ここは世間から遠く離れている。空が裂け、土砂降りの雨となってガラスの屋根を打ち、雨は屋内に巧みに並べられたバケツにまで滴り落ちるのだが、そんな空からも遠く離れている。騒音がとどろき、排気ガスの煙を吐いている広い道路からも、モン・ロッシュやバンブーのでこぼこ道からも遠い。今このとき、クリスタルには、ショーウインドーに反射する光と、開いたブティックの扉しか存在しない。扉の向こうに見えるのは、ワンピースやタヒチ風ビーチウェアを陳列している洋服掛け、宝飾品やコールド・ストーンのアイスクリームのショーケースだ。ピンク、赤、バニラホワイト、ココアブラックと色とりどりのアイスクリームが溶けかけている。同伴のパイロットをプラスチック製の椅子に座らせたまま、不意にクリスタルがどこかに消えた。彼女は通路を大股で歩いている、そしてぼくはその後をつける、ぼくは見えない糸で彼女につながれている。あの年配の色男も、立ち上がって歩きだしたかもしれない。他の男たちも、存在しないクリスタルの肌と髪のにおいに惹かれてその後を追っているかもしれない。音楽が、照明が生み出すクリスタル、永遠の青春の幻想に住まうクリスタルを、慎重な足取りで、夢遊病者のように彼らは追いかける。

クレーヴ・クール

マンゴーの木の下で楽音が虚空を飛び交う。アルマ川の小さな峡谷の付近で、おれはそれを聞く。以前は、あのころのおれには、ピアノがあった。ヒルシエンというメーカーだ。ドイツ製で、ベト祖母ちゃんがイギリスから船で運ばせたものだ。祖母ちゃんはアシャブ祖父ちゃんに同行する。祖母ちゃんはドイツ人ではなく、スコットランド人だ。音楽をたしなむ。だけど祖母ちゃんがピアノを弾くのを聴いたことは一度もない。病気で両方の手が縮こまっているからだ。関節症というやつだ。おれが弾きだすと、祖母ちゃんは、おれを邪魔しないように客間には入らず、敷居のところで聴いている。あるいは、歩くと痛いからかもしれない。七つか八つのころのことだ。おれは小さすぎて腰かけの上に辞書を何冊も積まないと、鍵盤の高さに届かない。父さんはまじめなバッハが好きだ。しかしベト祖母ちゃんはショパンが好きだ。おれはドビュッシーが好き、とくに「沈める寺」が。だけどおれにはそれが弾けない。弾けるのは「ケーク・ウォーク」▼14だけだ。今では、おれ自身の指がゆがんでいる。関節症ではなく、Σ病だ。発熱や何やかやのあと、目が覚めると指がこわばっていた。豚の手と言われた。もう二度と弾けない。その後、アルマンドー一家が何もかも売り払った。ヒルシエンのピアノは他の物といっしょに運ばれていった。もうだれもそんなものには用がなかったので、ボー・バッサンの劇場に引き取られた。あそこに行っても、何の役にも立たない。ただ、生徒たちの祭りで、また界隈の貧しい子供たちのために、ある婦人が歌やオペレッタを伴奏しにくるだけだ。だけどおれは、泣き言は言いたくない。泣いてどうなるのだ。奴らはピアノと家を取り上げたが、おれは頭のなかに音符をとってある。それを虚空に舞わせたくなればそうする。マンゴーの木の下に、ダウン症の女の子が聴きにくる、音符は空中を舞いながら娘を惹きつける。音符にはとりどりの色がついていて、飴やハチミツの味がする。サイクロンの雨や風の味がすることもある。その子のために音楽を口ずさむ。理解できなくても感じるものはあるだろう、言葉ではなく音で。歯を噛みしめたまま、メンデルスゾーンの「無言歌」をフムフム、ランラン、フムフムと口の奥だけで歌う。女の子には歌詞がわからないから、こうするのがいいのだ。娘はちょっと肥えていて、パンのような黄金色（こがねいろ）の肌をしている。犬のように明るい色の目をしている。おれは娘の名を知らないので、セミノールと呼んでいる。はじめはおれのことを怖がり、近づくと逃げた。セミノールというのは、おれの好きなシューベルトの曲の名前だ。▼15 歯を噛みしめてもそれを歌うことはできない。ただ娘のために、音符を峡谷に、マンゴーの木の下に舞わせることはできる。あるときおれは娘に近づいてそのワンピースに触る、脚の肌にも触れる。とてもすべすべした肌だ。だが彼女は怖がり、走って茂みの陰に隠れる。痛い目に遭わせるつもりはなく、肌に触ろうとしただけなのに。おれはその子のために、大好きな歌、ピアノではじめて弾いた歌を歌ってやる。それは「オールド・ラング・サイン」といって、シューベルトの曲だ。▼16 歌詞はおれにはちんぷんかんぷんの言語だが、一語一語を覚えている。ベト祖母ちゃんに弾いてやったものだ。祖母ちゃんのお気に入りだと思う。祖母ちゃんはドアの敷居に立ち止まって、おれといっしょに歌っていた。おれの指はもうだめだが、歌を歌うことは今もできる。ピアノが見つかれば弾くことだってできる。毎日、おれのヒルシェンを弾くのに劇場に通うことは無理だ。どこかでピアノが見つかるのを待っている。ところで、今日は大晦日だから、サン・ジャン墓地に行ってかわいそうな両親の墓参りをしよう。おれが金を払わない腹いせに、ミシエ・ザンが汚いペンキなど塗ってないか確かめたい。墓地に行くときは、歯ブラシと小さなコップ、それに名前をなぞるチョークを一本持参する。ここの墓の名前の大半は消えかけているが、両親の墓が同じようになるのはいやなのだ。教会の前を通ると、いつもはこの時間には閉まっているのに、今日は開いているので入る。中は暗くて、腐った花とワックスが混じった奇妙なにおいがする。いたるところで花束がしなびている。祭壇の向こうの聖具部屋で鳴っている音楽が聞こえる。まったく何も見えないので、腕を前に突き出して進んでいく。靴を引きずりながら歩くのだが、音がおれを引き寄せる。するとピアノの前に男が座っている。ピアノは、おれのヒルシェンに似た支柱付きの中古のアップライトだ。男は弾くのを中断して、おれをじっと見る。おれは今に追い払われるだろうと思いながら、身じろぎもせずにいる。ふだん、おれの姿を見た人間は、まぶたのない目を怖がるものだ。ふくろうの目と呼ぶ。男はさして大柄ではない、エレガントで父さんに似ている。白いシャツに青いネクタイを締めている。髪は短く切り、眼鏡を掛けていて、眼鏡の向こうの目は青い。男は言う、「ぼくはミシェル、君は?」おれは口をあんぐりさせたまま、何と答えていいかわからない。男はじりじりして、「ねえ、君は何という名前だい?」それでおれは「ドミニク・フェッセンと申します」と答える。ふだんおれは自分の姓を名乗らない、みな知っているからだ。わざわざ名乗ったりしたら、おれが空想をめぐらせて、自分を偉そうに見せるのにそうしていると思うことだろう。だが、この男は何も言わない。多分土地の者ではないのだ。フェッセンの名を聞いても、彼にはだれだかわからない。男は立ち上がって、椅子を後ろに引く。「じゃ、ドミニク、お掛けなさい、ぼくの演奏を聴きたいのならね」おれが動かないので彼は言う、「さあ、君、座って!」おれは腰を下ろす。すると男はおれのためにふたたび弾きだす。楽音がおれの頭を満たし、泣きたい気持ちになる。アルマで「沈める寺」を弾いていた女の先生のことを思い出した。海中で鳴る鐘の音が聞こえた。それからショパンの「夜想曲変ロ短調」を弾く。音は軽やかで優しいが、和音の暗い音もある。そうしたすべてを覚えている、病気に罹る前は大ピアニストになりたかった、黒い背広と白いシャツを着てコンサートで弾きたかった、祖母ちゃんのために弾きたかった。聴衆は立って喝采を送ってくれる。弾き終えると、ミシェルは立ち上がる。顔が少し紅潮して、目が輝いている。眼鏡を拭くが、目は涙でうるんでいる。「ドミニク、君も弾きたいかい？」彼はそう言うが、最初はおれをからかっているのかと思い、少し後ずさりする。おれは言う、「ミシェルさん、すみません、おれは弾けません、指がだめになっちまったもので」ミシェルはそれでもおれをピアノの前の椅子に座らせるので、おれは両手をピアノの上に置く。鍵盤のひんやりした感触があり、不意に感覚が戻ってきた。おれの指が動きはじめる。最初は指の動きが、とくに小指がのろい。しかし意識しなくても動く。ひとりでに移動するのだ。「オールド・ラング・サイン」を弾く。それはシューベルトがロバート・バーンズのために作曲した音楽だ。おれの理解できない言語で書かれた歌詞を、弾きながら歌う。音符は記憶に戻って来る。「うまいね！」とミシェルは言う。「指がだめになったにしては上手だな」おれに立ち上がるよう合図して、彼はまた自分の位置につく。いくぶんとげとげしい調子を込めて言う、「来たいときに来ていいよ。だがな、君、その前に風呂に入ってこいよ！　臭いぞ！」こんなふうに話しかけられたのは久しぶりだ。おれは言う、「この次はモカ川で水浴びをしてきれいになってから来ます」ミシェルを妨げないように、後ずさりでその場を去る。彼はショパンの「夜想曲」を弾きつづけている。奏でられる音が、暗い教会のなかでこうもりのように飛び交っている。今まざまざと思い出す、ピアノの先生がピアノを前におれと並んで座り、ドビュッシーの「水の反映」を弾いている、むずかしい曲だ。おれは「オールド・ラング・サイン」だ。初回はベト祖母ちゃんがピアノの上に楽譜を置いてこう言ったのだった、「これをお弾き、ドードー。歌詞を書いたのはロバート・バーンズ、わたしの国の言葉で書いたんだよ」おれは楽譜を眺める、シューベルトのメロディは弾ける。ためらうことなく、音を外すことなく弾ける。楽譜から指へじかに伝わってくる。ベト祖母ちゃんは言う、「ドードー、あんたは芸術家だね！」おれはうれしい、それでゆっくりと、またテンポを速めて、何度も繰り返し弾く、そして祖母ちゃんが歌う。だけど歌詞はおれの知らない言葉で書かれているので、おれはただラーラ、ラッララ、ラーラ……とだけ口ずさみ、祖母ちゃんが歌う。家じゅうが音楽と笑いに満たされる。祖母ちゃんは拍手をするが、手がねじれていて指が痛い。それでも拍手をする。おれも拍手をする。幸せが長くは続かないことを、おれはまだ知らない。

他の曲、ドビュッシーも、メンデルスゾーンも、シューベルトも、ショパンも、すべて頭のなかでは弾ける。しかし「オールド・ラング・サイン」だけは忘れもしない。ボー・バッサンの劇場が開いていれば、昔ながらのヒルシェンを弾きに立ち寄る。お決まりの一角にぽつんと置かれていて、雨が降ると雨粒が屋根を伝って鍵盤を濡らす。だがどうってことはない、おれは弾く。人々が集まって来る、学校の生徒や守衛も。しばらく聴いているが、いつも同じ曲なので、飽き飽きして行ってしまう。ある日、市役所に勤めているジュール・パテルさんがおれに言う、「君は上手に弾くよ、だけどいつも同じ曲だなあ！」—「これ以外には何も知りません」と答えるが、本当ではない。昔はショパンもドビュッシーも弾けた。しかしおれはベト祖母ちゃんの話や、おれたちの家にあったピアノの話をしたくない。彼に何の関わりがあるだろう？　だからそれ以上質問を受けないように、ピアノに蓋をして劇場を出る。おれは別のピアノを見つける日を待っている。何かの機会、たとえば結婚式や、元旦を祝う機会を。元旦にはキャトル・ボルヌのゴールデン・チューリップ・ホテルに入って、中国製の黒いグランドピアノを弾くことができる。だが元旦以外の日には、みな「オールド・ラング・サイン」

を聴きたがらない。その曲は気分が悪くなると言う。

マカベ

形跡を見つけたい、ほとんど不可能だが。さもなければ夢見たい。島がまだ真新しかった時代——何百万年にわたって雨と風と日差しにさらされたあと、まだ人間の侵入を受けていなかった時代——に立ち返りたい。いくたびもの地震や、溶岩の流出や、津波や、洪水や、氷河期を経たあとで。洞穴（ほらあな）を探索したいが、酸性土壌では骸骨が保存される場所はない。そうした時代の名残は森だ。モーリシャス野生生物財団の事務所でアディティにはじめて遭ったとき、島の地図を見せてくれた。一七九六年、アクセル・フェルセンが家族とともにフランス島〔十八世紀のフランス統治時代の古名〕にやって来たときには、島の九割が森に覆われていた。一八六〇年、フェルセン家がタバコ農場で（だれもが製糖業者だったわけではない）工業化の時代に参画する時点では、島固有の植物種の森がまだ、高原地帯に、ブラック・リバー渓谷〔島の南西部、マカベはその一部をなす〕やシャマレル〔ブラック・リバー県の村〕、もしかしたらドゥー・ブラ〔島の南東部ローズ・ベルの東側〕にも、飛び地のように残っていた。今日ではもうまったく残っていない。街道を通すのに裁断され、柵に囲まれている、いくつかの破片か引きちぎられたぼろ着みたいな土地を別にすれば。紅土（ラテライト）の未舗装道路の道端の岩にアディティと腰かけて、船の甲板から先人たちが目に見たものに思いを馳（は）せる。——それはあんたの御先祖でしょう、とアディティが言う。あたしの先祖は船倉の底に押し込まれて運ばれてきた奴隷だったからよ。島の入口まで来てようやく波止場のまぶしい日差しに当てられた、それから仕事場に運ぶ荷車に乗せられた。あんたの御先祖というのは、エンクホイゼン号の甲板にいたヴァン・ウエストザーネン、ヴァーパン・ヴァン・アムステルダム号の船尾楼から島を眺めたコルネリス・マトリーフ、ピーター・ボース、それに牡鹿号の甲板から望んだトマス・ハーバートね。それとも、タマランの柔らかい砂にはじめて素足で降り立ったときのヘルダーラント号の水夫たちかしら。ドードーがいたるところにいたわ！　岩の海岸の茨の茂みで、小柄な老人のように背を屈めて餌の種子を探す姿——それを見て当時の探検家たちはペンギンだと思った。鳥たちの丸い尻は空腹に苦しむ者に、幾重もの層をなしたおいしい脂身が腹いっぱい食えるぞという期待を募らせた。たらいに溶かして肌に塗れば、日焼けと塩気でひりつく痛みを抑えることもできるはずだった。こうしてウィレム・ヴァン・ウエストザーネンは、その下手な詩に綴(つづ)っている——

男たちがここで糧(かて)とするのは　翼ある生き物の新鮮な肉
椰子の木の樹液に　ドードーのまん丸い尻
オウムを捕らえてはしゃべらせたり啼(な)かせたり
他の鳥がやって来れば　丸太棒で殺される！

アディティはときどき、ぼくが地図を模写しているキュルピープのモーリシャス野生生物財団の事務所に来る。ぼくらが話すようになったのはそこでだ。その後、彼女には秘密があることを知った。彼女は父親のいない子を宿している。しかも相手構わず結婚するなどということはよしとせず、家族から縁を切られている。それ以来、森のなかで暮らしている。これ以上のガイドはいない。

アディティはマール・ロング〔細長い沼、の意〕に行く道を教えてくれる。道はしだいに細くなり、ぬかるんでくる。森は収縮の途上にあり、森というよりむしろ藪だ。一番多い木は紅い葉をつけるストロベリー・グァバと、大ぶりのランタナの茂みである。ときどき、痩せてねじれた黒檀の木もある。アディティはぼくの前を足早に行く。ゴムのぼろ靴を履いているだけなのに、岩の上も滑りやすい水たまりも苦もなく走って渡る。ここ、いろんな草木が雑然と生い茂ったなかに、ドードーがいる光景を想像しようとするが、浮かぶのはむしろ逃亡奴隷（マロン）の記憶だ。「マロン」とはいかにも彼らにふさわしい語だ、つねに逃亡を続け、人間を狩りたてる猟犬のような連中に追跡されれば、森に紛れ込んだ彼らに。彼らはドードーとともに、島の最初の本当の住民だった。一六九五年、ある反逆した奴隷のカップルが城塞に火を放ち、その罰として男は八つ裂きにされ、女は縛り首になったのだが、その火事を境に主人のオランダ人たちは彼ら奴隷を放棄したからだ。生き延びた逃亡奴隷は、水場から遠い、人を寄せつけない山中に、木の枝と葉で小屋を造った。もっと低い場所、ブラック・リバー渓谷（まさに彼ら黒人の川だった）では、洞窟の入口を茨の茂みで閉ざした。彼らは沿岸を監視し、青い、あるいは白とトルコ石色が入り混じる広大な三日月状の広がりを見張っていた。ときどきベニティエ島の近くに、あるいはブラック・リバーの入口に停泊する船があり、逃亡奴隷たちは崖の上から奴隷を降ろす小舟を確認できた。黒蟻のような縦列がいくつもモルヌ山麓の砂浜を歩いていた、そして北の方角、プランテーションの地獄へと向かっていた。ときに新参者たちの反乱の気配を見てとると、逃亡者たちは高台で火を焚き、新参者たちに、彼らが孤立していないこと、森には自由が待っていることを知らせた。藪のなかにいると、日暮れ時には逃亡奴隷の叫び声が聞こえるように思える。彼らは人間の声を出さない。野生の豚のうなり声や、鷲のかん高い声をまねる、あるいは犬のようにアウァ！アウァ！　と吠える。それは恐怖の種を蒔（ま）くため、彼らを追跡する民兵たちが途中で立ち止まり、たとえ大農場主たちの副指揮官に怯（おび）えぶりをばかにされ、「さあ、行け、臆病者どもめが！」と叱責されようが、野営地へと引き返すように仕向けるためだ。民兵はブラック・リバーやタマランの駐屯地を拠点としている。夜になると彼らは、森のなかで見た恐ろしいものの話をする。裸の野蛮人が体に煤（すす）を塗り、硬い木材で作った投げ槍や矢で武装して、峡谷の高みから石を投げ、毒を塗ったつる植物の罠やサボテンのとげだらけの落とし穴を掘っているというのだ。

今、マール・ロングの岸辺は静まり返っている。辛うじて蚊の鳴くうるさい音と、小さな峡谷の底で始まるカエルの合唱が聞こえる。リトル・ブラック・リバーの尖峰〔平坦なモーリシャスで最も高い山。標高八二八メートル〕の向こうに沈む太陽が、つかの間、金色の輝きで空を包み、やがて夜になる。ぼくが来たのはこれを味わうためだ——アディティがモーリシャス野生生物財団のたまり場に戻る前に、ぼくはそう説明する。「ぼくがここにいるのは、島の真ん中で夜に耳を澄ますためだ、木々を締めつける静寂に」ぼくの厳粛な、少々もったいぶった口調に笑いながら、「あなたは子供ね」と彼女は言った。ぼくは防水パーカーにくるまり、リュックを枕代わりに、霧を透かして星が現れるのを眺める。やがてあたり一帯が、あの青い微光に照らされる。

逃亡奴隷たちが、期待と不安が入り混じる心持ちで、来る夜も来る夜も眺めたのと同じ空だ。そのとき彼らは、海の向こうの〈大いなる大地〉へと導いてくれる星をうかがっていた。馬に乗った悪魔どもが彼らを捕らえ、砂漠や沼地を通ってキルワ島まで、ザンジバルまで連れていく前、子供の彼らが見ていた星を探した。ここ、マカベの森では、彼らは海の真ん中にいて、空は雲ひとつまとわず、不変で、乱れがない。脅（おびや）かすもの、汚（けが）すものは何もない。ここにはどんな微光も、どんな銀河もない。あるのはただ、星のきらめきだけ、またたきながら彼らを見つめる星たちだけ。遠くてなじみ深いひとつの力だ。

あの瞳を見開いた大型鳥たちは、いま空に輝いているのと同じ星の下に生まれた。ときどき空を見上げ、隕石が横切るとまぶたをぱちぱちさせる。やがてねぐらに戻り、地面に掘った穴に座って、たったひとつの卵を温める。

逃亡奴隷たちは子供時代の夜を思い出す。彼らの言語で呪文や祈りをぶつぶつ唱える。星が名前をもたず、何かをかたどった星座を形作るわけでもない、科学とは無縁の空。その深みのなかへと彼らの生命を呑み込み、彼らの息を吸い込む静まり返った空だ。

明け方、というのも何とか眠ることはできたからだが、ざわめきが聞こえる。音は森のほうから聞こえてくる。穏やかな鳩の鳴き声の間に、もっとかん高い声が挟まる。ムクドリの声だ。ひょっとして、梢(こずえ)から梢へと飛び回る大型インコのけたたましい声か。それに、おそらくは聞き慣れているせいだろう、ここに来てからはまだじっと聴き入ったことのない別の音が混じっている——都会の喧騒が聞こえないのと同じだ。四方八方からやって来て小さな峡谷に反響し、沼の水面で震えているくぐもった振動だ。緩慢で、優しく、執拗な音で、やがてそれが海の声だとわかる。目に見えない海岸はあまりに遠い。道なき道をかき分けて森を横切り、ブラック・リバー渓谷の監視塔まで行かなければならない、奴隷が逃亡するときのように道を編み出さなければならない。ぼくの服装も靴もそれにはそぐわず、国立公園の巡回パトロール隊に捕まる危険がある。彼ら逃亡奴隷が毎朝耳を澄ませて聴いたのはこのざわめきであり、また鳥の声だった。不安と希望の入り混じった歌と、珊瑚礁に砕ける寄せ波、島を囲んで締めつける風に押されて届くざわめきだった。じっと聴いているうちに、水平線に日が昇り、梢に灯がともる。ざわめく海は翼のない鳥に告げていた、彼らを世界のここ以外の場所につなぐものなどないと。鳥たちはじっと聴き、彼らの生涯を通じて何も変わらないことを確信して、村の広場を歩く村長さんのように腰を振り振り、ゆっくりと歩きだす。ざわめく海はまた逃亡奴隷に思い出させた、この牢獄のような島に彼らを連れてきた船の地獄めいた世界を、傷をひりひりさせる塩を、昼となく夜となく残忍にうねる大波を、そして船からブラック・リバーの砂に放り投げられたときのまぶしい光を。ときどき、夜明け前の早い時刻に、彼らを虐待者から遠く離れた祖国の大地へと運ぶ大きな丸木舟が、何杯も岸に横づけになっていた。

沼に近い藪の間隙に鳥たちが現れる。まるで群れのなかに敵がいるように、一羽、また一羽と、用心深く姿を見せる。夜のけだるさが抜けきらずに、武者震いをして、少し走ったり、同じ場所でくるくる回ったりする。群れの一羽が声を上げる、山羊(やぎ)の鳴き声に似ている。すると他の鳥たちが藪のなかで応答する。彼らは、最も近い種である鳩の流儀で、首を左右に振りながら腰を揺するおかしな歩き方をする。それにときどき、かさかさと軋むような音を立てながら、退化した翼を動かす。あるいは取っ組み合いの素振りを見せる。一方がじっとしたままくちばしを半開きにして、他方はびっこを引くような不格好な所作で相手の周囲をぐるぐる回る。やがて、攻勢を仕掛けていた鳥がおもむろに離れる。もといたほうへ引き返し、立ち去る。彼らはこの世での最後の時を生きているのだが、それをまだ知らない。しかしすでに恐怖が彼らの内に宿った。彼らは浜辺に黒い影を見た。赤いぼろきれを詰めたサトウキビを見つけた。罠にはめようと、水夫たちはそれを振って見せるのだ。一羽が警戒することなく罠に近づいてくると、棍棒を持った別の水夫が殴り殺す。生け捕りになって囲い地に閉じ込められ、餌を受けつけずにただ泣きながら空腹で死んでいく仲間の愁嘆の声を、鳥たちは聞いた。ここ、マール・ロングでは、生き残った鳥たちが新たなグループに分かれた。夜明けの薄明かりのもと、彼らは最後のダンスを始める。成鳥が若鳥を駆り立て、つがいの相手となる鳥のほうに導いていいく。少し離れた山腹の高みの、大木の木立があるあたりに、何組ものつがいが巣を作った。巣と言っても、赤土に穴を掘って、枯れ枝や椰子の葉を重ねた低い壁で取り囲んであるだけだ。巣の中央に、硬くて光沢のある真っ白い卵がひとつ鎮座している。何かの鳥やネズミが近寄ろうものなら、雌がちっぽけな翼で脇腹を打ち、ハンマーのように硬い指先を立てつづけにばたばた鳴らしながら、侵略者に走り寄る。そして警告代わりにくちばしをかつかつ鳴らす。しかし彼らにはそれ以上のことはできない。彼らはかつてこの島の王たち、女王たちだった。陸は彼らの重みでつぶれそうで、水も、種子も、硬質材の樹木の甘い果実も、すべてがあふれるほど豊かだった。山腹にも、谷底にも、海岸沿いにも、いたるところに彼らは住みついた。入り江の砂の上でたわむれ、林の空き地に集まってはくうくうと鳴き、ダンスと歓喜の叫びをもって結婚を執り行ない、急流の澄んだ水で水浴びをした。今や生き残りはごくわずかで、森の奥に逃れ、藪に隠れている。ときには昔を思い出し、自由を夢見ることもある。彼らが海岸に降りてくるのは、黒い岩のなかを駆けるため、波しぶきが羽を濡らすのを感じるため、生ぬるい風を吸い込んで熱い砂のなかを転がるため、タコノキの塩辛い実をついばみ、砂に打ち上げられた藻を舐めるためだ、まるで何も起こらなかったかのようにそうする。痩せた首をぐいと伸ばし、垣根越しに、奇妙で黒々とした大きな動物の姿を眺める。その動物も彼ら同様に二本脚で歩き、体を左右に揺すっている。あちらのほうで、切りそろえられた生垣の木の幹の間からかいま見える地面から噴出する閃光と、そのあとに続く雷のようなとどろきに、丸い目をぱちくりさせている。やがてあたり一帯がふたたび静まり返る。鳥のなかの一羽が、足を広げ、くちばしを半開きにして、砂にだらりと横たわる。風が緑青色の羽毛をめくり上げ、尻のクリームのような羽飾りを揺らす。だがその目は閉じたまま開かない。鳥は死んだ。

太陽が焼けるように森に照りつけ、沼はきらめいている。鳥たちは危険を逃れるために木陰に隠れた。彼らは押し黙っている。しかし一羽が禁忌を忘れて歌い出す。最初は穏やかな連続音だったが、やがて応答する声があり、音はふくらみ、森を覆う。容易にかからないエンジンのような音、ギーギー擦(こす)れてはぐらつき、かん高く刺すような喘(あえ)ぎ、小さな峡谷を石が転がるような、入り江のなかで海がとどろくような音だ。海岸を打つ波が島の隅々まで上がってきて窪みや沼を満たし、溶岩塊のなかをせせらぎとなって海まで流れ落ちるような音だ。もうしばらくの間、数えるばかりの日々、死が接近しているにもかかわらず鳥たちは自らが島の支配者だと思い込み、ドオードー、ドオードーと穏やかに、またかん高く鳴きながら、何も変わってはいないこと、これからも変わらないこと、何も消滅しないこと、彼らは永久にここに生息しつづけることを世界に信じ込ませようとする。その重々しく滑稽な足どり――作者不詳の年代記によれば「村長さんの」足どり――で、氷河のない場所に住むペンギンの足どり――「横に並んで行ったり来たりしながら、その様子は悲しげだ」とピエール＝アンドレ・デゲルティは一七五一年に記している――で彼らがこの土地を闊歩しつづけることを。だが、彼らはすでに、自らの運命を察知してもいる。楽園は永遠に続かないこと、腹を空かせた罪深い冒険者の姿でいつか悪が侵入すること、悪はすでに島に侵入していて、彼らを一羽残らず殺してしまうことを。

　夕闇がマカベの森に降りてくる。図体の大きな、孤独な鳥たちは沼から遠ざかった。水場の周りを徘徊している危険なものを察知したのかもしれない。それは未知の危険だが、何かの影が通りすぎるだけなのかもしれない。あるいは黒い顔の上で螺旋状(らせんじょう)の牙が光る野生の豚か、野生の猫か、逃げ出したマングースか、それとも卵を探すネズミが草のなかにうようよしているのか。図体の大きな鳥たちは、森のへりに立ち止まっている。丸い目は膜を被り、夜霧が彼らの頭に重くのしかかり、鳥たちは巨大なくちばしを退化した翼の下にもぐらせて眠りに入る。森のなかに聞いたことのない叫びが響く。吠える声や呼び声も。民兵たちが海岸のほうに降りてくる、猿が喚きたてている。鳥たちの時代が終わるまでまだいくばくかの猶予がある。まだ何夜かが残っている。

今度は人間の叫び声が聞こえる。畑荒らしが自生大麻農園をうろついているのだ。公園の金網を破って侵入し、摘みたての大麻の葉を袋に詰め込み、密売の小道を駆ける。マナナヴァ方面の、滝のあたりの木陰に、ベル・ヴューに、あるいはリトル・ブラック・リバーの奥地や、カーズ・ノワイヤルやサン・ゴーレットに向かう途上に彼らはいる。懐中電灯が点いたり消えたり、また点いたりしている。眠れ、図体の大きな鳥たち、でかいドードーたちよ、夢のほうへ滑っていけ、この世界には目を閉ざし、先史の時空へ入っていけ。お前たちは、人間を知ることのなかった土地に住んだ最後の生き物！

ラルモニー

シュルクーヴ夫人のことは知っていた。モーリシャスに住むフランス人の小さなコミュニティには、少しいかれた人間や狂人が相当な数いるが、そのなかでも彼女が最も突飛な女性だという話を、母から聞いたことがあった。ジャンヌ・トビーがシュルクーヴ夫人というあだ名をつけられているのは、うわさによると、ロベール・シュルクーフの子孫だからだ。おまけに、たいへんなおしゃべりで、人と口論になることもためらわない。とくに会おうと試みたわけではないが、ひとつの島のなかでは何ごとも偶然ではない。一八一〇年にイギリスが人身売買を禁じ、キルワ島やザンジバルやフルポワント〔マダガスカル北東岸〕の恐るべき取引拠点を閉鎖したあとの、最後の何度かの奴隷たちの上陸の光景を想像した。奴隷商人には選択の余地はなく、沿岸警備隊や軍事要塞から遠く離れた人けのない場所でこっそりと配給を続けた。こうした理由から、それに戦略上の利益のためでもあったが、イギリス人は「マーテロー塔」の名で知られる監視塔を築いた。この種の塔は、イギリス人が出入りした海岸なら、コルシカ島でも、ケベックでも、アフリカ西岸でも、ガーンジー島でも、もちろんモーリシャス島でも、ほぼ世界中で見られる。ポート・ルイス港の入口にも、ラ・プルヌーズ〔南西部タマランの南の沿岸部〕にも、ポワン・ト・サーブル〔ポート・ルイス西側の住宅地域〕の入口にもある。ブラック・リバー近くのレ・サリーヌに、ぽつんと誇り高くそびえている最後のマーテロー塔、「ラルモニーの塔」を見たいと思った。日差しのなかを三十分歩いて、塔の廃墟に通じる岬に出た。ここには以前来たことがある。軟泥と潰れた貝殻の砂浜に立ち、海を眺めていた。夕暮れどきで、その閉ざされた湾には——暗い海と、ねぐらに帰るシギがゆっくりと渡る灰色の空には——どうしようもなく侘(わび)しい趣(おもむき)があった。タマランの櫓山(やぐらやま)に貼りついた熱く湿った大気が、眠れる美女ことランパール山をヴェールのように隠していた。浜辺伝いに塔に近づくと、立ち並ぶ木造小屋は廃屋のようだった。それもこの先、長くは続くまい。土の道が始まる地点にこんな立札がある——「この岬のリトル・リバーの河口沿いには、まもなく、プールや私的な港を備えた豪華分譲マンションが建てられる予定です。モルヌ・ブラバン半島〔島の南西端〕を見晴るかすすばらしい眺望は、新たな建造物にさえぎられることはありません」

　ぼくは砂のなかに腰を下ろし、そろそろ帰ろうとしていた。見たいと思っていたものを見た。それは奴隷売買の呪われた舞台、くる月もくる月も、くる年もくる年も、アフリカ人が上陸させられ、やがてあちこちのプランテーションに向かって強制的に歩かせられることになった場所だ。おそらく、まさにここ、この浜辺で、夜の帳(とばり)が降りる時刻に、黒人たちを彼らの主人となる者に割り当てたのだ。もっとも、主人はその場にはおらず、彼らの現場監督が代理を務めていた。そこで金が手渡されたわけではない。すべてはポート・ルイスやマエブールの商社の廊下で行なわれた。ここは旅の最終章だった。お前はルグーさんのところだ。お前とお前はジョセのところ。お前はガルニエのところ。お前はデュフレーヌ。お前はケルガリユー。いろいろな名前が湾に響きわたった。ルルー、マゴン、ガルダン、モロー、プロテ、モーペルチュイ、クオニアム、マルルー、ファーブル、ジロン、ロビネ、ロリオル、エプロン、ヌーヴェル、トレウアール、ブルダス、ル・メム。奴隷たちの縦列が松明(たいまつ)に照らされて歩きだした。逃亡奴隷たちは山々の高みから彼らを観察できた。光を発する蟻の群れが藪をうねうねと横切っていくのに似ていた。

　ジャンヌ・トビーは年齢のわからない女性である。小柄で痩せぎす、黒い目で、ごましお頭はショートカットにしてある。肌は皺が寄り、日焼けして染みもある。ぼくとじかに話すために屋外に出てくる。だぶだぶのズボンのポケットに両手を突っ込んで目の前に立つ。

「どなたですか？」

　返答をためらっていると、じりじりしたようにまた問う。

「あなた、どなた？　お名前は？」

　ぼくのファーストネームは彼女にはピンとこないので、母の名アリソン・オッコナーと父の名アレクサンドル・フェルセンを告げる。

「昔、フェルセンという男を知っていたわ。異様な身なりをしてそこいらを徘徊する気違いだった。モーリシャスの言い方をすれば、ヨルベナイ身よ。その後見なくなった、どこへ行ったのやら」

　ヨルベナイ身、それは寄る辺、つまり家族をなくし、友人もいない人、浮浪者だ。

「何という名前でしたか、その男？」

　ジャンヌは少しためらう。

「だから、フェルセン家の者だって言っているでしょ。ドードーというあだ名で呼ばれていたわ。投（クー）石野郎（ド・ロス）というあだ名もあった、人が投げる岩石という意味だけど、なぜそんなあだ名だったのかはわからない」

　もっとくわしく知りたかったが、彼女がそれ以上言わないので、こちらもしつこく訊かなかった。彼女はお決まりの熱狂的なおしゃべりを始める。ラルモニーの土地に豪華分譲マンションが建つ話だ。

トラックが土の道を行き来して、海浜娯楽センターが建てられる岬の端の入り江を埋め立てるための瓦礫を運んでくるという。

「わたしを見てなさいよ！」ジャンヌ・トビーはトラックの運転手を罵倒しに道路を上っていく。

「あいつらは恥知らずよ！　何もかも壊してしまうのだから、わたしは毎晩、家じゅうに溜まった埃を、ダンプカー何台分も取り払うのよ、うちの植物は死にかけているわ！」

「ジャンヌ・トビーよ」と自己紹介して、「いらっしゃい。見せてあげるわ」

　彼女の家は小さく、暗く、かび臭かった、それが年老いた女性のにおいでなければだが。彼女が電気コンロでお茶の用意をしている間、室内を眺める。細長いただひとつの部屋が、家具や置物に文字どおり占領されている。

「なぜ、シュルクーヴ夫人と呼ばれているのですか？」

　ジャンヌはニヤッとするが、気を取り直して「ああ、もう御存知。ここじゃ、だれもがあだ名を持っているわ。わたしはあの船乗り、サン・マロ〔ブルターニュ北岸の港町〕出身のブルターニュ人の子孫らしいわ。でも、それを誇りになんか思っていないわ。あれはいい船乗りだった、だけどまた、卑怯な男だった。名だたる奴隷商人のひとりだったのだから。あの男は美しいシーツに包まれて自宅で死んだ。自分の富で築いたきれいな家よ。サン・セルヴァン▼17にすばらしい墓があるわ。と言っても、わたしはそれを見にフランスに行ったことなんか一度もないけれど」

　彼女の煎れたお茶は、濃縮ミルクを足してもらっても苦い。

「ここにひとりでお住まいですか？」

　ジャンヌは台所で忙しくしている。縁の欠けた皿に、固くなったナポリタン・ケーキを三個載せて戻ってくるが、皿から滑り落ちそうだ。

「ええ。もちろん。以前は甥っ子たちがよく顔を見せたわ。ウィンド・サーフィンをするのに、岬の端に別荘を持っているの。だけど、建造中のあのとんでもない代物（しろもの）のせいで、あの子たちはもうたくさんなのよ、海は汚れているし、どこもセメントだらけ。みんなずらかったわ、わたしもそのうちずらかってやるわよ」

彼女は身ぶり手ぶりを交えて話し、スプーンを床に落とす。彼女の脚には静脈瘤が浮き出ている。タイル張りの床の上を裸足で行き来しているのだが、足の爪は長く伸びて汚く、少し巻き爪になっている。鳥の爪、いや子供なら魔女の足と言うだろう。彼女は憎々しげに「ずらかってやるわよ！」と繰り返す。

ぼくは一瞬、彼女が自分を追い払おうとしているのだと思った。しかし彼女は続けて言う。

「ここ、ラルモニーでわたしが子供だったころにはね、ほとんどだれも住んでいなかったのよ。漁師小屋がいくつかあっただけ。わたしの父が、勤め先の銀行から遠くに行きたくて、湾で釣りをするのにこの小屋を建てたの。電気も水道も何もなかった。向こう側、コーニッグ、マオー、サン・リジエ方面に住む伯母さんたちの家を訪ねるには、靴を脱いで川を渡らなければならなかった。向こう岸はしゃれていた。こちらはだめ、ここはカサゴやカニ、それに漁船しかない黒い浜よ」

自分にとって大事なただひとつの質問をするために、彼女のおしゃべりをあえてさえぎるのははばかられた。

「いとこの男の子、女の子たちと川で水浴びをしたものよ。海ではやらなかった、危険だから。女の子は服を着たままで、首まで水に浸かった。川のなかでおしっこをしたのよ。何だかこそばゆくてね、小さな魚に突っつかれて笑ってしまったわ。だけどけっして口外しなかった」

ジャンヌはぼくに客間をひと巡りさせる。本棚には古い本があって革で装幀してあるが、かびが生えて緑色になっている。食器棚のひとつには、東インド会社がもたらした多色の花の装飾のある皿、縁の欠けたスープ鉢がある。それらを使ってはいないとジャンヌは言う。かの船乗りの戦利品として残っているのはこれだけか？　テーブルの上には、ほうろう引きの小鉢、青い鍋、練り辛子を入れるガラス容器、くすんだプラスチック製の水嚢といった、彼女が日々使う食器類が置かれている。イギリス・コロニアル様式の肘掛椅子に、床に置かれた壺。絵の額縁に乗って一羽の小型鶏が均衡をとっているのだが、身じろぎひとつしないので最初は剥製だと思った。家はドアも窓も開け放っており、白く汚い年老いた雌犬が敷居に寝そべっている。ぼくが近づいても動かないが、道を猛スピードで走るトラックの音を聴くのに両耳を立てている。

「あの子はジリー〔ジュリーのなまり〕というの。めんどりはジスティーヌ〔ジュスティーヌのなまり〕」とジャンヌは言う。名前の選択は偶然か？▼18

お茶を飲み終えるところに、二人の男の子が来客を聞きつけて飛んできた。ジャンヌが彼らにクレオール語で話しているのが聞こえる。ぼくが怪しい者ではないと、彼女の家を売却させようとしてラルモニーの開発業者が送ってよこした人間ではないと請け合っている。

「けなげな坊主たちよ」とジャンヌ・トビーは評する。「あの子たちは少し先の、塔のそばに住んでいるの。工事が始まったら、一等席に位置するでしょうよ」

ぼくは何も尋ねない。

「小さいほうはマンガム、その連れがピエール。サーフィンや釣りをするのにここに住みついたの。今どきのロビンソンというところね。だけどあの子たちにはもう終わりよ。まだわかっちゃいないけど。今にきっとよそへ立ち退かなくてはならなくなるわ。だれにとっても同じよ、金がなければね！」

　ぼくはなおしばらく、椅子の縁に腰かけたままでいる。どんなふうに辞去してよいかわからない。自分が彼女を訪ねて訊きたいと思ったことが、まだ訊けずにいる。二百年前、彼女の先祖の勇敢な海賊が、自ら所有するアフリカン号から人間の積荷を降ろし、パイユ、ボー・バッサン、プレーヌ・ヴィレルム地方のプランテーション経営者に供給していたこの黒い浜のことが。おそらく彼自身は乗船すらしなかっただろう。ランパール通りのオフィスにいたかもしれないし、すでにサン・マロに戻ってサン・セルヴァンの農園で人生最後の日々を送っていたかもしれない。そのときの彼は、世界のこの一隅などに思いを馳せていなかったかもしれない。ここでは、男も女も少年たちも陸に放り投げられ、満身創痍で歯茎は壊血病に侵され、発熱と恐怖で震えながらよろよろと歩き、まもなく彼らの墓場となるはずの世界一美しい景観を前に、怯えた目できょろきょろあたりを見回していた。

　ジャンヌ・トビーの家を出た。亡霊たちを——山の黒々とした岩と海の間をさまよう魂を——この目で見てやろうと思ったのだが、むだだった。高台に通り雨があり、そのあと空が裂けるように地平の端から端まで虹がかかった。サトウキビ畑や森の木々に日が差し、まるで無人島の風情だった。小舟が捕虜たちを陸揚げした時刻だ。静まり返った薄明のなか、昔と変わらずシギの嗄れた鳴き声と、砂を引っ掻くような寄せ波の音が聞こえる。だが今は、黒のつなぎのウェットスーツを着た、サーフィン帰りの若い男女しかいない。一瞬彼らのことを、船で運ばれてきて二人ずつ鎖につながれたアフリカ人やマダガスカル人の黒光りする体かと錯覚した。

　ジャンヌ・トビーがぼくを追って浜辺に来た。夜の帳に覆われはじめた湾を彼女も眺める。彼女の固定観念を忘れさせるために、陳腐なひと言をかけてやるべきだったのかもしれない——いずれにせよ、建築現場ができ上がる前に彼女は他界しているかもしれない。しかし彼女のほうから亡霊たちのことを口にする。

「ごらんなさい、この美しい国、この楽園のような場所、パンフレットにはそう書いてある。海を渡ってきた者たちは真っ先にこの景色を、あの山々のラインを見たのね。あれを描いたのは妖精なのか悪魔なのか知らないけれど」

　彼女の声はくぐもっていて、そこに不安の調子が感じられる。

「考えない日は一日もないわ。この浜には波に打ち上げられたあのおびただしい死体があった。茶毘にふすのにコールタールが注がれた。宗教心からではないわ、伝染を防ぐためよ、そして跡形を残さないためよ。ぞっとするわ、オッコナーさん」彼女はもうぼくのファーストネームを忘れている。「人が何と言おうとぞっとするわ。いたるところから人々がやって来て、豪邸で休暇を過ごすのよ。彼らは言うでしょうよ、『ああ、ラルモニー！　なんてきれいな名前でしょう、そうよねえ？　穏やかで、見渡すかぎり海が広がり、モーリシャスの住民から遠く離れて快適に過ごせる。自分たちだけでいられる』だけど、毎日夕方、この浜に来てみれば、あの連中もわたしと同じく死人たちの声を聞くのよ、子供たちの泣き声、鞭の音、番人の罵倒、犬の吠える声を！」

　さあ行こう、聞いた話は嘘ではなかった。シュルクーヴ夫人はまさにあの海賊の子孫だ。自分の気に染まないものは、あの先祖の遺産であろうが、いつでもくそみそに非難できる。彼女は富に安住しなかった。追従者や栄誉に包まれ、礼服をまとってぶくぶく太りはしなかった。彼女はただひとりで黒い浜に立ち、亡霊たちと向き合っている。

「また会いに来てくれるわね？」

　ぼくは約束しなかった。人生は短く、この島に終わりはない。

エムリーヌ

彼女はエムリーヌ・カルセナックといい、齢九十四歳、アクセルの娘シビルの末裔である。彼女に会ってみたいのは、幼いころに父を知っていたことがわかっているからだ。わが家の歴史のなかで血縁は薄くても、ぼくは「伯母さん」と呼んでいる。彼女はずいぶん前にアルマの屋敷を離れ、マハトマ・ガンジー研究所〔モカ市にある〕の脇の小さな木造家屋に移った。たいへんな高齢だが独り暮らしをしている。もっとも、ときどきボヌ・テール〔ヴァコア＝フェニックス市の北西部地区〕の養老院にいるオルガというもうひとりのお婆さんと暮らすこともある。うわさによると、オルガは元オペラ歌手で、南西フランスはポーの出身で、冒険に満ちた生涯を経てここに流れ着いたそうだ。ブルー・ベイでぼくに宿を提供してくれたパティソン夫人から彼女の住所を聞いた。電話はない。エムリーヌと連絡を取りたい場合には、モカの交差路にある中国人の店に電話をかけ、そこのリーさんが男の子を自転車で知らせにやり、半時間後に返事を携えて戻ってくることになる。エムリーヌには金もなければ知り合いもいない。彼女は上流階級の人々、アルマンドー家、ロビネ・ド・ボス家、エスカリエ家などアルマの連中とは絶縁した。いずれにしても、彼女の世代はみな死んだ。だが、人の記憶は長く生きつづける。エムリーヌ・カルセナックがひとかどの人物だった昔の時代のことは記憶されている。伝説は生き延びた。

エムリーヌは戸口で出迎えてくれる。エプロン・ドレスを着た小柄な老女で、髪はシニョンに結い、素足に古スリッパを履いている。年の割にはしゃきっとして見え、杖を必要としない。日焼けして、歯の抜けた、皺だらけの顔は、濁った緑の目を別にすれば、アメリカ・インディアンの女性に少し似ている。

「あんた、わたしをよく見て、もっと近づいて！」いきなり馴れ馴れしい呼び方をする、同じ家系の者同士と思っているからだ。いやもしかしたら、クレオールの流儀で、だれにでもこんな親しげな口の利き方をするのかもしれない。「あんたはきっと父親似だ、わたしゃ、あの人をよく知っていたよ、きっとわたしのことを話しただろう？」

ぼくには覚えがない。父はアルマ時代の話を一度もしなかった。それでも、ぼくは微笑んで彼女を抱擁する。そしてこんな嘘をつく。「もちろんですよ、小母（おば）さん、よく小母さんのことを話していました」彼女に土産（みやげ）を持参した。パティソン夫人がこっそり教えてくれたのだが、それはエムリーヌのささやかな道楽、クマリンの芳香入りのオーデコロン「花の女王」の壜（びん）である。エムリーヌは目を閉じてそれを嗅ぐ。ちょっと胡椒の香りがして甘くもある、過ぎし昔のにおいだ。

ぼくらはベランダに腰かけている。いやむしろ単なる庇（ひさし）というべきもので、屋根は応急修理を施したプラスチック・プレート、杭は緑草の色に塗ってある。家屋は、モカに向かう街道から少し引っ込んだ、クロベ〔ヒノキ科の常緑高木〕の茂みのなかにある。ベランダから自家用車やトラックの動きが見える。時刻は午前十一時、エムリーヌはミルクティーを用意するところだ。台所で男の大声が聞こえる、「だれが来たの？」

戻ってきたエムリーヌが説明する、「うちの下宿人のオルガは、ちょっとした門番なのよ」彼女は背後に向かって叫ぶ。「オルガ！　甥のジェレミーを見にきなさい！」彼女がぼくのファーストネームを覚えていることに驚いた。ひょっとすると、ぼくが島に来ていることを聞いていたのかもしれない。こうした老人たちは縄張り全体に巣を張りめぐらすクモに似ている。

オルガは出てこない。今日は機嫌が悪いらしい、パティソン夫人が言っていた、「彼女のところの歌手は気むずかしいわよ。ときにはエムリーヌ婆さんとオルガは、それぞれ家の端と端に分かれて、まるまる何日も口を利かないことがあるらしいわ。意思疎通はメッセージをドアの下から滑り込ませるそうよ」

飼い主よりも愛想のいい灰色の子犬が、ぼくに挨拶しにくる。エムリーヌに名前を尋ねると、答えはこうだ、「わたしにわかるものかね、わたしには犬（ル・シアン）はどれもイヌ（ルシアン）という名前さ」うかつだった！

ここでも、ひびの入った皿に載って五個のナポリタン・ケーキが待っている。

「あんたの父さんがわたしの話をしたのなら、わたしたちが野生児みたいにサトウキビ畑を何時間も駆け回ったことをきっと話しただろうね。わたしのほうが三つ、四つ年上だった。わたしが父さんを引っ張っていったのさ。トカゲを獲りに丘の上に行ったり、池に行ったりした」

父が何年も前に死んだことを言い出せない。いずれにせよ、彼女はもう、この訃報に驚くような年齢ではない。アルマの地図を、一区画ずつ丁寧に眺めたのを覚えている。シルコンスタンス〔アルマの東隣〕、ラヴニール、ヴェルダン、ラ・マール、バール・ル・デュック、ラ・ドラゴティエールなど、近隣の土地の名を全部覚えている。エムリーヌはひとりで勝手にしゃべっている。しかしジャンヌ・トビーとは逆に、彼女の話は空想や楽しい思い出に満ちている。

「伐採の時期には、わたしたちは気違いみたいに、そこかしこを駆け回ったものよ。熟したサトウキビのせいだった、いい香りがしてそれが子供たちの頭をくらくらさせた。みんな酔いしれてどこへでも出かけた。製糖工場はフル稼働していた。子供たちはトラックからこぼれ落ちたサトウキビを拾い集めた。伐採人の一団に遭うこともあった。彼らはわたしたちを見もせずに、横一列に並んで伐採刀をバッサバッサ鳴らして刈っていた。わたしたちはハリネズミのようにサトウキビのなかに寝ていた。伐採人たちに真っ二つに切られてもふしぎじゃなかったわ。合図をするのはわたしで、仲間の袖を引っ張るとみながいっせいに駆けるの！　下の水辺に向かって一目散よ。ひどく暑かったもので、服が汚れるのも構わずに、黒い水のなかに飛び込んだ、家に帰ったら叱られることはわかっていたのだけどね」

エムリーヌは椅子に座ったまま、体を少し揺すっている。お茶には口をつけない、ぼくも飲んでいない。彼女の声は澄んで震えない。ぼくは彼女の話に聴き入っている。すべて父から聞いたことのない話ばかりだからだ、消滅したひとつの世界の記憶だからだ。

「伐採期間はあまり長くなかったけれど、その時期には何百人もの労働者がアルマになだれ込んできた。荷を積んで帰っていくトラックが道々サトウキビを撒いていく。それを子供たちが拾う、村の婆さんたちも拾う。婆さんたちは拾ったものを束ねて、頭に載せて帰っていった。わたしたちはサトウキビを吸いながら歩いた、あんなにおいしいものを食べたことはないわ。甘くて、同時に苦いの。大地の味だった……」

彼女が体を揺するにつれて椅子が軋み、彼女の声が語るのははてしない繰り言だ。台所でオルガが火かき棒で火を掻き立てる音、ぶつくさいう声が聞こえる。彼女も聴くともなしに聞いているのか。この話を何度聞いたかわからないに違いない。同時にそれは彼女には想像できない世界で、いかなる冒険もそれには及ばない。

「私たちはサトウキビを持ち帰り、何かの役に立つかのように台所の入口に置いた。女中が牝牛の餌に与えたのだと思う……わが家は畑から離れたシルコンスタンスのほうにあって、親戚の子たちは高台の鉄道の近くに住んでいた。そこはもうアルマではなかった。そこはルリッシュといい、運河に近かった。よく鉄道の上を歩いたけど、ずいぶん前に汽車が走らなくなっていて、ところどころレールが外れていた……あんたたちの家はうちよりきれいだった、あんたの父さんが生まれたのもそこよ。そこいらに花がいっぱい咲いて、薔薇の木の茂み、椰子の散歩道、小さな泉水があった。わたしにはあんたたちが羨ましかった。そこに住みたいと思った。だけどわたしたちは工場のそばに住んでいて、庭も、木もなかった。伐採が始まると、トラックが立てる土埃がそこいら一面に降ってきた。始まるよ、ポンペイにいるみたいにこの空気のなかで暮らすのさ、灰の下に埋められてしまう――そう言って母さんは嘆いた」

　エムリーヌはそこで話をとめて目をぬぐう。昔のことを話す機会を長いこと待っていたのだと思う。それにぼくには、すべてが彼女のでっち上げであること、カルセナック家、とくにフェルセン家――彼女はクレオール風にフェッセン家と発音するが――の住人の話をでっち上げていることがわかる。アルマにしてからがそうだ。クリミア戦争が始まったアルマ川にちなむのではなく、アルマとはアクセルの妻でこの島で最初の女性の住民アルマ・ソリマンの名前に由来すると言うのだから。当時はイタリア風のファーストネームがはやりだったと言う。そのあとエムリーヌは自分の魂のことを、彼女の聖母（アルマ・マーテル）、養いの母のことを語る。他のだれにそんなことが理解できるだろう？　食べることしか考えないオルガには確実に無理だ。そして他の者たちはそんなことを気にも留めない、彼らは新しい時代の人間だ。渋滞した道路や、カルフール、ダルティ、コロマンデルのような、それに昨今ではマヤがそうだが、そうしたショッピング・センターしか知らない。そして今、マヤが、エムリーヌ・カルセナックの住む掘っ立て小屋のような住まいの前を通る車という車を惹きつけている。

「わかるだろう、ジェレミー、あんたの父さんがここを去ったとき、弟がいなくなったような気がしたよ。手紙をくれるという約束だったのに、いざフランスに行ったらすっかり忘れてしまった。一度だけ、わたしが結婚したとき、祝いのカードを送ってくれた。おめでとう（コングラチュレーションズ）はフランス語ですらなく、署名がしてあるきり、他には何も書いてなかった。彼のアドレスは知っていた、だけどわたしも手紙を書かなかった。ああしたすべてが終わったのだと思った。実際、すっかりおしまいじゃないかい？　あの時代の何も残っちゃいない。夫は死に、わたしたちは破産した。子供たちはよその地へ引っ越していった。ひとりはフランスに、ひとりはオーストラリアに行き、孫たちは全員よそさ。スイスや南アフリカにいるよ。あの子らは勉強をしていて、ここには年に一度しか戻らない。戻ってもむしろ海に出かける。モカはあの子らにはつまらないのさ。わたしがどんなところに住んでいるかおわかりだろう？　みなは中国人の店に電話をかけてくる、私がまだ生きていることを確かめるためだけにね。そんななか、あんたはわたしに会いにきてくれた。だけどあんたにうまく話せない、記憶によみがえるのはわたしの過去の話、アルマ、サトウキビ畑、せせらぎ、池、そのすべてがもうないわ。何が残っているか見てもごらんよ！」

　エムリーヌは写真を見せない、置物もない、彼女の家はがらんどうだ。彼女にもしたい質問がひとつあるが、どう切り出してよいやらわからない。エムリーヌはこんなに年取って、こんなにうわの空である。もう存在しないのにまだ光っている星に似ている。彼女はぼくの知らない人々の話をして、名前を並べ立てる。「アメリー・ルジュンヌのこと、知っているかい？　ヴェス家の人たちは？　スデーヌは？　それからピエレット・ペルヌーは？　わたしの叔母たち、ルジャル、セシル、シモーヌのことは？　こういう人のことをあんたの父さんは話していたかい？　わたしのことは話していた？　あの人はとても若くして行ってしまった、美男子だった、あんたと同じく褐色の髪で、手入れの行き届いたひげにロマンチックな長髪だった。のちに、あんたの母さん、ロンドン生まれのイギリス人と結婚した。ニュースは島でも広がって、娘たちはやっかんだわ。悔しさから相手を選ばず夫にした。じつは夫となる人が、島から、わたしの父に言わせれば、このマムシの島から、遠く離れたところに連れていってくれることを期待していたのさ。わたしもやっかみはした、だけど他の娘たちとは違う、あの人が自分の計画をひと言も話さなかったからさ。結婚の話は母から聞いた、『あのね、アレクサンドルはお前の恋人かい？　あの人ね、イギリス人と結婚するんだよ』」

ぼくは彼女のおしゃべりを聴いている、ジャンヌ・トビーと会ったあとだから、もう慣れっこだ。それでも彼女にぜひ訊きたいことがある、ぼくにとって唯一大事な質問だ。島の暮らしについて何も知らず、あれほど遠く離れたところで自分の確信に守られて生きているぼくに、はたしてそれを尋ねる権利があるのかどうか。エムリーヌの年老いた顔をじっと見る。年齢と日差しのせいで染みだらけになった肌が、頭蓋骨に貼りついている。

「あんたの父さんは、わたしたちがはじめていっしょに映画を観にいったときのことを話したかい？あの人が島を離れる直前のことだった。あんたのお祖父さんとお祖母さんは、アルマを立ち退いてローズ・ヒルに引っ越していた。屋敷をめぐる内輪揉めに関わらないで済むように、あの人は軍隊に志願して、カーキ色の制服を着込み、小さな縁なし帽を被っていた。入隊書に署名したところだったのに、それをだれにも話していなかった。まだ十五になったばかりだったから、入隊できる法定年齢に達していると見せかけるために書類を偽造したのさ。植民地軍に加わって、森で訓練を受けた。わたしたちはキュルピープまで汽車に乗った。どしゃぶりの雨で、彼は軍用外套にわたしを包んでくれたよ。私たちが観にいった映画は『オイディプス王』、今じゃほとんどだれも知らない。そのあとカーネギー図書館のそばのケーキ屋でお菓子を食べた。それからわたしをサン・ピエール〔モカの東隣〕まで送ってくれた。それが会った最後よ。その後、二度と会う機会はなかった」

切り出すのによいやり方があるように思える。少し体を前屈みにすることだ、ぼくの言おうとすることに彼女の注意を向けてもらいたかったから。

「小母さん、トプシーを御存知でしたか？」

彼女はぼくの質問に驚いて、すぐには答えない。

「あんたの言っているのは……トプシー、アルマに昔からいたトプシー爺さんのこと？」

ぼくの質問の意味がわかったのだと思う。

「覚えてない、わたしが生まれる前に亡くなっていたと思う。だけど、みんなが彼のことを話していた。アルマに着いて、荷車から降ろされたとき、みなが自分を食べようとしていると思い込み、林に逃げ込んだという話をね」

あまりに遠い思い出なので、彼女の顔が少し引きつる。まるで忘却からそれを剝ぎ取るのがひと苦労とでもいうようだ。

「たしかに、その話は一部始終聞かされた。あんたの父さんも、あんたも聞いたんだね。木に登ったトプシーに向かって、下にいる人々が叫ぶ——下りてきな、だれもお前を食いはしない、怖がるな、トプシー、こっちへ来いよ！　木に登った本物の猫のようだった。だけど彼は自由の身だった、アデンで奴隷売買をしていた船の上で捕まり、捕まえた側もどうしていいかわからず、アルマのフェッセン家に譲られた。彼が暮らしたのはそこだった。そしてトプシーが死んだとき、どこに葬られたのか知らないけど、〈沼(ラ・マール)〉の近くの小さな森のなかだと思う。森のなかで鳩狩りをして生涯を過ごした、みなが彼の話をしていた、家族の一員になっていたのさ」

彼女は少し思案するが、やがて記憶の門扉がさらに開かれる。

「アルマには大勢の黒人がいた。一時はボー・ヴァロンと同じくらいいいた、百人、いや百五十人いたか。でも当時はまだアルマという名前ではなく、もう憶えていないけど、エルヴェシアとかサン・ピエールとかいった。うちの近くに黒人の収容所があって、父さんと訪れたことがあった。ある日、工場の近くの昔の黒人収容所跡を教えてくれた。まだ小屋がいくつか残っていたけれど、そこに住んでいるのはとても貧しい爺さんや婆さんだった。ずいぶん昔のことさ、わかっている。名前以外に何も残っちゃいない。ヴェルタ収容所、カフィール収容所、畑のなかに名残がある。壁のように積み上げた黒い岩で、クレオール式ピラミッドと呼ばれている。わたしはプランテーション殉教者の記念碑と呼びたいよ」

エムリーヌはそうした幻影を払いのけるような身ぶりをする。

「わたしたち女子はヨーロッパに、なかでもパリに行くことを夢見ていた。だけど海軍将校かパリのブルジョワと結婚でもしなければ、いつまでも夢のままだった。しかし彼らはそう頻繁にはこちらには来なかった。わが家はアルマにあったけれど、製糖業や商売とは無縁だった。父さんは何の遺産も受け取らず、全部他人の手に落ちてしまった、シルコンスタンスの連中の手に。もっとも、あんたはもうすべて御存知だね。連中の名前を知っているね。わたしたちはお情けであそこに住まわせてもらっていた。老練ペテン師のアルマンドーが、わたしたちが路頭に迷わないよう、お情けでそう命じたのよ。あんたのほうは、父さんと祖父母がマンゴー、グレープフルーツなど美しい果樹がたくさん生えてアブラヤシの森がある、川べりのきれいな一角に住んでいた。もちろんアルマンドー一家がそれをそっくり手に入れようと狙っていた。野心満々だった。それで工場が倒産したとき、彼らは、あんたたちには証券がなく、家も樹木もプランテーションの一部だから、すべてを回収してロンロ社やシュガー・アイランド社の経営者の住まいにするのだと主張し、そのとおりのことをした。それであんたたちは出ていくよりほかなかった。あんたの父さんが軍隊に志願したのは、愛国心が強かったからじゃない、目も当てられない状況に立ち会いたくなかったからよ……それに、知ってのとおり、わたしたちも出ていった、暮らせるところじゃなくなったから。連中はサトウキビの搾りかすを中庭に広げて乾かした。そうしてトラックの往来、けたたましい騒音。伐採のない時期は畑仕事だった。あるいは、風の吹く日にサトウキビの根っこを燃やし、わたしたちは濃霧に包まれた。

エムリーヌ小母さんの家に長居した。彼女の家には何もない、思い出ひとつ、親しみ深いオブジェひとつない。それがいいのだ。おかげで思い出の力が増す、想像の部分が加わるからだ。彼女は姪たち、孫たちにいっさいを譲った。どうしても必要な家具だけを手元に置いた。何トンもの重さのためにだれもほしがらなかったテーブル、めり込んだ椅子、柄のとれた片手鍋だの、縁の欠けた脚付きグラスだの、不揃いな皿だのといった、だれも興味のない台所用具だ。彼女はそんなことをまったく気にしていない。「わかるでしょう、ジェレミー、相続は行なわれた、アルマはもうない、結構なことよ、お偉方のあのような館、あれはいくら何でも少々ばかげていた！」

整理ダンスの上に黒い革で装幀した一冊の本があるが、時の経過と腐食とで傷んでいる。ラムネー神父訳『キリストに倣いて』[19]だ。同じ本が父のナイト・テーブルに置かれていたのを見た覚えがある。

エムリーヌは解説する。「あれはあたしの祖母の祖母シビルの本だった。彼女はアクセルからもらい受けたのよ、宗教への好みがあったからだと思うわ」

実際、本の見返しに、「シビルのために、アクセル・フェルセン」という献辞が書かれ、AとFを絡ませた金文字の蔵書票が挟んである。

「今も読み返すことがあるよ」とエムリーヌは言う。「ちょっと古くなったけどね、いくつかのフレーズは好きさ。世俗のことは断念しなければならない、と説いている。あたしにはしっくりくる。何にしても選択の余地などないのだけどね、違うかい？」

彼女はお気に入りのおしゃべりに乗り出す、もはや最も昔の思い出しかない年寄りのおしゃべりだ。ぼくがだれだか忘れているのだと思う、それとも、そんなことはどうでもいいのか。「あの人たちは姿を消した。もうだれもあの人たちを思い出さない。英語で何というのかしら？　『ドードー（デッド・アズ・ア・）のように死んだ（ドードー）』か、まったくそのとおり。コシニー、マンガール、ポレ、ガルニエ、デュフレーヌ、プロテ……モロー・ド・ペルス、ル・フェール、トレウアール、ポルトバレ……ケルガリウー、ケルヴェルン……ル・ルー、ル・ボン、コシエ……、コニアム、ラローク、マルフィーユ、ラコンブ、マルルー……ファーブル……ジロン、ロリオル……エプロン……ル・ヌーヴェル……」

際限のない列挙だ。彼女は目をなかば閉じて、ぶつくさつぶやいている。「こうした名前、こうした家々……彼らが開いたパーティ、婚礼、木陰、花籠、果物がたくさん載ったテーブル……猟場での宴会……いつも黒の背広を着ていたラヴェル小父さん、それから逞（たくま）しかったペステル小父さん、ひとりで一頭の鹿を背負い、火にかけて丸焼きにした……そして孫息子を膝に座らせ、生焼け同然の肉を無理やり食べさせた。さあ、食べろ、一人前の男になれ！　子供の口に、窒息するほど肉を詰め込んだ、哀れな子供！」

彼女もまた、幻影に向かってしゃべっている。「午後になるとダンスをしたものさ、どんなダンスだったか、カドリーユかワルツか。クレオールの音楽家たちのオーケストラはヴァイオリンやハープを上手に演奏したし、小型のグランドピアノも弾いた。女の子は、薄地の綿モスリンの一張羅のドレスを身に着け、わたしは髪に青いヘアバンドを巻いていた。とても誇らしかった。魅惑の王子様が来てさらっていってくれるのをわたしたちは待っていた。ここからうんと遠い場所、パリかロンドンに連れていってくれさえすれば、フランス人将校でも、イギリス人ですら結構だった。だけど王子さまは来なかった。というか、来てもまたすぐ去っていった。若い娘は彼らには望むところだった、だけど家族はいらなかった、もったいぶっているが負債を抱えたモーリシャスの家庭というものが、彼らを怖じ気づかせたのだと思う……あんた、あのイギリス人の話を知っているかい、作家で海軍将校だった、何て言ったかしら？　コンラト・コジェニョフスキ〔ジョゼフ・コンラッド〕だわ。聞くところによるとポーランド人だそうで、イギリス海軍の将校だった。この島では、どの家庭も海軍将校が好きなのさ。その将校はフェルセン家に迎えられ、そこの娘とダンスをした。そのあと、さっさと！　不意に！　同じ船に乗って行ってしまった、二度と戻ってはこなかった！　そして娘は今も涙にくれている。それは冗談だけどね、だって昔の話だから。全部明かしてしまうと、その娘というのはあたしの祖母、シビルの孫娘だったのさ！

　自分の思い出話に活気づき、エムリーヌはびっこを引きながら書物机のところまで行く。書類をかき回す音がしたが、一冊の手帳を抱えて戻ってくる、むしろアルバムと言うべきか、革製の小口金装本である。

「これ、知っているかい？　父さんがあんたに話したことはなかったかい？」こちらの返答を待たずに自分で答える。「もちろん、ありっこないさ、あの人はパーティには行かなかったもの。それにこんなことは、おそらくもうやらなくなっていた。これは祖母の形見で、舞踏会手帳よ」彼女はページをぱらぱらとめくって、真ん中あたりを開く。「ほら、祖母の書いたことを読んでごらん、きっと何か思い当たることがあるよ」

　黄ばんだ紙にインクが滲んで、穴がいくつも開いている。それでも、古めかしい優雅さを漂わせる傾いた字体で書かれた質問票が、何とか読みとれる。

あなたの男性ヒーローは？
あなたの女性ヒロインは？
あなたのお好みの本は？
あなたの好きな音楽は？
ただ今のあなたの精神状態は？

「あなたのお好みのダンスは？」という質問の真向かいに、会話の相手、まちがいなくジョゼフ・コンラッドその人が、断固たる筆跡で「ダンスはいたしません（ドント・ダンス）」と書いてある。

　オルガがついに姿を見せる。彼女の風貌は声とそっくりで、重たくどっしりして黒ずくめである。黒く染めた髪はカラスの羽のようで、顔は青白い。だがとりわけ、この世の人ではないような趣があり、エムリーヌ・カルセナックとはまるで違う。立ち振る舞いは少々こわばって、この島の土地所有者が何世代にもわたって身に着けていた柔軟さは彼女にはなく、何かにつけて不自由することに慣れてしまった人々特有のぎこちなさがある。もしかしたら本物のロシア人、南仏ポーに移住した一家の出なのかもしれない。あるいはオルガとは、彼女がアルジェリア、メキシコ、ウルグアイなど、パリ以外のいたるところで歌っていたころの芸名かもしれない。

　エムリーヌはぼくら二人を相互に紹介する。「ジェレミー、わたしの甥、いや甥の孫息子、というかフランスからやって来たフエッセン家の者よ。あなたに話したわよね、オルガ？」

　オルガは無言である。巨大なテーブルの向こう側に並んだ偽ゴシック風の古い椅子のひとつに座り、コップに注いだアーモンド水を飲んでいる。そしてエムリーヌを取り巻くあらゆるものを眺める目つきで、ぼくを見ている。家族も過去もなく、祖国さえ持たないかもしれない彼女にとって、この話のすべて、これらもろもろの話、あのうわさ、ああした太鼓の連打音のような思い出とは何なのか。岩礁を越える上げ潮のうねりが、礁湖に入ればしだいに消滅するものの、やがて浜辺に現実のものとは思えない残骸を打ち上げるようなものなのか。

「モーリシャスに、まだフェルセン家の者はいますか？」こう尋ねたのは、ぼくが戻ったら、母がぼくにぶつけるに違いない質問だからだ。だが、ぼくはすでに答えを知っている。

エムリーヌは椅子から立ち上がり、彼女の顔は活気づいている。彼女にもお気に入りの話題であるに違いない。「いいや、もうだれもいない、ジェレミー！　フェッセンなんてひとりも！」平然としたオルガを前に、勢いづいて言う、「モーリシャスでは、貴族の首をちょん切る必要はなかったのよ。街灯に吊るして縛り首にする▼20には及ばなかった。彼らは自分で始末をつけたのだから。王様連中はなまくら者になった、自分の名前を自動車製造業者や時計屋や不動産業者に貸した！　すべてを売り払い、家を取り壊してレストランやブティックを建てさせた。彼らのなかで抜け目ない連中が唯一手放さなかったものは財産で、それをスイスの銀行に預けて守った。今は何も残ってないよ！　しかもそれでよかったんだ、この国が息をつけるからね、若い連中は職を見つけることができるさ」

彼女は少し落ち着いてきた。びっこを引きながら台所に向かうのを眺める。皿を掻き回している音が聞こえたかと思うと、急須を持って戻ってきてカップにお茶を注ぐ。ミルクティーをけっして飲まないオルガのカップにも注ぐ。ミルクティーはオルガがモーリシャスで唯一どうしてもなじめないものだという。

しかしぼくが辞去しようとすると、エムリーヌは思いなおして、思い出の品の詰まった物入れのところに戻り、日刊紙「モーリシアン」の切り抜きを持ってくる。新聞紙はくすんで、なかば破れている。ページ上部に彼女が書き込んだ文字を読む。日付はそう遠い昔ではない――

一九八二年九月、フェルセン家の最後の生き残り！

ドードーはどうなった？

ドードーのことを、われわれの英語読者向け同業者「ザ・テレグラフ」紙は冗談交じりに「ジ・アドミラブル・ホーボー」（つまり、すばらしい浮浪者）というあだ名で呼んだが、彼はいぜん見つかっていない。慈善活動のネットワークに問い合わせたが、どこに尋ねても憂慮すべきニュースが裏づけられるばかりだった。ドードーがフランスから姿を消した！　彼には何の準備もないので、冬が近づくと、最悪のケースも想定しうる。凍死、野ざらしの死、卑劣な犯罪の犠牲となる死などだ。ドードーは金がなかったが、所持していたわずかなものを剝ぎ取ろうとする恥知らずな輩（やから）の犠牲になったのかもしれない。さしあたりは、すばらしい浮浪者の伝説が、われらが島でもフランス同様に広まっている。ドードーは自然のなかに露と消えた、彼は流浪の住民のなかに迷い込んだ、ドードーは姿を消した！　彼を見つけ出すのを可能にするのは、ただ奇蹟のみ。

トプシーの話

〈大いなる大地〉、彼が生まれたのはその大河の近くの地だ。子供時代のトプシーは河のほとりにいて、妹と遊ぶ。二人とも素っ裸で、魚を釣ったり小エビを獲ったりする。幼い子供ならどの子もするようにして楽しむ。やがて、馬に乗った悪魔どもが河のほとりにやって来る。青い肌をして黒い寛衣をまとった彼らは、剣と槍で武装している。村の住民をみな殺しにし、子供たちを森と砂漠を越えて遠くへ、はるか遠くへ連れていく。彼らは草むらを疾駆するが、馬の鞍に結わえつけられた子供たちはまもなく喉をかき切られる羊のようだ。泣き叫び、呼びかけるが、その声はだれにも聞こえない。悪魔どもは子供たちを海まで連れていく。

トプシー、お前の本名は、母さんがくれた名は何というのだ？　お前の妹の名は何という、覚えているかい？　トプシーは何も覚えていない、自分の名も、妹の名も、河のほとりの自分の村の名も。馬に乗った悪魔どもがすべてをかき消した。何日も、何夜も、彼らは馬で疾駆しながら草原を渡って海まで行く。トプシーの頭からいっさいが消え去る、彼の生涯にぽっかり開いた大きくて黒い穴のようだ。

トプシーは、ある島で囚われの身である。彼とともに大勢の子供や女がいる。しかし妹には出会っていない。悪魔どもが彼女を売るために遠くへ連れていったのだ。それでもトプシーは、いつでも妹の夢を見る、素っ裸で河のほとりに立っている、彼に水をかけながら笑っている。ということは、彼女は死んだのだ、死人だけは成長しないものだから。彼女は河のほとりにいて、トプシーを待っている。だから、彼が死ぬ日には妹に再会するだろうし、妹はいつも変わらぬままだろう。笑いながら水をかけてくるだろう。

そして海辺の洞窟で、囚われの子供たちは、寒く、ひもじく、泣いている。食べ物はわずかばかりの煮たソラマメだけ、飲み物は洞窟の岩壁を伝う水を舐(な)める。身を寄せ合って暖を取る。しかしトプシーは他の子供たちが話す言葉を話さず、彼らの名前も、彼らがどこから来たのかも知らない。毎夜、悪魔どもがとげのついた扉で洞窟の入口を塞(ふさ)ぎにくる。朝になると彼らは夜の間に死んだ者――病気の女や子供だ――の足をつかんで引きずり、貪(むさぼ)り食らう獣に向かって死体を海に投げる。

トプシー、お前はその後のことを覚えているかい？　その後のことなら覚えているさ、とトプシーは答える。大きな船が何隻もやって来るが、木よりも高いマストと雲より白い帆を備えている。船の腹では、子供たちが二人ずつつながれ、女たちも同様だ。だれもが恐怖で震えている。そこへ別の悪魔どもがやって来て、縄と棒でぶつ。すると女と子供は泣きやむ。そうして大きな船は何日間も航行するが、海水が船の腹に入ってくる。嵐がやむと、黒い悪魔たちは船の底でおぼれた女子供をつかんでは、貪り食らう獣に向かって海に投げ捨てる。

それからどうした、トプシー、話して！　それから――とトプシーが言う――船の腹のなかは暑くて、うんこやしっこのにおい、女たちの下り物のにおいがするので、黒い悪魔たちはバケツ何杯もの海水をぶっかけて船を洗う。食べ物は日に一度しかもらえず、それはヤマノイモのパスタと瓢簞（ひょうたん）一杯の水だ。食べ物と水を取り合って、子供たちが取っ組み合いをする。そのあとどうなった、何が起こった？　話して、トプシー、話して！　そのあと――とトプシーは言う――船はどこか大きな島に到着した、そこの住人は黒人でもアラブ人でもなく、小柄な黄色人種だった。悪魔たちは女と子供を島に上陸させたので、連れられていって食べられるのだと思った。その島の名を覚えている、マフィア島〔タンザニア〕だ。

そのあと、船はまた動き出したがあまり遠くには行かなかった、別の船が到着したからだ。煙を吐く煙突のある大きな船で、白人たちが船の腹に入ってきて、すべての子供と女の拘束を外し、われわれを大きな船に乗せてモリスの国まで連れていった。それから牛車でフェッセン家の小屋まで連れていかれた。おれは怖くて震えていた、白人たちはおれを食おうとしていたからさ。それで走って逃げ、今も同じ場所にある大きな木によじ登った。怖がるな、トプシー、と連中は言った。そしておれが素っ裸だったもので着るものをくれた。それからおれにトプシーという名をつけた、おれの神父様が洗礼を授け、エマニュエルという名前をつけてくれていたのに。今や死ぬまでそれがおれの名前だ。だが死んだら、おれは生まれ故郷の河に戻って、母さん、父さん、そして妹にまた会うんだ。

クリスタル

かのパイロットは留守にしていた。おそらくは他のパイロットの代わりを任されたか、向こう、世界の果てのオランダに住む家族が彼を必要としているのだろう。彼はあわてて発たねばならない事情を説明するのに、クリスタルに嘘をついた。心配しなくていい、ベイビー。用事を済ませに行くだけだ、すぐまた戻る。彼は離婚を口にしたのだろうか？ それにしても、たとえとてもかわいらしく、蘭のようにみずみずしいとしても、幼い娼婦のために人は離婚などするだろうか。ぼくは、パティソン夫人の賄(まかな)い付きの宿から、垣根を抜けてドン・スーの別荘へ足を踏み入れた。日差しのなか、クリスタルが芝生の上に据えた長椅子に横たわっていた。そばにはココナッツ・カクテルが置かれ、外国雑誌が山のように積まれていた。青リンゴ色のビキニ姿で、へそには同じ色のピアスが嵌(は)めてあった。映画『ロリータ』[21]のポスターに似ていた、ただしヒロインの肌を思い切り褐色にしての話だが。

「ぼくの名はジェレミー」とぼくは言う。

彼女は頭を持ち上げ、ぼくに遭っても驚いた様子はない。「わたしはクリスタル」と答える。

「知っているよ」と言いかけたが、辛うじて自制した。盗み見していたと思われたくないが、彼女はきっと何もかもお見通しだとも思った。ひとつの島のなかの話で、しかもだれもがおしゃべりなのだ。

「この前、フラックで見かけたよ、タクシーに乗ったね」

クリスタルは何も言わない。ぼくがそばに来てからほとんど身動きしていない。ココナッツ・カクテルを少しすする。まだほとんど子供だ、十七歳にもなっていまい、それでいて自分を人前にさらすことを怖れない、美しい娘たち独特の自信をすでに備えている。とても黒い美しい目をしていて、きらきら光っているが、どこか冷たい、決然としたものがこもっている。

「ここにひとりで住んでいるの？」

垣根の向こう側の浴室の窓越しにぼくに見られていたのを、彼女はちゃんと知っている。ぼくの質問はわざとらしいが、彼女の答えもそうだ。彼女はいけしゃあしゃあと嘘をつく。

「そう、ひとり住まいよ、だけど父がときどき見にくるわ。パパはパイロットで、たくさん旅をしている。母は死んだわ、だからわたしはこの世で独りぼっち」

パパとは、例のパイロットのことなのだと理解する。クリスタルはこうした嘘をすべて、落ち着きはらった声で淡々と口にする。日向(ひなた)で伸びをする彼女は、狡猾(こうかつ)であると同時に頭が空っぽの小動物みたいだ。彼女と寝る頭の禿(は)げかけた男には、同じ年ごろの娘たちがいるに違いない。フランスかイギリスの金持ちの学校に通うまじめな娘たち、モータースポーツに参加し、自動車クラブの会員であり、パリのモリトール・プールに泳ぎに行ったり、アメリカ人の女の子たちとモンテ・カルロの複合娯楽施設「スポーティング」に出かけたりする金髪の娘たちだ。

「それでパパはいつ戻るの？」

クリスタルは引っかからない、質問の真意をちゃんと理解した。「パパはとても優しいんです」彼女は「優しい」を「ジャンティ」とは言わず、「ザンティ」となまって発音した。さらに続けて、「だけど、ここであなたと会うのは喜ばないでしょう、やきもち焼きなの。パパはあなたが窓の後ろからスパイしているのを見たのよ」

スパイするという語にいささか困惑する。クリスタルはすぐに付け加える、「ああ、だけどあなたじゃないわ！　パパの嫌いなあのくそばばあのことよ、わたしも嫌い。大嫌いだわ！」

くそばばあとは、ぼくの家主のパティソン夫人のことだ。この呼び名は夫人にけっこうお似合いだと思う。クリスタルを告発するのに、ブルー・ベイの警察に訴状を何通も書いているのはまちがいないと思われるからだ。

「あの婆さんも、あなたがわたしとおしゃべりするのは喜ばないでしょうよ、部屋に戻らなければならないんじゃない？」

からかうような調子でそう言うが、どうってことはないと肩をすぼめる。

「泳ぎたくないかい？」

彼女は同意する。けだるそうに長椅子から起き上がり、海まで歩く。ぼくは後ろを歩いてTシャツを脱ぎ、サングラスを砂の上に置く。このあたりはモクマオウの針のような枝が散らばっているが、クリスタルはちくちくする種を踏むのも気にせずに裸足(はだし)で歩く。彼女は大きな平たい足をしている。想像するに、まだ成長が止まっておらず、来年にはじつに大柄な娘になっていることだろう。彼女はほっそりしてひょろ長い。暗い色をした体が水のなかに消えると、水面下の黒い岩の間に影だけが見える。水は冷たく、ぼくはクリスタルの後について泳ぐ、少なくともそうしようと試みる。というのも、彼女は簡単にぼくを引き離せるからだ。見ると、もう沖のほうで息継ぎをしている。ぼくをからかって叫ぶ、「泳げないのね！　やれるものなら、わたしに追いついてみなさいよ！」彼女の声は低くて少ししわがれている。ふざけてぼくのほうに戻ってきたかと思うと、潜(もぐ)ってぼくの脚をつかんで引っ張る。そしてぼくが捕らえようとした瞬間に、また沖のほうに泳ぎ出す。彼女が水のなかを滑るように進んでいくのを見ようと、水中で目を開いてみる。透明な魚の群れが彼女の通過につれて左右にさっと分かれる。海底では大きな岩が不吉な形態を見せ、ところどころで珊瑚（さんご）が鹿の枝角の森をなしている。その紫色の先端には毒が含まれている。クリスタルはホヤ貝を踏みしめている。礁湖（しょうこ）のなかのある場所、水の澄んだ浜を指さし、珊瑚の群体をぼくに見せようとして潜る。珊瑚から小さな赤い頭が覗いている、クラウンフィッシュこと、クマノミだ。これまで水族館でしか見たことがなかった。さっと動くと、葉のような珊瑚の間にたちまち見えなくなる。

海に来るとクリスタルは別人のようだ。さらさらの髪が首にかかり、体は黒い金属の色だ。目つきや笑みのなかに何か獰猛（どうもう）なものを秘めた、自由で大胆な海の生き物だ。彼女はまさにマエブールの漁師の娘で、丸木舟の上で大きくなったのだ。魚を素手でつかんで釣り針を外し、その脳みそにナイフを突き刺すことができる。彼女は水と風と光で作られている。ぼくはきっと彼女に恋している。

そろそろ別荘に戻ろうと、彼女は芝生に座って体をタオルで拭く。ぼくは彼女をじっと見ている、不意に彼女が「お腹が空いた、食べ物を探しにいくわ」と言い、服を着て、ぼくを待たずに歩きだす。ぼくは濡れたまま、肌に貼りつくTシャツを着て、彼女の後ろから大通りを行く。

公営海水浴場の前で、エンドウ豆の揚げ菓子を売っている。クリスタルは油をたっぷり含んだ菓子を食べながらにっこりする。子供に返ったようだ。観光地での平穏な午後で、ここには今しかない、泳ぎ、食べ、走る、今という時間しかない。浜辺の男の子たちが彼女をファーストネームで呼び、クレオール語で嫌味な言葉を投げかけてくる。ぼくみたいな老人が、フランス人がいっしょだからだ。ひょっとするとぼくを例のパイロットと取り違えているのかもしれない。

ぼくは車を持っていないので、クリスタルが浜の裏手の家並の三列目の一軒に住む仲間の男の子に、小型バイクを借りにいく。ぼくは彼女の後ろに座り、両腕を彼女の腰に回す。ぼくらは生ぬるい風のなか、住宅街を横切りながら走る。バイクは犬に吠えられながら、青い煙を吐いて走る。尻が痛くならないよう、股を開かなければならない。手の下にコルセットみたいに硬い彼女の腰の感触があり、まだ濡れている彼女の髪が揺れてしきりにぼくの口に入る。小蝿や埃を避けるのに目を閉じる。緑色の大きなサングラスをかけたクリスタルは、漫画に出てくる女闘士に似ている。街はずれまで行き、彼女はドン・スーの店に駐車してコカ・コーラと煙草を買う。それから歩道際にバイクを置き、ぼくらは海に面したセメント造りのベンチに腰を下ろしにいく。飲み物を飲み、煙草を吸うためだ。さしたる話はせず、どうでもいい切れぎれのフレーズをいくつか交わす程度だ。喉の奥、というかむしろ胃のほうに、小さな逆流を感じる。どうしようもない瞬間だ、彼女にとって自分は何でもない、だれにとっても何でもない。ぼくは本当の意味では存在していない。

「で、パパは？　まもなく戻るのかい？」

彼女はぼくのほうを見ない、サングラスのレンズに通行人の動きや車の影が折れ線のように映る。とぐろを巻いてはほどける蛇のようだ。

「これからは浜辺でわたしのことを監視しないでくれる？」

質問ではなく命令だ。何も言い足すことはない。彼女の人生がぼくの手から離れていく、ぼくにはどうすることもできない、何を差し出すこともできない。ぼくには彼女を過ちから救い出すことができない。たとえぼくがあと百年生きるとしても、彼女のほうがぼくよりもはるかに事をわきまえているだろう。ぼくには監視する程度の能しかない――彼女はそうぼくに告げたのだ。

ぼくは今や化石となった鳥をめぐる研究に、奴隷収容所や奴隷商人をめぐる調査にかかずらっている、どれも過去の亡霊が相手だ。犠牲者が百五十年以上前に亡くなっていて、犯人が一度も不安に陥ったことのない犯罪のあらましを、警察よろしく洗いなおしている。それに、もうだれも話題にしない男、あの身を隠したフェッセン家の末裔、包み隠された亡霊、フランスで行方知れずになったあのヨルベナキ者のことも！　クリスタルはと言えば、彼女は現実のなかにいる。

もう少しだけいっしょにいて、あとはすっかり忘れ去る。ぼくらは二つの玄関の間にいる子供のようだ。ともに遊び、少し笑い、それから別れ、二度と会うことはないだろう。

ぼくらはコカ・コーラを飲み終え、メントール入りの煙草も吸い終わった。青色の古い小型バイクで、来た道を引き返す。かかりにくいエンジンが咳き込むような音を立て、後輪がぼくの重さでひしゃげている。またも彼女の体の温もりを感じ、彼女の巻き毛にこもる海の香りをかぐ。彼女はぼくを「かもめの岩」の前で降ろす。パティソン夫人の炊事係をしているうすい色の目の太った青年が、ぼくを胡散臭そうに監視している。だが彼のまなざしからは何も読みとれない。クリスタルが言う、

「もうわたしに会おうとしないで、いいわね？」

去っていく彼女をぼくは目で追う、青い煙が上がって、カバーをかけたエンジンの調子外れな音が響きわたり、湾曲した道の向こうにすっかり見えなくなるまで。

……ドードー……

街道を下りきったところにある広々とした西側墓地まで行けば、休むことができる。市場はだめだ、いつだってひどい人混みで、突き飛ばされるし、どっちに行けばいいのかわからなくなる、車やバスまでぶつかってくる。そうじゃなくて、おれが向かうのは墓地だ。墓地に来るとくつろげる、わが家にいる気分だ。わが家？　墓地じゃ、みなおれのことを知っているし、ここでならおれは暮らしていける。といっても、墓石の陰に隠れて、金になると見るや、人々に飛びかかるミシエ・ザンのような暮らしをするわけじゃない。そうじゃなくて、生きた人間から遠く離れた安全な場所にいて、本当にくつろげるのだ。もちろん危険もある。夜になると、不良どもが墓の上で大麻を吸いにやって来る。おれは木々の茂った庭を石壁伝いに横切っていく。石壁はところどころへこんでいて、石のなかから草木が生えてきている。いつもカラスやムクドリがたくさんいる。おれは静かな片隅を探す。寝そべるのが好きなのはタマリンドの大木の陰だ。だけど気をつけなければならない。不良どもがうろついていて、おれが一文無しだとわかっていても、着ているものを剝ぎ取ったり、殴ったりする。殴るのは、うっぷんを晴らすためか、ただおもしろがってか。オノリーヌはここに来てはいけないといつも言うが、おれとしては来ないではいられない。西側墓地に来る必要があるんだ。両親が埋葬されているサン・ジャン墓地じゃだめだ。あそこは何もかもが清潔で掻き均されている。鉢植えの花が墓の上に置かれ、磁器製の飾り物さえある。小天使が薔薇の花束を抱えている置物や、墓碑銘もある。海に近い西側墓地は、何もなくて汚らしい。壁際にはごみが溜まって、通路は雑草や木の根っこに占領されている。ところどころ、墓が掘り返されているところもある。不良どもが宝石や金貨を探すのだろう。しかしそんなものは見つからない。死者を埋葬するのに、だれが宝石や金貨を入れたがるだろう。奴らが見つけるのはせいぜい、墓の間をさまよう野良猫や、猫に劣らずでかい図体をしたネズミだ。ネズミは怖れを知らない。おれが近づくと振りむいてじっと見て、やがて墓石の下の巣穴に逃げ込む。オノリーヌによると、ネズミは死人を食らうそうだ。しかしこの墓地には、長いこと死者は埋葬されていないと思う。墓の下でネズミが食らうのは、骨と髪の毛だけだ。もっと先に行ったところで、探していた墓が見つかる。壁の近く、タマリンドの木陰の墓石の上に寝そべって雲の流れる空を眺める。雲は風に乗って流れていく、海のほうに向かっていく。壁の向こう側の高速道路の騒音に耳を澄ます。とても穏やかで持続的な音だ。その音に、はるか遠くまで運ばれていく。おれは眠らない。墓地で眠ることはけっしてない。まぶたが病気で溶けてしまったから眠れないのだ。だから、朝から晩へ、晩から朝へ、いつも同じ一日を生きている。おれは雲といっしょに滑っていく、空にいる彼らもけっして眠らずに、大空のただ中を進んでいく、おれも彼らといっしょに進んでいく。海の向こう側に向かっていく。おれがこの墓地に来るのは、父さんが話していたからだ、ここにやって来た初代フェッセンの墓のことを。うんと遠くから、船がその先へは行くことのない海の果てから、世界のさいはてからやって来たのだ。ここ、西側墓地も、島の端に、すべての道の行きつく果てにある。いつかおれに可能なら、海の向こう、フェッセン一族の国へ出かけよう。それは、ここ西側墓地と同じく雲のなかにある国で、大きな石壁に囲まれている。中央にはフェッセン一家の墓石があって、その墓石にはアクセルとその妻アルマの名が刻まれている。父さんがときどき話してくれた。向こうでは、フェッセンといえば王様みたいなものだそうだ、単なる偉いさんじゃない。ここの連中はただそんなふりをしているだけだ。よく言うように、偉ぶっているだけだ。おれは浮浪者だ、みんながそう言う。道々他人が恵んでくれるものを食い、他人の衣服をまとっているからだ。穴の開いたズボンやら、よれよれになった上着やらをもらい、靴が大きすぎるのでくるぶしを紐で固定してある。それを見て街路で女の子たちが笑う。ここ西側墓地には偉いさんはいない。彼らの名は消えてしまい、彼らの墓石はサイクロンに、または何のためだかわからないが墓地をうろついている不良どもに割られてしまった。この墓は見放されていて、花だの、磁器製の花葉飾りだのを供えにくる者はいない。泥棒どもが墓を割り、土を掘り、宝石や金歯を盗もうとする。おれはそんな穴の前を通りかかってもしげしげ眺めない。そんなことをするのは縁起が悪い。おれは空っぽの墓を飛び越すが、野生に返った豚やカラスは餌を見つけようと土を掘り返す。ときどき通りがけに眺めることもある。ほんの一瞥をくれるだけだ。地中の黒い穴をうかがうと、骨片や棺の板の切れ端が見える。どくろがひとつ見える、岩の間に突き出した球のようだ。それからおれは墓のうえに座ったままでいる。アクセルが眠っているのはたぶんここだと思う。だけどまったく定かじゃない。消えてしまった文字を指でなぞり、かろうじて名前の切れ端を読む、まさに名前の切れ端にすぎないのだが。

……シャール……

別の名前だ、アクセルじゃない、アルマでもない、アシャールか、ギシャールか、それともリシャールか。こうしたいろんな名を言ってみるが、どれも気に入らない。やがてアラセリという名を見つける。これは天空の音楽という意味だ。祖母(ばあ)ちゃんは音楽が大好きだった。それに土の中のアクセル祖父(じい)さんもアルマ夫人もその天空の音楽が大好きかもしれない。そこで墓の上に横になると、太陽もタマリンドの大木の枝のなかを沈んでいく。鳥たちが飛び立ち、ロバート・エドワード・ハート▼22公園に戻っていく。夜は一気に降りてくる。奴らがやって来るのはその時刻だ。ふだん、おれの耳は猫の耳のようになんでも聴きとれる。両目が開きっ放しなので、眠っているふりをしても、じっと聞き耳を立てている。オノリーヌが言うには、おれは年老いたミミズクみたいだそうだ。鳥を見たことはないくせにそんなことを言う。奴らは徒党を組んでやって来る。枯れ枝や枯葉を踏みながら歩くのに、音がしない。おれが感づかないように、わざと墓から墓へ飛び移りながら近づいてくる。おれを囲むようにして立ち止まり、円陣を組む。みな年が若い。後になっておれはそう警察に証言した。奴らはとても若い、そうじゃなければ、ここ西側墓地になど来ない。おれがだれかなんて、奴らは知らない。ドードーが何者か知っているのは年寄りだけだ。若い奴らは逆にこう訊く、「あんた、だれ？」おれは答えない、膝を立てて腰を下ろした姿勢のままでいる、取っ組み合いをする気があるなんて思われたくないからだ。おれには何も所持品はない、金も何もない、靴にしてからがごみ箱で拾ったものだ――そう信じてもらいたいのだ。おれは自分の名を告げる。すると奴らはあざけるように言う、「フエッセン！　フエッセンだとよ！」奴らはもじって繰り返す、「名無し(ペッソンヌ)！　名無し(ペッソンヌ)！▼23」と。

奴らは笑いながら、石ころや乾いた土くれを投げはじめる。おれは両腕で身を守る。「名無し(ペッソンヌ)！　サルミタイニ不細工ナ奴、マサニ、サル顔ダナ！」そんなことを奴らは言う。サル顔なのはおれのせいじゃない、病気が顔を蝕(むしば)んだのだ。だが何も言わないでいたい。奴らは総勢六人で、ジーンズとポロシャツを小ぎれいに着込み、丸坊主に剃った黒人以外はきちんと髪を整えている。ヴュー・キャトル・ボルヌやフェニックスの高級住宅街に住む若者たちか、カーネギー図書館で勉強する学生といったところだ。土くれや腐った落ち葉を投げてよこす間、おれは奴らの顔をうかがっていた。やがて、ひとりがおれのわき腹を足で蹴った。もうひとりがブーツの先で思い切りぶった。痛くて「ウー！」と呻くと、奴らはますますおもしろがる。それから大柄できれいな顔の黒い目をしたのが、赤と白に塗ったクリケットのバットを持ってきて、おれの頭を叩く。何も言わずにおれの顔を狙っている。他の者が「ヤッテヤレ！　ヤッテヤレ！」とはやし立てる。そいつは十発、二十発と、ひどく叩く。おれは腕を持ち上げて顔を守っているが、何度もバットがおれの頬や額や後頭部を叩く。顔を隠すのに前傾姿勢になっているからだ。そいつは力いっぱい叩く、「えい！　えい！」と息を洩らす以外には何も言わない、他の者は大声を上げたり口笛でやじったりしている。「やってやれ！」おれは両腕と頭が痛くて、アラセリの墓に伸びてしまう。すると棒がおれの右腕をつつく。黒い目をした男がクリケットのバットを放り投げると、バットはガラスが割れるような音を立てて、墓石の上でリバウンドする。目の上や口のなかを血が流れているのがわかる。右腕はもう動かない。いまこの場で死ぬかもしれないと思う。すると、奴らは暴行をやめ、ズボンの前を開いておれの上に小便をする。墓の上にもする。誓って言うが、おれが辛かったのはそのせいだ、自分のためじゃなく、アラセリのため、それに墓の下で眠るアクセル祖父さんとアルマのためだ。自分の上や周囲の地面を流れる小便のにおいがする。やがて若い連中は立ち去った。おれは一晩じゅう墓の上に横たわったままだった。朝になって墓地の入口の小屋に住む番人が巡回中におれを墓の上に見つけ、警察に電話して病院に運ばせた。

病院では看護師たちがおれの体を洗い、包帯をしてくれる。緑色のプラスチック製の副木を当てるのは、おれの右腕が折れているのを医者がレントゲンで確認したからだ。それに頬や額も縫ってもらった。看護婦さんはとてもきれいだ。背が高くて、金髪で、青い目をしている。ヴィッキーという名はイギリス人だからで、まだ一人前の看護婦ではなく、病院の研修生として午前中だけ働いている。おれが名乗ると、「それは本当にあなたの名？　有名な名前ですよ」と言う。おれは答えて言う、「父さんが亡くなり、母さんもずいぶん前に死んだから、この名を名乗るのはおれが最後さ」「ええ、ええ、ムッシュー、モーリシャスでは有名な名前ですよ」と彼女は言う。彼女がおれのことを「ムッシュー」と呼ぶのが好きだ。彼女にとって、おれはひとかどの人物なのだ。日曜日に平和の女王マリア教会▼24に来なさい、コーヒーと菓子、それにフルーツ・ジュースがふるまわれるから、と言う。それに彼女も日曜の午前はあの丘の教会にいるらしい。きっと行くと約束するが、この腕の骨折と頭の傷、それに左肋骨の怪我(けが)のせいで、いつになったら行けるかわからない。足で蹴られた肋骨は陥没しているらしい、ちょっと息もしにくい感じだ。しかし警官には、おれの腕を折ったのがクリケットのラケット、赤と白の色を塗ったラケットだったこと以外、何も話さない。だけど、それを言っても、警官たちはラケットを探しにさえいかない、彼らには時間がない、もしおれが西側墓地に戻れば、ラケットはまだきっとあそこ、墓の真ん中にあるはずだ。おれは二日間入院したが、三日目にヴィッキーが来た。もう青いエプロンも帽子も身に着けていなかった。きれいな白のワンピースに上っ張りを着て、ダンス・シューズのような上履きを履いていた。おれに付き添って、洞窟街道のマダム・オノリーヌの家まで連れていってくれるタクシーの料金を支払ってくれた。おれはもうどこも痛いところはなく、西側墓地で起きたことなど忘れていた。何しろ、あの不良たちのおかげで病院一の美しい娘ヴィッキーと知り合い、その後、平和の女王マリア教会で起こったことがおれの身に起きたのは、もっぱらあの事件のおかげだったのだから。

森のなかで

マカベの森のモーリシャス野生生物財団の山小屋で、アディティに再会した。彼女はここ、山あいの木造小屋で、時間の一部を費やしている。この小屋でスタッフの男女と共同生活を営んでいるのだ。彼らはみな外国人で、インドやフランスやイギリスやドイツから来ている。統率しているのはリスベスという名のオーストラリア人女性だ。アディティは森を歩くのにぼくを待ってくれていた。
「世界の心臓部をあなたに見せてあげるわ」――彼女はこの一句をいささか厳粛な口調で口にしたが、本心からそう信じている。だからぼくもそれが信じられる。

財団の敷地は鉄柵で囲まれていて、入場するには背の高い扉を押し開けなければならない。監獄や動物園を思い浮かべた。自分が何を探しに来たのか、ぼくにはよくわかっていなかった。どんなわけで心臓部が檻になっているのか理解できなかった。ひょっとしたら、ただアディティにもう一度会いたかっただけかもしれない。タイプは異なるが、クリスタルと同じくこれまた闘う女であるこの若い独身女性に。

彼女はすぐさまぼくを森に連れ出した。藪を横切っていく道を選び、歩くのが速かった。ほとんど足の裏を地面につけないような、ほとんど身を屈めさえしない歩き方だった。腹に子供を宿してはいても、小柄で華奢だからだ。ミリタリー風のバギーパンツとTシャツを着込み、雨が降りだしそうなので腰にナイロン製のジャンパーを巻きつけている。履物はプラスチック製のサンダルで、森を歩くのに適しているとは言いがたい。そう指摘すると、ぼくをばかにしたように言う、「あなたのそのパトガスの厚底シューズなんか！」実際、森にふさわしい服装と履物を選んでいたのは彼女のほうだった。一瞬のためらいもなしに、岩から岩へと飛び移り、崩れ落ちた木の幹をよじ登る。水溜まりに行き当たるとサンダルを脱ぎ、そこを渡りおえるとすぐまた履く。灰色のくすんだ服装で少し前屈みになって歩く姿は、森のなかを走り回る鳥みたいだった。ぼくはまた、浜辺の砂の上ではあんなにのろまなのに、森に入るやいなや、かけっこでは無敵になるいにしえのわがドードーたちのことを思った。

アディティはしゃべらない。解説はしない。何も説明しない。彼女が世界の中心と呼ぶ敷地内を、立ち止まることもなくただ案内してくれる。どこへ行くのかわからない。見えないコースをたどっているのか、それとも木の葉の間に掛けられた折り枝を目印に進んでいるのか。ときどき、「あそこを見て！」とだけ言う。絡み合う枝のなかで立ち止まったぼくは、彼女の視線の方向をたどる。最初は何も見えないが、やがて錯綜する樹木に目が慣れてきて、ピンクの閃光が飛び立つのが目に留まる。「モモイロバトよ」その鳥は、十年前にほぼ絶滅したと読んだ覚えがある。アディティの顔には子供っぽい喜びが現れている。「それじゃ、絶滅を免れたというわけか？」彼女は、さあどうだかと肩をすぼめる。「確実じゃないわ、サイクロンがひとつ来れば全滅するかもしれないわ。数が十分じゃないのよ、ここシラサギ島[25]の間に二十組のつがいがいるだけよ。危うい命よ」彼女はまた歩き出すが、先ほどよりもゆっくりした足取りだ。ぼくにはわかる、樹木や鳥の領分では人間的であることが彼女の責務なのだ。ぼくのそばで彼女は小声でしゃべる。「絶滅危惧種を目の前にするのは奇妙な感じね」少し喘ぐような口調だ。「本当に奇妙だわ、そう思わない？　目の前にいる生き物がひとつの長い歴史の到達点で、その歴史がここでいま、明日にも終わるかもしれないなんて、もう二度と地上に存在することがないなんて。それなのに、それを引き留めようともせず手をこまねいていたとは……」ぼくはアディティにこう言ってやりたい——君の場合も、ぼくの場合も、すべての人間の場合も同じさ、だれもが自分の歴史の突端で生きているのだ、と。しかし彼女の無邪気さが好きだ。モモイロバトやカトー・インコ▼26やチョウゲンボウ〔ハヤブサ属の猛禽〕や熱帯鳥を、略奪から救おうとする意欲的な仕事ぶりが好ましい。ぼくらは自然保護区の端にあるぬかるんだ斜面を降りていく。アディティがぼくに見せたかった場所だ。せせらぎが横切る山あいの空き地だ。アディティは枝をかき分ける。

「見て、何かわかる？」

黒檀の木立のなかに、一本の弱々しい幹がある。くねくねと曲がり、黄緑の、ニスを塗ったような光沢のある大きくて硬い葉っぱが生えている。

「タンバラコクよ」

アディティは付け加える、「絶滅したあなたの鳥が大好きだった木よ」

それは若木だ、せいぜい樹齢四、五年だ。葉むらの丸天井を突き抜けて日差しを得るのに苦労しているようだ。苔(こけ)に覆われた地面にアディティは大きなクルミの実ほどの、どちらかといえば細長く、ところどころ縞(しま)が入ったこげ茶の種子をひとつ見つける。

「あなたの鳥、ドードーが食べていたのはこれよ。ドードーが絶滅すれば、タンバラコクは生き残れない、なぜならタンバラコクの種子の外皮を消化できるのは、砂嚢(さのう)の石で砕けるのは、ドードーだけだから、という説があったわ。だけどこの木はほんの若木よ。ドードーがいなくてもタンバラコクが生きつづけられることを証明しているわ」

アディティはその種子をぼくにくれる。ポケットに入れると、かつて父がマール・オ・ソーンジュ近くのサトウキビ畑で見つけた白い石といっしょになる。

　ぼくらは鉄柵の扉を通って囲い地を出る。その扉をアディティが南京錠で丁寧に閉める。モーターバイクにつける泥棒除けの南京錠に似ている。だれを、何を警戒して閉めるのか？　シデロクシロン・グランディフロルム〔タンバラコクのラテン語学名〕やウコギを盗む者たちが、その辺を走り回るはずがない。猿に関しては、彼らがストロベリー・グァバの種をばら撒きにくるのを鉄柵で防止できるわけではない。それとも、森のいたるところを野生の大農場のようにしている乾燥大麻の売人を締め出すためか。「あなたは心臓部を見たわ。今度は生きた身体を見せてあげる」アディティは相変わらずいささか厳粛な口調だ。それでも森の話をする彼女はじつに好ましい。彼女には反対意見も承知だ——「たしかに世界のなかに何の動きもないかのようにものを保存しようとするのはむなしいわ。わたしだって、汚れない自然なんて考えは好きじゃない。それは人種差別主義者の考えのように思えることがある、そう思わない？」——「だけど君は財団に雇われているんだろう？」アディティは答えない。「幼いころ、祖父がいつも森に行っていたことを話してくれたわ。当時は地図もなくて、保護区もなかった。猿や野生に戻った豚以外にはだれにも会わずに好きなところに行けた。一日じゅう出かけていた、ときに森で夜を明かすこともあった。鳴き声や叫び声、いろんな声が聞こえたそうよ、祖父が言うには、それは妖精の声だった、▼27妖精たちは水場を探していた。昔、大農場主の一団に追われた逃亡奴隷と同じね。グラン・バッサンを知っているわね、あそこには寺院やいろんなものがあるでしょう、三叉槍を携えた巨大なシヴァ神像もね」秘密でも開陳するようにためらっている。「前の世紀にあの湖を発見したのは、私の先祖のアショクなの。彼が最初に湖を目にした、同じ年ごろの子供たちならみなするように、森を駆け回っていた。そして偶然そこに行き着いた。妖精たちが湖で水浴していた、そこで彼はその場所を『妖精たちの湖』と名づけたの。今は大池と呼ばれているけどね」「君の先祖が今この世に戻ってきたら、湖の現状を見て驚くだろうね」アディティはこの指摘には答えない。自分を頭よく見せるために話す類の人間ではないのだ。

　山道を先まで行くと、鉄筋コンクリート製の展望台が谷間を見下ろすようにそびえている。アディティは錆びた鉄の梯子を登ってたちまち上まで行くが、ぼくは階段を上がり、展望デッキで彼女に合流する。

「これは火事を監視するのに造られたの。エディンバラ公フィリップがモーリシャスを訪れたとき、ここに昇ったのよ。あなたの一族が逃亡奴隷たちと戦っていたとき、奴隷たちはここから海岸を見張ったのだと思うわ」

　フェルセン家の者はだれとも戦ったりしなかったよ、と説明しようとしてやめた。つまるところ、ぼくにはたいした確信はないし、ぼくの先祖はたしかに奴隷売買が行なわれた時代に生きたのだ。風が冷たい突風となって吹きつける。雲が切れ、青い礁湖とモルヌ山の黒い島影が見える。

「ここからは逃亡奴隷の縄張りよ」とアディティが予告する。「さあ、来て。川まで降りましょう」

　山道はぬかるみ、切り立っている。滑らないように藪につかまる。アディティははるか下にいる、降りるのが速い、岩から岩へ飛ぶように下りていく。昔からの習慣で道の隅々まで知り尽くしている。川に着くと雨が降り出した。峡谷の底では空気が生温かくて重い。顔や体を汗が流れるのがわかる。汗は霧雨の冷たい水滴と混じり合う。最初に目につくのはシダ、蔓の絡まった灌木だ。しかしすぐさま、黒檀、カポック、カンラン、アカテツなどの大木が姿を現す。川の水は早瀬となって、あちこちで多様な現実離れした音を立てながら、磨かれた溶岩塊の間を流れる。アディティは姿を消した、裸足で川を渡り、走って遠くに行ってしまった。今この瞬間、彼女がここにいるのは、ぼくを案内するためではなく、彼女自身のため、儀式を執り行ない、祈りを唱えるためであるとわかる。財団や、メモ帳や、写真や、目録といったものは彼女にとっては何でもない、森で暮らすための口実でしかない。彼女は学位論文を書かないだろう、パリまたは他の町の自然歴史博物館で教えることもないだろう。ラフス・ククラトゥスことドードー、あの愚鈍な大型鳥の形跡を追うぼくの探索なども、ぼくの逸話、心地よい偏執なども何の関わりもない。彼女がここに探しにくるのは別のもの、彼女を万物創造の時間と秘密に結びつける何か、星の軌道と同じくらいに遠く隔たり、かつ恒常的な何かだ。いろんな人々がここを通過した、冒険好きな船乗り、犯罪者、逃亡奴隷、めずらしい草木を見つけては自分の名をつけた植物学者、ひょっとしたら財宝探索者や物語収集家も来たかもしれない。彼らは何にも手をつけなかった、何も変えなかった。水は相変わらず玄武岩を伝って滝となって流れ落ち、錆色の砂を通って海のほうへ下っていく。大木は大地にしがみつくように立ち、それらが形成する丸天井を貫いて日が差すのは、毎日ほんの一刻にすぎない。ぼくは、二本の早瀬が合流してブラック・リバーを形成する広大な林間の空き地に行き着く。アディティの姿が見える。水のなかの平らな岩の上に横たわり、日の当たる木々の梢のほうに顔を向けてじっと動かない。彼女の姿はあまりに軽くくすんでいるので、まるで映像を、濡れた岩に映った像を見ている気がする。ぼくはしばらく立ち止まり、彼女を眺めている。話しかけられない、彼女の静寂を乱すのが怖い。彼女のほうからぼくに話しかけてくる、ぼくだけではなくあらゆる人間に向かって、この場所、この森、この島にあるものを告げるために。それは人間の記憶にだけ属しているのではない。アディティは、言葉を発さずして、岩と溶け合った体だけで、剝きだしの腕や組み合わせた左右の手で、ふくらんだ腹で、流れに浸けた両の脚でそれを語る。やがて、ぼくはもう彼女のほうを見ない。ぼくも水際に立ち停まって、川から立ちのぼるさまざまな声に耳を澄ます。土の臭いを嗅ぎ、鉄分を含んだ砂や石の酸っぱいにおいを嗅ぎ、水たまりの上で小さな虫が踊るのを見る。ときどき遠くに叫び声が聞こえる。断崖の近くを旋回する熱帯鳥の軋(きし)むような鳴き声だ。すべては滑り、ざわめき、疲弊し、再開する。

アディティに近づいていく。彼女は横たわっていた大きな岩の上で座位になった。ぼくを見つめている、顔が微笑で輝く。

「こっちに来て」と言う。「空が見えるわよ」

だが、空は葉むらと雲に隠れている。アディティは優しく言う。

「ヤド・ビサ・ヴァタ・パルヴァータ。風が吹くのは神様が不安だからよ、わかる？　虚空を吹く強風さえ空にとどまり、逃亡する生身の人間さえ神様なの」

彼女はこの言葉を落ち着いた声で、しかし誇張なしに口にした。それからぼくも岩の上によじ登るようにと手を差し出した。ぼくらは相並び、手に手を取って座っていた。二本の早瀬のざわめきに聴き入る、風の音に聴き入る、頭上に空の穹窿(きゅうりゅう)を感じている。木の葉の声、巣穴や峡谷で動物たちが立てる声が聞こえる。人間が出現するより前のマール・ロングやマール・オ・ソーンジュ、ぼくがここに探しにきたのは、おそらくそれだ。まだ何でも起こりえる時代、死神が到来するより少し手前の時代だ。空を滑り落ちていく日の光に包まれて、樹木が作る壁の下、周囲を流れる暗い水のほとりで、ぼくらは長いこと座ったままでいる。アディティの手が冷えてくる。彼女はさっと立ち上がって岸に戻り、下流の方向に歩いていく。ついていくのがひと苦労だ、見失うのが怖い。

街道で彼女に追いつく。そこは行政の意向で、公衆トイレと案内所が建てられた場所だ。アディティはすべて計画していた。彼女は言う、「あなたはあっちに行きなさい、街道を行った先にバス停がある。そこまで行けば家に帰れるわ。わたしは基地に戻らなければならないの、今晩会議があるから」

こうしたことのすべてが一度しか起こらないとは思えない。「明日か、別の日にまた来てもいいかい？　世界の心臓の鼓動を聴くためにね」

アディティはぼくを見つめる、目におもしろがるような輝きが浮かぶ。彼女にとってぼくは子供だ、大人なのは彼女のほうだ。「来たいときにいらっしゃいな。あなたが時間のあるときに」一瞬考えてから付け加える、「さもなければ、夢を追うのに疲れたときにね」、ついで「あなたは鳥の狩人だから、正義の味方だから」彼女はからかっている。ぼくががっかりしたのを見て、ぼくの口に軽くキスをする。その瞬間、彼女の体臭、汗のにおい、雨に濡れた髪のにおいがした。

彼女は向きを変え、足早に去っていく。すでに闇に包まれた峡谷の奥に延びる道を引き返し、断崖のほうへ昇っていく。一瞬、彼女の姿を見ようとする。ブラック・リバーの河口に着いて振り返ると、山がひとつの白い雲にすっぽりと覆われている。峡谷の奥に向かって「アーディイイーティ！」と叫ぶ。奇妙にこだまして、道行く子供たちを笑わせる鳥のがなり声のようだ。

ポンポネット

正義の味方。黒人の友。アディティが口にした文句が頭のなかを去来する。そんなことを考えたことがなかった。パティソン夫人の娘のひとりが言ったせりふを人づてに聞いたことがある。その娘には、ペンション「かもめの岩」でバニラ・ティーを飲み、ナポリタン・ケーキを食べたときに一、二度、会ったことがある。親類の男女や、友人たち、婚約中のカップル、それにラ・シュルクーヴやエムリーヌ・カルセナックの世代の、最も年配の人々がそこにはいて、みなでおしゃべりをしていた。フェルセン家の末裔を見に来ていたのだ。おまけにその男は、ジェレミーという聖書の預言者の名を冠していた！　金髪で大柄な女の子たちがいた。茶色の髪であっても金髪のように見えた。テニスかウィンド・サーフィンかわからないが、スポーツをやり、日に焼け、パリやグルノーブルやニースで話題になっているようなことのほとんどを知らずにいた——それでも善良な娘たちではある！　どういう経緯だったかもう覚えていないが、インド人の祭り、年に一度のグラン・バッサン詣（もうで）が話題になった。シヴァ神像と、それが手にしている三叉槍は、「じつに醜悪だわ、あの上に雷が落ちて、すっかり粉々に砕いてくれさえすれば！」ふだんは、ばかげた意見も迷惑とは感じず、むしろ笑わせられる。しかしながら、この場では自分の考えを述べるのが適当と思った。「すべての宗教にはばかげた面があります。フランスやイタリアのカトリック教会で目にするものは、あなたがたには想像もつかないでしょう」すると、娘たちのひとり、オーレリーという名の本物の金髪娘がだしぬけに、「インド人たちには本当のところは宗教なんかないんじゃない？」と言った。ぼくはヴェーダや聖典『マハーバーラタ』の話をしようと試みた。しかしそれはむずかしいと見てとった。彼女たちにはまったく関心がないのだ。やがて、不意に調子が高まった。年寄りたちが意見を述べはじめたのだ。アルブレ家、ファルメール家、ド・ヴィリュー家、ド・モンティユー家の女性たちだ、まだどんな「ド・……」がある？　戦争やら、侵略やら、秘密結社やらの話をする。それらは島を蝕むがんのようなもので、現地人に投票権を与えたり独立を許したり、すべての手綱を緩めて台なしにしてしまったイギリス人のせいだと言うのだった。「それにしてもですよ！」――ぼくは最後に試してみた。「あなたがたの財産の起源となった人々、この国の繁栄を生みだした人々に不満をこぼされるのですか！」すると途端に、いっせいに抗弁の声が上がった。「いいえ、違う！　あんな人たちには何の恩恵も受けていないわ。わたしの財産を造ったのは彼らじゃない、わたしたちが所有するものすべては大陸ヨーロッパ人のおかげよ。発展の道筋をつけ、いろいろな技術を発明したのは大陸人よ」ここぞとばかりに女性たちが、あの連中は何に対しても敬意を払うことを知らない、ろくでなしやらルンペンやらが、海辺の住まいの芝生を平気で踏んで横切っていく、と言って嘆く。ぼくは言った、「率直に申しますよ！　ルンペンたちが行なった親切に感謝してください、みなさんの美しい邸宅に侵入しようと決意したのですから。みなさんが海へ追い払われるのに、十分もかからないでしょう！」「ジェレミー・フェルセンは人種差別主義者で、黒人しか好まない！」という、パティソン夫人の長女、または次女オーレリーの口から出た決定的な評言が、ぼくにまで伝わってきたのはそんなわけだ。

それしきのことでぼくはやめない。あらゆる形跡が見たい、あらゆる物語の起源に立ち戻りたい。

容易なことではない。それらは、一族の醜聞とか、他人を慮って（おもんばかって）の嘘といった形で、隠蔽され秘匿されている。忘却が、幻影のしなやかな乳色の薄膜で、島を覆ってしまった。

過去の記憶をとどめる場所の地図を作成した。南から北へと書いた。今も残っているものといえば、時にサトウキビ畑の海のような広がりから現れ出る黒い石の山であり、また時に幽霊のように白く浮かぶ石灰窯（せっかいがま）の煙突だ。

南部

マール・タバ、サン・トーバン、ラ・ローズ、シュリナム
ローズ・ベル、サヴィニア、セバストポル
グロ・ボワ、ヴァージニア、ラ・フローラ
マラコフ、ボー・シャン、ボー・ヴァロン
ボワ・シエリ、ラ・バラーク、ラ・カロリーヌ
ブリタニア
レ・マール、ソーヴ・テール
ル・スフルール・ボードワン
モン・トレゾール
プレザンス
サヴァナ、ドゥー・ブラ、ベ・レール、リッシュ・アン・ノー
ソリチュード、サン・フェリクス

ベ・ロンブル
そしてそれぞれの集落、当初は奴隷を閉じこめる収容所だった、
イティエ収容所、マルスラン収容所、カロル収容所、ロッシュ収容所、バタイユ収容所
それに、日々伐採場ないし耕作地に連れてこられたインド人労働者（クーリー）の住むいくつかの地区

アルマ周辺

ラ・ローラ、ボヌ・ヴェーヌ、ラヴニール、ヴァレッタ
ハイランズ
バガテル、ミニシー、エベーヌ、デュブルイユ
ラ・コミューヌ、ベル・ローズ、サン・スーシ
ディープ・リバー
そしてこうした場所にも収容所があったが、都市開発と土地分譲によって消滅した。しかし名前は残っており、そこには物音と汗、病気、死が反響している。フークロー収容所、トレル収容所、マスク収容所、マスク・パヴェ収容所

西部

メディーヌ、タマラン、イエメン、アンナ、アルビオン、ヴァアララ、シェベル
そしてクレオール収容所

ポート・ルイス

サブロン収容所、ブノワ収容所、ヨロフ収容所

北部

プティット・ジュリー、グランド・ロザリー
ヴィルヴァーグ、モン・ソンジュ、バルロー、サン・タントワーヌ
ベル・ヴュー・モレル、ベル・ヴュー・アレル、ベル・ヴュー・ピト
モン・グー、グランド・エ・プティット・ルトレット
コンスタンス、ソリチュード、ボン・ネール、ボン・ネスポワール
ラ・ブルドネ、モン・ロワジール、フォルバック
ユニオン・モレル、プティ・ラフレ、プティ・パケ
モン・トレブ
ソティーズ、ザ・ヴエイル
モン・ショワジー、プレーヌ・デ・パパイユ、ゴーサル、ボー・プラン
そして収容所。パヴェ収容所、シピオン収容所

どこにだって行こう、何でも見たい、たとえ見るべきものなどたいして残っておらず、あたかも水没した墓碑に書かれたような地図上のこうした名前、日一日と消えていく名前、時の果てへと逃れていく名前のほか何もないとしても。

いかにしてすべてを知るか？　どうすれば理解できるか？　ボー・ヴァロンの地所の百六十人の奴隷はどこにいる、どこで暮らしている、どこで眠っている？　スイヤックで最後の大型奴隷船、貿易

商人キュヴィリエがチャーターしたミネルヴ号の遭難地点を探した。天然痘の犠牲者の死体が岸に打ち上げられた場所だ。死体のなかには、沈んでいくぼろ船の重量を減らすために、生きたまま船外に放り投げられ、大波に押し返されて岩礁の突端で引き裂かれ、サメやオニカマスにずたずたに食いちぎられたものもある。

そこは魅力的な場所で、魅力的な名を冠している。ポンポネット〔小さな玉房〕海岸だ。イギリス人のなかで徳高い人々、奴隷売買にたいそう憤慨している人々の目につかないように、奴隷船は島をぐるりと回って南側の水路を選んだ。闇夜に、スイヤックの家々やリアンベルの礼拝堂の上部に取りつけられた小ランプの明かりを頼りに、方角を確認しながらのことだった。デスニー湾を測深し、まだ沖合にいると思っていたもので、最後の瞬間、暗礁を避けるために反対側の岸にいっそうスムーズに船体を入らせようと舵を左に切ったのだった。

一年のこの時期、海岸には人けがない。バカンス用の海辺の別荘も閉まり、南極から吹いてくる風に備えて鎧戸(よろいど)を引いてある。砂浜には引き上げられた小船が数艘あるだけで、マストは外してある。海は冷たく、空と同じく灰色だ。風の吹きつけるリズムに従って、巻き波が珊瑚礁の上で盛り上がったり沈んだりしている。溶岩の粒が混じる砂の上に、海藻が黒い染みとなって散在し、溺死者たちの死体を想像するのはむずかしくない。それに、この砂浜を掘ってみれば、一八一八年三月十日のあの運命の夜以来、砂と塩で白く洗われた人骨が何体も見つかるかもしれない。二百人の生存者のうち、いったい何人が病気や負傷を逃れただろうか。いったい何人が漁師の家に身を隠し、やがて大農場主に引き渡されただろう？　何人の女、何人の子供が？

ポンポネットはじつに魅力的な場所だ。フランス人、ドイツ人、南アフリカ人の観光客は、ここの浜辺のバンガローで余暇を過ごす。暑い時間帯には、恋人たちは風にめくれる紗のカーテンを掛けた窓のほうに目を向けて、午睡の楽しみに身を任す。週末になると、丈の短い芝生を敷き詰め、バニラのにおいのするティアレの花の植え込みが散在する家々の庭に、子供たちの喚声や、ベランダで弁当を食べる人々の声が響く。

　それは、毎日ローズ・ヒルからバスに乗っていく街道の終点にある。バスを降りてからまっすぐな道をいくつか通って、大聖堂まで行く。四区へはもう二度と行かない。あそこは悪魔に呪われた場所だ。おれはあそこでΣ（シグマ）の病気をもらい、それがおれの顔やまぶたを蝕んで、おれの指を乞食の手にしてしまった。大聖堂が新たなお気に入りの場所だ。かわいそうな父さんと母さんが埋葬されているサン・ジャン墓地さえ忘れた。あそこにも、西側墓地でのできごとがあって以来、もう何カ月も、何週間も行っていない。だれかがおれを墓穴に落とそうと待ち受けているように思う。サン・ジャン墓地のミシエ・ザンでさえやりかねまい、おれが金を払わないからだ。おれのための墓穴を掘り、大きなシャベルを携えて糸杉の陰に隠れて待っている。おれを突き落とし、上から廃材をかぶせて、おれを埋葬しようとしているのだ。おれはコダン海岸でバスを降り、海沿いを少し歩く。船が浮かび、美しいホテルやカフェが立ち並んできれいだ。女の子たちはおれをじっと見ておもしろがっている。ヨットのシュラウドを吹く風の音を聴く。父さんが言うには、先祖のアクセルがこの島にやって来たとき、アルマに居を構えて本格的に暮らしはじめる以前は、港に面した、市場近くの家に住んでいた。ワインや衣料を売っていたからだ。しかしそれ以後何もかもが変わり、彼の住んでいた家も取り壊され、当時のものは何も残っちゃいない。父さんが言うには、アクセルはジョン・ジェレミー[29]のように奴隷を解放しようとしたためにすべてを失った。農場主たちは彼を殴り、石ころを投げつけ、彼の酒店に火を放ったらしい。そんなわけで、彼は山のほうへ引っ越した。そしてある川のほとり、ある沼地の近くに美しい土地を見つけ、そこに住みついた。カルティエ・ミリテールの大通りに面したただの一軒家で、タバコ農園が付属していたが、砂糖は作らなかった。サトウキビ農場主たちに殴られたので、サトウキビは栽培したくなかった。後になって彼は自分の家につける名前を見つける。妻の名前をつけたのだ。こうしてアルマが始まった。

　大聖堂は町の高台の、ロワイヤル通りとラングーラム通りを過ぎた砦のそばにある。日曜日には賛美歌が歌われるミサに大勢の人が出かけるが、他の日は静かだ。おれたち貧乏人に食べ物が配られる。おれも出かけるが、食べ物をもらうためじゃない、ヴィッキーに会うためだ。経理局の建物の影になっている低い壁に腰かけて待つ。浮浪者たちの列に並ぶ気はしない、ヴィッキーが来るのを静かに待つ。彼女は医者をしている旦那の青のオースティンに乗ってきた。まっすぐおれのほうに向かってきて、食パンにレタス、トマト、ときには燻製カジキの切り身をはさんだ見事なサンドイッチをくれる。だけどおれはサンドイッチをもらうために行くわけじゃない。オノリーヌの家で毎朝野菜入りの米飯を食べているので空腹じゃない。おれにはヴィッキーに会う必要がある、空色の目をして美しい微笑を浮かべた彼女に。ヴィッキーはまっすぐおれのほうに歩いてきて、他の連中のことは構わず、おれにサンドイッチを差し出す、英語なまりでおれに言う、「今日は気分がいい？」おれは答えるものの、親しく「君（チュ）」で呼ぶことはできない。彼女がとても若く、おれは年寄りだからだ。それでおれは「いいです。で、あなたは？」おれたちは少し話す。彼女は立ったまま、おれはサンドイッチを手に、日陰に座っている。彼女は言う、「食べて、おいしいわよ！」おれはパンをかじる。けれど彼女の前で噛みくだくのははばかられる。おれはものを食べるとき、いつも片手を口に当てる。彼女が立ち去るまで待つ。ヴィッキーは、浮浪者たちにサンドイッチを配りに、教会のほうへ引き返していく。おれは浮浪者じゃないから、けっしてトラックのところへは行かない。おれはドードー、ドードー・フェッセンだ、浮浪者じゃない、宿なしじゃない。たとえ、死人のお下がりの靴を履き、穴だらけの服を着てはいても、おれの父さんは裁判官だった。母さんはラニ・ラロスという名の大歌手だった、たとえおれが母さんの歌った歌を知らなくても。おれたちにはアルマが、あの木造の家がある。大きな森と川、それに池まで下る舗装された道がある。他の浮浪者たちはトラックの近くに立って、サンドイッチを食べる。今や、もっとくれ、果物や菓子を、ソーダをくれと、手を伸ばしている。彼らは叫んでいる、「おくれよ、おくれよ、姉さん！」煙草や衣類、何でもほしがる。だが、教会のトラックは煙草を絶対に与えない、取り仕切っているモニークだかヴェロニークだかという女性——どうしても名前が思い出せない——が禁煙論者で、煙草は死を招くと言っているらしい。彼女の言うとおりだ、父さんはあんなに煙草を吸ったために死んだのだから。

やがてある朝、ただ見物しにいつものように広場に行くと、大勢の人が繰り出していて、大聖堂前の広場には小さな木のベンチがいっぱい並べられていた。それぞれに浮浪者がひとりずつ陣取って待っていた。ヴィッキーの姿は見えず、着古したジーンズとポロシャツを着込んだ娘たちしかいなかった。しかし男たちは黒の背広にネクタイ姿だった。近所のロンロの事務所で働いている連中だからだ。

おれには何が起こるのかわからず、経理局の日陰の低い壁の近くに突っ立っていた。おれはヴィッキーを待っていたが、ひとりの女がやって来て、おれの手を取り、小さなベンチまで連れていくと、そこに座らせた。とても低くて、ひざがうまく折れないのでちょっと痛かった。これも病気のせいだ。おれは歩けるし、速く走ることもできるが、ひざまずくことができない。女は若くて茶色の髪の毛で、顔と鼻にほくろがある。とても優しく、低い声でしゃべる。おれはヴィッキーの声と英語なまりに慣れているが、この女はクレオール語で話す。「ソコニオ掛ケナサイ、チョット待ッテネ」――子供に話すような口調だが、おれは答えない。おれは小さなベンチに掛けて待つ。周囲には浮浪者たちが同様に腰を下ろし、身動きもせずに配給を待っている。互いに話しかけることもなく、ただときおり、にやにや笑うくらいだ。おれは奴らを知らない。奴らは街なかの、市場の地区の浮浪者で、道端に寝たり、東インド会社の庭園や、城砦のほう、あるいは西側墓地のほうで寝たりする。奴らは黒い。顔が黒く、手も黒く、着ているものも黒い。日が照りつけているのに、古毛布をまとっている。奴らの名前は知らないが。奴らはおれの名を知っている。「ドードー、オーイ、ドードー、ドコサ行ク！」奴らは山のほうには行かない、寒すぎるからだ。奴らの領分、それはカシスや、軽騎兵の丘や、パイユに至る、取り壊された街路だ。それからまた高速道路の反対側のロシュボワ、カロ・ラロ、カロ・カリプチュス、シテ・ラ・キュールといった場所だ。そこの出でなければ入れない。司教猊下でさえそこには行けない。

十一時ごろに、黒い背広の男たちが一カ所に集まり、女や娘たちは人垣のなか、小さなベンチの間を、錫製(すずせい)のじょうろを携え、白いタオルを腕に掛けて進みはじめる。すると浮浪者たちは恐怖に駆られ、逃げ出したくなる。司祭が車で到着する。上祭服を着ている。連中はベンチから立ち上がり、一目散に逃げだす。すでに酔っぱらって、足がふらついているのもいる。女たちは大声を上げる。「待ッテ！　怖ガラナイデ、ココニイテ、ココニイテ！」それでも連中は逃げ去る。教会のトラックがサンドイッチとソーダを積んで広場に停まっているが、きっと浮浪者たちはさほど空腹ではないのだ。何しろ、足を洗われるくらいなら走って逃げるのだから！　やがて神父がおれのところに来る。おれは小さなベンチに腰かけている、いつだってヴィッキーが来るのを心待ちにしているからだ。神父はおれの前で立ち止まる、大柄で太っていて、頭は少し禿げ、緑と白の上祭服を着込んでいる。おれのことを知らないが、おれは神父を知っている。ショーソン神父と言い、大聖堂所属ではなく、島の北部、不幸崎（カップ・マルルー）の教会の神父だ。おれが神父のことを知っているのは、クレオールのキリスト教徒の娘とイスラム教徒との結婚を執り行なっているからだ。それで、上祭服の片面は白地でキリストの十字架が描かれ、片面は緑でマホメットの月が描かれている。ショーソン神父はおれのほうに身を屈め、優しい声で言う、「わが子よ、名前は何というのかね？」おれは神父の声がとても好きだ、サン・ジャン墓地に父さんを埋葬した神父の声に似ている。「君の名前は？　わが子よ」いつものように「ドードー」と名乗ってもいいのだが、「フェッセン」と姓を告げる。神父はおれをじっと見る。それからまた、小さなベンチに座ったまま逃げなかった浮浪者たちの間を巡りつづける。ひとりの女、さっきおれの手を取った女とは別のクレオールの女性がやって来て、おれの靴を脱がせ、両足を洗いはじめる。そして片方ずつ、タオルで拭う。その間、他の女たちは浮浪者の足を洗っては、白いタオルで拭っている。だけど、おれは恥ずかしい、病気のせいで足が変形し、指は関節症のためにねじれ、重なり合っているからだ。しかし女は優しく、何も言わない。おれに向かってにっこり笑う。彼女は白く美しい歯をしていて、それが褐色の唇の間で光っている。おれはいつだって女の子たちの白い歯を見るのが好きだ、自分の歯は白くないから。虫歯になっていて、抜けた歯もたくさんある。だけどこれは病気のせいじゃない、サトウキビと甘い小ぶりのバナナを食べすぎたせいだ、オノリーヌがそう言う。洗足式の間、ショーソン神父は講話をする。少し後ろに下がり、背に日差しを受けて、フランス語で話す。今日という日が大切なのは、イエス様がわれわれのもとにいてくださるからで、聖木曜日には、十字架にかけられる前にイエス様も足を洗われたと言う。するとひとりの女の子が立ち上がり、日差しを背に受けて、おれたちと向かい合う格好で、黒い本を読みはじめる。「聖ヨハネによる福音書」第十三章だ。彼女の声はかん高く、少し震えている。公衆の前で朗読するのに慣れていないのだと思うが、この一節をとても美しいと感じているらしい。浮浪者たちは冷やかしをやめた。泣き出すものもいるが、きっとアラキ酒を飲みすぎたのだろう。それとも、汚い身なりでベンチに腰かけ、金髪の娘に黒く汚れた足を洗ってもらうことを恥じているのか。

過越祭（すぎこしさい）の前のこと、イエスはご自分がこの世から父のもとへ渡るときが来たことを悟られ、それまで世にいる弟子たちを愛してこられたが、彼らを最後まで愛し抜かれた……

褐色の髪の女はおれの素足に冷たい水をそっとかけ、おれはじっと見ている。朗読する娘の澄んだ声に聴き入っている。それはじょうろから流れる水のような声で、褐色の女のとてもすべすべした手がおれの脚の上、指の上を滑っていく。撫（な）でられるのがくすぐったくて、笑いだしたくなる。水はとても優しい滝のような音を立て、娘の澄んだ声はいぜん黒い本の朗読を続けている。だれもが口を噤（つぐ）み、聞こえるのは街のざわめき、オートバイやバスの騒音、それに教会広場で笑ったりからかい合ったりしている子供たちの声だけだ、「アヴラ……ガアイツノ足ヲ洗ッタ！」

イエスは食事の席を立ってその外套を脱ぎ、手ぬぐいを手にとって腰に巻かれた。

浮浪者のなかには下を向いている者もいて、まるで自分にも足があることを知らないかのよう、足があるなんてことをそれまで思ってもみなかったようだ。

それから、たらいに水を汲んで、弟子たちの足を洗いはじめ、腰に巻いた手ぬぐいで拭われた。

金髪の娘は、朗読を中断して風で顔にかかるほつれ毛を払い、おれは広場に響く彼女のか細い声に耳を澄ます。

シモン・ペトロのところに来られると、ペトロは言った、「何と！　主よ、あなたが私の足を洗ってくださるのですか！」イエスは答えた、「私のしていることは、今お前にはわからない。だが、ほどなくわかるだろう」

それに、浮浪者のなかにはシモン・ペテロに似ている者がいて、靴を脱ぎたがらず、「必要ネエ、オレノ足ハキレイダ、洗ウヒツヨウナドネエ、オ嬢サン！」と叫んでいる。連中はサンドイッチとソーダを待っている、それを当てにしてやって来たのだ。だが、ショーソン神父は、連中の頭に手を載せ、座らせる。神父は大柄でがっしりしている、緑と白の上祭服は鳥の両翼のように左右に開く……

「いいえ」とペトロは言った、「けっして私の足など洗わないでください」するとイエスは、「もし私がお前の足を洗わなければ、お前は私とともに生きられまい」と答えた。そこでシモン・ペトロは言った、「わかりました、主よ、私の足をお洗いください、それに手も、髪の毛も！」

すべてが終わって、おれは経理局の日陰の低い壁の上でサンドイッチを食べる。ヴィッキーは来なかったけれど満足だ、おれは彼女のことを忘れないでここにいる。それに、おれの足もとても清潔だ。

クリスタル（続）

彼女は姿を消した。まるまる何日も、ぼくはドン・スーの屋敷の庭をうかがっていた。虫が食った芝も、入口も、街道も、使用人たちが暮らす裏手一帯も探った。クリスタルは戻ってこなかった。この前、家のなかで物音がしたので、とうとう彼女がパイロットと連れ立って戻ってきたのかと思った。だが、それはただ、貸し別荘の管理人をしている意地の悪い婆さんだった。婆さんは、ベルトにつけた環（わ）に近隣の別荘の鍵を全部吊るして、客に扉を開くおぞましい営業係、モーリシャスで斡旋人（バッチャラ）と呼ばれる存在だ。パイロットに付き添い、あの娘を彼に紹介したのはこの婆さんだ。しかし訪れたのは、例のパパ（どんな呪われた名で呼ばれるのかは知らないが）ではなかった。やって来た男は痩せぎすで、黄ばんだ肌をして、黒の制服を着ていたが、庭を少し眺め、屋内も少し眺めてから立ち去った。クリスタルのパイロットはもう戻ってはこまい、今ではその確信がある。勤務ルートが変わったのか、ヨーロッパ内の飛行担当になったのか。ぼくの大家に告発され、小児性愛で監獄行きとなるのを恐れたのだとしたら話は別だが。窓のすりガラスを透かして、ムクドリが飛び回る庭を眺める。緑のビキニ姿で、ココナッツ・カクテルと機内雑誌を脇に置いて、子供なのに一人前の女でもあるクリスタルが、日差しのなか、怠惰な小動物のように伸びをしていたのはあそこだった。また、男友達のひとりとバイクに二人乗りをして、ブルー・ベイの静かな街路を、風を切るように飛ばしていた。

ぼくは彼女を探しに出かけることにした。フラックや、フェニックスや、バガテル、あるいは海岸沿いのコダンで、彼女が通った道をたどり直そうとした。マヤランドのショッピング・センターの入口でバスを降りると、空気は乾燥して、空は目がひりつくほど眩しかった。蓮か睡蓮の形の穹窿が、日を浴びていっそう怪物的に見え、開花したシャボン玉のようないくつもの丸屋根が、ひどく熱された大気のなかで揺らめいていた。中に入ると息がつまりそうだった。冷房装置の冷えた管が川のように渡されてはいても、人々は口を開け、空気を求めていた。建物の中心では、多色の丸天井が深紅、黄、緑、紫の斑点をゆっくりと回転させていた。ぼくの心臓があまりに早く打っていたせいかもしれない、水の出ない泉（大臣列席のセンター開所式の翌日からポンプ装置が故障していた）の周りをカラフルな斑点が回る方向に群衆もいっしょに旋回しているような印象を持った。十五時になると、とくにエベーヌやレデュイから学生、それに青い制服の女子高校生が多数押し寄せた。これら騒がしいグループのなかに、コンバースのスニーカーにピンク社製のシャツを身に着け、ドライヤーで髪形を整えた、裕福できちんとした娘たちのなかに、そして法律やコンピュータ工学を学ぶ男子学生たち、未来の銀行家、未来のジャーナリストたちのなかに、ぼくの探す野生の娘、あの男まさりの娘がいるとは思えなかった。彼女、ぼくのクリスタルは、家庭からも学校からも逃げ出してさまよえる、身を持ち崩した女逃亡奴隷、才覚に富むがまともな道に引き戻すことなどできない、この世界に永久になじむことのない娘だ。自分がクリスタルという人物をでっち上げているのはわかっている、実際の彼女のものではない身の上話を編み出しているのだ。彼女がそこに戻ることはないとわかっていながら、マヤランドまで行った。すでに彼女はほの暗い領分へ滑っていくところだ、立ち入り禁止の街路のほう、開発プロジェクトの一環で掘削された洞窟のほう、ロシュボワやシテ・ラ・キュールや司祭谷の、また〈北部〉へと向かう高速道路沿いの、灰色の帯のように連なるああした建物のほうへと。

夜、タクシーは海沿いをゆっくり走る。運転手は、ぼくが何かを、だれかを探しているのを見抜いている。彼は、容易に手に入る獲物を思い浮かべている。あるいはぼく自身が獲物だとみなしている。つまり、外国通貨、銀行カード、パスポート、運転免許証をしまった小さなベルト・ポーチを携帯した中年の外国人だと。彼は話しかけようとするが、ぼくが答えないもので、ラジオ・ワンを点け、車内は音楽と騒音でいっぱいになる。窓を開けても、頭がガンガンするのは治らない。「ドコデ曲ガリマスカ、ココ、アソコ？　ドコへ行キマスカ、マッスグ？」ぼくはとくに何かを待ち受けているわけではない。いろんな明かりが車の側面を流れていく、フラッシュ、滝のようなネオンの光、小さな星に囲まれた柱廊、そしてさまざまな名前、一部欠けて不可解な名前は、

アザール

リヨン

オリオン

アヌーシュカ

簡易食堂

はじけて消えるあぶくのようだ。矢や三角形もある、すばらしい円環もある。かぼそい線や装飾模様、ピンクや白の大きな壁、突飛で愚劣な花模様。ぼくは酔っている。

　街道沿いに並ぶ豪邸の背後は、染みでただれたような怪しげな地区で、しかもアベルクロンビーや司祭谷で見かける廃墟の崩れかけた壁面ではなく、段ボールで作った正面玄関、にせの柱廊、にせのマンサード屋根、プラスチックを溶かして造ったにせの洞窟が連なっている。これらの開口部すべてから、これらの洞穴から、音が聞こえてくる。それは大型ラジカセが発するような音、車道を揺るがし鼓膜を破るほどの低いビート、ときに低くときにかん高い声などだが、ことさら耳に突き刺さるのはかん高い声だ。流行歌の文句や、歌曲の断片や、叩きつけるような耐えがたいメロディやリフレインが聞きとれる。ぼくは、でたらめにその街道を歩いていく。クラブ「ゴーゴー」の前で、女の子たちが扉の両側の壁に列を作っている。中に入るには身分証明書を見せるか、男性同伴でなければならない。それも若者ではだめで、ジーンズではなくちゃんとした身なりの大人でなければならない。「ジーンズは御遠慮ください」と入口に厚紙で掲示してある。通常のズボンに、体にフィットする光沢のある黒の開襟シャツで銀色の縁取りがあるのを着ているのが望ましい。しかもイニシャルや紋章を彫り込んだ指輪をして、耳には小さなダイヤを嵌め込んでいるのがいい。つまり、女の子たちの親の三カ月の稼ぎをひと晩で使うような男でなければならないのだ。あとは、トヨタ・カムリかシボレー・アバランチに乗り込んでアルビオン方面のサトウキビ畑まで行き、早朝までに事を終え、女の子たちがそれぞれ暮らす場所、ポワン・ト・サーブル、カシス、コロマンデル、バンブー、グロ・カイユーなどで降ろすという手はずだ。通りがけに女の子たちを横目で見たが、向こうはぼくを見なかった。彼女たちはクリスタルに似てはいない。小柄で、脚を締めつけるような窮屈なズボンを履き、上着は短すぎてへそが見えている。十センチのハイヒールを履いてはいるがひどく背が低くて、厚化粧を塗りたくり、濃すぎるアイシャドーを引き、蝶の肢のように長く密生した付け睫毛をしている。若いのに年増のようで、車が歩道沿いをゆっくりと滑るように進む間、腰を振ったりくねらせたりする。不意にひとりがグループから抜け出して後方の開いたドアから車に乗り込み、行ってしまう。残った娘たちは、一歩横に動いて、立ち去った娘のいた場所を詰める。通りがけに見れば、十五歳にもならない子もいるが、その顔は何やら不安の色を浮かべて真剣だ。笑わず、気を惹こうともせず、ただ夜の闇のなかを巡る車を見つめている。この世には何もない、遊びも喜びもなく、ただ金が踊り、欲望が荒れ狂うだけだ。クリスタルのことを思う。たとえ彼女も金の暴力は知っているとしても、この女の子たちといっしょではない、彼女たちとは交われない。クリスタルは女であると同時に子供であり、獣めいた夜についてすべてを本能的に心得ており、そこから逃れる。彼女はよそに、海と陸の間の彼女の世界にいる。自分の名前や出身地、自分の旅をでっち上げたように、自分の過去をでっち上げる。ぼくは街道の果てまで歩いていく。ナイトクラブやバーのざわめきから遠ざかっても、そこへ戻るように仕向ける何かがある。クリスタルはどこにいる？　同い年の子供たちと浜辺に腰を下ろして、ギターの奏でる歌を聴きながら板切れが燃える火を眺めている彼女を、今すぐにでも見たい。それとも彼女は、叔母の住む集合住宅の階下にいて、中庭でひとり、煙草を吹かしながら星の見えない空を眺め、ソーダの小瓶を飲んでいるのだろうか。ぼくはまた、灯りから灯りへと、クラブからクラブへと、中を覗きもしないで、立ち止まることなく、へとへとになるまで徘徊を続ける。暑さでシャツが背中に貼りつき、口のなかや唇は塩の味がする。こんなふうに歩いたおかげで、クリスタルに近づいた気がする、彼女の生活に触れ、彼女の世界に片足を掛けたように思える、しかしその瞬間にも、彼女から自分を隔てる広がりをひと目でとらえるのだ。すでに彼女はあの中庭にはいない。ぼくも一軒の店に立ち停まり、見えない海に向かってベンチに腰かけ、ソーダを飲む。夕暮れ時の生ぬるい風を吸い込む、姿を消した円い太陽から吹いてくる赤い風だ。「かもめの岩」に戻るには遅すぎる。いずれにせよ、あの場所、あの息苦しい湾にガリヴァーを縛りつけていたのと同じ透明な紐帯によって、自分が、星のようなネオンのまたたきに、壁沿いに立つ幼い娼婦たちの虚ろなまなざしに、街道を這う自動車が形成する果てしもない金属製の蛇にまでつなぎ留められていると感じる。灰色の明け方まで、眠らずにそんなありさまでいる。

ある賭け

偉いさんたちの賭け、ケストレルの支配人ハンソンさんの賭けで選ばれたのはおれだ。おれはヴィッキーのおかげで、それにフェッセン姓のおかげでもあるかもしれないが、賭けの結果、選ばれた。オノリーヌが新聞の記事を読んでくれる。「浮浪者の代表大使、ドードー」そして英語で「すばらしい浮浪者！」彼女はそれを声に出して読んでから、第一ページを捨てずに折り畳み、料理のレシピや計算を清書している学習用ノートにはさんだ。オノリーヌは自分がある日フランスへ、イギリスへ行くことを想像している、それからイタリアへ行ってローマ教皇にお目にかかることも。当初、おれは信じたくなくて、冗談だ、カトリック教徒の安息所で見かけるのと同様の、人を笑わせるための企みだ、と言った、カトリックの貧民収容所では、東方の三博士の前に救世主が現れたことを祝う公現祭には紙の王冠をもらうが、それで王様になるわけじゃない。ハンソンさんの仕業だが、あの人はフロレアルのお偉方と集って、だれを派遣するか賭けをした。いわく、もしひとりの浮浪者が飛行機でパリに旅するなら、彼は浮浪者全員を代表する大使になる。それでケストレルの従業員がおれに書類をそろえてくれ、いろいろと教えてくれた。通行許可証を手に入れるために、書類に署名をさせられた。幸いなことに、父さんが、死ぬ前に書類一式をオノリーヌに送付しておいてくれた。ヴィッキーに、ポート・ルイスの著名な写真屋レオ・ブリテルのもとへ連れていかれ、カラーの肖像写真を撮られる。もっとも、病気にかかって以来おれには顔色が悪くなったので、むしろ白黒の肖像写真と言うべきだ。ブリテルさんは、絶対に動くなと言う。微笑んでもまばたきしてもならないと言う。だがその心配はない、すでに言ったとおり、Σの病気に唇とまぶたを蝕まれたので微笑むことはできないのだ。ヴィッキーが、おれが大きな飛行機に乗ってフランスに旅行するのだと言うもので、ブリテルさんは机の引き出しを漁って、父さんの古い白黒写真を見つけ出す。父さんは当時六歳で、上下揃いのスーツにネクタイを締め、黒のブーツを履いたかわいい少年だ。テーブルにもたれて、意地悪そうな目つきで見つめている。ブリテルさんが言うには、その写真を撮ったのは、写真屋をしていた彼のお祖父さんらしい。まさにそこ、コメディー通り二番地に店を開いていたという。写真の裏にはアントワーヌ・フェルセンの名前と、一九〇九年という撮影年が書かれ、写真屋ジェオ・ブリテルの署名がある。だが、おれにはそれが本当に父さんだとは言えない、その写真に見覚えがないからだ。それからハンソンさんがおれのパスポートを預かる、同じ飛行機で旅行するからだ。もっとも、ハンソンさんが乗るのはファースト・クラスだが。彼はパリのホテルを予約する。おれとしてはヴィッキーにいっしょに来てもらいたいが、彼女は夫や赤ん坊とここにとどまらねばならない。ある日、平和の女王マリア教会で彼女と待ち合わせる。彼女は広場で待っていて、おれたちは木陰に腰を下ろして語らう。彼女は言う、「ドードー、あなたはたくさんの新しいことを知るのよ、たくさんの人と新しい知り合いになるのよ」午後の光を浴びた彼女の髪は黄金色の巻き毛で、肌は小さなほくろで覆われている。彼女の肌に触れて果物の和毛のような頬のうぶ毛の感触を味わいたい、彼女を抱擁してフルーツのようなにおいを嗅ぎたい。しかしおれは返答しない。新しい人々に会うなんてまったくどうでもいい、おれが出会いたいのは彼女だと、本当のことが言えない。しかしヴィッキーはおれといっしょにパリに旅行できない。彼女はこうも言う、「心配なんかしてはいけないわ、ドードー、今にわかるわよ、万事うまく行くわ、パリで大勢の友達があなたを待っているのよ」ヴィッキーは機内用にと、青い布地に白字で「ケストレル」と書かれ、白い鳥の絵の入った肩掛け鞄（かばん）を持ってきてくれる。彼女が言うには、モーリシャスの病院に看護研修に来たときの鞄だそうだ。そのなかに入れてくれたプレゼントを見せる、ケースに入った歯ブラシ、折り畳める櫛（くし）、小さなチューブ入りのスキンクリーム、それに鏡だ。だけど、悪魔が映るので、おれには鏡は受け取れない。ヴィッキーは、パリは寒いからと、夫のものだというとっくりセーターも一枚入れていた。それに、長い靴下、新品のバスケット・シューズ、市場で買ってくれたものだ。それから小さな手帳とボールペンも。手帳を開くと、最初のページの上のほうに、「ドードーに、友達のヴィッキー・オギルヴィーより」と書いてある。それを見て泣きたくなる、彼女のフルネームをはじめて見たからだ。だけど、じつはこれは旦那の姓だと理解する。「私のために旅の様子を書いてもらうためよ、書いてくれるわね？」とヴィッキーは言う。彼女のプレゼントには満足だが、鏡だけは別で、彼女に返した。それでも彼女は何も訊かなかった。ノートに字を書くのは心地いい、ふだんはちびた黒鉛筆で新聞紙の切れ端や郵便局の申込用紙に書いているから。それで何もかも風に吹かれて散り散りになる。ノートを買うだけの金がないのだ。そのあと、おれたちは、海水を飲みに沈んでいこうとしている太陽に照らされ、生ぬるい風に吹かれながら、平和の女王マリア教会前のベンチに腰かけたままでいる。それはいつまでも終わらない。おれは出発することに満足だ、哀れな醜男（ぶおとこ）だって大きな飛行機に乗って世界の果てまで旅ができるのだから。こんなふうにして旅は始まる。おれはヴィッキーのそばに座ったままだ、彼女の肌や金髪のにおいが嗅げて、彼女の大きな青い目を見つめていられる。

あちらフランスへ、大きな飛行機で出かけるのかと思うと怖い。自分の目の前にひとつの穴がぱっくり開いて、夜、サトウキビ畑のなかを歩いているうちにそこに落ちてしまうような感じだ。ハンソンさんの賭けで選ばれてからというもの、もうこの先二度と見ることはないはずの場所へ出かける、徒歩のこともあれば、バスに乗っていくこともある。死ぬときにやらなければならないのはこれだと思う。オノリーヌの家の大きな錆びた鏡がむき出しになっていて、おれは自分の運命をうかがう。白い染みが奥へ奥へとますます落ち込み、果てしなく道が延び、左右の側面から悪魔の黒い手が出てくるようだ。オノリーヌに向かって叫ぶ、「隠シテクレ、隠シテクレ、アノ鏡ヲ、オレガアイツヲウカガイ、アイツモオレヲウカガッテイル！」オノリーヌはおれがふざけていると思い、笑い出す。それでおれは彼女の家を出ていく、もう彼女の家の戸口の前の地べたに寝ることはできない。おれはアルマに行く、これが最後だ、川にも湖にも行く、森にも行く、竹の垣根の向こう側、藪のなかのわが家の廃墟を見にいく。アルテミジアの家があった場所、彼女がいろんな話やなぞなぞを聞かせてくれた場所を探す。その後、アルマンドー一家のブルドーザーがすっかり押しつぶしてしまった。そしてアルテミジアはこの世を去り、天国へ行った。おれはまた、畑を通ってクレーヴ・クールのヤヤ婆(ばあ)のマンゴーの木のところまで行き、根っこの間にろうそくの火を点して、婆さんのために頭のなかでショパンとシューベルトの音楽を演奏する。ベト祖母ちゃんの思い出に、両親の思い出に、「オールド・ラング・サイン」を歌う。おれが歌い出すと、セミノールがやって来て、枝の間からこちらをうかがっている。あの子は美しくはないが、あの切れ長の目が好きだ。今ではおれのことを知っていて怖がらないが、合図しても近寄ってはこない、木の葉を透かしてうかがっている、まるで野良猫だ。ヤヤのお墓に「マリー」のビスケットとエンドウ豆の揚げ菓子、新聞紙に包んだ砂糖漬けパパイヤ、それにヤヤは煙草を吹かすのが好きだったので煙草を何本か、すべてマンゴーの根っこの間に供える。そしておれが何歩か後ろに下がると、とたんにセミノールが供え物を漁りにくる。そっと近づいて供え物を取ると、引き返して身を隠す。揚げ菓子とパパイヤを食べるが、煙草は残してある。おれは満足だ、ヤヤがあのダウン症の女の子の体のなかによみがえったように思う、まさにその夜、あたり一帯が真っ暗になり、ろうそくの火も風に吹き消されたそのときに、ヤヤが木のなかの自分の住まいに煙草を吸いにくるように思う。自分のなかにいくぶんヤヤの安らぎを感じる。昔、おれが赤子のころ、ヤヤ婆は力強い腕におれを抱き、〈大いなる大地〉の子守唄を「ルー・ルー・ルールー、ルー……」と歌ってくれる。クレーヴ・クールからは、霧雨のなかを、バッサン・ルールーに向かう道、カルバス川に向かう道を下っていく。アルマに着くと寒い、もう日暮れだ。父さんが死んだ冬の夜のことを思い出す。木の棺の上に落ちる雨粒が、太鼓のような音を立てていた。黒い喪服の男たちが母さんの眠るそばに掘った墓穴に父さんの亡骸(なきがら)を降ろし、小石をかけて墓をふさいだ。サン・ジャン墓地の鉄柵は閉ざされているが、おれはある場所を知っている。壁が崩れているところから両親の墓まで行くと、ミシエ・ザンはペンキを塗ってはいなかった。おれのことを怖がっているのか、それとも怠(なま)け者で、金を払わないと動かないのか。ヴィッキーが旅行用にくれた黒の鉛筆でもう一度名前をなぞる。おれがいなくなったら、こんなふうに名前を上書きする者などいないだろう。名前も日付も雨風にかき消されて、死んだ人間はこの世に存在しなかったも同然になるだろう。墓のそばに寝そべり、だれにも見られないように、雨滴が口に入ってこないように上着を顔にかぶせる。今は何もかも以前とは違う、すべてが変わった、今日、今夜、おれはパリに発つ。

マリ＝マドレーヌ・マエの身の上話

わたしは父を知りませんでした。わたしの生まれたのは一七三八年十二月、母はジュリーといい、総督邸の奴隷で洗濯係をしていました。父はフランソワ・マエ＝ド＝ラ・ブルドネ、フランス島とブルボン島〔レユニオン島の旧名〕の当時の総督です。わたしがフランス島で生まれた年に、父の正妻であるマリ＝アンヌ・ルブラン＝ド＝ラ・フランクリーが天然痘で亡くなりました。一七三八年五月九日のことです。父を説得してくれた父の従妹（いとこ）のベルト・タバリー（旧姓マエ）小母（おば）さんの決断のおかげで、わたしはマエ姓を名乗る権利を得ましたが、父はわたしを認知しませんでした。わたしは父の家で生まれましたが、やがて母は赤ん坊のわたしを連れて、ポート・ルイスの、彼女が働いていた城塞近くにあった監獄の付属施設に戻されました。そうした顚末を知ったのはのちのことで、マエ＝ド＝サン・マロの祖母の口から聞かされました。父は総督の立場上、付属施設を訪れることはできなかったので、生まれて数日後に、母自身ではなく、わたしが略式洗礼を授かったときに代母を務めてくれた女性によって父のもとに連れていかれ、母からジュリーの名を、代母からマリ＝マドレーヌの名をもらったのだと考えて間違いないと思います。代母は、奴隷ではなく、父の家の厨房で働く単なる召使でした。産着に包まれた褐色の肉塊のようなわたしを、偉大なお方が身を屈めてごらんになり、名前は何というのかと尋ねておられる場面を想像しました。名前を聞いてその方はただうなずかれました、どうでもよい情報でしたから。

わたしには母を知る間もありませんでした。一歳のころ、あるいはもうすぐ一歳になるころ、父は再婚するつもりで帰国しましたが、わたしを連れて戻りました。その旅の記憶はまったくありません、その後聞いたところによれば、その旅は数カ月続き、喜望峰沖で遭遇した嵐の最中に、乳母の手から大波にさらわれて溺れ死ぬところだったのが、間一髪、ひとりの水夫が救い上げてくれたそうです。こんなことを持ち出すのも、みじめな生涯のなかでこのできごとを思い返しながら、わたしがよりよい世界を知る邪魔をしてくれたその水夫を何度も恨めしく思ったからです。

子供時代の最も古い思い出は、サン・マロのマエ家の祖母の家で過ごしたころのことです。父は、フランス島では王様同然で、フランスに帰国してからはボワシー・サン・レジェのピップル城で暮らし、生涯を通じて大きな繁栄を享受しましたが、父の母はサン・マロのランパール地区のつましい住居を離れることを一貫して拒みました。彼女はその家で子供たちを育て、その長子がわたしの父でした。わたしもその家では幸福に過ごしました、そう言えます。世の人々の卑劣さを知らない年ごろには、幸福でいられますから。マエ夫人は下の名前をリュドヴィーヌ＝セルヴァーヌと言いましたが、有色人種や私生児に対して大方の人々が見せる軽蔑や偏見を、わたしに示すことはけっしてありませんでした。わたしは、乳母に付き添われて使用人の住居で過ごすか、マエ夫人が昼間は小枕付きの肘掛椅子に座り、足先を練炭の足温箱に突っ込んで過ごす階下の広間にいるかでした。わたしが教育というものを受けたとしたら、祖母のおかげです。わたしが活発で、読み書きや裁縫を習うのに向いていると見たのです。のちにわたしは、祖母が語ったわたしの評価を聞かされることになりますが、祖母は、わたしは長所に欠けてはおらず、総督だった父の他の子供たちと十分に競い合える能力を持っている、と言ったのでした。

この幸せな時期は早々に終わりを告げました、マエ夫人の健康状態が悪化したため、娘でディナンの町の聖ウルスラ修道会の修道女であるド＝トゥーレサンに託すのが適当という判断が下されました。わたしの人生はそれを境に、九歳ですっかり変わりました。それまでは家庭の温もりのなかで、わたしをかわいがり、わたしといっしょにいることを楽しみ、まるで人形に着せるように服を着せてくれ、統治する島々の所有地から父が届けてよこす甘い物を私にくれる女性たちに囲まれて、伸び伸びと育ちました。足りないものは何もありませんでした。そんなわたしが突然、修道院の冷え冷えとした薄暗がりのなかに、親のいない女の子たちの間に、当初わたしを恐怖でいっぱいにした黒服のシスターたちの支配下に置かれたのでした。ド＝トゥーレサン修道女は、祖母の寛大な情愛を持ち合わせてはいませんでした。大柄でそっけなく、蠟のように黄ばんだ肌をして、修道院という共同体に鉄壁の権威をふるっていました。彼女にとってわたしは姪ですが、わたしに対して、愛情も敵意も、どんな感情も示しませんでした。彼女にとってわたしは、他の孤児と同様のひとりの孤児にすぎませんでした。わたしたちは上下続きの灰色のウールの衣服を着て、縁なし帽をかぶり、木靴を履いていました。もう、読んだり学んだりするのは問題外でした。修道院の日々は祈りと家事に費やされました。わたしは裁縫部屋に配置されました、フランス島の奴隷だった母が布類整理係をしていたせいかもしれません。そこ、ストーブで温められた共同部屋で、町の主要な工房に品物を納める修道院の利益を上げるために、女の子たちは、町の主要な工房に品物を納入している修道院の利益を上げるために、縫ったり、布地を裁ったり、繕ったりするのに時間を費やしていました。その目的は孤児たち（わたしも出自に反してそのなかのひとりでしたが）に生きていくすべを身につけさせることでした。現実は違いました。今日わたしを冒している目の病気、わたしを物乞い暮らしへと追いやった病気の原因は、おそらく、あの裁縫部屋の暗がりと寒さだったのですから。わたしには同じ不幸に悩む友達はほとんどいませんでした。修道院の規則があらゆる交際を禁じており、その年ごろの娘たちのありきたりのおしゃべりも、自由の剝奪やときに両脚の鞭打ちによって厳しく罰せられました。わたしが友情を感じたのはただひとり、田舎出の子でした。そのブルターニュ出身の子はフランス語を知らなかったので、わたしたちの言語のごく初歩的な部分を私が教えました。その子はシュザンヌ、すなわちお国なまりではソワジグという名前で、わたしたちは共同寝室でベッドが隣同士でした。ベッドとは名ばかり、何しろ、わたしたちは床のタイルの上にじかに敷いた粗末なマットに寝ていたのですから。このように閉じ込められたまま何年も経ちました。その年月は、子供が人生に目覚め、さまざまな感動を発見する時期です。修道院の孤児たちはその期間を、窮乏と恐怖のなかに閉じ込められ、空腹に苛まれ、寒さに凍えながら過ごしました。十四歳になったころ、フランス島にもサン・マロにも公文書は何もなく自分の誕生日がいつなのかずっとわからなかったので、およそそのころとしか言えないのですが、父が亡くなりました。その知らせを一七五三年十一月、本当の叔母でありながら一度も「叔母さん」とは呼べなかったド＝トゥーレサン修道女の口からじかに聞きました。父が新たに築いた家庭はひどい状況になりました。わたしが生まれて一年後に父が再婚したシャルロット＝エリザベト・コンボー夫人は、子供たちの家庭教師の過ちにより、不意に破産状態に陥りました。この家庭教師は、夫人の金を盗んで外国に逃亡したのです。その結果、それまで修道院でのわたしの養育費として父が続けてくれていた仕送りが途絶え、わたしは荷物をまとめて、パリに発たなければなりませんでした。パリでお世話になったのは、亡き父の従妹のベルト・タバリー修道女です。一時彼女のもとに置いてもらったあと、サン・ジェルマン・アン・レーの聖トマ修道会の女子貧民収容施設に入れられました。ディナンを発ったときは、わたしの生涯でだれかがわたしのために泣いてくれた唯一の機会でした。不幸な運命をともにしてきたソワジグと別れる際には、二度と会えないことがわかりました。こうしてわたしはその施設に入りましたが、それはわたしの零落の入口でした。聖トマ修道会の女子収容施設には、最悪の、このうえなく絶望的な女性たちが収容されていたからです。同じ寝室に、病人もいれば気のふれた者もいる、身を持ち崩した女や殺人を犯した女もいました。そのタバリー修道女を通じて、父の一家が破産し、財産が強制的に売り払われ、ボワシー・サン・レジエの城まで売却されたことを知りました。また、わたしの養育費として八百リーヴルの手当を仕送りする父の意思も尊重されませんでした。こうしてわたしは、ひとりの女子が結婚し家庭を築くことを期待できる年齢で、堕落した娘たちを収容する施設で囚われの身となりました。著名な父親の私生児であること以外にどんな罪を犯したわけでもありませんのに。それでも不幸のさなかで考えました、自分はおそらく母ほど不幸ではないのではないかと。母は島で奴隷の境遇にとどまり、何の報いも受けずにわたしを取り上げられたのですから。わたしは少なくとも、人から尊敬されるマエの名を名乗ることができましたが、母は姓というものを持ったことがありません。ジャン＝ジャック・サンテールという名の腹違いの弟がフランスにいることを知ったのはこのころです。わたしと同じく、ド＝ラ＝ブルドネの非嫡出子でした。ところがどこに在住かも、母親がだれなのかも知りませんでした。ある夜、生まれ故郷の島まで行く夢を見ました。母と、母の子供たち全員に迎えられ、わたしたちは泣きながら抱き合いました。そしてこの先何が起ころうとも、二度と離ればなれにはなるまいと誓い合ったのでした。しかしこの比類ない夢は実現しませんでした。島はあまりに遠く、しかも考えてみれば、母さんは働き詰めの酷使される生活を送ったのでおそらくすでに亡くなっているだろうし、子供たちも人から人へ何度も売られたはずで、いずれにしても彼らの名前がわかりませんでした。この夢はしばらくの間、悲しみの感情のなかにわたしを沈め、立ち直れませんでした。食事を摂らなくなり、健康を害して少しずつ死に向かっていきました。神への信仰と、マエ家の祖母が注いでくれた愛情だけが、生きる支えとなりました。

やがてわたしは、自分の運命を逃れようと思いました。サン・マロの祖母のそばで過ごした幼少期と、そのあと聖ウルスラ修道院で過ごした歳月が、しっかりした性格を形成してくれました。悪しき運命との戦いを試みたのです。聖トマ修道会に収容されている女子の大半は文盲で、物事を知りません。わたしは紙とペンをもらうことができたので、父の再婚相手であったエリザベト・コンボー夫人に、その後何通も書くことになる手紙の第一通を書きました、ただし自分の姻戚関係には触れずに。父の約束を尊重し、わたしの今後の生活にとって必要なお金を支払ってほしいと請うためでした。これらの手紙は、夫人が子供たちと住んでいるパリの地獄通り[30]宛に送付しました。夫人がそれらを受け取ったのかどうかわかりませんが、わたしの要請にはまったく何の返答もありませんでした。聖トマ修道会の女子寮での生活は耐えがたくなりました、不幸のなかにあっても、女囚たちは本能的な邪悪さを忘れませんでしたから。教育を受けたわたしが自分たちとは違うことを見てとると、わたしに嫌がらせを行ない、黒んぼ女や黒んぼ娘と呼び、ときには島の売女（ばいた）とも言いました。殴る蹴るのふるまいや悪口雑言でわたしを苛み、衣服や、わずかばかりの食事をかすめ取りました。タバリー修道女に短い手紙で窮状を訴えましたが、彼女はわたしを運命に委（ゆだ）ねたまま何もしてくれませんでした。まるで父の死とその一家の破産によって、わたしはこの世から永久に消し去られたかのようでした。こうした絶望の折々には、黒い肌を持つ娘を、彼女を生み出し、自らの名を授けた男、全盛期にはフランス王国の総督のなかでも最も敬われ、最強の力を誇った父親から隔てる淵の深さを思い知りました。

聖ウルスラ修道会の工房で罹（かか）ってしまった病気はまもなく、サン・ジェルマン・アン・レーで仕事ができないほど悪化しました、目がほとんど見えなくなってしまったからです。それでわたしは、廊下をさまよって食べ物を乞うほかない、絶望的な女たちの境遇に陥ったのです。わたしが生き延びられたのはひとえに、若かったことと、体が頑丈にできていたおかげです。しかし視力が完全に回復することはなく、右目は見えないままでした。わたしのことを手助けしたいと思ってくれていた施設内のひとりの修道女の助言で、それにおそらくわたし自身、自分が出ていくことで施設の負担を軽減したいとも願ったのでしょう、自分の惨めな現状を公に知らしめる決意をしました。政府の援助を請うために、サルティーヌ海軍大臣に手紙を書くことにしたのです。

海軍大臣サルティーヌ様へ、フランス島とブルボン島の元総督、ベルトラン＝フランソワ・マエ＝ド＝ラ＝ブルドネの私生児であるマリ＝マドレーヌ・マエより。わたしの誕生時、父はわたしの生活援助のために年額八百リーヴルを、また私の教育費用として一万二千リーヴルを支払うことを正式に約束しました。わたしが繰り返し求めたにもかかわらず、これらの金銭は支払われませんでした。父の死後、権利所有者たちは、莫大な財産及び不動産を相続したにもかかわらず、わたしの求めに応答しませんでした。目の病に罹り、縫い子としての生業（なりわい）を続けることができなくなったため、わたしは、自分の置かれている不安定な状況において助力を請う権利があります。以下に署名いたしますわたしは、おそれながら、自らの名において、また偉大な水夫、インドの征服者にして私の生まれたフランス島の総督であったマエ＝ド＝ラ＝ブルドネ氏の名において、救済を求めます。

わたしは返事を待ちました。そして返事は来ましたが、大臣からではなく代理人のルノワール氏から、善良なる貧民の証明書の形で届き、国の負担でパリのサルペトリエール総合病院への入院を許可するというものでした。聖トマ修道会女子収容施設の長に宛てられた手紙は決定的でした。わたしの一件は個人的な性格の事案で、告訴を予審し、受理できる場合に訴訟に持ち込むことができるのは弁護士のみである、と明記されていたからです。偉大な人物の私生児とはいえ、哀れな黒人女などに興味を持つ弁護士がどこにいるでしょう？　この返事は、いっそ聖トマ修道会女子収容施設から遠からぬところを流れるセーヌ河に身を投げてしまいたいと考えるほど、わたしを絶望でいっぱいにしました。祖母セルヴァーヌ・マエから教えられた神への信仰だけが、そして哀れなソワジグの思い出だけが、わたしにそれを思いとどまらせたのでした。この絶望が生み出した変調のために、わたしは施療院送りになり、そこで何カ月も生死の間をさまよいました。続いて、大臣の代理人からの手紙で指示されていたように、サルペトリエール病院に移され、今もそこにいます。娼婦や、犯罪者や、気のふれた女たちといっしょです。わたしの生涯の最終章が終わるのはここです。毎日、寒くても雨が降っていても中庭に出て、石の上に腰かけ、周囲を輪舞する影を眺めます。ここには人間の邪悪さのための場所しかありません。ここで起きていることを事細かに話せば、外部の人たちには信じられないでしょう。不平を洩らせば、鞭が飛び、食事が抜かれる。浮浪児たちの棟は、最大の犯罪が繰り広げられる場所です。毎月、子供たちのなかの数人が姿を消し、どうなったのかはわかりません。彼らが自然に反する犯罪の犠牲になっているというわさです。堕落した番人たちの手で貴族や金持ちの変態性欲に委ねられているとか、外科医の実験モルモットになっているとか、悪魔の人身御供になっているという説までであります。わたしはよく見えない目で、病院の中庭で人影が輪舞するのを眺めます。するとサン・マロのマエの祖母の家のじつに心なごむ思い出がよみがえってきます。当時、目の前には人生が開けていて、わたしはどんな将来が自分を待ち受けているのか知りませんでした。わたしがこの世に生まれ落ちたのは、世の人々の苦痛に立ち会うため、ただひとえにそのためだと思います。

なぜなら、このうえなく大きな好運と隣り合わせながら例外的な生活を送りえた者だけが、このうえなく極端な苦境を生き抜くことができるからです。ですから、命果てるまで、そうする力を授けてくださるよう、わたしは神と、聖母と、すべての聖人に祈ります、アーメン。

パリ

お知りになりたいなら、おれの旅行はこんなふうだ——飛行機は夕方、雨の降るなかを離陸する。夜じゅう飛びつづけて、朝になってアフリカに着陸する。それからやはり雨のなかを、ふたたびパリへと飛び立つ。しかし旅行中は雨が降らない。それを知っているのは、いっとき右隣の乗客がトイレに小便をしに行き、窓の外を見るとたくさんの星が見えるからだ、たくさん、じつにたくさんだ。この旅行でただひとつおれの気に入っているのはそれだ、真横に見える星だ。飛行機があんまり高いところを飛ぶもので、星はもう上には位置せず、下のほう、陸の近くに見える。だけどおれは怖くはない。機内の乗客は星などに構っておらず、座ったまま、頭を斜めにして寝ている、いびきをかいている。だがおれは寝ない、ものを考えたり、頭のなかでピアノに合わせて歌ったりする。とくにシューベルトを、アレグロとアダージョを、そして最後は昔からの「オールド・ラング・サイン」だ。おれのねじれた指で弾けるのはそれだけだから。パリに着くと寒い。大勢の人がおれを迎えてくれるが、ヴィッキーはいない。平和の女王マリア教会でさよならを言ったから、そしてはじめておれを抱擁してくれたから。ヴィッキーの首や髪はスミレのにおいがする。彼女はこう言う、「フランスから手紙をくれるわね、忘れないでよ」おれは答える、「心配はいりませんよ、ヴィッキーさん、あなたのこと、絶対に忘れませんから」彼女は少し笑う、おれが冗談を言っていると思っている。ほんの数日のつもりで出かけて、またモーリシャスに戻ると思っている。ヴィッキーには言わないが、おれは永久に旅立ち、二度と戻らない。おれは、自分のことを知る者のいないこの国を去るのだ、ヤヤもアルテミジアも今は土のなかだし、おれ以外のだれも、クレーヴ・クールのマンゴーの木の下のヤヤの墓を知らない。サン・ジャン墓地に眠るかわいそうな両親、父さんと旧姓ラロスの母さん、雨がすべてを消してしまうが、おれはもうチョークで二人の名前をなぞることができない。それでおれは、サトウキビ畑のキジバトのようなヴィッキーの若い肉体を感じようと、フルーツのような彼女のにおいを嗅ごうと、彼女を抱きしめる。彼女が旅行用にくれたプレゼントを持参する。トウモロコシ菓子、豆の揚げ菓子、タマリンドの実のジャム、それにパパイヤの砂糖漬けだ。それらすべてをタコノキの葉で編んだかごに入れ、自分の身から離さない。機内でも、ケステルの鞄とともに、足もとに置いてある。おれはだれにも言葉をかけない、ショーソン神父にも、モニークにも。たとえみんながおれに「さようなら」を言い、扉の前でいっしょに写真を撮っても。おれは微笑まない、ただ手で応答しただけだ、そうして振り返らずに出発する。機内は夜だ、おれを見る者はだれもいない。前の席の背に入っている資料や、通路の青い灯りや、着席している人々を眺める。家族連れ、子供がいる。しかし映画は観ない、病気のせいで画面の後ろから悪魔が出てくるから。それで上着で顔を隠したいが、むしろ頭を下げて座席に目をやるほうがいい。やがて画面はちかちかしたかと思うと消える。そしてだれもが寝る。

旅すること、それはみなが寝ているときに、目を開いておくことだ。おれはよく知っている、まさにおれの人生そのものだ。日が暮れ、夜になり、また朝が来るが、トイレに行くとき以外は動かない、鏡を見ない、目を床に落として想像を巡らせながらじっとしている、起こることすべてを、たえず、眠ることなく、忘れることなく、想像するのだ。夢を見るのではない、夢など見て何になる？　他人はというと、彼らは自分が見た夢を語る。彼らは言う、「すごいぞ、おれは夢のなかで空を飛んだ、魚と泳ぐんだ、女を抱くんだ」おれは彼らの話を聞くが、どうってことはない。おれにはあらゆる色が見える、どんな風のそよぎも感じとれるし、肌を撫でられる感触もある、水の音、風の音が聞こえる。しかしそれは夢のなかじゃない。病気のせいでおれの目は永久に開きっ放しだ。出発のとき、ヴィッキーは空港の扉のところに他の人々といる。あの連中はみな、英雄ドードーを見にきている。おれは彼らを押しのけて通ろうとするが、連中はおれの腕にしがみつき、おれといっしょの写真を撮りたがる。ヴィッキーは後列にいて顔は蒼白だった。雨が降っているのでボンネットを被っている。微笑んではいない、手を振ることもない。おれは彼女をじっと見つめ、ついで別のほうを見てからふたたび様子をうかがおうとすると、もう彼女はいない。おれはだれにも言わないし、だれもおれに尋ねないが、あれが永久の別れだとわかっている。あの音楽、昔ながらの「オールド・ラング・サイン」に似ている。それを歌うときには、「また会おう」はありえないのだ。

パリでは、街路は寒く、雨が降る。ただしそれは島と同じ街路ではないし、同じ雨ではない。おれは夜の暗がりのなかを歩く、しかしそれは同じ夜ではない。生ぬるい風が吹き、蛾が狂ったように舞う上げ潮の闇夜ではない。それはピンクの夜で、街灯の環が空を泳ぎ、黄色の光を浴びて広場が輝く。虫はいない。車が町の周囲で湿った音を立てて滑走し、どこに向かうかわからない、止めるものがないからだ。島であれば、ラ・ルイーズを渡れば海に出る、ロワイヤル街道を行けば教会の前に出る。ここはそうじゃない、車は待ちもせず、どこかに着きもせず、運転する者もいない。おれは歩く、ヴイッキーがくれた紫のとっくりセーターを着込んでも、ショーソン神父がくれたレインコートをまとっても、夜の暗がりのなかでぶるぶる震えている。雨が顔面を流れ、口のなかに入る、舌でその味を見る。混じりけのない冷たい水、無臭の水だ。とても遠くに旅行していることがわかる、水の味がわからないからだ、水のにおいがしない、わき腹がきゅっと痛む感じがする、島の水のにおいが思い浮かぶから。それで、街路という街路を通り、ますます遠くへ向かい、ついに川に行き着く。この川を見るのははじめてだが、コダン海岸の静かな水とも、波立った海とも違う。始終動いていて、滑るように流れながら下っていく水で、どこに向かうのかだれも知らない。川面に通じる石段を降りていく、冷たい風に目が涙でにじむ。涙は頬の上、舌の先を流れる。手も冷たく、レインコートのポケットに突っ込む。河岸は、街灯の光を受けているのに暗い石壁に沿って延びる長い石の道だ。この大河はおれの知らない音を立てる、かすかな音だ。渦を巻きながら、枯葉や折れた枝、それに黄色いゴミを運んでいく。動物の死骸まで交じっている。溺れ死んだ犬か、腹が膨れ、四肢はこわばっている、左右に揺れながら遠ざかり、見えなくなる。この大河を見るのははじめてだが、以前から知っている気がする。おれの島の岸を流れるのと同じ水だ。河岸の石段にひざまずき、両手で水を掬って嗅いでみる。しかし同じにおいじゃない、灰のにおい、小便のにおい、死のにおいだ。ただしサン・ジャン墓地のにおいとは違う、ひょっとしたら西側墓地のにおいか、重苦しいにおい、世界中の小便、ひとつの都会、ひとつの国の小便のにおいだ。両手を顔に近づけ、父さんより前に、アクセルよりも前に、一家が企てたあらゆる旅よりも前に、この地で生きたフェッセン一家のことを思い浮かべる。おれは彼らにこの大河の水のなかで出会うことができる、彼らのにおいが嗅げる。世界にはたくさんの墓地がある、彼らの家を見つけられないことは、彼らの名前を読めないことはわかっている。だが大河は、彼ら一人ひとりのいくばくかを流れに乗せていく。雨水は彼らの墓の上を流れ、この大河に注ぎ、大河は渦を巻きながら下っていく。おれはこの河岸で、彼らのしずくの数滴を手に掬いとることができる。少し先で、浮浪者たちが黒いポリ袋にくるまって眠り込んでいる。そばでやたら攻撃的な犬が吠える、するとひとりの浮浪者が起きて叫ぶ、「失せろ！　あっちへ行け、犬に襲わせるぞ！」おれはこう言いたい、「おれも世界の果てから来たのだよ、おれは大使なんだ！」だがそう言ったところで何になろう？　それでおれは踵を返して立ち去り、教会前の小さな公園まで石段を昇る。パリの夜はポート・ルイスの昼とつながり、教会は教会につながり、通りは通りとつながり、ここの大河は向こうの海岸に注ぎ出る。それは同じ水、同じ空気、同じ大地だ。

おれはこの町のにおいを探す、この町を隅々まで知りたい。だからアパルトマンから外に出かけるのだ、夜警はおれが通るのを何も言わずに見ている。おれの世話をしてくれているアントワーヌ神父は、夜の外出はならないと言う。街路で迷子になるかもしれない、ろくでもない者と遭遇するかもしれないと言うのだ。だがおれは神父の子供ではないし、おれは大人だ、腕っぷしも強い、だれも怖くなんかない。もっとも、寝室の鏡のなかに隠れているやつらは別だ。戸棚にはレインコートを掛けるが、おれがベッドに横になるとレインコートが動きだす。それでおれは外に出て歩くのだ。おれはこの街の夜が好きだ、街路には人けがなく、街灯が家々の上のほうで輝いている。街が目を覚ますのをおれは待つ、その物音を待ち構えている。アントワーヌ神父は言う、おれが新しい友人であるパリの浮浪者たちに会えるのだと、彼らに話しかけ、彼らもおれに話しかけ、互いに握手をするのだ、おれたちはみな神の子なのだからと。こうも言う、おれたちはこちらにいても向こうにいても、タダヒトツノ民、よき志を持つ男女だ、おれたちは仲良くするのだと。話すときに声が震え、目が涙でうるむのは、年をとったからだろう。分厚い眼鏡をかけていて、目がやたらと大きく見える。しかしここは平和の女王マリア教会ではないし、青空も経理局の樹木もない。ヴィッキーはおらず、いつも微笑んでいる褐色の肌に白い歯をした女たちもいない。フルーツの香りも、パパイヤも、小ぶりの甘いバナナも、グァバも、ライチもない。その代わりに黄色い大河のにおい、車のにおいがある。ジェゼル〔ディーゼルのなまり〕の甘いにおいはなく、鼻をつくようなにおいがあって人を咳き込ませる。今は焼きたてのパンとバターの香りがする、空気孔から出てきて通りを流れ、一帯を覆う香りだ。それで知る、これこそパリのにおいだと。

ここはラ・ルイーズではないが、自分の場所を見つけに徘徊する。ここには何ら特別なものはない、ただ地下鉄の駅があって、車や人が行き来しているだけだ。こうした場所を話題にするたびに、父さんはいつも言う、「遠ざかったり、やって来たり、アフリカだよ」おれはアフリカがどんなところか知らない。ひょっとしたらパリに似ているのかもしれない。太陽には居場所がない、太陽は一錠のアスピリンだ。パリの話をするとき、父さんは決まってそう言った。「かの地パリでは、太陽は太陽ではないのだよ、人々の頭痛を癒す一錠のアスピリンだ」太陽は向かいの建物の窓ガラスに反射し、歩道に温かな斑点を作る。そこにおれは腰を下ろし、公園を囲む石壁に背をもたせ掛ける。レインコートの前を閉め、脚を折り、両手をポケットに入れる。だれもおれを見やしない。パリにはいろいろな場所があるが、きれいな場所、たとえばパン屋やカフェや映画館の前に行ってはならない、地元の浮浪者たちがたむろする場所だからだ。奴らは自分の縄張りだと思っているので、そこにやってくる者を脅し、殴りつけてくる。だけどおれはこの一角を見つけた、ここはだれのものでもない。ただ往来する人々がいて、車が走っているだけだ。おれは少しうつむいて、蝕まれた鼻とまぶたのない目や唇のない口を見られないようにする。おれの顔は一個の暗い染みだ。おれのねじれた手はポケットの底に隠してある。そうしておれは、通りすぎるものすべてをうかがう、ぴっちり詰まったスカートをまとい、踵がコツコツ鳴るハイヒールを履いて急ぎ足で行く女たち、レインコートを着てボンネットを被った男たち、よたよたしながら歩く老人たち、身を絡ませ合って歩く娘たち、ときには綱でだれかを引っ張っていく黒い犬もいる。ここはおれのラ・ルイーズ、だれもおれのことを知らない、おれは来歴のない男だ。

罠

それは夜、グラン・ベーの、危険が渦巻く地区で起こる。彼女、ぼくのクリスタルはなぜその晩、土曜日のことだが、通りすぎたり徘徊したりする車に囲まれて、海沿いの道にいたのか。窓ガラスを光らせ、ライトを点し、排気ガスの鼻をつくにおいと、海のざわめきをかき消すほどのエンジン音のなか、双方向にゆっくりと進んでいく車のボディに体をかすめられながら、彼女は何を思い浮かべ、何を期待していたのか。車は前進し、スピードを緩め、また速めるが、彼女は海沿いの道をただひとりで、周囲に目もくれずに歩いていく。距離を置いて若い男たちがトヨタの車に乗って後をつける。車のなかには五人いて、窓を開けて走っている。ブレーキをかけたかと思うと、また進みだす。息苦しい車のなかに音楽が充満している、エアコンはずいぶん前から故障している。セガ[▼31]やレゲエ、ヒップ・ホップの音楽だ。道路の騒音がうるさいが、クリスタルには車のなかの音楽が切れぎれに聞こえ、さあ歩け、歩け、お前にはその理由がわかっている、とけしかけてくる。それで彼女はなりふり構わず、体を左右に振りながら歩く。闘争の日々の穴の開いたジーンズを履き、シャツの裾をへその上で結び、腰を振るたびに、へそに嵌め込んだ緑のピアスが踊っている。髪は側面に、海からの風にかき流されている。彼女には自分がどこに行くのかわかっている、道路沿いの、けばけばしいネオンがきらめくバーの前の夜半の待ち合わせ場所に行くのだ。張り子の櫓（やぐら）の上でちかちか光る、緑と黄の椰子（やし）模様のけばけばしいネオンだ。彼女はその場所を知っている、夜間に外出しはじめたときからそこを見ている。よく名前が変わり、ロイヤル・パーム、あるいはパーム・パーム、あるいはパーマーズとか呼ばれるが、彼女にはどうだっていい、たかが名前ではないか、それに本当の名前でもなく、女の子たちが評判を落とすための名前だ。ロシュボワ、司祭谷（ヴァレ・オ・プレートル）、グロ・カイユーの娘たちが、金と、冒険と、ときには死を求めてここに来る。暑い夜にスピーカーが大地を揺るがせ、くぐもったビートが車のボディから響き、だれかがトランクを叩いて車を揺すり、心臓もはげしく打っている。クリスタルにはそんな騒音がよく聞こえている。そうした音は、彼女の靴の尖（とが）ったヒールがアスファルトを叩くよりも強く鳴り、喉のなかで反響し、こめかみのなかや指の先で脈打っている。なぜかわからないまま、クリスタルは汗をかいている。背中の汗に濡れたシャツが肩にペッタリ貼りつき、腋（わき）から汗のしずくが垂れて肌を這うのがわかる。彼女は怖いのか、だが自分からは言うまい。これははじめてのことで、彼女にとっては暴力への手ほどきだ、女としての復讐だ。彼ら、背後の自動車に乗っている若者たちは、そう彼女に告げる。さあ行け、獲物を狩り出したら放すなよ、藪のなかに、マプーの裏の、フォン・デュ・サックの、いやどこだっていい、サトウキビ畑に連れていくのだ、おれたちもそこに行く、車を追っていくからな、振り返る必要はないぞ。クリスタルは彼らが背後にいるのを感じる、ＢＧＭが聞こえる、今流れているのはインドのディスコ音楽だ、呻くように、突き刺すように、ああ、おお、ねえ、などと言っている女の子の声が聞こえる。男の子たちの声もする。ビールをラッパ飲みしているアレックスに、ラムゼイ、リュー、マリファナ煙草を吸いながら片手で運転しているベン、それにブルー・ベイの麻薬売買を取りしきる太ッチョのデレクだ。売りさばくのは、小さなハシッシュ棒、エクスタシーの薬包、モーリシャス製だ。クリスタルには、男の子たちが手のひらで車のドアを叩く音や、自分の前をゆっくりと通りすぎる男たちの叫び声が聞こえる。バーのなかから聞こえる音楽が車の振動音に混じり、ネオンの上空では暑い空気が舞っている。サトウキビ畑から飛び立った無数の蝶のきらめきのようだ。バーでクリスタルは探していた男をすぐに見つけた。あまり大柄ではなく、ダークグレーの絹の背広を着て、ボリウッド〔インド映画の俗称〕の俳優のようだ。美しい白シャツを着ているが、ネクタイは締めていない。カウンターのそばにひとりでいる。男もクリスタルに気づいたが、彼女は自分から近づいてはいかない。クリスタルはバーの真ん中でひとり踊り、だれにも目をくれない、知り合いはおらず彼女はひとりだ。音楽のリズムに合わせてぐるぐる回ると、四方の壁が旋回しているようだ。彼女はもう何も怖くない、夜の闇は外にある、ここでは空気が電子で輝いている、エアコンの冷風がホールにひゅうひゅうと吹きつけている。冷気、それは陶酔だ。男は彼女に近づいてくる、彼も踊っているが、知識の詰まった犬みたいに重々しい。汗をかいて、美しい絹の上着を脱ぎ、シャツの襟を開けている。何も言わない、それとも騒音が彼の言葉をかき消してしまうのか。クリスタルは男を見つめる。彼女のほうが頭ひとつ長身だが、彼女は子供である。目もとにメーキャップを施し、口紅を塗っている。その口を男はじっと見ている。男は彼女の名前さえ知らず、彼女はけっして名乗らないだろう、何も男に話さないだろう。二人はいっしょにさっと暗がりのなかに出て黒い車のところまで行く。男は色男を気取ってドアを開けるが、クリスタルの脚を盗み見るためだ。エンジンを動かす前にエアコンのスイッチを押し、少々優しすぎる、流れるような、甘ったるい音楽をかける。クリスタルは何も言わず、男がシガーライターで点けた煙草を受け取り、甘い香りの煙をひと吹きする。車は畑のほうへ走り、今やあたりはすっかり静まり返っている。彼女は沼でうなるヒキガエルの声を聴こうと窓を開ける。道は、サトウキビの間、土の塊（かたまり）や石の間を頼りなげに延び、車はゆっくり走り、風にあおられた砂埃が両側で舞い上がる。クリスタルは革張りの座席からずり落ちても平気でいる。サトウキビのなかを吹く風は温かく、エアコンの風はくるぶしを冷やす。彼女は脚や腹に戦慄を覚えながら待っている。彼女は男が何を望んでいるか知っている。男は車をサトウキビ畑の真ん中で停め、彼女のほうに身を屈めて、彼女の髪のにおいを嗅ぐ。髪のまばらな男の脳天が見え、ひょっとすると彼女は、同じく髪の薄いパパのことを思い出しているのかもしれない。男は優しくていいにおいがするが、性急で、片手をクリスタルの脚の間に入れると、その指は確実で迷いがなく、ボタンを探し、ホックを探し、ブラジャーの留め具のありかも心得ており、火照った手がスリップのゴムを引っ張る。その手は卑猥な小動物のように這いつくばって、そそくさと仕事を済ませようとする。クリスタルは頭の向きを変えたが、サトウキビの植わった野原は暗くて、何キロメートルにもわたって人けがない。喉に酸っぱいような液体を感じて咳き込む。男は彼女の上に乗っている。今やずっしりと重い、もはやバーで彼が装っていた男の姿ではなく、呼吸の息も荒く、あけすけな言葉、粗暴な言葉を口にする。彼女にはわからない言葉だった。彼はクリスタルのうなじに手を置いて圧しつける、彼女は男の目のなかで心臓が脈打っているのを感じる。彼女は無言だが、体を後ろにずらそうとする。喉や腹にくり返し生まれるこわばりを、髪の毛が縒り合わされて濡れた綱になるような感覚を、ほぐそうとする。不意に車のドアが開き、クリスタルは飛び出す。乾いた土のうえに裸足だ、あの美しい金色の靴をなくしてしまった。走るに走れず、脚が震えている、夜風に吹かれてサトウキビが鋭い音を立てている。空一面に星がまたたき、反対側の日が沈んだあたりには赤い残光が広がり、街の灯が点っている。クリスタルは地面にへたり込む、腹をねじられるような苦痛を覚える、それとも男の手が股のつけ根に残した痕跡か。はだけたシュミーズが温かい風にはためき、喉に何かが引っかかっている。手で触ると、ブラジャーのストラップが外れていた。彼女はそれが大事なことのように、機械的にブラジャーを着けなおそうと試み、男が自分のところまで歩いてくるのを待つ、逃れられないのはわかっている。だがそうはならない。聞こえるのは、かさかさというざわめきと、遠ざかっていく新車の穏やかな音だけだ。口のなかは埃のにおいがして、噛まれた唇は血の味がする。こめかみのなかで空虚が脈打ち、髪の毛が男の唾で頬に貼りついているのがわかる。彼女は叫ぶ、サトウキビの畑の真ん中の空き地に立って叫ぶ。茎と茎がぶつかり合うサトウキビのなかに彼女はじっとしている、蛾が肌に止まるが、それを払う力もない。道に違う音が聞こえる、デレクのトヨタ車だ、まちがえようがない、おんぼろ鍋を叩くような音、錆びたトラクターの音だ、人の声はせずエンジン音とドアがパタンと閉まる音だけが聞こえた。やがてクラクションがけたたましく鳴る、サトウキビ畑の夜をつんざいて星空の中心まで届くような音、怒りと威嚇の叫びだ。先ほどの男の子たちの車ではない。トヨタ車からは声が消えた。発されるのは、サトウキビ畑から遠く離れた、いぜん車の波が走行しつづけている海岸沿いの道路に向かって、泥棒だ、人殺しだ、と大声を上げる、映画めいた叫喚だ。それからクリスタルは歩きはじめる、今では夜の闇に目が慣れた、サトウキビの葉が光り、土の道に燐光を発する小さな水晶が点る。彼女は男の子たちの車のほうへ歩く、畑の上方のネオンの光に向かって歩く、眠気で目が霞む感じだ。浜辺の砂に寝たいと思う、彼女はデレクの肩に頭をもたせかけて、セガの優しい音楽に聴き入る、できることなら忘れたいと思っているのかもしれない。

アディティ

森はアディティのために、毎日明け方に自らを開いてみせる。ベッドを覆う蚊帳(かや)を跳(は)ねのけると、大寝室では学生たちがハンモックにぶら下がってまだ寝ている。脱皮を待つカイコの繭(まゆ)のようだと彼女は思う。森の空き地では、木々に綿のように真っ白な霧がまとわりつく。どこからともなく、虚空に宙吊りになったような霧雨が降っている。鳥小屋はもう目を覚ましていて大騒ぎになっている。大きなカトー・インコたちが止まり木から止まり木へ飛び移り、モモイロバトがくうくう鳴いている。戸外では、何組ものつがいが高い枝に向かって自由に飛翔している。鋭い叫び声が国立公園の際まで反響する一方、翼のこすれる音がくぐもったように響く。アディティはこのひと時が好きだ、四方から押し寄せてくる言葉抜きの喜びを身内に感じる。前日置いた折れ枝を伝って、藪を横切っていつもの道をたどる。それは彼女ひとりの道で、毎晩とげのある枝でふさいでは翌日また開く道だ。彼女は財団から支給された軍装ではなく、ただのTシャツとぼろぼろのジーンズでやって来た。素足にお気に入りのビーチサンダルを履いている、友人からブラジル土産(みやげ)にもらったものだ。峡谷を見下ろす断崖の縁まで歩く、そこから雲間に海が見え、礁湖の青や、遠くには、まだ夜の闇に包まれた外洋が紫の横木のように延びているのが見える。島のこちら側に日が昇るのは遅くても、彼女が日の出を迎えるのに選ぶ場所はここだ。温かい光が見る見るうちに強さを増し、目に見えない波となって空に広がり、二つの山々、右はブリーズ・フェール山、左は二峰の頂(いただき)を照らし、樹木の間に流れては、岩の上では黒々と、木の葉の上では深緑に、土がむき出しになっている場所では赤や黄色を呈する。アディティは大きな声を上げない。海に向かう岬に腰を下ろし、両脚を折って尻の下に入れ、上半身はしゃんと伸ばして両の手のひらを大きな腹の左右に当て、子供のころから知っている言葉を抑制した声でつぶやく、

ヴァアユラ・ニラマム・タメテダム・バスマンタム・シャリラム
「この命は不死の息吹へとたち返り、この肉体は灰に帰らんことを」

光は彼女の体に入ってきて、芯(しん)の芯まで温めてくれる。アディティは顔を空に向けて、ゆっくりと息をする。あちこちの峡谷で強まる光は、どんな抵抗も壊し、あらゆる束縛を解いて、彼女を虚空に投げ上げる。もう自分の人生や、自分の願望や恐怖を考えない。自分を貶(おとし)めたもののすべてを忘れる。彼女はただ彼女、アディティだ。もう、父親のいない娘ではない、ある日、工場に通う道すがら待ち伏せていた男の手にかかって、空き地で強姦された自由港〔無関税で外国貨物・船舶の出入りが認められた港湾〕の女子労働者ではない。彼女はアディティ、新しい家系の起点に位置する女、腹のなかに望んだわけではない子、暴力の落とし子を宿している。彼女は子供を待っている。それがだれなのか、男の子か女の子かもわからない、その子は姓をもたないだろう。名は森の子供、彼女はそう決めている。

アディティにはどの木も、どの茂みも、どの蔓もわかる、彼女は学習ノートにその名前を書き、葉脈や枝ぶり、花や果実を描いた。においや味、それに個々の草木をめぐる伝説、虫やトカゲに化身し

た、そこに住まう精霊のすべてについて、またこの島にたどり着くまで彼らが経た旅について記録した。毎日森を歩き回って、変態、出現、消滅、外来種の侵入、動物の通過、鳥の痕跡を確認する。教授や学生には彼らの通る道がある。彼らはモーリシャス野生生物財団のトラックで回り、道しるべをたどりながら進む。警察は大麻のプランテーションを摘発し、末端の密売人を追跡する。森の番人たちは猿や野生化した豚を狩り、罠や毒を仕掛ける。アディティはというと、彼女は自分がつけた跡しか歩かない、道しるべなどなきに等しい。葉っぱの味を見ながら、空気を嗅ぎながら、ただ本能で歩くのだ。彼女には記憶の地図がある。こちらには鶏足蔓（けいそくづる）▼32が、あちらにはタンブリサ▼33、オレンジの木、くさい蛇結茨（へびけついばら）、▼34黒い木（ボワ・カフカフ）〔二二四頁の「黒い木」（ボワ・ノワール）の別名〕、鳳凰木（ほうおうぼく）。木の一本一本に彼女は語りかける、ただし言葉ではなく目で、息で、また指先や唇でそっと触れながら。暗い森では、腐植土に腰を下ろして樹皮の白い苔のにおいを嗅ぎ、あまりに高くててっぺんに霧のかかっている大樹林を見上げる。さらに行くと、ロジンの木がまた見つかる。樹皮の赤い巨木で、アリが這い回っている。彼女はその木に無言で祈る、ミミズやワラジムシやクモのような地を這う虫と同じ祈りだ。

日が空高く昇って霧が晴れると、青くまぶしい湾がいくつも開ける。木の葉や花冠は光のなかで落ち着き、空隙やぼやけた部分はなくなる。完璧な世界、とアディティは思う。彼女は断崖の縁のほうに向かい、他人には見えない道を通って山を下りはじめるところだ。石を避（よ）けながら、ほとんど足が地に触れないほど軽やかに歩くので、わずかばかりの土くれが崩れるだけだ。彼女は岩から岩へ、ためらうこともなく飛び移る。そよとの風もない大気のなか、照りつける太陽に汗が粒となって吹き出し、Tシャツが胸や肩に貼りつく。水がすぐ近くにあると感じ、すでに唇でそれを味わい、肌でそれを感じている。黒い断崖の割れ目から滝を上昇してくる冷たい水蒸気だ。心臓がどきどきして、彼女は恋人との待ち合わせ場所に急ぐように水辺に駆けていく。体が藪をかき分けて苦労しながら進むときにも、両足を茨で擦りむいている間にも、思いはすでに水辺に到着している。毎朝彼女が楽しみにしているのはこれだ。学生たちがまだハンモックのなかで毛布にくるまり、ぼさぼさ頭で開けた口を天井に向けて寝ている時刻に、宿舎を抜け出す。アレックス、シモン、ナタリー、レギュラ、リスベスらは彼女に言う、「アディティ、あんたは自由ね、まるで……」レギュラには言葉が浮かばないので、アディティはふざけて「まるで服の袖のよう、でしょう?」と応答する。レギュラにはちんぷんかんぷんで、アディティは笑った。しかし、タマラン滝のほうへ下山しながらアディティは、まさにそのとおりで、身体不在の衣服のように自由なのだと思う。その衣服が、彼女の形をとりながら、ただの袖一枚のように風にはためくのだ。今や妊娠六カ月目に入り、アディティは子供に水浴させる水を探そうとする。子供の名前も性別も知らないが、子供はまさにここ、滝の冷たい水のなかで生まれるのだ。彼女は子供を朝日に向かって差し出してから、清らかな水で子供の体を洗うだろう。夜には、森の風がその体に吹いて、木の葉や樹液のにおいで香らせるだろう。

鳥たちがアディティについてくる。黒光りする翼と胸もとの赤い光沢が目に入り、笑い声のようなしわがれた声が聞こえる。峡谷の上空、断崖沿いに、熱帯鳥のつがいの白い影が滑空しているのが見える。雄のケ・ケ・ケ・ケという不快ながなり声、虚空に響くがらがらのような耳ざわりな叫びが聞こえる。ようやく彼女は池に着くが、目にする前から水のにおいを嗅ぎとり、衣擦れのような滝の音を聞く。アンリエッタやカン・ロッシュ方面に向かって、ヴァコアの町まで続く道路は遠くない。砂埃を立ててトラックが何台も走り、子供の叫び声や雄鶏のさえずりや犬の声が聞こえる。アディティは自分の姿は見られずに観察できる場所を知っている。水に磨かれた平たい岩は水草で滑るが、その上で彼女は服を脱ぎ、ゆっくりと水に浸かる。湖は暗く、トンボが止まった水面が震えている。日の光はまだ差してこない。アディティは、岸辺伝いに体を滑らせる、泳ぐわけではなく、背中を下にして水草の間を浮遊する。ぴんぴんに張った大きな腹が現れ、褐色の肌にひと筋の黒い和毛が見える。彼女は手のひらに皺が寄り、冷気が体内に入って子供を身震いさせるまで浮遊しつづける。やがて日差しのなか、水草の生えていない岩の上に体を伸ばし、子供は彼女の腹のなかで親指をしゃぶりながら、赤い光に目を開いたまま眠りに入る。

アショクの身の上話

これからぼくの身の上話をしよう。ただし、ぼくが語りたいように語らせてもらう、この島のだれもが真実を知っているわけではないからだ。冬のある日、十六歳のぼくが、どんなふうにして森のなかで妖精たちの湖（ペリ・タラオ）を発見したか。ぼくはアショク、アビマニューとクンティの息子で、まだ赤子のときに先祖の土地からモーリシャスに船で連れられてきた。ぼくの両親が選んだ新しい生活のためだ。その旅についてはまったく記憶がないが、父が話してくれたことだけは覚えている。ポート・ルイス港に到着したときに母が亡くなり、遺体は、今では家屋が立ち並んで道路が通っている郊外の司祭谷（ヴァレ・オ・プレートル）の原っぱで、荼毘（だび）に付されたとのことだ。父にとって生活は苦しかった、最初はパイユの、ついでヌーヴェル・デクーヴェルトの地所で畑仕事に携わったが、仕事がきびしいにもかかわらず、ぼくをひとりで育てなければならなかったから。息子の教育のために、父はぼくを賢者の学校に入れた、インドの聖典を勉強させ、英語を学ばせて百姓の境遇を脱却させるためだ。ぼくは虚弱体質だったので、サトウキビ畑の仕事では生きていけまいと父は恐れたのだった。当時、大農場での労働は苛酷で、雨が降ろうがかんかん照りだろうが、夜明けから日没まで、すべて手作業で働いた。伐採時には、サトウキビは牛車で運搬された。学校が休みになると、同じ年齢の子供たちと積荷の後ろを歩いて、地面に落ちたサトウキビを拾い集める作業に雇われた。

祭日には、父はトリオレの大きな寺院にぼくを連れていき、シヴァ神とドゥルガー女神とに祈り、供物（くもつ）を捧げた。

ケーンズ・カントンに引っ越してからは、ぼくは森で暮らしはじめた。冒険を求める年齢になり、父の監視を逃れて、家の近くの森のなかまで入っていった。それに、寺院参りをしなくなった。父から非難されても、よく知っている道から外れて、ひとりで森の奥深くに入っていくのを好んだ。反抗心からそうしたのではなく、宗教を貶めたわけでもなかった。それどころか、ナラ王である夫の捜索に旅立ったダマヤンティーの伝説を本で読んだときに強く感じたように、森の呼び声に応答していたのだと思う。ぼくは、間断なく自分にこう告げる声を聞いていた――「すべてを捨てよ、神々と御先祖様の領分を探しに出かけよ」そのことを人に告げたのは後になってからだ、子供が実家と安全な村から遠く離れて森のなかをひとりさまようことなど、人々には理解できなかっただろうから。父と父の友人たちは、森での危険な冒険にぼくをさらすまいと何度も試みた。彼らは今も森にいる逃亡奴隷の話、いくつもの戦いを生き延び、森に隠れて暮らしているサクラヴーの話をした。夜の闇のように真っ黒で獰猛な悪魔がいて、たいへんな力もちで、木を根っこから引き抜いては出くわす者にはだれかれ構わず槍のように投げつけてくるという話をした。ある老女が言うには、姪たちと森の近くを散歩中にサクラヴーの通り道を横切った。森の空き地に着くと、大きな物音が聞こえ、巨人が目の前に現れた。彼女らを無言で一瞬見つめたかと思うと、叫び声も上げずにまた森の奥深くに消えてしまったらしい。ぼくは小母さんたちの話を本当とも思わずに聴いていたが、怖がるどころか、かの謎めいた世界を発見したい欲求がいよいよ強くなった。

森のなかでの冒険は、ぼくの幼少期の全体にわたって、十六歳になるまで続いた。その年の一月▼35には大雨が降り、強風で木がなぎ倒され、石灰窯の煙突や村々の家屋までが倒壊した。それで父は、不意の災害を被りやすいヌーヴェル・デクーヴェルトの住まいを捨てて、トリオレの町で職を探した。おかげで父も、シュリ・モハンプラサッド大寺院の賢者の学校の近くに住めるようになった。この決断により、ぼくは大好きな森から遠ざかることになり、悲しかった。それで、引っ越しの数日前に、大好きなのにこの先もう見ることのない場所を、最後にもう一度訪れたいと思った。夜明け前に、瓢簞の水筒とわずかばかりのキャッサヴァ芋だけを携えて出かけた。いつも折れ枝を置きながらたどった道を越えて冒険することにして、一日中歩いた。森の奥深くで不意に夜が訪れた。水を飲み干し、キャッサヴァのペーストも食べてしまっていたし、道を引き返す前に休息をとる必要もあった。木の葉を集めて寝床を用意し、椰子の葉を屋根代わりにした。天気が崩れる恐れがあり、雨が降りはじめていたからだ。真夜中近くに、人間の声に似ているが未知の言葉で歌っている合唱に目を覚ました。警戒しながら声の方向に歩いていった、小母さんたちが話していた逃亡奴隷たちと巨人サクラヴーの話を思い出したからだ。声のささやきがときに楽しく、ときに悲しげに、かつて聞いたことのないような旋律を歌っているのが、歩くにつれて明瞭に聞こえてきた。歌声には笑い声と、すぐ近くを流れるせせらぎのさらさらいう音が混じっていた。それで元気が出てきた、何しろひどく喉が渇いていたからだ。その水の冷たさが肌に感じられ、植物のにおいを嗅いだ。心臓はひどく高鳴り、木の枝が通行を阻むのをものともせず、とげのある葉で負傷したのも知らずに急いだ。突然、自分のいる小さな丘の高みから、はじめてその湖を目にした。さほど大きな湖ではなかったが相当な深さらしく、形は完璧で中央に小島があった。静かな水は夜明けの微光を受けて、湖畔に伸びる大木を映していた。湖上を霧がめぐり、銀色の細長い雲が湖畔沿いに流れていた。そのとき、暗い岸辺で女性の一団が水浴しているのが見えた、森のなかで聞いたのは彼女たちの声だったのだ。ぼくがいることなど気にも留めずに、とても優しく澄んだ自分たちの言語でしゃべり歌い、笑っていた。総勢七人で色とりどりのロング・ドレスを着ていた。ショールに身を包んでいる女がいれば、水滴がしたたりきらきら光る髪を見せている女もいた。霧が一瞬彼女たちの姿を隠したが、まもなく晴れた。ぼくのほうは、藪と藪の間の地べたに寝そべって、まるで夢を見ているように身動きせず、じっと女たちを見ていた。ぼくの心臓の高鳴りは変わらなかったが、恐怖はまったく感じなかった。自分の探していた場所に来た、美の湖が自分に開かれたのだ。その女たちは紛れもなく伝説の語る妖精で、このぼくはしがない農夫の息子だったが、そのぼくに妖精たちと遭遇することが許された！　身動きが取れないまま見入っていると、妖精たちのひとりが突然服を脱ぎ、腰まで水に浸かった。彼女の美しい肉体が、黄金色の肌が見えた。やがて彼女が黒ダイヤのような光沢の髪をかき上げたとき、ぼくを見たのがわかった、戦慄が駆け抜けた！　自分が彼女のほうに滑っていくような、雲に乗って漂っていくような感じがした。やがて日の光がついに梢にきらめき、ぼくは目を閉じた。やがてふたたび目を開くと、岸辺にはだれもおらず、湖水が力強く輝いていた。妖精たちは姿を消していた。

ぼくは息も継がずに、一目散にデクーヴェルトに戻った。村に戻って、父が二日前からぼくの捜索に出かけていたことを知った。そしてぼくの失踪が父を絶望させたことも。ぼくが逃亡奴隷たちに捕らえられ、食われてしまったものと、みな思っていたからだ。自分が見たものについてはだれにもしゃべらなかったが、トリオレで父と抱擁し合ったあと、自分が体験したことを父に話した。父はぼくを叱らなかったが、寺院の賢者の耳には入れた。賢者はぼくに、妖精たちの湖のことは自分も夢に見て知っていると言った。それに、そこの湖水は聖なる水だとも言った、大洋の下を流れてこの森の中心部で湧き出すガンジス河の水に他ならないからだった。そうだとすると、この森はバーラタ族の都、ハスティナープラ王国の一部ということになる。

後になって、ぼくが案内人になり、賢者シュリ・モハンプラサッド師およびトリオレ寺院のシュリ・ジュモン・ギリ司祭、ぼくの父、それに他の同行者からなる小隊が、森を横断して湖まで歩いた。最初に祭壇を設え、供物を捧げたのは彼らだった。われらの神々のために、今も湖のほとりに存在するような寺院が築かれたのは、まさにそこだった。そして妖精たちの湖を発見するという名誉を手にしたのは司祭たちだった。じつを言えば、その栄光のもとを作ったのはこのぼくだったのに。それにしても、そこを訪れる信徒が年々数を増したので、森を横断して湖にまっすぐつながる道路がまもなく造られた。ぼくも生涯の折り折りにその道を通って神々に供物を捧げにいった。しかし妖精たちに再会することは一度もなかった。

ドードーは旅する

アントワーヌ神父が、パリの浮浪者との出会いの采配をふるう。それは辺鄙なサン・ジェルマン・アン・レー——電車のなかで聞いた地名だ——の大きな広間で行なわれる。コカコーラ・テーブルが整然と並べられ、それぞれのテーブルの周りには積み重ね可能なプラスチックの椅子が四脚配置され、テーブル上にはプラスチックのコップが四つずつとオレンジ・ジュースが置かれている。カフェオレも出るが、お茶は出ないということだ。浮浪者たちは、単独で、あるいは二人ずつ次々と到着する。古いとっくりセーターを着て穴の開いたズボンを履いた女性たちもおり、若い女が混じっている。女たちのひどく赤らんだ肌は寒さにやられており、笑うとピンクの歯茎が見える。黒いヒョウ柄の模造毛皮のオーバーを着込んだ女がいる。男たちはジャンパー、野球帽にジーンズという出で立ちで、なかには濃い褐色の肌をした者もおり、ポート・ルイスの市場近くにいる浮浪者に似てアラブ人の風貌だ。やがてアントワーヌ神父は、参加者全員の名前を読み上げる、というか、だれも彼らの姓も出身地も知らないので、ファーストネームが読み上げられる。アントワーヌ神父は劇場の壇上に立ち、マイクを手に、とてもゆっくりと参加者一覧にある名前を読む。ひとつの名前が呼ばれるごとに、当人が立ち上がって片手であいさつし、微笑むことになっている。そして参列者一同も、その人物に答礼の手のあいさつと微笑を返さねばならない。おれたちはみな兄弟姉妹だから、国境なきホームレス、浮浪者の大家族というわけだ。アントワーヌ神父はそのように説明してから名前を読み上げる。

アリ、モモ
チャーリー
ジョー
エレーヌ、ルイーズ
ボリス
ピーター
ジャン＝ジャック
アブドゥー
ミレイユ
アベル、アリ
フランク
ピエール＝ポール
ダヴィド
ナマン
ジャネット、イングリッド
ライサ
マティアス

ジャッキー、ジャン＝ピエール
ステフ
ギヨーム
フィリベール

おれはこうした名前をじっと聞き、自分の番になると立ち上がるが、手であいさつはせず、微笑みもしない。微笑むための唇がないからだ。おれは一同を次々と見回す。アントワーヌ神父が嘘をついていなければ、ショーソン神父の言うことが正しければ、おれたちは兄弟姉妹なのかもしれない。しかし、連中がここにいるのはただおやつを、オレンジ・ジュースやカフェオレやひと切れのお菓子をもらうためだと思う。おれにしたって同じようなものだ、ヴィッキーのためであることを除けば。ヴィッキーがいなければ、おれはフランスだろうがどこだろうが、どこにも行かない。こんなことが起きるのは一回きり、今日だけだ。これが終わったら連中は街路に出て、二度と会うことはない。もっともアリとアベル、ルイーズとエレーヌのような相棒同士なら別だが。もしかしたら偶然再会することはあるかもしれない、どの通りも果てしなく、街は果てしなく、奴らは始終歩き回っているから。やがてその場に座り込み、それからまた立ち上がってなおも歩く。アントワーヌ神父はパリの浮浪者におれを紹介する、おれのファーストネームのドードーとだけ言うと、みなが笑う。神父はさらに言う、「そうだ、ドードーだ！」自分たちの言葉で何かを叫ぶ連中がいて、神父は怒り出す。だがおれは慣れっこだ、おれの名はいつだって人を笑わせる、ごくふつうのことさ。そのあとひとりの若者が舞台に上がり、一枚の紙を読む。神父は静粛にと言う。若者が読むのは一篇の詩で、おれは言葉やフレーズに聴き入る。おれは詩が好きだ、読まれる内容が全部わかるわけではないが、リズムがあり、昔おれがピアノを弾いてベト祖母ちゃんが一、二、三、四と手拍子を取ってくれたときみたいだ。

あらゆる悲しみから、すっかり……苦しみから
流行病から、もろもろの学派のおぞましい瀆聖(とくせい)から……主よ、われらを救いたまえ！
下劣を助長し、栄光、人生、名誉を嘲弄する槍竿から
とどめの匕首(あいくち)から、われらを救いたまえ！……▼36

おれはこの言語でこうした言葉を聞くのが好きだ、何の思い出かわからないが懐かしい感覚が、楽の音が、世界の向こう側からやってくる音が呼び覚まされる。若者は朗読をやめ、紙切れを下げて、おれが忘れもしないひとつの名を口にする。その名はホールのわれわれの名前に交じって響きわたる。ルベン、それが詩人の名前なのだが、その名はおれに泣きたい気持ちにさせる。だが、おれには涙がない。朗読をじっと聴いているのは、あるいはおれだけかもしれない、パリの浮浪者たちは皿に顔を突っ込むようにして、歯がないもので無理して菓子を食べている。また、舌で音を立てながらコーヒーをがぶがぶ飲んでいる。アントワーヌ神父は、おれのことを話しはじめた。遠い、とても遠い、世界の果てにある島の話をしている。そこには海とココヤシがある、金持ちの人々が行く豪華ホテルがある、しかしまた、食べるものさえなく、街路に段ボール箱を敷いて寝る浮浪者もいる。金持ちは彼らの前を通りかかっても目もくれない、さもなければ彼らを目に留めて硬貨一枚またはパン切れをくれてやるが、そのあと彼らのことなどすっかり忘れてしまう。アントワーヌ神父は話し終えると、気持ちが昂(たかぶ)ったのか、洟(はな)をかみ、その大きな眼鏡を拭く。神父はこちらを振り向き、おれが何かしゃべるのを待っている。だけどおれには話すことなどない。おれは浮浪者じゃない、ドードーだ、ドードド

ー・フェッセン、投石野郎(クー・ド・ロス)だ。今おれはフランスにいて、今後向こうに、島に、戻るつもりはない。おれがここに来たのは安ラカニ死ネル場所を見つけるためだ。あるいはおれたちは兄弟姉妹なのかもしれないが、おれにはまだわからない。おれは自分のテーブルの前に座ったまま、菓子は食べない、オレンジ・ジュースもコーヒーも飲まない、おれの口は飲み物をこぼすので、人前で涎(よだれ)を垂らすようなまねはしたくない。なぜ、浮浪者全員のなかからおれが選ばれたのか？　おれは浮浪者を代表する大使じゃない、おれは称賛すべきルンペンじゃない、おれはドードー、ただのドードー、ドードー以外の何ものでもない。

　そのあと黒髪の若い女がやって来て、ミレイユという名前だが、ピアノのふたを開けて弾きはじめる。知らない曲だが、音楽が部屋中に響き、浮浪者たちは飲食を中断して聴き入る。彼女の演奏で、おれは何もかも忘れてしまう、人々が当てもなくさまよっている街路も、セメントで固めた歩道も、橋桁(はしげた)の黒いアーチも、小便や澱(よど)んだ水のにおいさえ忘れる。おれは、病気になる前のベト祖母ちゃんと、ふたたびアルマにいる。赤いビロードを張った小さな椅子に腰かけると、ピアノがおれに呼びかける。おれは弾く、シューベルトの「アレグロ」やメンデルスゾーンの「無言歌」、それにドビュッシーの「水の反映」を苦もなく弾く。おれは忘れてはいない、手の力が抜けて指が鍵盤上を飛び回る。祖母ちゃんは客間の扉の敷居のうえでじっとして動かない。おれがこれほど上手に弾いたことがないので、聴きにきたのだ。ミレイユは同じ曲を弾きつづけているが、おれは浮浪者たちには目もくれず、大きな部屋を横切ってピアノのほうへ近寄っていく。ピアノの前に立ってもミレイユはこちらを見ない。浮浪者たちとアントワーヌ神父がこれから起きることを心待ちにしていて、彼らの視線がおれの背中を突き刺すように見つめているのがわかる。ミレイユは演奏をやめ、立ち上がって脇に寄る。この顔のせいで、おれを怖がっているのかもしれない。だが彼女は小さな椅子をおれのほうに動かして、座るように促す。それでおれはお気に入りの曲を弾く、これなら弾ける、昔ながらの「オールド・ラング・サイン」だ。心を込めて弾く。おれのねじれた手が白鍵を撫で、おれの指から音楽が生まれ出て部屋中を満たす。おれは別れを告げるために弾く、おれは君たちともう会うことはない、さようなら、さようなら、シューベルトの歌曲では恋への告別だ。すると浮浪者たちも曲に合わせて歌い出す。手を打ち、声を張り上げる。それが「いいぞ！」なのか「うへー！」なのかわからないが、おれは弾く。そうして弾き終えると、舞台から降り、アントワーヌ神父に話しかけられる前に部屋を横切って出ていく。おれは今、街路や郊外の道路をいくつも通って遠くに向かっている、フリッカン・フランのほうへ下っていくパルマ街道を、道路が尽きるまで歩いていく。旅の終わりに向かって歩くのだ。

レ・マール

戻ってはきたが、もはや幻の鳥を追跡するためではない。たとえ、父が今から八十年以上前に見つけた丸い石、人間がこの島を支配するようになる前の時代の唯一の生命の痕跡であるこの石を、相変わらず手に握っていてもそうなのだ。迂回はしないでまっすぐ工場に向かう。大木が縁取る道路の真ん中を歩いていく、昔は敷石道だったこの道路は、今は戦争のあとのように穴だらけだ。現代がすぐそこまで近づいている。ついさっきも、ローズ・ベルから乗ったタクシーをラ・カンビューズ方面への分岐点で降りると、突然、離陸中の飛行機の騒音が大地を揺るがせた。やがて朝のまどろんだ空気が戻った。ところどころに農民の住まいの名残が見える、セメント造りのつましい壁にトタン屋根が載っている。大半は打ち捨てられて、床のタイルが割れ、扉が剝ぎとられている。鉛製の配管、棚、便器など、使えそうなものは略奪された。集落を取り囲んでいた鉄格子は破壊されてぼろぼろになり、セメントで固められた杭にぶら下がっている。レ・マール〔島の南東部、ブルー・ベイの西側〕の製糖所には自由に立ち入れる、管理人小屋は空き家になり、正門は大きく開かれている。昔の管理事務所に縁どられた埃っぽい広場を横切っていく。事務室のひとつの扉に「監督室」という札が掛かっている。広場を歩く歩行者はごくまばらで、ライトバンが窪(くぼ)みを避(よ)けながらがたがたと走っている。ぼくの注意を引くのは、大きな広場の突き当たりの高台に現れた工場の亡霊じみた姿である、まるで城塞の廃墟だ。かつては島の南部で最大の製糖所のひとつで、ボー・ヴァロンやベナレスの製糖所に比肩したモン・デゼール＝レ・マール製糖所の名残はただこれだけだ。父が幼少期の一部を過ごしたのはここだ。学校が休暇に入ると、アルマとその喧騒から遠くはなれて、海まで延びた広大なサトウキビ畑を駆け回っていた。

ゆっくりと建物のほうへ歩いていく。建物とはいっても灰色のレンガを積み重ねた高い壁で、あちこち黒ずんだ面があり、屋根は崩れ落ちている。錆びたトタンが入り組むように重なるなか、かまどの二本の煙突が、草木のなかに沈んだ教会の尖塔のようにそびえている。工場の中庭の中央には、雨風にさらされたサトウキビを煮る鍋や遠心分離機が、まるで津波に持ち上げられたあとですとんと叩きつけられたように、傾いた格好で放置されている。そこここで、クロムめっきした金属がなおも光沢を放っている。別の場所には大きな穴が開いていて、ネズミやトカゲが這い回っている。埃に覆われた地面には昔の鉄道が見え隠れし、土の上に残骸、木切れ、ボルト、錆びた鉄片が散らばっている。倉庫や寝室には植物が侵入し、ガラスのない窓を通って寝室のなかにまで木が伸び、壁の高いところや煙突に灌木が根を張っている。静寂は神経にさわるほどだが、ときどきそれをカラスの鳴き声と、工場に住みついた鳩の羽ばたきが破る。こちらまで来る者などいない。今も存命の者たちは下のほう、道路沿いの家屋に住んでいる。事務所の前を通ったとき、ひとりの女がだれかを迎えるのに埃を掃いていた、彼女の動作はどことなく機械的で、こちらを見たが手を止めることはなかった。だが彼女は色の落ちた長いワンピースを着て、髪を赤い布切れでターバンのように束ね、若いのか年寄りなのか判別できなかった。こちらから手であいさつをしたが、応答しなかった。

ぼくは廃墟のなかで、製糖用の巨大な機械類の前にたたずんでいる。それは緩慢に崩落していくようで、地中にめり込んでいる。目を閉じれば、工場が操業していた時代にこれらの機械が立てていた音が、鍋から出る湯気の音や遠心分離機の振動が、想像できる。レールの上を走るトロッコの音、蒸気エンジンの音、結晶化した砂糖の芯の周りで濃厚な絞り汁が糖蜜に変わっていくときのタービンの唸るような音が聞こえてくる。互いに呼び合う労働者たちの声、サトウキビの荷を降ろす運搬人たちの声に聞き入る。口のなかは絞り汁の味がする、ボイラーのなかで燃えている搾りかすの煙や、砂糖に混じる石灰の鼻をつくにおいを吸う。軋むような音、液体がひたひたと動く音、銅管の鳴り響く音、詰まった管を叩く鉄具のけたたましい音が聞こえる。足下に稼働中の工場の振動をまざまざと感じる、それは生活、権力、金を意味する軽やかな振動だ。やがてぼくは目を開ける、見えるのはただ、がらんとした空と、不動の大木と無用の城塞の廃墟の壁ばかりだ。荒涼たる場所で燃える太陽の熱気、それに風が舞い上げてはまたもとの場所に置く埃だけだ。

彼女はリヴィアという、じつに年齢不詳だ、若くもないし年寄りでもない。先ほど工場のほうへ上がってきたときに、いくら掃いてもまた溜まるゴミをシダ箒で寄せ集めている女が見えたが、それが彼女だ。話しかけると、クレオール語で答える、「ダレモイマセン、ジャガンサンハ、アトデ来マス」ジャガンというのは、この廃墟の恒常的管理を請け負っている男だと理解した。かつて従業員たちの食堂だったにちがいない大きな部屋で、その男を待った。部屋の中央は、過去の名残である木製の大テーブルに占められている。リヴィアは黙って生ぬるい水を一杯持ってきてくれる。ここに何を訊ねにきたのか自分でもわからない。ここは昔、製糖業が盛んだったころ、どんな様子だったのか？　サトウキビのあれこれの種類を連禱のようにそらんじることもできる。父がモーリシャスで過ごした若い日の思い出に紙に記して辞書のなかに挟んでいた次のような名前だ。

フォティオゴ
サンダル
女王
白太（しろぶと）
寵姫（ちょうき）
タマリンド
メエラ
プナン
ブラック・ジャワ（とても甘い）
オタミティ
フィジー・レイエ
マプー
コニケニ
トリニダード（最も甘い）
マック・カイ
紫ジャマイカ
フレーザー
ナタル

砂糖が大量に生産され、色と品質に従い、粗糖、粉砂糖、氷砂糖、デメララ糖、グラニュー糖のように分類され、ジュート袋に入れて港に運ばれていったときの様子はどうだったか。島の南部で甘くて鼻をつくにおいが、海岸に至るまで一帯を覆っていたころ、トラックの慌ただしい行き来がやむことなく、大勢の労働者が、男も女も年端の行かない子供たちまで、工場入口の鉄柵に体を押しつけて雇ってもらうのを待っていたころの様子は。

だれが伝えたのか知らないが、ジャガンには話が通じていた。車で到着し、事務室沿いのテラスまで上ってきた。背が高く細身で、赤銅色の肌ととても黒い目をしていた。イギリス紳士風にカーキ色のズボン、黒靴、空色のシャツを身に着けていた。ぼくは自分の名を言った。彼は関心を示さず、何も訊ねない。よく練られた英語を、かすかなモーリシャスなまりで話す。彼は渉外担当の役目を立派に果たしている。ぼくがジャーナリストだろうが、旅行代理店の社員だろうが、あるいは単なる好事家(こうずか)だろうが、男の知ったことではない。彼は「レ・マール地区スロー・シティ」という遊園地の計画を説明する、森のなかにホテルを建て、サトウキビ畑のなかに初心者用巡回コースを設け、植物の保護区を造るという話だ。男はぼくに一枚の写真を見せる、最近の写真だ。そこには実業家らしい男たちのグループが写っており、女も何人かいる。一部はモーリシャス人で、一部は南アフリカ人のようだ、レ・マール遊園地建造計画をめぐるはじめての会合だそうで、みなグラスを手にしている。中央にサングラスをかけたジャガンがいるが、マフィアめいた風貌だ。あるいは、目の不自由な人が道に迷ったようにも見える。夢の沼(マール・オ・ソーンジュ)のことを口にすると、ジャガンは少々活気づき、執務室の隣の寒々とした部屋にぼくを連れていく。戸棚のなかの平底容器に収まった黒い骸骨を何体も見せる。それぞれに番号を記した札がついている。なかにはジャワ鹿や野生の豚のような大きな動物のものと思われる分厚い骨がある。他のものはもっと軽そうで青みがかった色をしている。龍骨突起か、大腿骨の一部か、翼の名残か。きっとアホウドリだろう、あるいはカツオドリかもしれない。だが特別な容器がひとつあって、それに収められた宝物をジャガンは見せてくれる。それはドードーの骸骨で、折れた足と、数個の椎骨と、頭蓋冠だ。他の骸骨に比べてこれは古そうで、透明な釉薬(うわぐすり)を塗られ、薄暗い部屋のなかで鉱物的な光を放っている。この遠い昔の住民を間近にしているせいだろうか、ジャガンは声を殺して、昔、彼が子供だったころの工場での生活の話をする。友達とサトウキビ畑に侵入したこと、飼育小屋から逃げ出したキジを追いかけたこと、彼の父親がここの事務室で職工長、労働者代表、銀行家代表、ロンロ社やシュガー・アイランド社の代理人バイヤーらに囲まれていたことを語る。彼の執務室の壁にガラス・カバー付きの黒い額に入った写真がいくつも掛けられているのを目にする。死者の肖像写真に似ている、二十世紀初頭のモン・デゼール＝レ・マールだ。伐採され、製糖所のシリンダーに運ばれるのを待っているサトウキビの束で、広場はすっかり覆われている。灰色のレンガの二本の煙突、トタン屋根、石灰を塗った工場の高い壁が、それとわかる。製糖所の正門前で、腰巻と長い白シャツ姿で裸足の労働者たちが、写真撮影のためにじっと構えている。彼らの背後の空を、白くたなびく煙の帯が横切っている。一世紀の時を隔てて今も同じ眺めがある。父はこの写真に写っているとおりの製糖所を知っていたはずだ、少年であった父が高地のほうからローズ・ベルまで汽車で下ってきて、さまざまな建物を訪ね、伐採の済んだモン・デゼールの畑を駆け回った果てに、畝(うね)のなかで拾われるのを待っていたこの白い卵のような石を見つめるにいたるさまが思い浮かぶ。今では何もかも破壊された。工場は二十年以上前に操業を停止したとジャガンは言う、緩慢な死だ。機械類は徐々に動かなくなり、土のなかに沈んでしまった。周辺の家々は打ち捨てられ、略奪されている。ジャガンはすべてを見てきた、彼には何も止められなかった。労働者たちは大農園の地区を離れ、困窮状態、失業状態に陥った。彼らは、白人たち、大農園の所有者たちはみな、邪悪で堕落していると考えた。彼らは白人を呪ったが、やがて白人のことなど忘れてしまった。若者は金を求めて都会に出た、労働者や運転手や庭師になった。そうした境遇を甘受しない者もおり、密売人になったり非行に走ったりした。両親に悪態をついた。かつての製糖所は今や無人地帯だ、屋根や建物のなかに草が生えている。風雨にさらされて機械類はひっくり返り、大きな扉の蝶つがいが外れている。まもなく古い時代の、大昔の名残など、まったくとどめなくなるだろう。小さな声で、ほとんど心を昂らせることもなく彼がしゃべっている間に、リヴィアと名乗る女はまた箒で掃きはじめた。空しいことに、架空の埃をテラスの縁に、乾いた地面に、掃き寄せている。

ある結婚式

緑陰は教会の屋根のように広がっている。デュカス一家は全員そろって庭に出ている。家は小さすぎる、いや、あまりにみすぼらしいのかもしれない。かつては島の南部、ベ・デュ・カップやスイヤックやユニオン・ヴァルの広大なサトウキビ畑を支配していたデュカス一族は、今日では息も絶え絶えだといううわさが広まっている。一九七四年の砂糖危機が、彼らを遠くに追いやった。彼らは南アフリカやオーストラリアなど、あちこちで運試しをした。やがて彼らは戻ってきた、アントワース・デュカスは、大いに苦労してようやくロンロ社の事務職を見つけ、彼の妻アデルは自宅で菓子店を始めた。彼女の泥菓子〔チョコレート菓子の一種〕は、フランス人コミュニティの間では周知である。子供たちには将来の展望がたいして拓(ひら)けていない。外国留学はあまりに高くつくし、島の上流階級に入り込む余地は彼らにはない、あまりに長く不在だったもので忘れられてしまったのだ。長女マチルドの、ロブ・ロスコという富裕なアメリカ人実業家との結婚話は――たとえ血筋からして彼がウクライナ生まれのユダヤ人であれ、ありがたいことに金髪碧眼で、まったく「らしく」ないので外目にはわからなかった――家族全員にとってよいタイミングで持ち上がった。ロブがマチルドと出遭ったのはヨット・クラブだった。島の南西端に位置して南氷洋へと開かれているマコンデに、ゴルフ場付きの豪華温泉ホテルを建てるにあたって建築現場の開所式の折りに、そのクラブに立ち寄ったのだった。その計画を実現するには、ある道路を迂回させ、クレオール人漁師の村を立ち退かせる必要があった――ロブはアメリカ人であり、したがって人間的なので、たとえ何百万ドルもの費用がかかろうとも、企業連合の負担で住民一人ひとりに新たな住居をあてがうことを、この計画を実現するための前提条件とした。

　ぼくを迎えてくれるのはアントワーヌ・デュカス、通称トーニオだ。トーニオはじつに大男で、雑踏に混じれば頭二つ分抜きん出るし、彼の手はポーム遊び〔テニスの先駆〕のラケットみたいで、靴のサイズは四十八〔約三十三センチ〕だ。少々腹が出ているが、強さと善良さの印象を醸(かも)し出していて、農園の日差しになめされた幅広の顔は温厚な笑みに輝いている。まるでぼくが家族であるかのように、手を取り、いっしょに写真を撮ろうと新郎新婦のところへ連れていく。トーニオが大柄で頑強なのと同じ程度に、彼の婿は華奢で小柄だ。写真に納まるにあたって、ロブは義父の翼の下にまん丸く縮こまることにする。逆にマチルドは大柄でスポーツをやる金髪娘だ。進んで笑みを浮かべ、写真を撮っている間ぼくは彼女のそばにいる。それからトーニオがふたたびぼくの手を取り、庭をひとめぐりさせる。各人の前でぼくを紹介し、彼らの名前をぼくに教え、握手をして次に移る。

「ジャッキー・セマール、アンリ、ルイ・ル＝ムール、アデライド、ニノン、そうだ、君にシーン・オッコナーを紹介しよう、君のお母さんの親戚だろう？　こちらがセリーヌ・グーロー、グーロー一家はスイヤックの出だ、いや、その隣のリアムベルだった。ロンロ社のピエール・ヴァンサンさん。あちらの美しい娘さんは、こっちへ来て、紹介するよ、ポール・グルニエさん。画家で、オーストラリアに住んでいた。あそこにもうひとり芸術家がいるぞ、彼女はラ・ヴァレットの合唱団で歌っている、ソプラノのエレーヌ・ラ＝ヴァールさんだ。こっちへ来て、彼女はわが家の文化遺産とも言うべきオディール・ド・ケルヴェルさん、戯曲を何本も書いていて、ボー・バッサンの大劇場がまだ栄光に包まれていた時分にあそこの舞台で演じられたよ。さあ来て、君を家族全員に紹介するよ、フェルセン家の人間なんて、みな見たことがない、君は珍しい鳥というわけだ。慣れなきゃいかんよ、島をめぐるには何カ月も、何年もかかるからね」

　祝賀の昼食は立食で、一同は紙皿を手にしている。マカジキのサンドイッチ、アチャラ漬け、このような場には欠かせない豆の揚げ菓子、それにシャンパンが出て、午後二時には頭痛がすること請け合いだった。やがて、レッド・トラック、ボタニー・ベイ、アイヤーズ・ロックといったぼくがそれまで知らなかったオーストラリアの少々安価なワインが出る。マチルドはまっとうなスポーツ選手なのでジュースしか飲まないが、夫のほうは深酒をしていくぶん分別をなくしている。彼はしきりにアメリカ英語でジョークを飛ばし、一同はそれがわかるふりをしている。スピーカーから音楽が聞こえてくる。ラ・ヴァレットの合唱団を呼ばなかったのは幸いだ。演奏者はクレオールのプロの音楽家たちで、グラン・ベーのホテルと契約を交わしているらしい。マコンデのリゾートが完成した暁には、そこの出し物に出演できることを期待しているのかもしれない。「ザ・ブラス」とか「サン・ブラス」とかいう名前だが、よくは覚えていない。彼らは少々微温的なホテル版セガを、何かを打ち砕くような調子で演奏する。ロブは彼らを鼓舞するのにフルーツ・ポンチを持ってこさせる。

　ぼくは一同から離れた緑陰で、人声のざわめきを聞いている。巨人トーニオはさらに先まで行って、サトウキビ畑の縁の埋立地に立ち、片手を開いて何やらまじないをかけているようだ。すると茂みから突然、真紅の小鳥が飛び出してくる。それは猩々紅冠鳥(しょうじょうこうかんちょう)で、大きな手のひらに乗って、彼が用意した瓢簞の種をついばんでいる。その光景には何か当惑させるもの、不意打ちのようなものがある。重々しく踊っている結婚式の参列者と、スピーカーのなかで槌(つち)を打つように鳴り響く音楽を背景に、あの小鳥に餌をやっている気のいい巨人の構図。こうした人々、つまり大農園経営者や彼らの子孫について言われるいろんな評言が、突如記憶によみがえってくる。彼らは何世代にもわたってこの島で権力を行使した残酷で虚栄心の強い連中とされ、他の住民から幽霊か怪物のようにみなされている。あるいは、奇癖をあざ笑われてのけ者にされる。その一族に、その遺産に、その歴史に属するこのぼくが、自分が彼らとは無縁のように感じることができるのはどういうわけだろう？　それは単に、ある日父がすべてを捨てることを決意したからか、それでぼくは無実ということになるのか？　その瞬間、かつて大学時代に共産主義の活動家の友人に、あるとき無邪気にも自分の民族的帰属を打ち明けた際に、彼の洩らした見解がぼくの思いをにべもなく一蹴したことを思い出した――「お前ら、奴隷制擁護論者どもは！」まるでぼくらが存在しないかのようだった、ぼくらにはいろんな感情や思い出を持つ権利がないかのよう、自分自身を嘲笑することもできないかのようだった！

　相変わらず祝宴の場所から離れたところにいると、様子を見にくる者がいる。ぼくはグァバ・ジュースが入ったコップを手にしていて、紙皿は椅子の上に置いている。きっと不良か流刑者のように見えたことだろう。娘たちはエスコート役の男を置いて、ぼくに話しかけにきた。「踊りにいらっしゃいよ、音楽はお好きじゃないのですか？」ジョゼフ・コンラッドがエムリーヌの祖母に発した簡潔なフレーズを返してやりたいと思う――「ダンスはいたしません（ドント・ダンス）」しかしむしろ頭痛を口実にする。いったいぼくは本当に彼女たちの興味を惹いているのか、それとも彼女たちは、キュルピープやフロレアルの家々や海辺の別荘で名前が知れ渡っている男、少々破廉恥（はれんち）で滑稽な例の名前を持つ最後の者、ドードーの最後の一羽のように時代遅れで不器用な末裔を見にきたのか。ぼくにはあの失踪した男、その形跡がぼくにもわかってきたあのすばらしい浮浪者、フランスへの帰還の旅を果たし、それっきり戻ってこない男と、どこか共通点があるのだろうか？　祝宴の家から遠からぬサトウキビ畑のなかに、近所の子供たちの暗い顔が見える、「サン・ブラス」の奏するセガのリズムに引き寄せられたのだ。彼らはダンスに見入り、自ら身をよじらせ、腰をくねらせ、けたけたと笑い、手を打ち鳴らしている。あの子らも祝宴に加われればいいのに！　障壁などないこと、あの音楽と言語を編み出した者たちの子孫であることを示すために、あの子らも来ればいいのに！　だが、ひとりの男が、製糖所の従業員かもしれないし、サンドイッチや飲み物の配送業者のひとりかもしれないが、ある身ぶりをする。すると子供たちの一団が、藪を通って一斉に逃げていく。文化融合は、またもや実現しなかった。

　トーニオは退屈している。彼もまた、祝宴から離れたところにいる、踊っているふりをするにはあまりに大柄で頑強すぎるのだ。熊のように見えることだろう。彼はぼくを遠くへ引っ張っていく。「カヌーでひと回りするのはどうだい」午後は長いだろうし、空は雲ひとつない青だ。車で十分も走ると埠頭に着く。トーニオのカヌーは本物の漁師のそれで、白に近い色に塗られている。トーニオがヤマハの四十馬力の船外機を動かすと、カヌーは広大なマエブール湾を礁湖に向かって敏速に進む。海の冷気と、船が小さな波を受けて跳ね上がるときの振動をよく体感しようと、ぼくは舳先（へさき）に立つ。まるで水の鏡面を走っていくような印象だ。錨地の美しさは絵葉書そのものだが、ぼくはこれが好きだ！　ライオン山、ネズミ山などの山影と、空に向かってせり上がる緑の斜面――そこに、高地に雨を降らせる雲のグレーの羽根飾りが懸（か）かっている。礁湖の水は緑で、沖合は寄せ波の二本のラインに挟まれて暗い青を呈している。かつては牢獄だった離れ小島がいくつもあり、一八一〇年、フランス艦隊にとってイギリスによるモーリシャス島奪取以前の最後の勝ち戦、グラン・ポールの勇壮な戦闘が展開されたのはあの黒いラインのあたりだ。トーニオは一時エンジンを切る。彼がカヌーの船尾に立つと体重で少し沈むが、ぼくらは静寂のなかを惰性で漂流していく。彼は、「どうだ？　どうだ？」

と言う。その意味するところは、「ここ以外の場所で暮らせるか？　世界中を探してもこの美しさと交換できるものがあるか？」だ。トーニオは言葉で表現できない。彼はオーストラリア、南アフリカ、キンシャサと、いろんな場所で暮らしてきた。フランスにも一度旅行したが、先祖の土地、彼の姓を冠した村があるアリエージュ地方〔南西フランス、スペインのカタルーニャ地方に隣接〕を見るためだった。彼が島に戻ってきたのはこれのため、この限りない水の広がりと悲劇的な趣をたたえた山々、この空、この青い礁湖のためだ。カヌーはまたゆっくりと動き出し、ぼくらはまん丸い染みのように暗くなった海面を漂流していく。有名なブルー・ホールであるが、この大きな染みがどうして生まれたのか、どのくらいの深さがあるのか、だれも知らない。トーニオはある男の話をする。それは少し頭のおかしいイギリス人で、無呼吸潜水を行ない、そのまま浮上してこなかったという。人がこの見渡すかぎりの青のなかに迷い込み、目を開けたまま下降しながら呼吸するのも忘れ、現実の裏側に向かってゆっくりと死んでいくというのは、ぼくには想像に難くない。

　トーニオは今、カヌーを海岸へと、ラ・ショー川の河口のほうへと向かわせている。「君に見せてやろう、失楽園とも言うべきぼくの好きな一隅を」そう彼は言う。ぼくを連れてきたのはそのためだ。ぼくはここの人間ではなく、観光客が通常見るようなもの、美しいパノラマや、絵に描いたような場所、とりどりの色が鮮やかに映える日没などしか知らないからだ。彼は自分の秘密を新入りと共有することに満足している。マエブールの町はずれは、立ち並ぶ樹木のなかに消失しており、村とヴィル・ノワールの町を結ぶ橋の陰では川への入口が草木に隠れていて暗い。トーニオは船尾に立ち、水の流れをふさいでいる木の枝と暗礁の間を縫って、カヌーを巧みに操っている。カヌーはゆっくりと川を遡行し、まもなく両岸を断崖に縁どられた峡谷の底の野生のままの自然のなかに入る。トーニオはそこに接岸する。水位が低く、岩と岩の間を水が滝となって落ちており、スクリューピンを折ってしまう恐れがあるからだ。彼はカヌーを一本の木にくくり付け、ぼくらは急な坂道を伝って断崖を登っていく。とても暑くて、顔面も背中も汗みずくだ。断崖の頂上で小さな共同墓地に行き着く。墓地といっても、赤土のなかに崩れ落ちた溶岩が、四角に切られて墓石代わりになっている。平墓石のなかには、そこに記された姓名や日付の一部が読めるものもある。「ここに眠るのは、デュプレクス〔一七四二—五四年のインド総督〕やラ・ブルドネ〔一七三五—四六年のマスカレーニュ総督〕の時代の初期の住民、パイオニアたちだ」とトーニオは言う。彼は最もよい状態にあるひとつの墓の前でしばらくたたずむ。そこには「モリス」の名が読みとれる。それはキルワのスルタンとの奴隷貿易で利益を得た最初の植民者のひとりだ。トーニオはそのことを知らない、ぼくもここでその話を持ち出す気がしない、このように墓地が放置され、墓石が転がっていることが、かつてああした罪を犯し、今はだれにも思い出してもらえない者たちには十分な懲罰かもしれない。彼らはいわば、藪と雑草のなかに埋没し、それらに侵入されることで、彼らの犠牲者たちの運命とひとつになったのかもしれない。

だが、トーニオがぼくをここに連れてきたのはそのためではない。彼はぼくの手を取り、断崖の際に導く。かすかな微笑を浮かべ、若々しい喜びで顔を輝かせている。「アソコヲ見ロ！」ぼくがクレオール語を話さないことさえ忘れている。

彼は膝をついた。彼の見ているものが、肩越しにぼくにも見えた。峡谷の底を流れる川のなかの、草木が途切れて明るくなっている地点で、数人の女が腰まで水に浸かり、水面上に持ち上がった大きな平石の上で洗濯をしている。衣類を叩いたり、絞ったり、また水に浸けたりしている。女たちの明るい話し声、笑い声が聞こえる。黒い背中の肌がしたたる滴で輝き、石に布を叩きつけるにつれてむき出しの乳房が揺れる。ここ、鬱蒼（うっそう）とした森のなかで、まず見ることのない光景だ。まるで時代を三百年さかのぼり、二人の白人植民者が黒人女たちをうかがいながら、ふたたび彼女たちの肉体を不当に手に入れ、もはや存在しない野生の生活を享受しようとしているみたいだ。ぼくは身を起こして数歩下がる。トーニオはこちらをじっと見る、さっきのように「どうだ？」とは言わず、「この美しさのすべてとも言わない。ぼくの顔に、彼には理解できない困惑を読みとったにちがいない。彼も後ずさりして、少しよろめきながら、崩れた墓石の間を縫って帰路に着く。カヌーが河口を離れると海風が感じられ、夕闇の空、ピンクと緑に映える礁湖を見やる。干潮をさかのぼっていくエンジンのしわがれた音をじっと聴く。埠頭に着き、ほとんど言葉を交わさずにぼくらは別れる。ぼくはバスに乗るために、市の立つ広場に向かって海沿いを歩いていく。ぼくがいなくても婚姻の宴（うたげ）はきっとつつがなく進行したことだろう。

幽霊

ブラック・リバーでの嵐の午後のこと。彼らは川向こうのサン・レジエ家の別荘に集まった（ズボンの裾をたくし上げ、ポールとヴィルジニーの時代を思い出しながら、浅瀬を渡らねばならない。ただし御婦人方が、抱きかかえられて渡ることはもはやまずない）。全員が、あるいはほとんど全員が集まった。サン・トゥーガル家、シュリヴァン家、プレシ・パロ、サン・リニャン、フルエ、ケルスカオ、ユルコック、ド・ビシー、サンドラール、ル・ムールといった面々だ。サン・レジエ夫人は、近づきつつある嵐に備え、重苦しい空気が大広間に吹き込んでこないように、朝から鎧戸を閉めさせた。別荘は古く、今日いたるところに建てられている立方体の平屋根コンクリート家屋とは無縁で、壁は灰色の珊瑚の塊を漆喰で目塗りしてあり、切妻造りの屋根は波形トタンで覆われている。トタンは少々錆びているが、サン・レジエ氏は、ネズミが巣を作らないよう、また風で剝がれないように、タコノキの葉を梁組みに固定し、それを金網で覆うように命じた。室内は暗くてじめじめしている、もちろんエアコン――サン・レジエ夫人は「空気箱」と呼ぶが――はない。微風を入れるために、壁は天井までは届かない造りになっている。この日の集まりはずいぶん前から予定されており、モーリシャス出身で、パリ音楽院で勉強している遠縁のフィリップ・ルデュックから知らされていた。幸運な巡り合わせで、この日は嵐の到来と重なり、サン・レジエ氏は気圧計が八百五十ヘクトパスカル以下に下がっているのを確認した。この指標には誤解の余地がない。幸運な符合だ、すっかり凪いだ日に霊を呼び出すことなどできないから。しかも、ラジオや新聞で強風が予告されたので、浜辺はがらんとしている。おかげで、子供たちの恐るべき叫喚は聞こえず、ボール遊びもなく、その派手な身ぶりで島を汚染しては、開け放った車のドアからカー・ラジオをがんがん鳴らす、色とりどりの（レジエ夫人の表現だ）おぞましいサーファーたちもいない。何かが起こり、だれかが語るとしたら、まさに今日だ。

　シュルクーヴ夫人は来なかった！　うわさでは、彼女は神も悪魔も信じていない。結構だ、しかしそれなら、何を怖がって来ないのか。来れば、まやかしや、テーブルの細工や、腹話術めいたいんちきや、エリファス・レヴィ▼37の名においてバニラ茶よろしく提供されるわけのわからぬ作り話の正体を、暴き出せるだろうに。それとも彼女はその種の話をあまりにも信じていて、御贔屓の海賊の幽霊が――戻りきたる者とはじつにうまく言ったものだが――自らの経帷子をめくり上げ、彼の哀れな子孫の目をじっと見つめ、彼女に目を伏せさせてその饒舌な口を噤ませるのを、恐れているのだろうか！

　サン・レジエ家の別荘は女たちでいっぱいだ。それはつまり、男たちは信じないということか？　彼らは日々の業務に従事している、とにかく仕事を持つ者はそうだ。他の連中は、休暇を取ってクラブに行くか、北の島々のほうへ帆船で出かけたり、テニスやゴルフをしたり、なかには恋人との逢瀬にいそいそと出かける者もいるかもしれない。さらにほかの連中は、単純に時間がない。銀行や、ロンロ社のオフィスや、自由港で働いているからだ。ごくまれに、妻に同行することに同意した男たちもいる。たとえばジョゼフ・マラン翁がそうで、彼が何を信じ、何を批判しているのかは不明だが、奥方の大義には忠実である。その奥方とは奇抜なアマリア、旧姓はド・プレサニーと言い、エコロジストのはしりだ。聞くところによると、牛の木（ガストニア）[▼38]のような硬い樹皮を持つ太古の証人ともいうべき植物から、ブラジルから輸入されたこのうえなく脆弱なラン科のカトレアに至るまで、島の植物の全歴史を一望させてくれるすばらしい庭園を造っており、それこそ彼女が手がけた大仕事らしい。ぼくよりも若いフィリップ・ルデュックは、やる気満々だ。彼にとってもこれが交霊術のはじめての体験だ。

催しは沈黙のなかで始まる。まだ遠くにある嵐のざわめきだけが、閉ざされた鎧戸越しに聞こえてくる。やがて突如、外では空が真っ暗になり、日蝕のときのように室内の明かりが消えた。さしあたり、儀式を司る（つかさどる）女主人の要請で、ぼくは右手でアマリアの手を取り、左手で名前を知らない若い混血女性の手を取る。やがてサン・レジエ夫人は呪文を唱えはじめる。話す口調ではなく、何語かわからない言葉でぶつぶつ言ったり、もごもごと口ごもったりしている。ラテン語、ギリシア語、あるいはヘブライ語の単語がいくつかそれとわかる。もしかしたら、スウェーデンボルグ[▼39]の『天界の秘儀』から引いたフレーズなのかもしれない。サン・レジエ夫人はプラスチック製の椅子の上で後ろにのけ反り、その声は鋭い、ほとんど嘆くような調子になる。部屋のなかに充満した息づまる熱気にもかかわらず、鳥肌を立たせるような、かん高く、か細い声音（こわね）だった。そんなふうにつぶやくのをやめると、普通の声に戻り、一同に手を開いてテーブルの上に置くようにと指示する。生のままの樫の木で作った、ありきたりのずっしりした円卓で、蠟引きを施された表面にはぶつかった痕（あと）や染みがついている。難破船から拾われたテーブル、あるいは、どこかフランスの田舎（いなか）から船で運ばれてきて何代も前から代々伝わっているテーブルみたいだ。公証人が使ったのかもしれない、田舎司祭が聖具納室用に使ったのかもしれない。サン・レジエ夫人は、今度は、あちこち見回すことなく、まっすぐ前方を見据えてゆっくりと霊を呼び寄せる呪文を繰り返す。まもなくまぶたは閉じられ、夫人の青白い顔は薄闇のなかで紫のブラウスの上に漂っているようだ。「霊よ……霊よ……」と、中断を挿(はさ)みながら唱える。テーブルの木材はすべすべして、金属のように冷たく、重く、くすんだ色をしている。声はときに居丈高な、ときに甘やかすような調子で、「霊よ……霊よ！」と執拗に反復し、呼びかけの間をしだいに詰める。戸外では風が強まり、鎧戸に吹きつける。風が運んでくる海のざわめき、黒い海岸にゆっくりと寄せる巻き波の音、モクマオウの細枝にひゅーひゅーと吹き込む鋭い音楽が、はっきりと聞きとれる。何か変化が起こっているのか？　マラン氏の喘息(ぜんそく)のような息遣いが聞こえる、咳の発作がなかなか収まらず、彼はハンカチを当てて押し殺そうとする。アマリアが夫のほうに身を屈めて何かささやく。だが彼女の両手はテーブルから離れず、ぼくらの指も、アガマトカゲの吸盤のように先端を開きながら、まるでテーブルのなかから圧(お)しつける力が働いているかのようにぴたっと貼りついたまま動かない。サン・レジエ夫人は、ときに低く、ときにかん高い、つねに波打つような声音で問う、「お前はだれ？　だれなの？　どこから来たの？　名乗ってくれるかい？　お前はル・メームかい？それともル・ヴァスールかい？　さあ、話して、このテーブルでお前の返答を聞かせてちょうだい、どこから来たんだい？」鎧戸のけたたましい音と、屋根を葺(ふ)いたタコノキの葉を通る風のざわめきが、彼女の声を覆い、壁の上方のすき間からは生温かい空気が吹き込む。戸外では空の光が揺れている。ル・メーム。ル・メーム。かの海賊の名が部屋に響き渡る。それに「ノスリ(ラ・ビューズ)」ことル・ヴァスールの名も。また、彼が隠した財宝の探索のためにかつて創設された結社「クロンダイク」の名も。こうした名をサン・レジエ夫人に続いて女性全員が反復する。ちょうど今は、アマリア・マランが反復している。ジョゼフの息が荒くなるのが聞こえる、彼自身は合理主義者で、百年も続く製糖会社をいくつも仕切る一徹な実業家だが、妻に合わせようとしているのだろう。薄闇のなかでぼくはそこに並ぶ顔の表情を読みとろうとする。一同の手はテーブルの上でひくつき、なかには握りしめた拳もある。また関節の色が白くなるほど指を開き切った手もある。実際に霊気が流れているのか。ぼくの腕で震えるものがある、脚でもそうだ。額に、脇腹に、玉のような汗が噴き出してくるのを感じる。女たちの額には、灰色のほつれ毛が貼りついている。「ラウー！　ラウー！」と声は叫ぶ。それは戸外から、風になぎ倒された藪から聞こえてくるように思える。「ラン！　ラム！　ラーアン！　ラオナ！」低い叫び声だ、海の声、あるいは川の声のようだ。ぼくらを取り囲み、梁のつなぎ目を、タコノキの葉身を、そして金網を軋（きし）ませる音だ。同時に、これまで嗅いだ覚えのないにおいが立ちのぼってくる、深海か澱（よど）んだ水のにおい、海藻のにおいだ。そして声が戸外で、あの肉体を持たぬ名前、記憶も意味も持たない名前を発しつづけている。「ロマン、ロアン、ラオナ、ラザアム、アラザアム……」ぼくはテーブルから手を離し、もろもろの名を、風が耳に運んでくるとおりに走り書きする。しかし薄闇のなかでボールペンのインクが出ない。手帳のページにくっついて、引っ掻（か）き傷と穴しか残らない！何もかも消えてなくなる！　外では、風がいっそう強く鎧戸に吹きつけ、息の長い疾風が湾の奥から吹いてきて河口をさかのぼり、モクマオウの梢（こずえ）を渡っていく。波音の合間に雨粒が打ちつけ、木の葉をざわつかせ、壁の継ぎ目から降りこんでくる。大量の黒い水が寝台の枠組を伝って流れはじめ、冷たい水がテーブルの脚の間を流れていく。血の色の水、呪われた水だ。壁の向こう側から、サン・レジエ夫人宅のロドリゲス島出身の家政婦マリジエの声が聞こえる。女主人のわけのわからぬつぶやきに恐慌をきたして、しかしまた自然の猛威に立腹もして、台所で待ちあぐねている。もしかしたら、死者の祈り、「フカキ淵ヨリ叫ビヌ」▼40を唱えているのかもしれない。世も末だ、ほとんどそうだ、と思っている。もうだれも、だれにも呼びかけてはいない。ル・メームも、シュルクーフも、ノスリも、だれも来ないことは今やわかっている。彼らは風の力を捉えることができずに、波間で立ち往生している、さもなければ、戻ってきたくないのだ。彼らはあちら、海の向こうのサン・セルヴァンで、シヤザル〔モーリシャス島南部シャムニーの原始林の残る一角〕やクラポンヌ〔フランス、リヨン近郊の町〕やアルジャンヴィリエ〔フランス、ウール・エ・ロワール県の村〕の騎士領で、あるいは絞首刑に処せられた者が入るブーカン・カノ〔レユニオン島西岸の、海水浴場で知られる町〕の共同墓穴で眠っている。ぼくらは男も女も、物言わぬテーブルに顔を傾け、腕を木材にもたせかけ、ますます広がる水たまりに足を浸けて、黙りこくっている。精神はというと、沈みかけた船さながらに岸から遠ざかりながら、嵐の喧騒や風でいっぱいだ。そのとき突然、騒々しい嵐に囲まれて静まり返った室内で、がしゃんとガラスが割れるけたたましい音が、雷鳴にも似た大音響がとどろいた。閉ざされた部屋の、調律されていないピアノと、ドムレミーの聖女ジャンヌ・ダルクをかたどったスタッコ像との間に置かれていた食器棚が、風に煽(あお)られて倒れ、東インド会社製の食器類を床にぶちまけてしまった。貴重な皿、スープ鉢、ソースボート、オードブル皿、リンゴ酒用の椀、紅茶茶碗、装飾用クロス、ナプキン・リング、それらすべてが粉々になった！　マリジエにはもう耐えられない、彼女はちり取りと箒(ほうき)を手に広間へ飛び出してくる。呆気(あっけ)にとられている婦人たちの間をかき分けて進み出てこう言う、「ナンタルコト！　オクサマ、ナンタルコト！　ダレノシワザカ？　アクマデス、リジエノオクサマ、コレ、タイヘンナ、サイナンデス、アクマノ、イカリデス。リジエノオクサマ！」――「ばかなことをお言いでないよ、マリジエ、アクマナド、イナイヨ、ここには！　お前もよくわかっているくせに！」――「オクサマ、アクマガ、ココニイマス、リヴィエ・ノワ〔リヴィエール・ノワール（ブラック・リバー）のなまり〕ノ、アクマデス、オクサマ、ナントイウ、ナマエデシタカ、ヤッテクルト、ナニモカモ、コワシマス、トテモ、イカッテイマス！」

　この話のなかで最も驚くべきことをお話しするので、どうか信じてもらいたいのだが、食器棚が倒れてサン・レジエ家の貴重な遺産を粉々にしてしまったまさにその瞬間に、そのときまで吹き荒れていた風はぴたりとやみ、鎧戸の間からも、壁の上部のすき間からも、頭蓋骨の残骸めいたタコノキの葉の房もろともトタンが剝がれた屋根の一部からも、ぎらぎら燃える大きな太陽の光がほとばしるように差してきたのだった。フィリップ・ルデュックは失望した。彼はシューマンの出現を期待していた。一瞬、ネオ・ゴシック風の古い鍵盤の上に何か未知の譜面が、あるいはロバート・バーンズの歌詞に基づいてシューベルトが作曲したスコットランド風バラード「オールド・ラング・サイン」の決定版編曲が、出現しそうな気がした。他の招待客も、とくに女性は、啓示というものを期待していた。昔の海賊が財宝を隠した場所とか、海賊ル・メームがゴールコンダ〔南インド〕の沖で、酩酊状態でイギリス人に捕らえられたとき、フォルチュヌ号の甲板上で自らの血で記したと言われる遺言、その後の消息が不明の遺言の行方とかが明かされることを期待していた。

　ぼくはといえば、割れた磁器のかけらをポケットに入れて、泥棒よろしく退散した。それは日本風ないし中国風の花束模様の装飾を施された皿の十分の一ほどのかけらだった、交易の盛んなあの時代、花模様がかくも好まれたのだ。湾の黒い砂はたいそう滑(なめ)らかだった。冷たい川の浅瀬を渡って戻ったが、ミニ旋風の残したごみ、黒い木(ボワ・ノワール)〔ビルマネム〕や照葉木(てりはぼく)の葉が水に浮かんで下っていった。遠くのほう、ブラック・リバー峡谷は雲に包まれていた。偉大なるサクラヴーの怒りのあと、一帯が静まり返っていた、ナンタルコト！

サクラヴーの身の上話

おれの名は巨人、嘘をつかぬ者、戦争の赤い旗のもと、永遠に闘う者、戻りくる者だ。なぜなら、おれは風のなか、嵐のなかを、この世に戻ってくるからだ。おれは火事のさなか、復讐のさなかに戻ってくる、民兵の銃も奴らの犬も奴隷たちも怖くない、奴らの神も怖くない、奴らの王も軍隊も怖くない。奴らは森におれを探しにくるが、おれは木の枝の扉を閉ざす、奴らの足もとに毒を塗った罠を掘る、奴らに向かって山の精霊たち、死者の亡霊たちを放つ。おれは精霊を意のままに操(あやつ)り、いにしえの人々にそっくりだ。おれは彼らの相貌をして、彼らの衣服を着用する、彼らの息で呼吸する。だからおれは永遠なのだ、奴らの銃弾も、奴らの犬の牙もおれたちには何もできはしない。

そうさ、おれには父も母もいない、兄弟も姉妹もいない。かの〈大いなる大地〉にはおれの村も谷もない、おれの祖国は存在しないからだ。おれはただここに、この森、これらのせせらぎ、これらの沼に属している。おれは海から生まれた。波の力と塩の強さを身内に持っている。樹木や草のエキスを宿している。野生に戻った豚たちの血が、ヤシ酒のはらむ火が、雲の湿気が、急流の水が、おれの体内をめぐっている。

ツァラタナナ〔マダガスカル北部の山地〕、マサハリ、アンタンガン、マロンヴァイ、ヴォヒベー、そしてお前、マナンハ川よ、お前たちはみなおれの別名だ、おれの一族が滅ぼされ、家が燃えたとき、おれが持って逃げた名前だ。おれにはまた、鳥号、うるわしの雌鶏号、征服者号、幽霊号など、おれたちをその腹に入れて運搬してくれた船の名もある。おれたちがそこの奴隷監獄に閉じ込められた、フルポワント、またの名はマハヴェローナ、という呪われた土地の名もある。こうした名前という名前が、おれの父と母を殺し、おれの兄弟を売り払い、おれの姉妹の衣服を剝いで辱め、コモロ島やマヨット島のアラブ商人に引き渡したからだ。

おれは巨人、嘘をつかぬ者、おれは復讐を糧とするために、不実を働いた者の血を飲むために戻ってきた。奴らの心臓をもぎ取り、首をへし折るために、奴らの性器をちょん切るために戻ってきた。おれを裏切り、おれを見捨てた者を呪いに戻ってきた。おれには名前はない、おれには父も母もいない、おれが生まれたのは船のなか、船倉の底だ。おれは畑の、おれたちをひりひりと焼く光のなかで、顔に切り傷をつけるサトウキビのなかで、黒い石の監獄のなかで、おれたちを二人ずつつなぐ鎖のなかで、鞭打たれながら、桎梏のなかで生まれた。おれは人間の顔と黒光りのする体をした獣の群れのなかで、衣服もなく、屋根もなく、冷たい雨の下で、冬の霧のなかで、うす暗い峡谷の底で、石の井戸の底で生まれた。

おれのなかには、広大な緑の平原があり、そこをおびただしい数の牛が歩くので、山から海にかけての空間を牛たちが覆い尽くす。それはサクラヴー族の偉大なシマヌポー王の御代に、わが民をその懐に住まわせてくれた緑の平原だった。やがてラミニが死に、ボヤナが裏切りを働いておれたちを売り飛ばし、おれたちは頭を丸刈りにされて歩き、母親や姉妹たちは奴隷のように裸にされた。おれたちは海の監獄に投げ込まれ、次いで、船に乗せられて遠くに運ばれた。おれのなかには、大地にしみ込んだ血の色がある、兄弟の死と姉妹たちの恥辱がある。もう兄弟姉妹に会うことがないのはわかっている、おれたちにはもはや土地がない、家がない。おれは大砲のとどろきを、おれたちの顔を引きちぎり、目の奥を焼く悪魔の火を知った。おれのなかには、兄弟姉妹の復讐が、忘れられた大地の復讐が宿っている。だが、おれにはもはや名前はない、おれはサクラヴーだ。

ブラ・ドー ▼41

パティソン夫人の住まいの屋根のトタンが海風に煽られて軋むせいだろうか、自分がここで過ごす日々がもうすぐ終わりそうな気がする、それを越えていくべきときが、遠くに、よそに行くべきときが、あるいは自分の知っている場所、パリに、ニースに立ち返るべきときが来たように感じる。ただし、自分の運命に立ち返るのではない。自分の運命を信じるような傲（おご）りはない、未来などぼくには存在しないからだ。未来とはばかげたもの、眼（まなこ）の奥にあって視覚をさえぎる暗点であり、ぼくがここに残そうとしているのは、ぼくがいなくても続いていく光景に対して下ろされた幕だ。エムリーヌ・カルセナックがぼくにこの幕引きの役目をくれた。たいへんな高齢なのに、ぼくがモーリシャスに来てからこの方、だれかれとなく投げかけている問いを理解しているのは彼女だけだ。「ブラ・ドーに行きなさい」と彼女は言う。「われわれ白人の歴史で最も暗い場所を見てきなさい、あんたの目で見てあたしに話してちょうだい。いや、むしろあんたの見つけたもの、感じたことを手紙に書いておくれ」

自分をあざけるように〈反吐（へど）が出る場所〉と呼ぶ蒸し暑い小さな家で、木の椅子に背筋をしゃんと伸ばして座った彼女は、たたずまいが厳粛だ。百年も日の光にさらされて皺（しわ）の寄った肌をした高齢のエムリーヌは、周囲のすべてが崩落する以前、橋が架けられ、さまざまな計画が立案され、沼が涸れ、鉄条網の囲いが張りめぐらされ、分譲地の入口にあの笑止でおぞましい立札▼43――バビロンの空中庭園▼42を背景に、笑顔満面の一家が描かれ、英語とフランス語で「ジェリコで暮らそう」と謳われている――が設置されるようになる以前に、アルマで、あの「大邸宅」のかたわらで暮らした最後の女性だ。「ジェリコ」の名はなぜ？「今にわかるよ、不動産屋の連中は鳴り物入りで宣伝するものだから、何もかもが屈服してしまうのさ！」

彼女はぼくに道順を描いて見せさえする、もちろん身ぶり手ぶりで。この家にはずいぶん前から鉛筆一本ないからだ。「よくお聞き、ジェレミー、アルマから出て、サトウキビのなかを土煙に包まれて下っていく坂道を知っているね。子供のころには、あのサトウキビ畑がどこまでも続くように思えたわ。あんたの父さんもあたしも、あたりの景色をもの欲しげに眺めたものさ、坂を下りきれば海が見えるとわかっていたからね」

ぼくは父の時代に立ちもどろうと試みる。父は九歳で、エムリーヌはすでに長じて、胸のふくらみがあり、亜麻色の長い髪、切れ長の目、整った弓形の眉、それにアルマの一族に共通の鷲鼻をしている。彼女はそうした特徴を、初代アクセル・フェルセンの娘シビルから受け継いでいる。白人の子供、クレオールの子供を問わず、彼女はすべての子供に支配力を振るっている、父親を亡くし、荒れ果てた古い家に母親と二人暮らしをしているからか、それとも、まもなく結婚することになっているからか。だれもが島内のサン・ピエール村やクレーヴ・クール村への流謫の道を選び、金のある者はキュルピープやポート・ルイスのような都会に、いやヨーロッパにまで移住した。この平屋の住まいは垢だらけで、板張りの床は染みで汚れ、タイルはくすみ、それに老人特有の鼻をつくにおいがあらゆる物にしみ込んではいても、ぼくには当時の彼女の声が聞こえ、当時の彼女の姿が見える気がする。

「小母(おば)さん、ブラ・ドーには何があるの？　どうしてぼくに行かせようとするんだい？」

彼女の声は、不意に押し殺した声音に変わる。もしかすると、入れ歯が歯茎にぴったり合わないのかもしれない、あるいは、この話をするのははじめてだからかもしれない。モーリシャスには彼女とこんな話をする者はいない、彼女の話を聞いてやれる人間がいないのだ。「あのね、黒人の監獄があるんだよ、ジェレミー、奴隷の監獄がね。島のどこでもああした監獄は取り壊された、見たくなかったからだよ、わかるかい？　恥ずかしい思いにさせられるからじゃない、そうじゃなく、邪魔だったからよ、場所ふさぎになったからよ。きれいに改造して観光客向けの別荘に仕立てるのは無理だった。何しろ古い石が山と積まれ、いたるところに穴が掘られていたからよ。穴といっても地下牢、彼らを絞首刑に処すためにポート・ルイスの監獄に連れていくまでの間、彼らのことを考えなくて済むように掘った地下牢よ。女子供が泣きわめくのを聞かずに済むように、彼らを生きたまま葬るために掘った穴よ！」

エムリーヌはほんの一瞬感情の昂(たかぶ)りを見せたが、やがて平静に戻った。すべてはあまりに昔のこと、すでになかば消え失せ、サトウキビ畑からそびえる黒い岩のピラミッドにも似た、無用で、歴史も名前もない廃墟の記憶をとどめるのは、彼女ただひとりだ。彼女は何を期待しているのだろう？　十四歳だった少女時代以後、エムリーヌはブラ・ドーには行っていない。それは別の人生かと思えるような大昔のことで、薄手のワンピース姿の女の子のグループが十二月の蒸し暑さを貿易風に当たって和(やわ)らげようと、海辺のモクマオウの生えた砂丘にピクニックに出かけたのだった。年少の男の子が二人交じっており、そのひとりがぼくの父だった。男の子たちはクッションを張ったバスケットに入れた中国茶器と、箱に納まった干し葡萄(ぶどう)入りの菓子を運んだ。女の子たちは水浴びをするつもりはなく、泡立つ水際で足を濡らし、男の子たちが水をかける素振りをするや、きゃーきゃー騒ぐだけだった。

風が強くて、髪が乱れ、服がめくれる。この時期、娘たちは海では水浴びをしない、泳げないので危険すぎるのだ。それで河口に行って脚を浸す、モクマオウの木陰に座ったままじっとしている、少しうとうとしたり、トランプ遊びをしたり、おしゃべりをしたりする。エムリーヌはブルターニュ出身の養育係ラガデック夫人の監視をくぐって、当てずっぽうに川の上流に向かう。同伴するのはぼくの父である。父は冒険が怖くない、森を走り回るのは得意だ。エムリーヌは父の手を取る。アレクサンドル、さあ、いらっしゃい！　父は森が怖くない、他の子供のようにばかではない。それでも、森で逃亡奴隷に遭遇する事態に備えて、杖を持参した。

エムリーヌはこうしたことすべてを小声で話す、彼女は亡霊に向かって話している。彼女は言う、「アレクサンドル、エビを獲りにいくわよ」黒い岩の上を水が滝となって落ち、川は森のなかで細い流れになる。樹木は巨大だ。海風から遠く隔たっているので、まっすぐな幹が高く伸びている。暑さでエムリーヌのワンピースは濡れ、髪の毛が頬に貼りつき、蚊が耳もとで鳴いている。アレクサンドルが前を歩く、まるで狩りの獲物をうかがうように少し身を屈めて歩く。すると不意に、木陰に埋もれたあの塔が、いやむしろ、高い黒壁に囲まれた、窓も屋根もないひとつの井戸が現れる。側面は開いていて崩れた階段があり、そこから暗い冷気が昇ってくる。二人の子供はどきどきしながら、動けずにじっとしている。そして一瞬後には、来た道を一目散に引き返す、せせらぎの石に足を滑らせながら海まで駆けるのだ。

「黒人たちの監獄だよ、ジェ……エミー、黒人が閉じ込められていたのはそこだったの。何をしたわけでもないのに、話し声が大きすぎるとか、マンゴーの実を盗んだとか、伐採中にサトウキビ畑で寝たとか、そんな理由でよ。どこの黒人監獄も解体されたのに、ブラ・ドーのものは残った、森のなかに忘れられたのさ。あそこじゃ、地獄の口がぱっくり開いている！」

今ぼくは、かつて彼女が歩いた道をたどる。ただし逆方向に、ポスト・ド・フラックから、丘を蛇行する新しい道路を通って内陸部へ向かう。そのあとは、行き当たりばったり山道に入り、森を横切ってエビのいるせせらぎまで行く。その先に例の黒い塔が見えてくる。にわか修理を施されたか、とにかく清掃されて公開可能となり、おそらく観光名所のひとつになっているのだろう。入口には、かつてなかった鉄扉がついている。塔のなかに入ったとたんに、奴隷商人の集合地であったガーナのエルミナの奴隷監獄を思い出した。それは掘り出されたばかりの大きな玄武岩塊のせいだし、風雨と囚人の素足で摩滅した大きな石を敷いた床のせいでもある。階段の基部には虫の動きで水面が震えている黒い水のたまった井戸がある。道路の反対側には、廃墟と化した製糖所の古い建物があり、崩れ落ちた壁のあちこちに木の根が侵入している。その背後には、野生に戻ったマンゴーの木立が、中庭の内部にまでわがもの顔にはびこっている。

ここにはもう何もない、かつてエムリーヌと父を怖がらせた静寂すら今はなく、乗用車やトラックが息詰まるような音を立てて道路を登っていく。ここは、現代風の生活の間近に位置しているだけにいっそう孤絶感が強い、まるで余暇と金の時代のあまりに滑らかな肌を刺す苦い小骨か、醜悪なしかめっ面のようだ。

井戸の底では道路の騒音は聞こえなくなる。壁は高く、縁はなく、つかめるものは何もない。ひとたび扉が閉ざされると（鉄柵か、ひょっとしたら重い木製扉に差し錠が備わっていたのかもしれない）、もはや井戸から出られない。囚人たちの不安が、徐々に空間に充満する。自動車の騒音とは別種の、もっと遠くてもっと力強い音が聞こえる。徐々に高まるざわめき、押し殺した呼吸、壁を引っ掻く爪の軋りだ。人間の顔の高さの石を一つひとつ眺めれば、エルミナとの類似は明白になる、いろんな痕跡が見えるのだ。垂直に刻まれた筋、あるいは、石材のつなぎ目につけられた三角の割れ目、それはつるりとした壁面に足がかりを作ろうとして尖った小石で叩いた痕だ。それとも、別種の音とは、せめて視線だけでも監獄から逃れるためにと石材を叩いていた小石の規則的な音で、それが囚人の心を軽くしたのだろうか？　壁の上方に見える空は青空ではなく――もしそうなら、おぞましいものだったろう――無色の空だった。それは、迫りが足下にすとんと落ちて縄の結び目が首を挫く前に死刑囚が眺めた、ポート・ルイス監獄の屋根に開いた四角に似ていた。

トカゲ

おれはドードー、一羽のドードーにすぎない。けれど人を笑わせることができる、おれはそのために生まれてきた。おれは広場にいる、季節は冬で寒い、ごみ箱で拾った古い軍人用の外套を着ている。ベシールは元フランス軍兵士で恩給をもらっているから、おれがこんな格好をしているのを見たら喜ぶだろう。それとも、案山子(かかし)そっくりだと思うだろうか。今おれは、縁日の興行師に雇われている。連中は秋の風に木の葉が舞うなかを広場にやって来た。なかばトレーラーのような大型トラックを何台も連ねてきたが、本物のトレーラーもある。車体は色とりどりで、名前が輝いている。

ラジャー

アリ・ババ

ルナ・パーク

ムーン・オペラ

ビンゴー！

それに耳のなかで音楽ががんがん鳴っている、綿菓子、紅いりんご、揚げ菓子、プラリネが並び、香りが雲となって広場を漂っている。昔、父さんと練兵場（シャン・ド・マルス）〔インド洋随一の競馬場〕に行ったときのことを思い出す。おれはまだ幼く、父さんを見上げると、父さんはおれの手をぎゅっとつかんでひどく痛い。「離してよ」と言っても離してくれない、雑沓のなかでおれを見失うのが怖いのだ。豆の揚げ菓子を買ってくれ、そのあと馬を観にいく。今おれは、広場のトラックの間を歩きながら、スタンドを眺め、「人手は要りませんか？」と訊ねる。露天の興行師たちは、この顔のせいでおれをばかにする。しかしおれに合図をする男がいる。スカンブルロという小柄な男で、ちりちりの黒い巻き毛の頭髪が密生している。男は言う、「お前さん、何ができるんだい？」そこでおれは、舌の先で目を舐（な）める得意芸を披露する。おれは答える、「トカゲのまねができます、おわかりですか？」おれの仕草が男を笑わせ、他の者たちをも笑わせる。それでおれはもう一度やる、連中はこんな芸当を見たことがないからだ。こうしておれは、道化を演じるべくスカンブルロさんに雇われる。彼はおれに緑の衣装をくれる、上着とズボン、それに靴まで緑だ。そうしておれはスカンブルロさんの福引き場の前にじっと立っていることになる。仕事といえば、ときどき舌で目を舐めることだけだ。日暮れになるとスカンブルロさんは、おいしいサンドイッチとレモネードをくれる、病気のせいで酒が飲めないからだ。それにお金もくれる、仕事に就いたのははじめてだった、福引き場の前に立ってあの芸をやるだけなのだが。スカンブルロさんの声が拡声器のなかで響きわたる、こんな口上を並べている、「さあ、いらっしゃい、紳士淑女のみなさん、近寄って、近寄って、他に類のない正真正銘のトカゲ男だよ、舌で目を舐めることができるんだ、小さいお子さん、怖がっちゃいけないよ、トカゲ男は悪さをしない、口に入れるのは蝿と蚊だけさ！」しかし幼い子供は怖がっている、ある露天商のサーシャという娘が、三歳くらいだが、母親の後ろに隠れ、おれが壇から降りると泣きだす。それでおれはもう、その子のほうを見ない。すると母親の脚の間から顔を出しておれをじっと見る。きらきら光る黒い目と、とても黒い髪の毛と、とてもきれいな顔立ちをしている、中国人だと思う。そしてある晩、仕事が終わってから、その子の母親がおれに会いにきて言う、「ほら、サーシャがあんたのためにこれを描いたのよ」絵には緑の大きなトカゲが描かれている。おれは、サーシャの思い出にいつまでも取っておくつもりで、その紙を四つに折り、鞄(かばん)にしまう。

青い髪の娘にはじめて会うのもそこだ。名前は知らない。手話はするけれども口を利かないので、耳が聞こえないのだとわかった。おれが話しかけると、目に皺を寄せて少し笑う。きれいな子じゃないし、少し太っていて、肌は日差しと寒さで、それにワインのせいで荒れている。男のようにラッパ飲みをする。彼女はジーンズと合成樹脂のジャンパーを着ている。おれは彼女の青い目が好きだ、それに髪の色も。短く切った後ろ髪は黒く、長い前髪は青く染め、ときにゴム輪で留めてあることもある。

彼女が縁日にいるのは、トラックを洗ったり道具をケースにしまったりするためだ。スカンブルロさんに雇われているわけではない。彼女の雇い主は、揚げ物とゴーフルの店の経営者だ。キャベツ形の、皺だらけの顔をした大男で、耳がことさらに大きい。日課が終わると縁日の興行師たちはトレーラーに寝にいくが、青い髪の娘は戸外にとどまり、並んだトラックの後ろに段ボールでこしらえた小屋に入る。寒さをしのぐため、それに街路の目から隠れるためだ。警察が巡回していて、浮浪者を捕まえるからだ。トラックの一団のそばで、犬たちが鎖につながれている。おれは犬が怖いが、青い髪の娘は犬が大好きで、いっしょに腰を下ろして撫(な)でてやる。犬たちは娘の顔を舐める。

少し離れた、高速道路近くの交差路で、ベシールがおれを待っている。おれはコーヒーを飲まず、彼はアルコールを飲まないのだが、いっしょにカフェに入って、もらった手当を少し使う。彼はおれにトランプ遊びを教えたがっている。彼は言う、「興行師どもはお前をいいように使っているぞ！」おれは「どうだかね」と肩をすぼめる。たとえ皺くちゃの数枚の紙幣と小銭しかくれなくても、おれはスカンブルロさんが好きだ。拡声器に向かってしゃべるとき以外は大声を出さないし、青い髪の娘を働かせている男とは違う。あいつは、娘と寝たいのに娘が承知しないので、わめき散らす。おれはベシールに言う、「縁日に来るなら、働くこともしたらどうだ」彼は、軍人手帳を所持していてアルジェリア戦争中の現地補充兵に支給される恩給をもらっているので、金には困っていないという。戦時中に負傷し働けないので、その報いに恩給がもらえるのだという。だが、彼は嘘をついていると思う。パルチザンが放った銃弾を受け、今でもいつも頭痛がすると言うが、戦争になど行っていないと思う。

ある日広場に行くと、だれもいない。トラックや売店もろとも、全員が立ち去ったあとだ。地面に散らかった紙切れ、トラックの油の跡、おがくず、空瓶などが目に入るだけだ。警官が言う、「ムッシュー、あなたがたにはここに住む権利はありません、汚しすぎです！」おれも立ち去らねばならない、広場にいつまでもいれば警察署に連行され、どこかに閉じ込められて、果てはサン・ジェルマン・アン・レーのアントワーヌ神父のもとへ送り返されるだろう。その後ハンソンさんがおれをモーリシャス行きの飛行機に乗せ、おれはまた、平和の女王マリア教会で足を洗うことになるだろう。だから決まりだ、まもなくおれは南に向かって、海にいたる道を歩きだそう。

預言者

世界の果てまで行く道のりは長い。ここパリは、どこまで行っても街路、大通り、放射状に道が延びる広場が続く。ラ・ルイーズは、世界で最も重要な場所、全世界の中心だ。パリでは、ラ・ルイーズがいたるところにある。おれはさまざまな名前を知らない。人々は名前を口にするが、おれはそれを聞いても忘れる。名前は始終変わる。ブシコー、ミケランジュ〔ミケランジェロ〕、ラ・ミュエット、ラ・プレーヌ、ボブール、ジェヌヴィリエなどだ。おれは歩くことができる、それがおれの一番上手にできることだ。彼ら浮浪者は、ホームレスは、歩くことを知らない。どこかにやって来ると、立ち去ることがない。橋脚の間や駅に沿って、地面に段ボールとポリ袋を広げ、板切れと布で小屋を造る。なぜ駅を好むのか、おれにはわからない。おれに言わせれば、駅は住む場所じゃない、夜警が猛犬を連れて巡回している。連中は白い筋の入った青い服を着て、黒い制帽をかぶり、懐中電灯を相手の目にかざして訊ねる、「あんた、名前は?」警官はというと丁重だ、なれなれしい口のきき方はしない。「こんばんは、身元確認です。書類を見せてください。フランス人ですか? そう? 身分証明書をお持ちですか?」おれは着いたその日に書類を捨ててしまった、ベシールがこう言ったからだ、「書類は捨てろ。なくした、盗まれたと言うんだ。そうすれば追放にはならないさ」彼は北アフリカの出、アルジェリア出身だ。警官たちにはいつも同じ返答をする。警官を笑わせるために奇妙ななまりを入れる。「わしゃ、フランス人でさあ、モスタガネム〔アルジェリア北西部〕出身のフランス人でさあ」軍人身分証を見せると、警官はじっと眺める。そしてこう言う、「写真に写っているのはあなたじゃないですね」ベシールは言う、「わしです、警官殿、誓うよ、わしです。今じゃわしも老いた。わしはアルジェリア現地補充兵の息子じゃ、戦争でひどい傷を負いましてな」おれも言う、「フランス人でさあ、ミシエ、マ……ティニック出身のフランス人でさあ」「ミシエ」と呼ぶのは笑わせるためだ。「マ……ティニック」と言ったが、「レユニオン」とも「タヒチ」とも言えるだろう。▼44 おれたちは派出所に連行されたが、移動時間は大して長くなかった。青いライトバンが停車し、いやなにおいのする小部屋で待った。おれは体を洗って温もることができた。ベシールもシャワーを浴びた。イスラム教徒といっしょにいていいのはこれだ、連中は体を洗うのが好きだから。フランス人と違うところだ。それからおれたちは放免された。「外にいちゃいけませんよ、ここはマルティニークと違いますからね、夜は寒さで死ぬこともありえますよ」ベシールはおれといっしょに派出所を出たが、さてこの先彼をどうするか。おれは頑健な体をしている。アルマ方面のリパイユやクレーヴ・クールでは、おれは戸外で、サトウキビ畑で寝る。霧雨が降っていてもこわくなんかない、ポリ袋にくるまるか、木の根っこの間に穴を掘る。小雨は大好きだ。それはおれの音楽、おれを揺りかごのようにあやし、包み、撫でてくれる。ときどき女の警官が優しく話しかけてくる。黒人でちょっと太っている。実際に向こう、中米の島々の出ではないかと思う。「なぜここにいるのですか？　お国に戻られたほうがよくはないですか？」「どう答えていいやら。向こうのほうがいいとも、よくないとも言えるな」「向こうの何がよくないのですか？」彼女はハシバミ色のうるんだ目をして、鼻は小さく、口が大きい、真っ赤な唇をおれはじっと見る。「向こうは狭すぎるのさ。世界を知らなくてはな」この返答が彼女の気に入ったと見える。「では、ここにいるのはそのためですか、世界を知るため？」他の警官は彼女をせせら笑っている。彼らは「お前の恋人」などと言っている。連中はまた、おれが若くてハンサムだと言う。そこは派出所ではなくてカフェだから、彼女とおれはおしゃべりを続ける。おれは言う、「そうですよ、人はだれも、いつか旅立って、自分の知らない人々と出遭うのにまっすぐ前に歩いていかねばならないのだと思います」このミリアムさんのおかげで、それが彼女の名前だ、シャワーを浴び、おいしいサンドイッチを食べ、コーヒーが飲めた。なにぶん、彼女が言うには、おれのような人間、酒を飲まず、煙草を吸わず、喧嘩をせず、身分証も切符も傘すら持たずにただパリの街なかを旅して、だれとでも礼儀正しく話をする人には、まずお目にかからないそうなので。

どこへ行くか？　まだわからない、はっきりとはわからない。向こうで、平和の女王マリア教会で、モニークも、ショーソン神父も、ヴィッキーと彼女の夫ですら。望んでいることは、まさにこういうことだ。つまり、おれが彷徨（ほうこう）しながらほかの浮浪者と知り合い、彼らに自分の半生を語り、彼らもおれに自らの半生を語るということ。そうすれば、おれたちはひとつの民族をなすというわけだ。しかしこれまで浮浪者たちにはお目にかかっていない。来る日も来る日も歩く、ときには眠れずに夜も歩く。ヴィッキーがくれたノートに、固有名や、場所や、時間を記す。何の役にも立たないが、ヴィッキーのためにそうしている。

サルペトリエール〔パリ十三区〕、月曜十八時
シャンポリオン〔パリ五区〕、月曜十九時
モード都市〔パリ十二区〕、月曜二十二時四十五分

フランス門〔パリ十三区〕、月曜二十三時四十五分

固有名、日付を記す。もしいつかこのノートを読めば、ヴィッキーは知ることができる。ドードーは旅している。ドードーはたくさん旅をする。ヴィッキーに心配させたくない。おれがここ、世界の反対側に来たのは、彼女のためだ。

ここパリはとてつもなく広い。おれは毎日、朝霧とエンジンの煙とともに日が昇る時刻から、日が暮れて、車のヘッドライトが輝き、テールランプが赤い星を作りはじめる時刻まで歩き回る。ときには夜も歩く、夜にはすべてがひときわ美しくなるからだ。建物に照明が当てられ、城館の屋根は雲の上を漂い、タワーや摩天楼は色とりどりで、駅舎は船に似て、セーヌ河沿いに街灯が輝く。だが、夜は危険だ、不良どもが徘徊しにきて、西側墓地でおれが棒で殴られ、腕とあばら骨を折られたように、奴らは人を襲おうともくろんでいる。夜、ゴキブリのようにいくつもの群れをなして動き回るが、車に乗っていることもあればバイクのときもある。ときには徒歩で来る。だから浮浪者は身を隠さねばならず、集合住宅の土台のところで互いに貼りつくように身を寄せ合っている。あるいは人通りの多い高速道路の橋脚にいることもある。人の往来が多いところでは、姿を見られないように、ポリ袋で身をくるむ。大量の段ボールと木箱の切れ端で囲いをして、自分たちの姿が他人から見えなくなったと思う。浮浪者はまた、犬を飼っていることがある。おれの島では夏に狂犬病にかかる犬があるので、はじめは怖かった。しかしここでは事情が違う、犬はおとなしく、おれは犬にやるのにいつもポケットに豚の皮か何かを入れている。あちら、モーリシャスのラ・ルイーズやラ・カヴェルヌやアルマ街道沿いにいるのは、パリと同じ犬じゃない。向こうじゃ、犬は自由で、街道を駆けていく。小さくて

痩せぎすで、黄色くて、人間などに構ってはいない。夜になると、彼らは草むらに集まる、あるいは交尾し、サトウキビのなかや海辺を走り回る。人々は犬に向かって石を投げる。フロレアルのような裕福な地区では、偉いさんはいつもベッドのそばに、爆竹がいっぱい載った皿を置いておき、犬があまりにうるさいとそれに点火して投げつける。だが、それがいっそう激しく喚(わめ)かせることになる。

　おれは旅程をでっち上げる。地下鉄の路線図を眺めては、ヴィッキーにもらった小さなノートに駅名を書き込む。頭のなかで、町の地図を書いてみる、おれの島と同じ形をしている。

　モーリシャス北部のペレイベールや不幸崎のある場所は、ここパリではサン・ドニ、大聖堂、ガブリエル・ペリ、ラ・プレーヌ、オーベルヴィリエと呼ばれ、サン・トゥーアンとサン・ドニの間を鉄道が結び、ランディ通りがそれに交差している。

　西部のアルビオンやメディーヌの位置には、デファンスがあり、そこの新しいビルには「アトランティック」「フランクリン」「ヴィンタートゥール」「プーエイ」「ユートピア」のような名前がつけられ、中央には「箱舟」、それに「イマックス」「テクニップ」、東には「アカシア」「アテネ」「マンハッタン」という名のビルがある。

　南部には、スイヤックやベ・デュ・カップの代わりにモンルージュがあり、そこにはクーフラの宣誓公園、大サン・ジャック教会、施療院、合衆国通りがある。

　東部には、モントルイユ門と、パリ通り、フィオレンティーヌ通り、ラ・ヌー地区、レーニン広場。北東部のベル・マールの位置には、パンタン門、運河、地下鉄のレーモン・クノー駅。そしてモルヌ山のある南西部にはモンタンポワーヴル、サン・マンデ・ドゥミ・リューヌ、ヴァンセンヌの森▼45がある。

パリの町は、今やおれの島だ。ただしそれを囲むのは海ではなく、岩礁にぶつかる波のように唸ったりつぶやいたりする高速道路だ。それに、無数の目を持つ十二階建てビルの白い断崖、空き地や鉄道の敷かれた勾配、煤で汚れた橋、そそり立つ木にポリ袋が引っかかっている森だ。旅をするのに物乞いをする必要はない。少々の金、地下鉄の切符、何でもいいから持って屋根付きのバス停で待つ。まぶたも鼻もない顔が役に立つ。通行人の目に憐れみないし恐怖、ときには憎悪が見てとれる。パリという島はとても広大で、おれはそのすべてを知ることはできない。知ることができるのは、ただいくつかの小さな一角、いくつかの広場とか交差路だけだ。おれは毎日、食事の場所、座る場所、用を足す場所を替える。おれを見つけ出すには、運命の助けを信じなければなるまい。

運命、それはたしかに存在する。おれは、アルジェリア戦争中にフランス軍の現地補充兵だった父親を持つ、サン・ジェルマン・アン・レーにいたベシールという男と毎日会っているからだ。奴はおれのことを兄弟と呼ぶ、いや、おれのほうが年長でも弟と呼ぶ。病気のせいでおれの頭が弱くなっていると思っているからだろう。それでおれたちはいっしょに歩く。浮浪者を痛めつけようと西側墓地をうろついているようなチンピラを避けるには、そのほうがいいのだ。ベシールは言う、「弟ヨ、ドッチノ方角ニ行クンダ?」彼はクレオール語で話すことができる。おれたちにはスーツケースがない。パリの浮浪者には荷物が多く、粗末な衣服やシケモク、奴らが持ち運ぶすべてのものがスーツケースに詰まっている。だが、おれとベシールはそんなものを必要としない。ヴィッキーがくれたケストレル社の鞄だけだ、アルジェリア人のほうは少し汚れた黒の、小学生が使うようなリュックひとつだ。だからおれたちは浮浪者らしくない。浮浪者でも乞食でもないのだ、ただ電車の旅客、荷物を持たない旅客だ。

おれたちは、風が吹いても雨が降っても、毎日歩く。ベシールはけっして理由を訊かない。おれには計画(プラン)があると思っているのかもしれないが、おれの頭にあるのはパリの地図(プラン)だけ、ノートに記す地名だけだ。ベシールはおれと歩くのが好きだ、おれはしゃべらないし、自分の生活を話さないし、彼の生活についていろいろ訊ねたりしないからだ、おれには関係のないことなので。夜、おれは寝ない、ベシールがいびきをかいている間、目を開いて座ったままでいる。それで奴は安心なのだ、おれは奴の番犬だ。

おれたちはある晩、パリの東側の大きな門に戻ってみる。目の前に広場と交差路、それに高速道路をまたぐ橋が見える。そこにいるのは、以前のように縁日の興行師たちではなくジプシーだ。大きな広場で、木箱を解体した木切れを燃やして暖を取り、料理をしている。はじめ、連中はおれたちを追い払おうとする。若者たちが通せんぼをして、自分たちの言葉で「ここは閉まっている、立ち去れ！」と言う。街灯の明かりでおれたちをしげしげと見る、やがておれを見て、大声を立てるのをやめる、おれの顔のせいだ。連中はおれたちを通す。広場では車がヘッドライトを点灯してのろのろと走っている。ベシールが訊ねる、「おれたちも暖を取っていいかい？」するとジプシーたちは場所を空け、おれたちは火の前にしゃがんで暖を取る。子供たちが、男の子も女の子も、おれたちを見にくる。きらきらした目をして笑い、闇のなかで白い歯が光る。ベシールは橋脚のところに落ち着き場所を定め、火の前で寝入ってしまう。おれは外套にくるまって座ったまま、跳(は)ねる炎を見つめている。小雨が降り、夜が明ける前に火は消えた。ジプシーたちは去った、わずかに老人が何人かポリ袋の下で雨宿りをしている。車の騒音が静まり、朝の海に似ている。波の動きがのろくなり、空が明るんでくるときもこんな感じだ。そよぐ風もなく、鳥たちはまだ目覚めていない。やがて子供たちが戻ってくる。どこから出てきたのかわからない、警察に見つからないように茂みのなかに隠れていたのか、トラックのなかで寝たのか。小ネズミそっくりだ、ちょこちょこ歩き、ものをかじり、黒くとがった小さな鼻づらをしている。やって来てはおれに触って起きているかどうか知ろうとする。おれの目が開いているのがわかり、おれが体を動かすと、きゃーと叫ぶ。おれもきゃーと叫ぶと、笑いながら逃げていく。そばでは、息ができるように穴を開けた紙袋をかぶり、縁(ふち)なし帽を目深にかぶってベシールがまだ寝ている。おれは子供たちには話しかけない。じっと見て、笑わせるために舌の先で目を舐める。子供らはそんなものを見たことがない！　おれは、サン・ジェルマン・アン・レーのパーティの残り物の飴玉をポケットに入れていて、それを空中に投げると、子供たちは落ちてくるのをつかむ。橋脚の後ろへ小便をしにいくのに立ち上がるとぞろぞろついてきて、おれの一物を見ようとする。連中は、それがおれの顔と同じように黒いと思っている！　べらべら、ぺちゃくちゃ、しゃべっている声が聞こえる。交差路では車が目まぐるしく動きはじめた。トラックは横に揺れ、クラクションを鳴らしながらゆっくりと旋回する。高速道路の切通しでは、走行する車の音が重々しくなる。それは地中からやって来て木の葉を震わせる、まるで眠りから覚めた大蛇が無数のうろこをきらめかせるようだ。

　その振動がベシールと老人たちの目を覚ます。彼らは次々と起き、歩いて体を温めようとしたり、煙草に火を点けたりする。ひとりの男がコーヒーかスープを温めるのに火をおこし、何やら焦(こ)げくさい。雨足が強くなり、火の上に落ちてじゅうじゅうと鳴る。男たちは橋脚の下に着くと、斜面を下ってビュット・ショーモン公園のほう、全国労働者住宅建設公社のほうへ下っていく。

　おれが歩きはじめると、ベシールは「ドッチへ行クンダ？」と問う。おれは答えない、わからないから。もっと先に行く、それだけだ。東のほう、雲間から日の差す方角だ。大きな虹がかかり、建物の上、あるいは町の向こう側のどこかに足をつけている。

おれがどこへ行っても、連中もついてくる。環状大通りや広場から放射状に延びる大通りに沿って、高速道路の交差路も、駅前の歩道も、あるいは薄暗い路地も、公園も、どこだってついてくる。連中はおれを待っている。おれが追いつくと立ち上がって、おれの後ろを、横を、また前を歩く。連中はしゃべらない、ただ歩く、そして全体がゆったりした大河のように、伸びたり、分かれたり、また合流したりする。大河の重い音を立て、また大河のようなにおいがする。それは、ほとばしるような言葉や小さな叫びを含む呼吸音で、藪に潜む小動物のつぶやき、クレーヴ・クールの断崖にいる雌牛の、グリ・グリの巨岩の上に集うカツオドリの鳴き声か。おれは何も訊ねない。だれにも話しかけない。何も望まないし、連中を必要ともしていない。おれは連中の一員じゃない。連中はそこにいて、ときに前に立ち、ときに後ろからうんと遅れておれに同伴するのだ。

朝、おれが到着すると、連中がいる。みな、まだ目が覚めきっておらず、上下のまぶたが貼りついて、髪はくしゃくしゃで、頰に寝ぐせの皺がついている。だが、このおれは寝ない、目がひりつき、肌がこわばっている。みなおれの名を覚えていて、子供たちは「ドードー！　ドードー！」と叫ぶ。鼻歌を歌うようにおれの名を呼び、駆け回っては「ドードー！　ドオーオー！」と繰り返す。おれをばかにしているのかどうか、わからない。おれが怖いのだと思う、それともおもしろいのか。おれは舌で目を舐めてみる。連中はどこにもいかない、奴らの家はどこにもない。ルーマニア人、ユーゴスラヴィア人、ジプシー、アラブ人、セネガル人、アフガニスタン人らだ。どの国からも追われ、家族がいない。イギリスにも行くしドイツにも行く、どこに行くのかわからないのだ。霧のかかるなか、ヴィッキーにもらった鞄だけを持ち、外套を着て、バスケット・シューズを履いておれが広場に着くと、連中がついてくる、おれがどこかに連れていってくれると思っている。おれたちは大きなマロニエの木が植えられてがらんとした大通りや商店のない街路に沿って、また運河に沿って、お屋敷町を横断していく。知らない場所、名前のない場所に出る。しかし、どの通りも海に向かわないのなら、名前など何の役に立つ？　おれたちが通りかかると、人々は場所を空ける。門前に立ち止まったり、反対側の歩道に渡ったりする。女学生や、小さな子供を連れた主婦はびっくりして、子供を腕に抱きしめる。ときどき赤ん坊がおれを見ると泣きだす。昔、ラ・ルイーズでおれが市場を通りかかると、女の子たちは後ずさりし、老人たちはおれに呪いの言葉を吐いた。ある男はこう言った、「神が御慈悲をもって、どうかこのらい病から私をお守りくださいますよう！」これら頭のおかしい連中、乞食、浮浪者、幼い盗っ人らの群れが、おれとともに歩いていく。おれたちを通すために人々は脇によける、茶色の大河は流れなくてはならない、汚水は溝を流れなくてはならない、だれにも止められはしない、だれも気づかないわけにはいかない、こんなアノラックは、ジーンズは、背広の上着は、ウールの縁なし帽は、フード付きの袖なし外套は、踵のつぶれた靴は、通り過ぎていかねばならない。水門の扉が開き、水は歩道の上を流れて溝やひび割れ部分を流れなくてはならない。車は道路上で速度を落とし、ワイパーが軋りながら動く。いやいや何もしていらんぞ、ピカピカの窓ガラスをお前たちの汚れた雑巾で汚しにくるな！　おれたちは車道の車の間を歩く。橋や歩道橋を渡り、高速道路の下のトンネルに潜り込み、錆びたレールの上を歩くが、いつも前や後ろで、また両脇で、ガキどもが走ったり、けんけん飛びをしたり、箱やゴミ箱を蹴ったり、扉を叩いたり、ショーウィンドーを舐めたりしている。子供らは叫び、笑い、吠え、踊る。

一日中歩いて、へとへとになる。するとその場所で、日差しがあれば日向に、ガラス張りのバルコニーで輝く白い日光の当たる場所に、腰を下ろす、そうでなければ公園に。警察がやって来る、住宅や店から電話したのだ、おれたちは界隈の女や小さな子供、爺さんたちを怖がらせている。だれかが専用番号に電話して、警察の青いライトバンが静かに到着した。「こんな大勢でぞろぞろ歩くのは禁じられています、ここは乞食のいる場所じゃない、浮浪者もだめだ、もっと先まで行きなさい、動きなさい！」座っていると「止まらないで！」と言われ、それでおれたちは移動する。あたり一帯を一軒また一軒通り過ぎながら何周もする。だが歩きだすと、「ここにいてはなりません、とっとと去りなさい！」と言われる。各自が別々の方向に行けというわけだ、一方は東へ、他方は西へ、一方は郊外の環状大通りへ、他方は街なかの小路へ。青いライトバンは行ってしまう、他にも急用があるのだろう、それともおれたちのことにはこれ以上関心がないのか。どうしておれたちが歩きださないわけがあろうかというわけか。あるとき、ひとりの大男が警官に向かって叫ぶ、「あいつらを逮捕しろ、逮捕しろ！」するとひとりの婦人警官がその男の前に進み出る、マリアムさんではないが彼女も黒人だった、そして男に向かってこう言う、「いいですか、大声を立てるのはやめなさい、だれも逮捕などされません。あなたの心得に申し上げますが、放浪が軽犯罪だとする法律はもはやありません」あなたの心得に、という言い回しは素敵だ！　男は納得がいかない、「嘆かわしいフランス！」とつぶやくのが聞こえる。おれは婦人警官に礼を言うが、おれの口がまともじゃないので笑みを浮かべられない。彼女は言う、「あなたとお友達のみなさんは場所を変えたほうがいいですよ」おれはそのとおりにする。おれには自分の探しているものがわからない、他の者たちも皆目わかっていない。おれは眠らないために、生きつづけるために、息をするために、歩いていることはわかっている。もし立ち止まれば、死んでしまう。

青い髪の娘がやって来た、縁日の興行師たちといっしょには行かず、ただひとり迷子のように広場に残っている。やがてジプシーの一行に加わり、おれたちは彼女に再会する。娘はおれとベシールといっしょに歩く。おれはこの子が好きだ、口がきけず、手と目だけで話すから。世の中には言葉が多すぎるので、おれは満足だ。娘は、今は長いワンピースを着て、白と赤のスニーカーを履いている。肌は褐色、目は明るい色で、髪を青に染めているが、色が抜けかけてその下に見える髪は黒い。昼間はおれの近くをおれの歩き方に合わせて大股で歩く。彼女は歩道に引かれた線から線へと、また街路を横断しながら車線から車線へと飛び移る。そして夕方、東側の市門近くの高速道路の交差点に停止すると、彼女はおれのそばに座っておれの肩に頭を置いて寝る。それでおれは、身動きせずに息も静かにする。彼女はいいにおいがする。ベシールはおれをからかって「お前の恋人なの？」と言う。おれは答えない、おれには恋人などいない。もちろんベシールはおれの罹ったΣ病のことなど知らない。ハルシン医師はおれに、女に近づいてはならないと言った。それで、中国人娼婦のいる界隈へ裸の女を観にいき、おれのあそこが硬くなり、金を払うと女たちが服を脱ぎ、彼女らの胸や白い肌、犬の毛のような黒い陰毛の生えた恥部に目を凝らしはしても、触れることはしない、それは禁じられている。青い髪の娘がおれの肩に頭を置くと、その重みが感じられる。おれは一晩じゅう目を開いたまま、彼女の寝息を聞いている。朝になると、彼女は地面にずり落ちて、体を折った姿勢でおれの腰に頭をもたせかけて寝る。

　ある日、高速道路が行き交う地点に架かる橋に着くと、静かに雨が降っている。モーリシャスで粉雨と呼ばれる霧雨だ。ここパリでは単に陰気な雨だ。青い髪の娘は腕に子供を抱えている、物乞いをするために男の子を貸してもらったのだ、病気の子供は憐れみを誘うから。子供の頭は垂れ、目はひっくり返り、白目をむいている、きっと死にかけているのだ。おれのいる広場では、乗用車がゆっくりとカーブし、大きなトラックが水たまりを通りながら雨水を跳ねている。そして夜に備えて、もうヘッドライトが灯されている。青い髪の娘がおれの目の前で抱えている子供は、ぼろで作った人形のようだ。彼女はおれのほうを見ないが、男の子の実母はおれをじっと見て、子供が死にかけているのでその顔はゆがんでいる。ベシールは言う、「それじゃ、オトウトヨ、あの女はお前に息子をくれるのかい？」女に子供を譲る気などないことはわかっているが、ヤヤ婆がしたことを今も覚えている。ある日、ヒトリノ女ノコが木から落ちて、ヤヤに助けてもらうために運ばれてきた。ヤヤは少し唾を吐きかけ、頭蓋のひよめきを指で押すと子供は息を吹き返した。アルテミジアがその話をしてくれた。それでおれもヤヤ婆と同じことをしてみる。赤ん坊の顔に手をかけ鼻の穴に息を吹きかける、すると赤ん坊は咳きだし、目をぱっちりと開いておれを見つめる。子供は助かった。それはここ、トラックや乗用車が騒音を立てる雨天の高速道路の交差路で起こった。おれは自分が相変わらず向こう、ラ・ルイーズにいて、自分の好きな人たち、ヤヤ婆やアルテミジアやオノリーヌ、それにベト祖母ちゃんにこれから会いに行くところだと想像する。アルマにこれから戻るところだと。すると女は身を屈め、おれの手に接吻して言う、「ジェジュ〔イエスのフランス語〕様！」おれは叫ぶ、「ジェジ〔ジェジュのなまり〕様じゃねえ、おれはドードーだ、ただのドードーだ！　連中のジェジ様なんか持ち出されるのはうんざりだ、やめてくれ！」おれは速足で立ち去る。ショーソン神父、アントワーヌ神父、モニーク、ヴェロニーク、ハンソンさん、あなたがたはいろんな話をしてこう言うだろう、「ドードー、モリスの国へ戻ってこい、平和の女王マリア教会での浮浪者の足洗いに行くんだ！」おれは走って進みだす。おれについてくる権利があるのはベシールだけだ、それに奴はわかっていない。ジェジ様と聞いてもちんぷんかんぷんだ、たぶんムハンマドしか知らないのだ、イエスのイスラム名イーサーは知っているかもしれないが。その夜、青い髪の娘はいつものようにおれの肩にもたれて寝たが、寝入る前におれの手を取った。女の手を握るのははじめてだった。

刑務所のクリスタル

　ボー・バッサン街道にある女子刑務所に行った。パティソン夫人の友人のヴェス夫人の仲立ちで刑務所長のポール・サドゥーから入構許可証をもらったのだが、それを得るために持ち出した口実は、社会学的研究のためというものだった。ヴェス夫人は以前この女子刑務所で働いたことがあったし、フェルセンの名前もおそらくは有利に働いたのだろう。一族はみな故人になったが、彼らの名を知らない者はない。歩いて入口をまたぐ、ぼくを待つのをタクシーがいやがるからだ。赤レンガの高い壁に運転手は怖れをなしている。黒く塗られた観音開きの鉄扉にしてもそうだ。地獄の表門さながらだ！　ぼくの心臓は、初めてのデートに出かけるときのように高鳴っている、あの扉の向こうにクリスタルがいるのだ。女囚たちは埃っぽい中庭を散歩するのに、二人ひと組の縦列を作っている。守衛たちは気をつけの姿勢で直立不動、その暗色の制帽に日差しが照りつけている。笛が吹かれ、女囚たちは前から順に次々と歩きはじめ、建物のなかに入っていく。女たちのなかにクリスタルの姿を探すが、彼女に会ってから何カ月も経つ、きっと変わっているだろう、いっそう成長しているだろう、成熟しているだろう、あの美しい巻毛の髪は短く切られてしまっているかもしれない。ヴェールを被っている何人かのイスラム女性を除き、服役中の女たちの大半は虱がわかないように頭を丸刈りにしている。みな一様に、上から下までボタンのついたグレーのエプロン・ドレスに、サンダルという格好だ。入所したばかりの者もいて、まだ穴の開いたジーンズを身に着け、ロゴ入りのTシャツをまとい、ファンタジー・スニーカーを履いている。ホイッスルのリズムに合わせ、歩調を取って行進している。サドゥー所長との面会を取りつけてくれたヴェス夫人からはこう注意された、「だれであれ、特定の人に話しかけてはだめよ。服役囚のだれかと知り合いであるところを見せたり、声をかけたりしたら、他の連中は仕返しにその子を殴るわよ」ぼくがここに来た理由はただひとつ、ぼくの愛する、ぼくのかわいいクリスタルに会うためで、それ以外のことはすべてどうでもいいだなんて、この建物のなかで他の服役囚に交じったクリスタルを一目見るそのためだけに、嘘をつき、奸計をめぐらし、笑いものになる覚悟があるなんて、どうして夫人に言えるだろう。グラン・ベーでひとりの旅行客から金を盗もうとしたせいでクリスタルが刑務所に入れられていること、逮捕されたことを、ぼくは知っていた。今ではマエブールやエスニー崎にいたるまで知れ渡っていた。パティソン夫人さえその話をする。ぼくがクリスタルといっしょにいるところを見たのか、それともペンションの少し陰険な炊事係の男が夫人に告げ口をしたのか。ただし、彼女はこう付け加える、だからぼくとしては夫人を悪く思えない――「かわいそうな子、連中は子分に罪をなすりつけるのよ、逮捕すべきはあの子じゃなくて、あの子の若さを食い物にした男どもよ」ぼくへの面当（つらあ）ても込められているのだろうか。

　食堂に入ると、サドゥー所長はこう説明する、「ここにいるのは、もっぱら軽犯罪者です。たとえば十八のフランス人の子が二人いますが、麻薬を鞄に隠しているところを税関で検挙されたのです。アンフェタミン〔覚醒剤〕の錠剤ですよ。それで二人は、二十年の懲役刑を受けました。出所するころには相当な歳です、あの子たちにしてみれば恐ろしいことです、じつに人生の浪費です、あの子たちに責任があるわけじゃありませんから。ラバのような、いや七面鳥のような、と言いたいところです、運び人の役割を果たしたにすぎませんから」▼46

ぼくはそこにいる面々を眺める。女囚たちはちらちらとこっちを盗み見ている。税関で逮捕されたというフランス人の娘のひとりの見当がつく。他の女囚たちより青白く、目を伏せている。同じ歩調で歩いているが、草履（ぞうり）のようなサンダルではうまく歩けない。ここに収容される長い年月の間にクレオール風の暮らし方をきっと体得することだろう。ぼくは自分の関心を見せてはならない。女囚たちが大皿に盛った料理を配置したり、盛りつけた皿を運んだりと、食事の準備に忙しく立ち働いている間、ゆっくりと部屋のなかを歩く。厨房のカウンターの背後で、ちょっと男のような、五十がらみのくたびれた大柄の女が、食事の準備をする女囚たちをののしっている。長く尾を引くような英語風アクセントで、フランス語、英語、クレオール語をちゃんぽんした何やらわからぬ言葉をしゃべっている。「モット速ク歩ケ、前ニ進ンデ、コンナフウニダヨ、トットトヤレヨ！」サドゥーが言うには、「彼女は逆に殺人犯です。他に行くところがないのでここで預かっています。旦那を殺したんです、オーストラリア人です。ここから二度と出所することはないでしょう。バカンスに来て、監獄で死ぬ羽目になったんです」オーストラリア人の女はぼくらを見つめ、目を伏せることはない。こう呼びかけてくる、「そこのあんた（ヘイ・ユー）、かわいい兄ちゃん！　あたしゃ、売り物じゃないよ！」オウムのようなけたたましい彼女の声は、煙草のせいでしゃがれている。手帳にメモする素振りをしながら、厨房をひとめぐりする。そのあと、思い切って、そこに拘置されているある娘に会わせてほしいと頼んでみる。サドゥーはびっくりしてこう言う、「通常、手続きを踏む必要があります。他の服役囚に知られないようにその人物だけに、しかも面会室で会わなければなりません。お会いになりたいのはだれですか」クリスタル、ぼくの向こう見ずなヒロインに決まっているではないか。サドゥーは五十がらみの大柄な男で、顔は赤銅色に焼け、口ひげを黒く染めている。かすかにうるんだ優しい目をしていて、家庭ではいい父親なのだろうと思う。ここにいる女囚たちのうち若い連中は、いわば彼の娘たちなのだろう。ぼくはクリスタルの名前を口にはせずに、父親がブルー・ベイで漁師をしていると言うと、すぐに理解し、「ええ、わかりますとも。ヴィナドーのところの娘、マルレーヌですね。あの子は家族の依頼により、ここで預かっています。反抗的な子で、盗みを働いたのですが、大した罪ではありません。若者たちとグルになってある観光客に罠を仕掛けたのですが、罠にはまりかねないのは彼女のほうです」マルレーヌ・ヴィナドーという名前だなんて知らなかった。だがどうでもいい、ぼくにとってはクリスタルだ、女戦士としての彼女の名だ。ぼくはちょっとした話をでっち上げる。ぼくは彼女の家族から、またヴェス夫人から、あの子を通信制学校に登録させるよう依頼を受けた、不良仲間から脱退させるために、文章を練習したりダンスを習ったり、なんでもいいのだが、とにかく教育を受けさせる場に登録させてほしいというのだった。知っている名前をあれこれ並べる、ホテル経営者、モーリシャス・ニットウェアの人事部長といったお偉方の名前だ。われながらほらを吹いている。刑務所長は身じろぎもせずに、口ひげを撫でながら聞いているが、半信半疑だ。やがて彼は決断する。「わかりました、しばらく面会室でお待ちください、あの子にあなたと話す気があるか確かめてきます」面会室はセキュリティ・ゲートのすぐそばにあって、二人の看守が監視している。

ほどなくクリスタルが現れる。会えるとは思ってもいなかった。顔に火照り(ほて)が波のように差してくる感じがして、心臓が早鐘を打つ。何カ月も、何年も会っていなかった。もう永久に見失ったと思っていた。扉がバタン、バタンと二度鳴る。磨いた床石の上をぷしゅぷしゅという足音！　クリスタルのサンダルの音ではない、彼女に付き添っている女性看守の靴のゴム底が立てる音だ。それと、とりわけ、何やらわからないにおい、病院のにおい、待合室のにおい、それに魚入りカレーや熱された食用油のような厨房のにおいだ。上階では、女囚たちがガス台の周りで忙しく立ち働いており、パン焼き窯を掻き回したり、看守用のクッキーを作ったりしている。そうしたあらゆるにおいよりも強いのは、巨大な炊飯器のむっとするにおいだ。

ぼくは面会室にただ一脚ある長椅子にじっと座っている。部屋の真ん中に木製の学校机がひとつ鎮座しているが、椅子はなく、壁にもたせかけた梯子に立てかけられている黒いモップは乾いている。面会室で会話が交わされることはきっとめずらしいのだろう。

クリスタルは、ゴム底靴を履いた女性看守に先導されて、奥のドアから入ってくる。看守はひどく大柄でどっしりしているので、最初子供を連れて入ってきたのかと思った。だがその子供とはクリスタルだったのだ。ここを訪れてから、まだ彼女の姿を見ていなかった。ひょっとすると、ぼくが食堂を見て回っている間、彼女は隠れていたのかもしれない。彼女も膝まで届くグレーのエプロン・ドレスを着ている。長袖で、首もとまでボタンを掛けてあるが、一番上のボタンだけはとれてしまったに違いない、外れている。目を伏せて進み出る。まるで説教を受けに懲罰委員会に呼び出されたみたいだ。素足に群青色のサンダルを履いている。彼女の足の指が長くて、爪の色が薄いことに気づく。宝石もイアリングも着けていないところを見ると、取り上げられたに違いない。髪は短く刈られているが、相変わらず黒くて密な巻毛だ。以前より痩せたが、まさにクリスタルだ、ぼくがいたるところの街道を追跡し、風紀の乱れた場所をつぶさに探し回ったあのクリスタルだ。

大柄の女性看守はドアのところに立ち止まり、クリスタルを前に進ませた。クリスタルはロボットのようにこわばった歩きぶりで近づいてきて、長椅子のもう一方の端に腰を下ろす。両手を膝に置き、両足をそろえてぴたりと地面に着けている。背もたれには寄りかからず、これからピアノを弾こうとでもするように背中をしゃきっと反らしている。看守はいつの間にか部屋の外に出ていた、二人で話せるのは五分か、もっと短いかもしれない、と計算する。

「元気かい」

彼女は身動きせず、ぼくを見ないように少し右向きにまっすぐ前方を見すえている。

「気分よくやっているかい。ちゃんと食べているかい。果物でも持ってきたかったのだけど、きっと規則で禁じられているだろうと思ってね。ねえ、君のために何をしてあげられる？」

彼女は肩をすくめる。ぼくの言葉を了解したと示すためだ、それだけでもたいしたことだ。

突然、彼女の手を取りたい衝動にかられる、しかし距離がある、長椅子の反対側だ。二人の看守のいる前で、彼女は両手を膝に圧（お）しつけて、投げやりな様子でどこかを見るともなしに眺めている。顔は伏せたまま、ぼくのかたわらに座っていることを恥じている。ヴェス夫人が言ったとおり、彼女は他の女囚たちに憎まれることになるかもしれない。彼女の濃い睫毛（まつげ）に目をやる、首の曲線を髪の生え際までたどる。二本の腱がうなじ沿いに窪（くぼ）みを、張りつめて苦しげな窪みを作っているのを目で追ううちに、痛々しくて心が締めつけられる。人生の支えをもたない、かくも孤独なクリスタル。

ぼくは冗談を言ってみる。「どこもかしこも探したよ。やっと君がここボー・バッサンにいるとわかった。それで、長くはいまいから、君が脱走しないうちに飛んできたんだよ」

彼女は喉からかすかな音を洩らした。それは「わかったわ」のしるしだった。だが、ぼくの冗談に笑うことはなかった。

「わかるだろう、君を助けたいんだよ、ぼくに何ができるか言っておくれよ」――「何も頼んじゃいないわ。なぜ来たのよ」彼女はとても小さな声でそうつぶやく。彼女の声が低くて、若い娘の声ではなかったことを覚えている。喉ぼとけが喉もとまで上がってくるので、ブルー・ベイの男の子たちは彼女をからかい、お前は女じゃねえ、女男（シーメイル）と言った。そのため、彼女は何度も取っ組み合いのけんかをした。

「君に会うためさ、クリスタル」

彼女は不意に邪険になる。「わたし、クリスタルなんかじゃない、今は本名で、姓はヴィナドー、名はマルレーヌよ。もうわたしに会ったじゃない。とっとと帰ってよ」

彼女のふくれ面は愛らしい。ドン・スーの家の庭の長椅子にセパレーツの水着姿で、緑のへそ飾りの宝石を着けて寝そべっていた。自分の心臓の鼓動が聞こえる、激しく打っている。がらんとした面会室に響きわたっているような気がする。鼓動を抑えるのに、少し前屈みになる。思い切って彼女の手を取る、手のひらは冷たく、こわばっている、見知らぬ女の手だ。彼女は身動きしない、だがぼくにはわかる、それでそそくさと自分の手を引っ込める。

「わたしにどうしてほしいのですか？」と彼女は問う。ぼくのほうに少し顔を向けながら小声でそう言った。そのとき彼女の目の黄色の虹彩がきらりと光り、そのまなざしにぼくは苛酷さ、悪意を感じた。数カ月の間に彼女はぼくから、ブルー・ベイから、ぼくら全員から遠いところに行ってしまったと思い知った。ぼくは冷めた声で話そうとしてこう言う、「君がここから出るのを手伝ってやれるんだ、いい弁護士を見つけよう、ぼくには人脈があるんだ」すぐさま、自分の言っていることがどれほどばかばかしくて空しいかを理解する。ぼくらは同じ世界に住んではいない、ボー・バッサンの刑務所は気まぐれに出入りする場所ではない。

彼女は言う、「わたし、本が読みたいんです、あなたのようにいろんなことを学びたいんです、言葉を勉強したり、旅をしたり」本心からそう思っているのだろうか。それとも、苦境から抜け出るための、悪運を跳ね返すための方便だろうか。またも数秒間だけぼくのほうを向いて微笑を浮かべるが、それはたちまち唇から消える。ついでいつもの意地の悪い、強情な表情に戻る。それでも、この微笑、その小さなふくれ面に浮かんだ輝きは、ぼくを幸福感で有頂天にする。その瞬間、ぼくが抱いていた疑問や非難はすっかり消えてなくなる。彼女が盗みを働いて、小さなハシッシュ棒の密売をして、自分を告発することになる相手に罠を仕掛けて、捕まる羽目になったのはなぜかを知ることなど、どうでもよくなった。その相手とはこのぼくだったかもしれない。ぼくを信頼しないであああした生活を選んだわけを知ることなどどうでもよくなった。その瞬間、そんな理由を知ろうとしたことの愚かしさを理解した。ぼくは彼女のパパとどこが違うのか、母国を遠く離れ、危険のない場所で獲物を探しているあの老けた色男と？　ぼくは彼女のことを思い、彼女のことを夢見た、彼女の肉体に欲望を感じた。彼女の腰、髪のにおいを覚えている。彼女のバイクの後ろに乗って、ブルー・ベイの通りを走った。自分のなかに怒りが湧いてくるのを感じるが、そのあと不意にそれを忘れてしまう。彼女の微笑のせいだ。彼女の目のきらめき、刑務所の灰色のエプロン・ドレスに身を包んだその姿、床に整列するように置かれた指の長い両足、手のひらが豆だらけの手、二つの筋状の腱とその間の痛ましい窪みとともに前方に傾いたうなじ。それに褐色の肌に青く浮き上がる蝶の刺青、かつてはなかったものだ。いったいいつ入れたのか、だれのために？　何だって赦せる気がする、ぼくにいわれが明かされない刺青以外なら。

サドゥー氏に話して刑務所内を巡回する許可を得た。マルレーヌ・ヴィナドー嬢が——ここがまるで休暇中のキャンプ地か活動拠点、何かその種の場所であるかのように——自分の働いている菓子工房をぼくに見せたがっているのだと軽い嘘をついた。驚いた様子はなかった。「ええ、もちろんですとも。ヴィナドー嬢はあなたのお気に入りですからね、わかりました、わかりました」この「お気に入り」という言葉に、含むものがあるのだろうか。ゴム底靴を引きずるように歩く大柄の女性看守に伴われて、ぼくらは歩く。するとすぐさま、クリスタルは脇にどく。距離を置くのは敬意を示してのことだろうと推測する。所長や外国人訪問者の近くで目立つことを好まないのだろう。クリスタルが小股で、うつむいて歩くことに気がつく、ごわごわした生地の服が窮屈なのかもしれない。フラックの町の中心にある広場で自分を待つ黒いタクシーのところまで行く彼女の大股の歩きぶりを覚えている。ブルー・ベイで彼女の体が水面近くを浮遊していたのを覚えている。彼女は別人になった、彼女は変わった。背が伸びて、手足が長くなったが、以前よりも幼く見える、ほとんど子供のようだ、古ぼけた灰色のエプロン・ドレスを着せられてお仕置きを受け、自分の体を持て余している子供のようだ。

所内巡回は早々に終わった。ビニール製のモブキャップをかぶった女囚たちが、揚げ豆菓子と茄子の揚げ物を作っている。他の者はホウレンソウのような緑色の砂糖の厚い膜で覆ったケーキを作っている。今夜は所長の誕生日らしい。ぼくらの会話は、オーストラリア人女囚のいくつもの言語をちゃんぽんした意味不明のからかいと、料理長の講釈で、何度か中断された。料理長というのは、このときだけ取ってつけたような白いエプロンを着け、円錐台型のパイ生地を思わせる帽子をかぶった看守である。クリスタルの姿を垣間見たのは帰りがけだ。彼女は厨房のほうの少し後ろに下がったところにいる。ひとりの看守に話しかけている様子に何かぼくの注意を引くものがある。クリスタルは先ほどと同じ人物ではない。彼女は腰をくねらせ、媚態を示している。しばらく前に、例のパイロット、ドン・スーの別荘にいたパパを相手に、彼女がしていたふるまいだ。ぼくらの小さなグループは出口に向かうが、クリスタルはその看守とともに後方に残った。その看守が若く、それも彼女より辛うじて年長というほど若くて、黒い制服に身を包んだ体は細く華奢で、クリスタルのほうが頭ひとつ背が高いのを見てとる間があった。彼女は看守に話しかける、彼は白い歯を見せて微笑む。その瞬時の一瞥が、ぼくの家主の家の、シャワーの断熱が不十分な電気コードのように一種の電気を送ってきた。

調理室を出る前に振り返っても、すでに女囚たちの群れにさえぎられてクリスタルの姿は見えない。まるでぼくがそこから排斥されたように、ぼくなど存在しなかったように、刑務所内の眺めがそっくり閉ざされた。ぼくは所長と握手を交わすが、彼はぼくがヴィナドー嬢の話をしたことさえ覚えていない。ぼくが儀礼的に、この訪問を許可してくれたことへの感謝を示すのに彼女の名を口にすると、所長はわけ知り顔で微笑む。「彼女のことは心配なさらないでください、ちゃんと世話する人間がいますから」所長の言わんとすることがもうひとつピンとこない。ポール・サドゥーは説明する。「お気づきになったでしょう、看守のひとりが何か隠しているらしいのです。通常そんなことは規則で禁じられています。しかし感情というものは何をもっても止められません、そうでしょう？」こうしたせりふが外部の観察者の精神に及ぼしうる悪しき効果を償うべく、所長はこう付け加える——「ですが、まったく誠実な心持ちからですよ、フェルセンさん、最後には結婚に行き着くと思いますよ。それこそ私たちが若い入所者のために望みうる最良の結末です」

焼けるような太陽が照りつけるなか、城砦めいた刑務所を離れ、バスかタクシーを探す。この場所からできるかぎり早々に引き離してくれるものなら何でもいい。丘のふもとの海沿いの道には、トラックやトラクターやオートバイや自動車が轟音(ごうおん)を上げ、ぶんぶん唸っている。だれもが家路につく時刻だ。だがぼくは、よそ者の感じがしてとても孤独だ。

ディティの誕生

その日が来た。森では準備が整っている。静かに雨が降る夜で、風がない。雲が山々の頂上を覆い、木々に引っかかりながら、真夜中を過ぎると西のほうへゆっくりと動いていく。陣痛が強まるのはそのときだ、アディティの体のなかで何かが叫び、とても深いところ、すべての筋肉とすべての神経の根もとで身を噛む顎のようなものが、ひときわ強く噛んでくる。モーリシャス野生生物財団の山小屋では全員が寝ているようだ。アディティは根太に吊るされたハンモックを見やる。連中はみな知っている、見当をつけている。それでもすやすや眠っていて、アディティは彼らの寝息のなかに混じる不規則な、交互に立てるいびきを聞いている、子供たちの寝室から聞こえる音のようだ。センターでは彼女の大きな腹をみながからかった。ひょっとすると、いくぶん怖いのかもしれない、あまりに生々しいのだ。アディティはだれにも返答しなかった。オーストラリア女性のリスベスだけは別だ、彼女だけは同情的だった。彼女は昔ひとりで、藪のなかで子供を産んだ話をした。土着の女たちに助けてもらったという。収縮を容易にするのに陰門をマッサージするための植物をもらい、あとはひとりで切り抜けたらしい。ただ、乳首にできものができて、生まれた娘に授乳できなかったそうだ。出産する場所を選んだり、寝床を準備したりするのを、手伝う用意はできていると言う。彼女は何種類かの植物を持ってきてくれた、アショカの花、自生のスターフルーツ（テルミナリア・アルジュナ）、マガム草の種などだ。市場の呪術師から買ったという。それを知ってアディティはにやっとする。彼女にはそんなものはいっさい必要ない、ただ、水と木の葉と山と空があれば十分だ。怖くなんかない。彼女いま彼女は音を立てずに小屋を出て、ケージのなかの鳥たちを起こさないように、そっと林間の空き地を歩いていく。背後に足音が聞こえる。リスベスだ。いつでも出かけられるように、今夜彼女は寝なかった。アディティの腕に触れ、少し抱えるように持つ。こうささやく、「ワタシモ行クワネ？」アディティは身をかわし、リスベスの口に手を当てる。それは、だめ、ひとりで行きたいの、だれの助けもいらない、という意味だ。彼女は夜の闇のなかに滑るように消えていく。彼女が通りすぎたあとは藪で隠れてしまう。彼女は秘密の山道を歩いていく、裸足（はだし）の足の裏が道の隅々まで、小石の一つひとつまで熟知していて、尖ったものをことごとく避けて進む。

　彼女はよろめきながら、断崖の上のタマランの滝の近くにある秘密の場所まで、彼女の庭まで、両手で腹を抱えて道を急ぐ。何カ月も前から頻繁にこの場面をおさらいしたので、これから起きることの一瞬一瞬を心得ている。彼女はぬかるみの斜面をしゃがんだ格好で降りていく。こけてはならない、シダやトウダイグサにつかまり、大きな岩にしがみつく。水のにおい、水の呼び声、ビロードのような優しい苔（こけ）の感触、ついで海藻が巻きついて滑る岩、妊娠して以来彼女が水浴してきた場所に浸かるための段々だ。野鳥が鳴き、野生の獣がごそごそ音を立てる。ネズミか、トカゲか、ひょっとしたらトガリネズミか。あるいは、どこかで虎斑（とらふ）のある猫がウサギを狩っているのかもしれない。雲があるのに明るい夜で、岩場や大木の葉にかすかな月光が広がっている。ほとんど電灯の明かりみたいだと、アディティは思う。草の葉から、サゴヤシの先から、シダ葉タマリンドから出てくる青い炎、旋風、火の粉だ。アディティは自分の庭の植物は全部知っている。手で触れ、肌でその息吹を感じとる。顔にその筋や髪が触れる感覚を味わう。彼女が見にくるのはこうした植物だ、今はそれ以外のだれもいらない。今は彼女の夜、ディティの夜だ。彼女の人生でこれ以上に美しい夜はないだろう。

彼女は肌に戦慄を感じている。それは腹の中心からやって来ては、筋肉と神経をかけめぐる波だ。その波がときに穏やかになると、目を閉じて、次の波が押し寄せてくるのを待つ。ときに烈（はげ）しく、残酷になり、苦痛の爆発が心臓まで、いや口まで上ってくると、歯を食いしばって叫び声が洩れないようにしなければならない。意思に反して出てくるうめき声を圧しつぶさなければならない。のちほど彼女は、アショカの枝を折り、苦痛にかみつき、かみ砕くだろう。

彼女は準備ができている、いよいよ始まるのだ。暗い水が待っている、ここの水がこれほど暗く、これほど冷たかったことはない。海の上空では、街のほうに赤いあざのような明かりが長く尾を引くように漂っている。アディティがこの場所を選んだのは、人々から遠く離れているからだ、しかも、これほど離れていても街の明かりが見え、それで安心できるからだ。ゆっくりと燃え広がる火事のような微光だ。それに、ここ、水辺では、彼女を傷つけるものなど、生まれてくる赤ん坊を傷つけるものなどない。あるのはただ、別の世界のあのぼやけた明かりと、自分の記憶だけだ。彼女が抜け出してきた世界、彼女をサトウキビ畑に乱暴に押し倒し、彼女を抱き、体内に種を蒔（ま）いた男の暴力。それ以外に何もない。現実はここにある、この世の歴史のはじまりのときのような水のにおい、滝が落ちる音、あるいは世の終わり、火事が終息するときのにおいや音なのかもしれない。彼女は陣痛を遠ざけるために祈りたい、救う力をはらんだ言葉、長く持続する言葉、そうした言葉だけを何度も唱えたい。きつくかみしめた両顎の間から、呼気とともに言葉が洩れる……

ヴァアユラ・ニラマム・タメテダム・バスマンタム・シャリラム

「この命は不死の息吹へとたち返り、この肉体は灰に帰らんことを」

ディティは夜明け前に生まれた。アディティは平らな溶岩の上にしゃがみ、腹の周りをショールできつく締め、それをアショカの木▼47の枝に結わえた。彼女の子宮が開いたとき、枝が軋みながらたわんだ。彼女は両手で赤ん坊を拾い上げ、湖水に浸けた。水の冷たさに赤ん坊は目覚め、泣き出した。アディティは赤ん坊の喉をふさいでいた卵白のような粘液を口で吸い出し、へその緒を歯でかみ切り、地を這(は)う蟻たちの上にそれを落とした。そのあと、わき腹を下にして横になり、まだ誕生時の羊水でぬるぬるしている赤ん坊を、乳房の上に置いた。アディティは乳房から母乳が流れ出すのを待っている。徐々に空が明るんできて、霧が遠ざかり、黒ダイヤのようにきらめくブラック・リバー尖峰が見えてくる。アディティには、娘をじっと眺め、手の指、足の指を数える間があった。五体満足だ。彼女は赤ん坊の性別を確かめ、水に濡らした手を赤ん坊の閉じた目の上に置く。冷たい石の上で体がずり落ちるに任せるが、手足の親指はみな平らな岩の表面にピタリと貼りついて、彼女自身が大地の一部に、森の一画になっている。彼女は目を閉じ、ようやくまどろみに、とても甘美な夢に身を任す。アディティとディティの周りで蚊が舞っている。トンボは、水面上に突き出た岩の間で離陸し、その上空を飛んでいく。世界が立てる騒音が、彼女たち、アディティとディティの頭上で天蓋となり、夜は昼へと移っていく。

最後の旅

それはずいぶん前に起きたことだが、昨日の話であってもふしぎはない。一六二八年、イギリス人艦長エマニュエル・オールサムが、軍艦ランツリー号で、数週間の寄港予定でモーリシャスに到着した。しかし壊血病が昂じて体調不良になったため、副艦長のロデリック・メドウズに指揮を委(ゆだ)ね、自らはオランダ人外科医の未亡人であるイェニフェル・ヤゲル夫人のもとに身を寄せた。夫人はヴュー・グラン・ポール〔島の南東部〕にある家の一室を艦長に貸した。そこは、のちに「オランダ人の井戸」と命名される水源に近かった。当時、公式の統治機関はなく、まだ「オランダ東インド会社」とは呼ばれない商人たちの出張所があるにすぎなかった。それは黒い石を積んでわらで屋根を葺いただけの倉庫で、東アジア島嶼(とうしょ)部に向かう道筋に築かれた基盤的な貯蔵庫だった。干し魚、堅パン、ワイン、コーヒー、バタヴィアから運ばれてきた香料袋などの食糧、——それと、海賊や逃亡奴隷と対峙するための火薬樽と半ダースほどのマスケット銃だ。ヤゲル夫人の家は田舎家で快適な設備などなかったが、栄養のある食事ときれいな水、それに貿易風のおかげで、オールサム艦長は徐々に健康を取り戻し、延長された寄港期間を利用して島を探検した。彼はふしぎな生き物のうわさを耳にした。その生き物は、ヤコブ・コルネリウス・ヴァン・ネック提督とヴィブランド・ヴァン・ヴァルヴェイク副提督の率いる艦隊に同乗して一五九八年に島を訪れた最初の旅人たちの証言のおかげで、すでに知られていた。白鳥と同じほど大きな鳥で、翼がすっかり退化し、石を餌にするのだった。この珍鳥の一羽が、旗艦プリンス・モーリッツ号から解放されたインド人奴隷で、ローランという洗礼名を授けられた男の、島北部のどこか山のふもとの囲い地で飼われているといううわさだった。病気が完全に癒えたオールサム艦長は、ヤゲル未亡人の黒人奴隷でアルビウスという名の小姓を従え、この自然の驚異の見物にいくことにした。当時、島には馬がほとんどおらず、借りられる牛車もなかったので、黒人の少年に助けられながら、海岸沿いを徒歩で出かけた。彼はまる二日間、海岸まで地を覆う密生した藪をかき分け、浅瀬伝いに川や急流を越え、累々と堆積した黒い岩を苦労してよじ登りながら歩いた。ついに、ある黒檀の森の近くで、溶岩の低い壁に囲まれたわら葺きの家を見つけた。地面にはテンサイ、わずかばかりの硬質小麦、ソラマメといった野菜の苗、グァバ、梅のような果樹、さらにはオオバコやコーヒーのいく株かが植わっていた。家屋は窓のないただの掘っ立て小屋で、溶岩塊を接着せずに積み上げ、棕櫚（しゅろ）の屋根をかぶせていた。中庭は除草され、赤土の長方形の地面の中央を屋外調理場が占め、そのかたわらでマダガスカル人の女奴隷が根菜のスープを煮ているところだった。旅人が到着すると、女奴隷は逃げる。しばらくして、ひとりの男がおんぼろ銃を片手に家から出てくる。例のローランという男だ。オールサムが自ら名乗ると、男は武器を置いて近づいてくる。六十くらいかもしれないが、人生に揉まれてすり減った感じだ。男の黒い肌はできものだらけだ。英語とオランダ語にアラビア語、ヒンディー語の語彙が混じった大ざっぱな言葉を話し、歓迎のしるしに椀一杯のヤシ酒をオールサムにふるまう。ついにこの訪問の目的である、かのドダルセン▼48に、その肉を食した者に吐き気を催させる鳥（ヴオゲル）、見たこともないのにアムステルダムで大勢の人が話題にしているかの有名なドードーに話が及ぶ。ローランは丁重に耳を傾け、合槌を打っている。はい、たしかにその鳥はおります。わが家の鳥小屋にも一羽います、本物の鳥、不快な鳥でして、しばらく前に、提督の率いる艦隊の水夫たちが、食えたものじゃないという評判にもかかわらず肉を塩漬けにするために殴り殺そうとしていたのを、手前が買い受けたのでございます。見せてもらえないかと請われる前に、老人はわら葺きの家から少し離れた囲い地に、黒檀の森を横切る山道を通ってエマニュエル・オールサムを連れていく。そこ、林間の空き地の赤い雌鶏やホロホロ鳥の飼育場の真ん中に、オールサムは例の鳥を見つける。あまりにじっとしているもので、一瞬だまされたと思う、そして鳥は剥製にされたのだと思い込む。ローランは、この種の落胆にはおそらく慣れっこになっていて、地面に落ちている鳩の卵ほどの大きさの丸い石ころを拾って目の前に投げると、鳥はまもなくそれを吞み込んでしまう。エマニュエル・オールサムは感嘆の念にとらえられる。彼はその鳥を買い取ってイギリスにいる弟エドワードに送ることに決める。エドワードはロンドンの邸宅のなかに、世界中からもたらされた珍品のコレクションを創設したのだった。そしてその一部は、これまでにオールサム艦長が海外から送付した品々から成っていた。取引は容易ではなかった、老人は自分の珍鳥に愛着を抱いていたからだ。だが、当時はむずかしい時代で、ローランは自分が死んだらどうなるかを考え、艦長が目の前の地べたに積んだオランダ紙幣に長くは抵抗できなかった。契約が結ばれた。ローラン自身が木の檻を作ることを引き受け、オールサムとアルビウス少年が、それを一輪車に積んでオランダ管轄の港に近いヤゲル未亡人の邸宅まで運搬する役目を引き受けた。オールサム自身は時間がままならなかったので、ドードーに付き添ってイギリス行きのハート号に同乗したのは、外科医見習いのジョン・パースという男だった。ローランは、その日ずっと自分の鳥を眺めていた。――あまりの珍鳥なので、島に生き残るじつに最後の数羽のなかの一羽であることはまちがいないと思った。彼は鳥に黒檀の実や、ひと握りのソラマメ、麦、それにその鳥の好物であるフルーツを何個かやる。硬い殻をして緑色にきらきら光る大きなフルーツもひとつある。食べ終わった鳥は、毛の抜けた頭を起こし、その目は残忍で不可解な輝きを放つ。オールサムの目の前で、ローランは鳥に話しかける、喉の奥で優しい音を転がすように鳴らし、鳥の注意を引きつけようとする。その肉が嘔吐を催させるという鳥は、黙りこくったまま、身動きひとつせず、力強い両脚で立って身を反らしている。挑戦するように人間たちを見すえている。その周りでは、まるで君主を取り巻くように、家禽（かきん）どもがうごめき、鳥が残した種をついばんでいるが、鳥自身は動かない。鳥は倦怠と軽蔑の様子を見せているが、それはローランにはおなじみの表情に違いない。お国なまりでこう話しかけるからだ——「オメエハ、イングランドニ、行クンダゾ、嫁ヲ、見ツケルンダロウ？」鳥はまばたきして、ローランの言うことを理解したかに見える。夜の闇が降りてくる。鳥は今いる場所で立ったまま寝る。その大きなくちばしを小さな翼の下に隠す。その夜、オールサムはローランの農家で夜を明かし、翌日の明け方に鳥を連れて出発するだろう、二度と戻ってくることのない旅が始まるように。

サー・トマス・ハーバート提督指揮下のハート号に、ジョン・パースは鳥を入れた木製の小屋を積み込み、それを船首の船倉の、綿布の大きな包みや鯨油の樽の間に据えた。提督はわざわざ時間を割（さ）いて奇妙な滞在客を観にはこなかった。ただ、航海日誌には記録し、王立協会に提出する鳥のくわしい解説を書くのは後日までとっておいた。

ハート号は、一六二九年十一月のある晴れた日に、島南東部の大きな湾で錨（いかり）を上げ、イギリスのプリマスに向かった。それはインドネシア、そしてインドに及んだ長旅の終わりだった。その間トマス・ハーバートは、かつてトマス・モア▼49が描いた「ユートピア」の在処（ありか）を探してアラビア航路をペルシアとの境まで航行した。その理想の王国は見つけられなかったが、思い出と贈り物の数々をたずさえて帰還した。それらは、名誉と裕福の余生を保証するものだった。そんなわけで、船倉にどれほど驚嘆すべき珍鳥の見本が積まれているにせよ、彼の心を乱す性質のものではなかった。

エマニュエル・オールサムとジョン・パースは、鳥小屋を注意深く据えて、頑丈な綱で船体の梁にしっかりと固定した。船出して以来、パースは毎朝鳥小屋の検分に来ては、たえまない船の振動に苦しんでいる様子の鳥を観察する。ドードーは小屋の奥の一角にもたれかかり、頭を格子に押し当て、和毛（にこげ）を逆立てている。餌を口にしようとせず、パースが植物の種を片手にいっぱいに盛って差し出すと、鳥はくちばしを半開きにして黒い角質化した舌を見せるが、それはあるいは威嚇のつもりなのか。だが、鳥の目は倦怠以外の何も表していない、いわば内にこもる気配で、ジョン・パースはそれを悲しみと解した、そんな感情が鳥のなかにも生じうるとすれば、の話だが。兵士や水夫は、船出のときは鳥小屋の周りで押し合いへし合いしていたが、今や興味を示さなくなった、鳥がまもなく死ぬといううわさが流れたからだ。鳥の目を覚まさせようと、ひとりの水夫が、長い棒でつつき回すという邪悪なことを思いついた。パニックに襲われたドードーが、すき間から頭を突き出し、役立たずの翼をばたばたさせて拷問者から逃れようとしているところへ、ジョンがやってくる。ジョンは手荒く水夫を引き離し、ののしり、艦長に言いつけるぞと威嚇した。そこで小競り合いがあり、以後は鳥の付き添い役のジョンの許可なしに鳥小屋に近づくことはご法度（はっと）となった。徐々にジョン・パースは鳥の信頼を獲得した。航海が始まって何週間か経つと、ドードーは船の横揺れに慣れ、ジョン・パースが差し出す柘榴（ざくろ）のかけらを進んでかじるようになった。その果実の味、それに含まれる種が好物のようで、さもうれしそうに、くちばしをかつかつと鳴らす。今では、毎朝主人が来るのを待っていて、喉をくうくう鳴らし、ちっぽけな翼の名残で脇腹を叩いて友情を表すのだが、腹を叩くと太鼓のような音が船の腹部に奇妙に反響する。アグラス岬〔アフリカ大陸最南端〕の岩礁沖合で嵐に遭遇し、鳥は小屋の木材に体をぶつけて負傷した。ジョンは苦労の末に、鳥を檻から引っ張りだし、淡水に浸した布切れで傷口をぬぐって手当てした。残った水で小屋を掃除している間、はじめてジョンは、鳥がびっこを引きながら船倉の床を歩くのを許した。今や、彼らは友達だ、かりにこの語が、いにしえの鳥とひとりの人間との関係を言うのに使えるのであれば。ジョンが船倉を歩くと、ドードーががたがた揺れるような重い足取りでついてくる。ジョンが立ち止まると、鳥も立ち止まってその顔を傾け、命令を待ち受けているようにジョンをじっと見る。「お前の家にお帰り！」とジョンが言うと、鳥は住処に戻る。ドードーは家畜飼育場の獣のように鉢の水を飲むことができない。鉢の底の水をじっと眺めては遠ざかり、また戻ってくる。さもなければ、水を床にひっくり返す。ジョンは解決策を見つけた。布切れをバケツの淡水に浸し、滝のような一本の細い筋となって流れるようにする。ドードーは少し頭をかしげ、目をなかば閉じて、半開きにしたくちばしで舌を鳴らして水を飲む。そのとき鳥は、自由の身だったころに暮らした森に、森のはずれの空き地に、大木の陰の黒々とした岩の間を跳ねる透明なせせらぎに思いを馳せているのかもしれない。ドードーは何を思う？　ジョンは長いこと船倉の、入口を開けた小屋の前にいて、ドードーが小屋を出る決心をするまで待つ。ドードーはいつも慎重で、左右を見回し、ジョンしかいないことをよく確かめてから出てくるのだ。そうして、船倉の大きな包みの間を歩き回り、落ちてもいない種をついばむ動作をして、索具や船体の木材さえも、いや、鉄材や溶鉱炉行きの金属棒まで試す。鳥の頑強なくちばしは、そうした物の上でこつこつという音を立てる。そこを離れる時刻になると、ジョンはドードーに優しく話しかけ、その大きな尻をそっと押す。鳥はときに怒ってかみつくそぶりをするが、小屋の戸口に導かれるに任せる、その戸をジョンは差し錠で閉める。昇降口のほうへ梯子を登っていくときにドードーを見やると、戸の桟の間からくちばしの先を出して、差し錠を外そうとしていることが何度もあった。それを見てジョンは、図体のでかい間抜けな奴も、人が思うほど馬鹿ではないと結論づけた。帰り際にはそのつど、同じ絶望のシーンを目にするのだった。鳥は丸い目でジョンを見つめる、鳴き声は立てない。小屋のなかで、頭を肩の間にすぼめてじっとしている。ジョンが昇降口の握りに手を掛けると、ドードーはちっぽけな翼の名残の下に顔を隠して眠りに入る。

南回帰線を越えると、船は綿のようにふわふわした嗜眠状態に陥ったかのようで、だらしなく垂れたメインマストがときおり風にはためき、形の定かならぬ雲が群がっては、分厚く暑苦しい霧を作る。船倉の底の空気は吸えたものではない。水夫たちは甲板長から、甲板上の索具と帆の間に雑魚寝してもよいという許可を得た。鳥小屋のなかではドードーが苛立ちやすくなっている。くちばしをこつこつ鳴らし、小さな翼をばたつかせ、ときどき甲高い嘆息を発する。柵を噛み、くさびの木片を引き抜く。ジョン・パースはそれまでよりも鳥を自由にしてやるが、それでも落ち着かせるのに十分ではない。昇降口の白い長方形が鳥を呼ぶ。鳥は上方を見上げ、熱い息吹が降り注ぐ空をじっと見つめる。左右の舷側に向かって走り、船の内壁に頭をぶつけ、自ら悶絶するほどそれを突き破ろうとする。ジョンは、濡らした布切れを絞って鳥のくちばしに水を流してやるが、なおも鳥は静かにならない。もしかするとドードーは死を予感して、その運命を前に全身で抵抗しているのかもしれない。鳥は、その体重にしては驚くほど敏速に綿布の大きな包みの間を走り回り、谷底の自分の縄張りの岩の上を行くように障害物の間を跳ねまわる。だが、さわやかなせせらぎも木陰もなく、黄金色の羽毛を持つ雌鳥たちがはしゃぎ回る森のはずれの空き地もない。

船倉の外の天空にあまりに惹かれ、ドードーは突如、外気に通じる梯子を登ろうとする。ちっぽけな翼ではばたき、爪を桟に引っ掛けるがむだだ、重すぎるうえに不器用すぎて床に落ちる。もしそこに悲劇的なものがなければ滑稽だろう。鳥はくちばしを半開きにし、透明なヴェールに覆われた盲人の碧眼を思わせる目をして、一瞬あきらめ、息詰まる船倉の中央に立ち尽くす。

朝のことだ。男たちが船首楼で輪になって、甲板上に並んで腰を下ろしている、若いのもいれば一番の年長者たちもいる。大人の水夫、少年水夫、それに船尾楼には数名の将校までいて、上着を着ず、早くもぎらぎらと照りつける日差しから身を守るために帽子をかぶっている。サー・トマス・ハーバート提督がこの見世物を許可したのだった。おそらくジョン・パースの弁舌が提督の心を和らげたのだろう。それに、船はのらくらと航行していたので、航海日誌にいくつかの記述をするのに、好奇心に屈してもよかろうと、提督は考える。ドードーは不死鳥と同じくらい稀少になったというではないか。これほど著名な乗客にイギリスへの旅を許可したことが、きっと自分の名誉になると、提督は踏んでいる。

十時ごろ、役者が登場する。その重たい小屋が、二人の水夫によって甲板上に運ばれてくる。扉が開き、鳥は用心深く外に出てくる。日差しに目がくらみ、まばたきをして、何歩か進むとぶるっと体を震わせる。すると観客がどっと笑う。日差しを浴びて、鳥の灰色の羽毛は緑の反映を帯び、臀部（でんぶ）の黒と白の羽が風に吹かれて波打っている。水夫たちの輪は少し大きくなり、鳥は元老院議員めいたゆったりした足取りで回るように歩く。地面に身を屈めて、ついばむものを探す。そのとき実演が始まる。ジョン・パースは袋から種や堅パンや乾燥フルーツを取り出して投げる。彼はこの餌の贈り物を後ずさりしながら撒くのだが、ドードーはジョンのほうに歩きながらついばみ、吐き出し、またついばむ。男たちの輪を何ら恐れることなく見つめる。海の空気が鳥を包み、鼻腔から入り込み、そのひげをカールさせる、鳥は幸福感で目を細め、くうくうと喜びの優しい声音を立てさえする、その名前のもとになったドードードードオという鳴き声だ。「鉄を食らうというのは本当か?」と水夫たちが叫ぶ。ジョンは袋のなかから、釘の頭や溶接用のやすり屑を選ぶが、ドードーはたちまちそれらを呑み込む。男たちは拍手をして大声で笑う、鳥は体を起こして「見ましたか?」とでも言っている様子だ。ある男がマスケット銃の弾を投げると、弾は甲板上を揺れながら転がり、横揺れのせいでジグザグに動く。ドードーはふた跳びで弾に追いつき、顔を肩の上で仰向けにしてそれを丸呑みにする。「やったぜ!」と水夫たちが叫ぶ。船尾楼の日陰で、偉大なるトマス・ハーバート提督その人が微笑を浮かべてくださっている。提督は日誌に記すことを考えている。それはここで、一六二九年十二月に起きたことだ、大西洋のどこか、ワイン色をした荒海を行くハート号の甲板上で。それはドードーが行なう最後の旅である、だが、だれもそれを知らない。もっとも、当の鳥は別かもしれない、水夫たちの股の間から水平線を眺めやり、もう二度と自分が暮らした渓谷に戻ることはないとわかるのだから。

ケンケ灯の明かりに照らされた地図室で、トマス・ハーバートは日誌を書く。「当地で見かける最初の鳥はドードーであるが、ディエゴ・ルイス島〔ロドリゲス島〕でも見かける鳥だ。ポルトガル人がこの鳥をこう命名したのは、単純な名前だからだ。舞台がアラビアなら、不死鳥(フェニックス)と名づけたかもしれない。それほどまれな体格と姿かたちをしている。丸い体つきで、極端に脂肪質であり、どの個体も体重が二十五キロを下らない。これほど脂肪がついて肥満しているのは、鈍重で緩慢な動作のゆえである。食して美味というより、見た目に心地よい。もっとも、硬くてまずいこの鳥の肉を消化するに足る活発な胃袋の持ち主もいるにはいるだろうが」

サー・トマスは、自分が才能ある年代記作家だとうぬぼれており、指揮下の船で旅をしている鳥について即興でこう書いている——「鳥の目には憂愁さえ読みとれるが、それはおそらく、自然が不当にも、かくも頑強な肉体に対し、それを地面から持ち上げられず、わずかに鳥と知らしめるに役立つのみの、かくも小さな翼しか与えなかったことに起因する」だが彼はわれに返り、王立協会が有能な観察者に期待している客観的描写に立ちもどる。「その鳥の頭はじつに変わった形をしている、片側は黒い羽の和毛で覆われ、反対側はまったく無毛で白く、あたかもその部分だけ明るい透明な布で覆われているかに見える。尻はまん丸く、その上部では、明るい緑の羽と白っぽい黄色の羽とが混じり合っている。目は小さくて丸く、ダイヤのように光っているが、まったく生気がない。この鳥の羽毛全体が、ガチョウの雛のそれに似た細い和毛にすぎない。もっとも、中国人のひげのような三、四本の羽が生えている尻尾だけは別だ。黒くて頑丈な太い脚と、尖った鉤爪の生えた踵をしている。胃はすこぶる活発なので、石であろうが鉄であろうが消化できないものはない。その点で、また他のいくつかの点でも、この鳥はダチョウに似ている」

ここは暗い、ここは寒い。空気は澱んでいる。石炭の埃がもやのように充満して、窓のない壁は苔に覆われ、タイル張りの床は油断がならず、滑りやすい、それで小股で、びっこを引くように歩かなければならない。爪が石とこすれ合うばかりでめり込まない、土がなく、心地よさなどない。

ここに来る者はいない。ひとりの男が日に一度、朝か晩に餌を持ってくる、大柄で痩せた、白い顔の男で、開いたドアから差し込む光に照らされて、口ひげが火の色に光る。だが、男はじっと見ない、けっして正面から目を凝らすことはない。手いっぱいにつかんだ種を何度か撒き、植物の根っこで作った箒で糞を掃き寄せ、出ていく。樋からあふれた雨水が通気口から流れ込んでくる、やんではまた流れ出す小さな急流のようだ。淡水ではあるが酸っぱくて、飛沫をとらえ、ぱくりと口に入れて、舌を鳴らして飲み、石の上ですすらねばならない。男が来るのは日に一度だ。何も言わない、口も利かず歌いもしない。戸口で立ち止まり、箒で通り道を掃く。小石をいくつか投げるが、床の上を転がって隅に隠れて見えなくなり、何の意味もない。しかしある日、ドアが開き、地下室の壁の奥まで光が差し込んでくる。呆然とした鳥が光のほうへふらふら歩いていくと、そこに人間の男たち、女たち、子供たちが見える。彼らは寄り集まっているが、そこは船の甲板ではなく、汚い雪でよごれた、醜く凍てついた中庭だ。空は白にピンクの混じった色だ。昔、谷間に雨が降る時期もこんなふうだったかもしれないが、いま雨は降っておらず、空は殺伐として動くものがない。あるのはあの石炭のにおいだけ、体のなかに侵入して咳き込ませるあの粉塵だけだ。それに、中庭では石が降ってくる、男たち、女たち、子供までもが石や小さな鉄片や釘や銅貨を投げてくる。甲高い音を立てて落ちるので、ぞっとする。落ちて、転がり、中庭で静止して動かない。蒼白の男が大声で命令を出す、「食え、食うのだ！」すると男、女、それに子供も大声を上げながら腕を振り回す。だが石は静止したままだ、中庭の地面を叩いたあとはもう動くことはない。だれかがふざけて、または怒りに駆られて、鳥めがけて石を投げた。その邪悪な石は皮膚を破り、血を迸らせる。殺す意志をはらんだ石だ。昔、水夫たちが湾内で狩りをし、事情が呑み込めないまま鳥が墜落していたころと同じだ。他の者が続いた。彼らは小石や鉄片を、命を奪う雨さながらに降らせた。そのとき生まれるのは恐怖だ、だが出口がない、隠れる場所もない。やがて一挙に、大きな空虚が生じる、体の奥に穴が開いたようだ、心臓はもはや打たず、両の脚を走らせ翼を羽ばたかせる力を失った。くちばしは重く、鳥は地面にくずおれる。舌は乾いて苦く、目は閉じられる。一瞬、ふたたびすべてが透明で静謐（せいひつ）になる。木々はたわみ、せせらぎが音楽を奏で、日差しは優しく、そよ風が肌を撫でる。聞く者を揺すりあやす鳥のさえずり、コーコーと峡谷を滑るように流れる水の音、rを巻き舌のように発する多数の声、太鼓のように翼を叩く音、ドードーは自分の島に戻ってきた、永遠に……

それからは、すべてが暗黒だ。地下室の床は広大で冷え冷えとしている。小さな虫けらどもが走り回る、またかつて生息していた獣たちも。森のはずれに出没した獣たちだ。巣を守るため、ひなを守るために、そいつらと闘わねばならなかった。その必要があったのは昔のことだ。ここには巣もなければひなもいない。タイル張りの床が果てしなく広がり、土が顔をのぞかせるはずもなく、草も木も生えようがない。風はもう入ってこない、もう峡谷を渡らない、鼻腔を浸すことも、ほつれ毛やすばらしい羽毛を動かすこともない、風が目を輝かせることはもうない。ドードーは石の上に横たわったままじっと動かず、来るべきものを待っている。

サー・ハモン・レストレンジ[50]が、一六三八年、ロンドンで書いた日記に、こんな記述がある。

その鳥は、ある部屋で飼われており、今日の七面鳥の一番大きなものよりもさらに少し大きな狩猟鳥のようで、足と脚も七面鳥によく似ていたが、より頑強で肥えており、姿勢はもっとまっすぐで、色合いは雉(きじ)のオスを思わせたが、背中の色はこちらのほうが明るかった。訪問者を楽しませるのに、餌として石ころが与えられていた。

エドワード・オールサムは、所用で二週間留守をしてロンドンに戻ると、従僕から鳥の訃報を告げられる。地下室の暗がりにドードー鳥は長々と横たわっている。その頑丈な足を後ろに折り、痩せた首を伸ばし、半開きになった幅の広いくちばしの奥に黒い舌が見える。目はすでに落ち窪み、一部は虫に食われている。くすんだ羽毛が死者にかぶせる毛布のようだ。尾の華やかな飾り羽は、排泄物と地面の泥で汚れている。地下室には何やら悪臭が充満している、それはオールサムを思わず後ずさりさせるような死臭だ。

テレビン油を塗り、酢に浸して殺菌処理を施しても、剝製師は遺骸をもとの輝かしい姿に復元できないだろう。何世紀も経て後世に伝わるのは遺骸のいくつかの断片だけで、ロンドン南部、ランベス区にあるジョン・トラデスカント▼51の珍品コレクションの陳列ケースに収められ、ついでオックスフォード大学付属アシュモレアン博物館の所蔵となった。しかし、どんなに手をかけても状態の悪化は進み、ついにある日、博物館執行部は、腐敗が避けられないのであれば早々に破壊してしまおうと、鳥の遺骸を燃やす決定を下す。

南へ

おれの名はドードー、ただドードーという。おれは海辺に来た。海より他の何もいらない。ここフランスでも、島でも、同じじゃないか。海の様子は始終変わるが、いつでも同じ海だ。おれは水平線を眺めて、単純なことだと思う、魚のように泳げば足りる、そうすりゃ向こうに、島に着いている。おれは港が好きだ。どの港も好きだ。ニースでも、ポート・ルイスでも、港はどこも似ている。あるのは錆びた鉄の船だ。日本や中国の、あるいはもっと遠い国のコンテナ船だ。トルコの貨物船がある、イルディズ号という。ひとりの水夫に、「あんたの船の名はどういう意味だい?」と訊いてみる。「星という意味さ」と答える。おれはこの名がとても好きだ。他にもアルジェリア、ギリシア、スペイン、ポルトガルの船がある。冬には、セートやチュニスやトゥーロンから漁船がやって来る日もある。漁師たちが波止場にまぐろを投げ上げて解体する、血が何本もの流れとなって海に流れ落ち、海面に赤い雲ができる、漁師たちに尋ねてみる、「あんたたちといっしょに働けるかい?」連中はおれをまじまじと見て、笑い興じる。おれにこう言う、「明日もう一度来な、仕事がありゃ、雇ってやるよ」しかし明日になれば、連中は海に出てしまっている。

海までの道のりは長い。嘘じゃない、おれは出発したら二度と戻らない。モーリシャスの空港の戸口で、出発前に、おれはヴィッキーにそう言う。だけど彼女は信じない。彼女がおれを抱擁すると、彼女の肌と金髪の甘いにおいがする。あなたがこれ以上先には行かないという場所までの、もう他に行く場所はないという場所に行き着くまでの、道のりは長いわよ。それが人生よ、あなたは出発するけれども、どこに行くのか、いつまで旅が続くか知らない。あなたの人生は、投げられた石（クー・ド・ロス）よ、石は何にも当たらずに空を飛んでいく、空に大きな環（わ）を描く。それでも石はいずれ地面に落ちるはず、運命の場所で止まる。青い髪の娘はおれたちといっしょだ、少し後からついてくる。彼女は、家族も、パリの東門にたむろするジプシーたちも捨て、おれたちとともに歩く。船を追いかける鳥たちに似ている、それはただおれたちがどこかに行くからだ、自分がどこに行くかを知る必要はないのだ。娘には荷物がない、身に着けている衣服しかない、穴の開いた洗いざらしのジーンズと、ナイロンのジャンパーと、首に巻いたネッカチーフだけだ。ベシールのほうは、どこに行くかはわかっていると言う。それを言ったのは、溝に沿った道を歩いていたときだ。奴は小学生が持つようなリュックを背負い、おれはケストレルの青のテント地の鞄、ただし雨と日差しで白い鳥の絵は消えてしまっているが、そいつを携えていた。ベシールは言う、「おれは故郷（くに）に帰る」「で、どこなんだ、お前の故郷は?」奴は言う、「おれの故郷は、アルジェリアのトレムセン〔アルジェリア北西部、モロッコとの国境の町〕さ。山を隔てた向こう側はもうモロッコのウジダだ。おれの死に場所はあそこだ」おれは言う、「お前はどうして死にたがる?」彼は考えている。「おれの病気のせいさ。病院の先生が言うんだ、まもなく肺の病気で死にますよ、って。煙草の吸いすぎだ」ベシールはこうも言う、「ドードー、お前は、サン・ジェルマン・アン・レーでピアノを弾いた。おれはお前の演奏を聴いて涙が出た、おれはお前といっしょに旅立つのだとわかった、トレムセンに帰るために船に乗るのだと。ドードー、アントワーヌ神父の無駄話を聞いたけど、われわれはみな同胞だとかなんとか言うばかりさ、だけどお前はピアノを弾く、それでおれにはわかった、今がそのときだと、お前といっしょに海辺まで歩かねばならないと。おれは死に場所を見つけたい」今度はおれが奴に言う、「ベシール、お前はまぬけだよ、お前の死に場所なんてありはしない、死に場所なんてどこだっていいからさ。死に場所が見つからないのは、死ぬときには、もう何も探したりしないからだ」おれはこうも言う、「墓に書かれた故人の名前、あんなものは何でもない、雨風が消してしまうからさ、土のなかにはもはやだれもいないということよ」しかし奴は聞いていない。おれたち三人は互いに前になったり、後ろになったりしながら歩いていく。けたたましいクラクションを鳴らしながらトラックが通りすぎ、顔の上に小石をぱらぱらと落としていく。それでもトラックの運転手は感じがよく、ときどきおれたちを拾ってくれる。給油所の駐車場に行くのはベシールだ。いつも好みのトラックを選ぶ。赤い地に「ノルベール・ダントルサングル」〔フランス、リヨンに本社のある陸運会社〕と書かれたやつ、さもなければ、黄と青をあしらった「ワーベラーズ」〔ハンガリーの陸運会社〕だ。運転手と少し話し、オーケーなら合図をしてよこし、おれは鞄を持って奴のほうに行く。しかしおれの顔を見ると、運転手は顔をしかめる。「神さま、お助けを！」あるいは「シャイス！」と言う。ドイツ語で「くそ！」の意味だ。それから運転手は、青い髪の娘を見て考えを変える。「ああ、わかった、荷台に乗れ、だが娘さんはおれといっしょに運転席だ」ベシールはトラックに乗るとすぐ寝入るが、おれは後ろに遠ざかっていく道を眺める。おれは満足だ、出発して南に向かい、二度と戻ってこないのだ。そのあとトラックは停車し、ベシールは運転手と話す。自分の田舎がどんなふうかを話している。だがおれには奴が嘘をついたのがわかる。奴の父さんは奴がごく幼いときに奴を連れて発ったのだから、奴がどうしてあんなことすべてを知っているはずがある？　奴は本で読んで知っているのだ、残りは想像ででっち上げた。そうして人に話すうちに、奴自身が信じ込んでしまったのだ。「で、あんたは？」と運転手がおれに訊く。おれは想像で話をでっち上げることなどできない、それで運転手を笑わせるのに、トカゲ男のように、舌の先で目を舐める、それが運転手の気に入り、その芸当をやるところを他の運転手たちにも見せてやってくれと、おれたち三人を長距離トラック運転手が利用するレストランに誘ってくれる。しかしトラック運転手たちは、こいつは魔法使いなんかじゃやねえ、鼻をなくしたもので目が舌のすぐ近くに来ているんだ、と言う。連中は娘にやたら優しく話しかけようとする。娘が返答しないのは、耳が聞こえないからだ。連中が体に触ってこようものなら、娘はひっぱたく。季節は夏で、夜は畑の溝で寝る。おれは慣れっこだが、ベシールは田舎に来るのがはじめてで、紙袋をかぶって顔を隠す、息ができるように穴を開けている。暑くても、空や星を見ずに済むように、毛糸の帽子を目深にかぶっている。青い髪の娘は、ベシールが紙袋に頭を突っ込んでいるのを見て笑い転げる。おれのそばに横になり、おれに膝枕をさせる。娘が眠っているのがわかる、おれは青い髪を優しくなでる、ごわごわしているがこの髪を触るのが好きだ。背中が痛くなれば地べたに横になる、すると娘はおれの胸にぴったりと体を寄せてくる。夜露に濡れないよう、娘を自分の上着でくるんでやる。彼女の体の温もりを感じる、するとおれのあそこが硬くなる。それで彼女のそばにはいられず、離れた場所に腰を下ろしに行く。ある日の朝、ベシールが血の気の失せた顔をして動かない、「おい、どうした！　ビシール〔ベシールのなまり〕！　ビシール！　死んだふりなんかするな！」奴は麦畑の地べたから動かない、手は冷たく、唇が青い。「死んじゃだめだ、ビシール！」奴の耳もとで叫ぶ。娘は怖がり、走って逃げたがっている。ようやくベシールが目を開く、その目は焦点が定まらず、汚れた緑色をして、涙でまぶたが貼りついている。何か返答するが、お国言葉なのでおれにはわからない。日差しが奴の体を温め、おれは両脚や胸をこすってやる。奴は立ち上がってリュックを持ち、おれたちはまた歩きはじめる。奴は何も言わず、おれも黙っている、おれたちは海辺に向かう。おれたちが歩くのはそのためだ、海辺まで、それ以上歩く必要のない場所まで行くためだ。夕方、きれいな川が流れる谷あいに行き着くと、白い山が沈む日に照らされ、洞穴(はらあな)

がいくつも見える。おれはベシールにこう言う、「あの高みの洞穴で夜を過ごそう、あそこなら嫌がらせをしてくる奴などいないだろう」道すがら、ひとりの百姓が言う、「あの上には、ひげ男たちの村がある、そう呼ばれているのじゃ。あんたたち、あそこに行っても大丈夫だ、人のいい連中じゃ」ベシールとひげ男たちのところへ向かう、青い髪の娘もついてくる。岩の道を洞穴まで歩いていく。すると、ひとつの村が見えてくる、いや、村というほどのものじゃない、洞穴がそれぞれ小屋になっている。ひげ男たちが穴から出てくる。男も、女も、子供もいるが、パリの市門にいるジプシーはいない。みな白装束で長髪だ。若いひげ男がおれたちに近づいて言う、「ようこそ〈箱舟〉へ、ジョナスと申します」男はベシールを抱擁し、青い髪の娘を抱擁する。だが、おれのことは抱擁しない、おれの相貌のせいだ。ひょっとしたらこの男も、われわれ人間はみな兄弟姉妹だと思っているのかもしれない。子供らはおれたちをうかがっている、近づいてこないのはおれが怖いからだ。そこでおれは舌の先で目を舐めてみせる、すると子供らは笑う。食事でもてなされる、米飯と羊肉に大麦湯だ。うまかった。そのあと、わら詰めのマットレスをあてがわれる。洞窟には他の男たち、女たちがいるが、ベシールは病気のために疲れていて眠り込む。おれは目を開いたまま洞窟の入口にいて星を数える。青い髪の娘はいつものように、おれにもたれて寝る。流れ星が雨さながらに降りさえする、ひげ面の若者は「あれは海の精(ネレイス)▼52だ」と言う。それが何だか知らないので、「星は地上に降っているのかい？」と訊く。ジョナスはにやりとして、「いやいや、ああした星は空のとても高いところにあるので、落ちる前に燃え尽きるのさ」ジョナスは大柄ではない、華奢(きゃしゃ)だ。ひげを生やし、もじゃもじゃの髪をしていても、子供みたいだ。彼は言う、「明日、君たちは〈爺様〉に会うんだよ」おれはジョナスに言う、「おれは自分の祖父様(じいさま)を知らない、ずいぶん前にどこやらの島で死んだ、おれが生まれるより前の話だ。祖父様の妻がおれのベト祖母ちゃんだ」ジョナスが説明する、「われわれの本当の祖父じゃない、年をとっているのでそう呼ぶのさ。〈箱舟〉を率いているのは〈爺様〉だ。わかるかい？」彼はこうも言う、「君は寝ないのかい？」おれは首を横に振る。彼は言う、「ぼくらは夕日とともに床に就き、朝日とともに早起きする、ここには電気はないよ」「わかった」とおれは言う。てんでばらばらの小さな光となって空が降ってくるのが見える、星が死んでいるところだ。おれにもたれて眠る娘の青い髪をそっとなでる。

「明日、道を登ったところの広場で、〈爺様〉が君たちを待っている」とジョナスは言う。〈爺様〉も全身白装束で、ゆったりしたズボンとボタンのない長いシャツを着て、素足にロープ・サンダルを履いている。ジョナスと話し、おれたちに合図する。ベシールが先頭で、青い髪の娘が続く、しんがりがおれだ。おれが近づくと〈爺様〉は笑みを浮かべる。おれを抱擁し、両腕で強く抱きしめる、おれの顔を怖がってはいない。〈爺様〉は大柄で痩せている、シャツ越しに骨の感触がある。「待ってたよ、ようこそ」という。なぜそう言うのかわからない、だれもおれのことなど話題にしないし、おれがだれだか知っている人間はいない。もしかしたら、おれたちが訪れるのを夢に見て、実際おれたちがやって来たということかもしれない。〈爺様〉はもう一度言う、「ようこそ、みなさん、〈箱舟〉にようこそ」〈爺様〉はおれの手を取る、その手はかさかさして熱いが、力がこもっている。白いひげと雪色の清潔な長髪をして美しい。それから〈爺様〉は集会を開き、みなに向かって話す。ところが一時飛行機が空の雲の切れ目を飛ぶので、〈爺様〉は不満だ、イタリアの言葉で何やら叫ぶ、「悪魔（ディアーヴォロ）！ディアーヴォロ！」と叫ぶ。同時に、飛行機を遠ざけようと、両の拳を振り回す。どうしてそんなことをするのかおれにはわからないが、ジョナスは知っているようだ、彼も両手を振って飛行機を追い払いたい様子だからだ。しかしそんなことをしてもむだだ、飛行機は空の航路を飛びつづけ、遠くまで行く、おれの島まで行くのを想像する。しかしそのことは口にしない、言って何になる？　洞窟の前の小さな広場で人々が地べたに腰を下ろし、〈爺様〉の話を聴いている。青い髪の娘はジョナスのそばにいるが、老人のいうことを聞いてはいない。それから一同は小さな太鼓と笛で音楽を演奏する、おれは彼らの音楽を聴くのが好きだ、頭を振りながら手を叩く。見れば、青い髪の娘も手を叩いている、耳が聞こえないが顔は晴れやかだ、微笑を浮かべ、この素朴な人々に満足している。祖父を見つけ、ジョナスを見つけたからだ。おれたちがここに来たのは彼女のためだと思う、たとえ音が聞こえなくても、彼女が音楽に合わせて手を叩くためだと。そう思うと心が痛む、彼女の旅は終わりだとわかるから。だがおれたちベシール兄弟は、海辺まで歩きつづけなければならない。

ベシールは怒っている、「ここはよくない、泥棒がいる、羊を盗んで丸焼きにしようとしているんだ」と言う。おれは訊く、「どこだ、その泥棒は?」「下にいる女の子たちといっしょだ」おれたちは道を下って見にいく。泥棒は巻毛の小男だ、ちょっとスカンブルロさんに似ている、泥棒には見えないがベシールは言う、「あいつを知っている、脱獄囚だ、警察をかわすため、それに女たちと寝るために、ひげ男たちのもとに身を隠しているのさ。あいつは長老だの〈箱舟〉だのは、屁とも思っていない」おれはベシールに言う、「おれたちに何ができる?」ベシールは苛立って、「あの泥棒のせいで、もうすぐ警察が来る。すぐにここをずらからねばならない!」それでおれたちは、夜にならないうちに、爺様に別れのあいさつもせずに逃げ出す。青い髪の娘は、おれたちが鞄を手にとるのを見ても、何の反応も見せない、いっしょには来ないのだ。おれたちのことを兄弟だと思っている若者とともに、洞窟に入っていく。若者は彼女にギターを弾いてやっている。二人が恋しているのは明らかだ、彼女の彷徨は終わりだ、これからは〈箱舟〉でジョナスとともに過ごすのだ、彼とともに庭や羊小屋で働くのだ。彼女も白い衣装を着て、夜も怖くないようにジョナスに身を寄せて寝るのだ。それが彼女の運命だ。運命に逆らって何かをすることなどできようか?

海

それから、おれたちはニースの港に着く、そこは世界一美しい町だ。夜は階段の近くで過ごし、朝になるとシモーヌ・シスターが、それが彼女の名前だが、魔法瓶入りのコーヒーと、バターやジャムを塗ったパンを持ってきてくれる。だが、夜間に、ならず者どもが波止場に来ておれたちを襲う。それでベシールは片腕が折れてしまった、おれは、ヴィッキーと出遭ったころに西側墓地で、自分の身にもよく似たことが起きたのを思い出す。ベシールは病院で手当てを受け、血が足りないので輸血を受けた。だけどおれは、ゾベイードからもらった汚らわしいΣの病気のせいで、自分の血を提供することはできない。たとえずっと昔のことでも、おれの血はきれいじゃない。ベシールが死んだのは、不良たちに襲われた夜、頭を殴られたせいだと思う。その次の夜、寝ている間に死んだからだ。頭蓋のなかで出血を起こしたらしいが、おれは医者でないのでこの件については何も言えない。

旅も終わりだ。もう歩く必要などない、絶対に。おれは港の、コンテナに挟まれた自分の場所にいて、帆や綱の間を吹き抜ける風の音や、セメントを運んでくるトラックの騒音、貨物用リフトの軋む音を聞いている。日によっては、フェリーボートの到着を待っている子供たちの喚声が聞こえることもある。ベシールも旅をしない。あちら、向こう側の故郷、国境の町トレムセンでは、家族があいつを待っている、だけどあいつは死んじまった。あいつは港で、何も言わずに死んだ、段ボールに横たわり、毛糸の帽子を目深にかぶり、息をするために穴を開けた紙袋をかぶっていたが、もう息をしていない。おれはあいつの名を大声で呼びはしない、「ビシール！」とは言わない。あいつの口のなかに息を吹き込んでやりもしない。あいつが死んだときはおれの父さんに似ていた、顔の皮膚がすっかり蒼白になって、目を見開いているが何も見ておらず、乾いた黒い口をして、手足は冷え切って、灰色のひげ一本さえ動かない。

　婦人警官におれは告げる、「ベシールが死にました」彼女はおれをまじまじと見て、「だれ、ベシールって？」と言う。「あっち。港にいます、動きません、冷たくなっています」とおれは言う。「見せてちょうだい」と彼女は言う。「あんたの仲間なの？」と訊く。「違います、おれには仲間はいません」とおれは答える。彼女はおれといっしょに波止場まで来る。おれは言う、「ベシールは家族のもとに帰らなければならないんです」彼女はなおもおれを見る、「残念だけど、あんたの仲間は家族のもとに行くことはないわ」悲しそうな、じつに悲しそうな声で、そう言う。それとも、彼女にはどうでもよくて、もっともらしいことを口にしているだけなのか。警察の青い車が到着する、それに看護師たちを乗せた白いバンも。ベシールを持ち上げて担架に乗せ、おれたち全員が病院に行く。ベシールを寝かせるベッドがないので、おれは廊下でそばに付き添って待つ。ベシールのリュックとおれのケストレルの鞄を見張っている。それからその場を去る。受付の前を通り、通りに出るが、だれもおれを止めない。屋外では日が照り、冷たい風が木の葉を落としている、茂みの葉は紅葉している。早くも冬が来るのだ。そのあとベシールは、身元不明者を葬る共同墓穴に運ばれる。家族のいない者はそんなふうにされる。遺体を木の棺（ひつぎ）に入れ、その上に生石灰を流す。墓石には氏名も何もいっさい記さない。おれが死ぬときも同じだ。構うものか、墓など何の役に立つ。あちら、モーリシャスの、サン・ジャン墓地でも西側墓地でも、お偉方は死んだ者を忘れる、死者に会いにいったりはしない、割れた敷石を修繕せず、塩水に浸した歯ブラシで継ぎ目を磨いて苔を洗い落とすこともしない。黒鉛筆で死者の名前を上塗りすることもない。だからミシエ・ザンは、彼の灰色のピンキ、あのひどいピンキを取り出し、死者の名前をなぐり書きする、スターカーズ嬢、ラモアム家の男たち、フェッセン一家、ラロス夫人。墓など何の役にも立たない。

ベシールのリュックのなかには何もない。何枚かの書類と、奴の言語で書かれた緑色の大きな本が一冊あるきりだ、神さまを信じているわけじゃないが、奴はいつだってこの本を持ち歩いている、おれに見せることもある、だが何が書いてあるのか知らない、アラーの祈りをおれは知らない。写真入りの身分証もあるが、写っているのは奴じゃない、黒い口ひげを生やした痩せた男だ。それはフランス軍の身分証で、元兵士とだけ書いてあって、一九五八年の日付だ。きっと、現地補充兵のベシールの父さんだ、戦争で死んだのではなく、フランスの、すべての元兵士を閉じこめる収容所で死んだのだ。奴の鞄には金もパスポートもない、役に立ちそうなものは皆無だ。小さな紙袋に、綿に包まれた銃弾が見つかった、少し汚れて黒ずんでいる、奴がときどきおれに見せた銃弾だ、昔アルジェリアで奴の頬にめり込んだ弾で、陸軍病院で摘出したものをもらい受けたそうだ。そしてそれを、抜けた歯のように綿にくるんで、生涯取っておいたのだ。だとすると、奴が死んだのはそのためかもしれない、弾は奴の脳内を飛び回るのだ、だけど、すべて奴の空想かもしれない、鞄に入っているのは地べたに落ちていたのを拾った弾かもしれない、奴が死んでしまった今となっては訊ねようがない。あんなことがあったあとなので、夜、港にとどまるのはやめて、市場の近くのアンリ・シスター——自分でそう名乗っている――の家に身を寄せた。だけど、夕方六時までに着かないと開けてくれない、ドアを叩いても「アンリ・シスター、開けてください!」と声を張り上げても答えない。それで、遅くなると、長距離バスの駐車場か教会の円柱の根もとにいることにした、そんな場所なら犬を連れた浮浪者が大勢いるからだ。だけどニースでは無理だ、夜は絶対に浜にいてはならない、ならず者どもが浮浪者を襲おうと徘徊しにくるからだ、そうなったら完全にお陀仏だ。

港では、古い石のベンチを温める日差しが好きだ。ベンチは心地いい、小さな疵がいくつもついている。ただしいつも清潔なわけじゃない、いつか毛虱が何匹もおれのほうに走り寄ってきたことがあって、靴で叩いた。日差しはおだやかで白っぽい、いつもアスピリン剤のように生気のない白さで、ルイーズの日差しとは違う。シモーヌ・シスターが淹れてくれるコーヒーを飲んだあと、港のコンテナの間をぶらつく、だれもおれが何をしているか訊ねはしない、シモーヌ・シスターにはおしゃべりをする時間はない。それでもいつか、イタリアのパンテッレリーア島の出身だと言った。そこも島で、北アフリカの海の真ん中にあるらしい。シモーヌ・シスターは年寄りで、大きな鼻をしている、ボヌ・テールの修道院のシスターたちの服装とは違う。青のズボンに、足が大きいので男物の靴を履き、暑くても毛糸のとっくりセーターを着込んでいる。それでもいつもネッカチーフを巻いているのでシスターだとわかる、首には黄色の小さな十字架をかけているが金製ではない。

波止場のはずれにある水場に行く、コルシカから連れてきた馬を陸揚げするときに、屠場に連れていって殺す前に水を飲ませる場所だ。馬たちが波止場を走って通りすぎるたびに、おれの心は痛む、馬が大好きだから。毎朝、日が昇る前に冷たい水で体を洗うのだが、顔、胸、腕……と少しずつ洗って手早くすませる。波止場を照らす灯火は黄色い。ときどきマグロ漁船が夜間に到着する、水夫たちがマグロの詰まった大きな桶を取り出し、鉈（なた）で魚を切る。今ではおれもマグロを切るのを手伝い、金をもらっている。連中は世界のいたるところから来ており、アラブ人も、スペイン人も、中国人さえいる。連中はおれを怖がらない、身分証を見せろなどと言わない、おれは自分の名前を告げた、それで連中は港に着くと「おーい、ドードー！」とおれを呼ぶ。連中はマグロを輪切りにした数切れを新聞紙に包んでくれるが、マグロは食べない、なぜって赤身も血も苦手だし、牛肉も豚肉も食べられない。それでマグロはシモーヌ・シスターにやる、彼女が面倒を見ている浮浪者たちが食べるように。それと引き換えに、シスターはいろんな果物、オレンジやブドウをくれる。ベシールが死んでから、おれにはもう友達はいない。話しかけてくる人々はいるが、おれには連中に話すことなどない。ベンチの上で、ただ穏やかな日差しに当たっていたい。ときどきヴィッキーやオノリーヌのことを思う。ずいぶん昔のことだ、それでいて一瞬一瞬を覚えている、眠らない人間はまさにこんなふうだ、すべてがつながって、一日が終わることなく、夢など絶対に見ない。

　ニースの港で、毎日その男とすれ違う。老人だ、おれより年寄りだ、とても大柄で痩せている、いつもきちんとした身なりをして、青い縞（しま）の入った黒の背広は少しくたびれているがエレガントだ、ハード・カラーに小さな細いネクタイを着けている、黒々とした豊かな髪の毛をオールバックに掻き上げ、ひげははさみでよく整えられ、丸い眼鏡をかけている。奇妙なことに、白人なのにインド人のように濃い肌の色をしている。杖の先につけた金具を鳴らしながら大股でやって来る。階段を昇るときを別にすれば、体を支えるために杖を使うわけではない。地面に落ちているもの、石ころや、空き箱や、丸められた紙くずをそれでつつくこともある。男は石のベンチのおれのかたわらに腰かけて、煙草を吹かす。煙草入れに収まったすぐに吸える煙草ではない、黒いゴムのベルトのついた小さな器具に煙草の葉を入れてみずから用意する手巻き煙草だ。トウモロコシ色の紙の上に煙草の葉をつまんで乗せ、手で巻く。吸う前に、舌の先で紙のへりを湿し、葉がこぼれないように両端をすぼめる。男の指は黄ばんでいる、歯もそうだ、一本吸い終えるときにその火でもう一本に点火するチェーン・スモーカーだからだ。一本吸っている間に次の煙草を巻いている。おれにこう言う、「君も一本どうかね」戦前の年寄りの話し方だ。おれは礼を言って辞退したが、男はそれを忘れて、あとでまた勧める。この老人は友達ではないが、ほとんど毎日、午前十一時ごろにここに来て、弱い日差しのなかで日向ぼっこをする。ベンチに腰かけて話をする、とくにおれに向かって話すわけでもない、おれを見ずに話すからだ、親指と人差し指で煙草を挟むのは父さんと同じだ。名乗らずとも、やがて言葉の抑揚からおれと同じ島の出であることがわかった。いろんな地名を口にする、「ラ・マッティニー〔ラ・マルティニー〕」、フロッエアル〔フロレアル〕」、イッシュ・アン・ノー〔リッシュ・アン・ノー〕」、サン・ピエ〔サン・ピエール〕」、サヴィニア、モカ……」歌うような抑揚の男の話を聞いているうちに、胃が痛くなる、締めつけられる感じがする、こう言ってやりたくなる、「おしゃべりはやめてください、島やお屋敷街の話でおれの邪魔をしないでくださいよ、おれは下町の出身、サン・ポール街道、年取ったオノリーヌが住んでいるラ・カヴェルヌの出なもので」だが、男の話を聞くのはうれしくもある、「おー」とか「……イエ〔……イエール〕」とか「ル・ポ〔ル・ポール〕」とか「カト・ボーヌ〔キャトル・ボルヌ〕」といったなまった発音を聞くと、心がかき乱される、泣きたくなる。古いヒルシエンのピアノの音色を思い出す、理解する必要なんかない、おのずと浮かんできておれを震わせる。ブロンズ色の肌をしたこの老人も、心の内で同じように感じているのだと思う、一瞬言葉を切って吸いさしを吹かすと、煙が沁みて涙目になるからだ。うんと昔のこと、戦前の話をして聞かせる、大きな船に乗り、世界を旅してフランスまで来たという。そうして今、ここにいる、水場近くのベンチのおれのそばに腰を下ろしている。人生とはおかしなものではないか。

老人はおれを「君」と呼ぶが、おれは「あなた」で答える、おれたちは立場が異なるからだ、老人とおれとでは島の同じ側には属していないからだ。縞模様の濃い色の背広と中国人の店でクリーニングした白いシャツを着込んだ老人は、お偉方の側の人だ、その細い手の親指と人差し指の先が黄色くなってはいても、爪の手入れは行き届いている。それに引き換えおれの服装はよれよれだ。それでも、日が昇る前に水場でよく洗ってはいて、漁網を干す竿に引っかけて乾かす。その間は腰布一丁でいるのが恥ずかしいので、釣り道具を保管している小屋の列の裏に隠れている。ある日、港の警備員がやって来て、そんなことは禁止されていると言う。それでもおれは酒を飲まないし、礼儀正しい話し方をするので、そのまま見逃してくれる。

老人は毎日しゃべる、しゃべらないときは綴じた画用紙に絵を描く、タンカーや、トロール船や、マグロ漁船など、港に停泊中の船を写生するのだ。木炭のクレヨンと絵具ひと箱を持参していて、水場の水を壺に汲み、海と空の水彩画を描く。だけど老人が実際に見ている光景には似ていない。色彩が強くて、海はとても青く、船の帆は赤く、雲は白い、さもなければ、空はサイクロンのときの色をしている。老人が描いているのはおれたちの島、すべての海の果てにある島なのだから。一度、その古い絵画帖を見せてくれたことがある、おれはデッサンや絵を眺め、頁の下に書かれた地名を読んだ、日付とともにとても細くてとても美しい字で書かれている、「トヌリエ、一九一二年」、「ファンファロン、一九一四年」、「クーニッグ塔」、それにおれが昔ラ・ルイーズの四つ辻から眺めた「シニョー山、プース山、オリー山、ピーター・ボース山の山なみ、一九一七年」がある。おれは何も言わないが、胸が痛む。老人は満足している、おれがこれらの場所をまったく知らないと思っていて言う、

「わかるだろう、君は私が誇張していると思っているが、これが本当の色なんだ。目を閉じてみたまえ、いたるところに紫色が見えるだろう、いたるところに」彼は絵画帖を手に取り、「紫色がイッタルトコ、イッタルトコ」と言う。おれは目が閉じられないが、老人のいうことが嘘ではないとわかる。いたるところが紫色だ。

してみると、このとき、こちらも向こうも同じことなのだ。フランスまで旅行に来る前は知らなかった。みんなは、よそはこうじゃないと思っている。しかしよそも似たり寄ったりだ、偉いさんとそうじゃない者がいて、会長だの、支店長だの、銀行家だの、アルマンドー家だの、エスカリエ家だの、ロビネ・ド・ボス家だの、ラムチエッティ家だの、シン家だの、ミン・スー家だの、パク・スー家だの、ドン・スー家だの、ノース・トゥームズ家だのという人々がいる。その一方で、一文の値打ちもない連中がいる、忘れられた連中、這いつくばった連中だ、名刺も銀行のカードも持たず、ポケットにはくしゃくしゃの紙幣と錆びた硬貨がいくつかしか入っていない。今となってはわかる、ベシールは死んじまい、病院の廊下で担架に横たわっている、白衣の医者や緑色のスクラブをまとった看護師がそばを通りかかっても奴には見向きもしない。それでおれは何も言わずにその場を去り、夜の暗がりのなかを歩く、ベシールのリュックには兵士の身分証といつも持ち歩いていた緑色の厚い本しかない。

老人は、フェッセン家の人間だ、本人に訊ねるまでもない、おれはそう確信している、世界の果てに至った王族のようなあのたたずまいは、たとえここ、この石のベンチに浮浪者とともに腰かけていても、それとわかる。もしおれが、フェッセン・投石野郎(クー・ド・ロス)ですと名乗ったら、思い出すだろうか。クー・ド・ロスの一族など、知ったことではあるまい。老人の肌はおれより日焼けしている。しかしコーヒーを飲むときにサッカリンを一粒舌に載せるのは、糖尿病のせいだ。「製糖業者の息子が糖尿病だなんて、いささか滑稽ではないかね」おれは老人の絵画帖のデッサンや絵を眺めるのが好きだ、風に傾くモクマオウ、礁湖（しょうこ）、丸い小さな雲がいくつも浮かぶ空など、いろんな風景だ、雲が羊の群れみたいに小さくなるのはモーリシャス地方でしか見られないからだ。それで、おれは向こうに行きたくなる、泣きたい気分になる。だが、おれの目は乾いたままで、舌の先で湿さなくてはならない。老フェッセンはそんなおれの素振りをうかがいながら、「ほほう、君はじつに変わり種だな」と驚嘆の顔つきで言う。驚いたときに島の人々が見せる表情だ。「トカゲのように舌をペロッと出せば、スカンブルロさんの福引き場ではだれにも負けないくらい稼ぐことができるんです」それもまた老人を大笑いさせる。搾（しぼ）りかすを剣代わりにして、従姉妹（いとこ）たちとサトウキビ畑で取っ組み合っていた子供のころを思い出しているのだろうか。竹林の裏の、せせらぎの対岸にあった家を知っているだろうか。おれが小さいころに住んでいた家で、父さんはそこで死んだ。アルマンドー一家がアルテミジアの住む小屋を取り壊し、彼女が四つん這いになって脚が一本になってしまった人形を拾っているときに、この人はあそこにいたのだろうか。あの情景のなかに飛んでいきたい、おれは窓から逃げ出す鳥だ。その男、老フェッセンは、小さな器具で煙草を巻いては火を点ける、すると煙草の先端の紙が燃えだす。老人は一度おれに訊ねた、「私が何をしているかわかるかい」おれは「きっと裁判官（ジーズ）〔ジュージュのクレオールなまり〕でしょう」と言う。すると男は笑い出す、「裁判官だと。いいや、はずれだよ、本当は医者だ」少し間をおいて付け足す、「だが仕事はしていないよ、その必要はないんだ、妻が裕福なものでね」こうも言う、「戦時中に何もかもなくしたのさ、それに医者をやるにはもう年を取りすぎている」おれはこう尋ねる、「あのう、おれはなぜこんなふうになっちまったのですか」老人はおれをまじまじと見る、鼻もまぶたもなく、大きな口をして、舌だけがあまりに長いおれの顔をめぐる質問の意味を見てとる。鉄を被せた杖の先で、老人は地面の埃のなかにおれの病気を表す呪われた文字を書く。たしかな医者だ、ひょっとしたらおれの症例を知っていたのかもしれない、島の連中は生まれつき抜け目がないから。おれは地面のほうへ少し身を屈め、老人がΣの文字を書いたところをまじまじと眺める。おれはこう訊く、「どうすればいいですか」「君は君の運命を変えることはできない」そして老人は立ち上がる、太陽に向かって突っ立ったままでいる、老人は大柄で痩せていて黒装束だ、日暮れに帰宅して「行儀よくしなさい！」と言うときの父さんに似ている。おれはアルマの時代に戻って、父さんが帰るのを待っている、砂利道を鳴らす父さんの足音が聞こえる。フェッセン老人は行ってしまう前に一度振り返る、「またな（サラム）！」「またね（サラム）、フェッセンさん！」おれの声が聞こえたのかわからないが、老人が帽子を持ち上げたので、自分が立派な紳士になった気がした。老人を見たのはそれが最後だった。

　そのあと、シモーヌ・シスターに訊ねた、「あの年寄りはどうなりました」シスターはおれにこう言った、「転んで片脚を折ったのよ、それでその脚は切られてしまった、糖尿病の老人にはよくあることなの」フェッセン老人が亡くなったのか、それとも生きていて、集合住宅の七階の窓から夕日を眺めているのか、おれたちは島ではいつも、太陽が眠りに就く前に海の水を飲むのを眺めるのが好きだ。おれはベシールを知った、青い髪の娘を知った、フェッセンさんを知った、やがてみんな死んじまった。おれが生きているのは、眠らないからだと思う、人が眠ると目のなかに夜が忍び寄る、そのせいで死んでしまうのだ。

二つの家

今では、アルマには何も残ってはいない。ぼくはアルマには立ち寄りさえしなかった。高速道路が、まるでET(イーティ)が通った跡のように、クレーヴ・クールの高地に向かって伸びている。コンクリートの橋脚の上に架設された道路は、山の斜面を断続的に流れるせせらぎを越え、地表を覆う溶岩の殻の割れ目にシダや蔦(つた)がはびこる場所を越え、忘れられたカルデラ湖を越えて、生姜畑(しょうがばたけ)や、四角い野菜畑や、スネークウッドの生える森の上空を飛んでいる。高速道路は、老夫婦が琥珀(こはく)の目をした雌の瘤牛(こぶうし)を一頭だけ飼っているような小農家が点在する集落から遠く離れたところを通っている。サン・ピエールの商業施設、あの油断ならないマヤのきらびやかなドームを逸れている。高い山々が、さながら静寂を守る厳格な軍勢のように連なり、人々を洗脳し過去を葬り去る今という時代に抗戦する最後の砦のようである。

それでもぼくは、モカのエムリーヌ・カルセナックの家をふたたび訪ねた、最後の調査のため、父がこの島を離れる前にやり残した調査を行なうためである。一九一七年、第一次世界大戦のまっただ中のことで、父は十五歳で早くも反対側の世界に視線を向けていた。年齢を偽り、カンドスの丘の斜面で行なわれる演習に参加する植民地軍志願兵の教練に登録していた。勉学も、読書も、若い娘たちとのおやつも、もうどうでもよかった。もはや、向こう側、世界の反対側で起こっているあの戦争しか、これから出かける戦場しかなかった、けっして島には戻らぬ確信しかなかった。

アルマでは、もうひとりの子供のことを思う、だれも話題にしない子供だ。エムリーヌのアルバムにあるセピア色の一枚の写真のなかに、その子の姿を垣間見た。アルザス風の名前を持つ明るい金髪の子供たち、ノルマンディやブルターニュの血を引く子供たちのなかで、その子は外国人のように際立っていた。まじめそうな美しい相貌の混血児で、繊細な顔立ちに眉がきりりと弓形を描いている。ズボンがニッカーボッカーになった三つ揃いを着込み、磨いた靴を履き、まるで未来を推し量ろうとするように、ひとりだけまっすぐレンズを見つめている。一瞬彼に目を止めると、エムリーヌは茶化しながら言う、「何か見つかったかい。拡大鏡を貸してやろうか」目は結構よいのでその必要はないと答え、ページをめくった。だがその瞬間にわかった、彼だ、呪われたフェルセンとは、姿をくらましたドードーの父親とは、この男だと。アルマでも、キャトル・ボルヌでも、サン・ジャン墓地でも、ポート・ルイスの街路でも、市場の近くでも、ボー・バッサンの劇場の、ジャイプル宮殿〔インド北西部〕にも似た大きなホールでも探したが見つからなかったあの失踪者だ。劇場の寄木張りの床は庇から落ちる水のせいで黒ずみ、壁際の一角には、親に見捨てられたクレオールの女の子たちが踊るバレエの伴奏者としてかつてエムリーヌが「ヴァルキューレの騎行」〔ヴァグナー作曲〕や「半獣神の午後」〔ドビュッシー作曲〕を弾いた古いヒルシエンのピアノがあった。

「フェルセン一族のことを話してください」とぼくは静かに言った。すると彼女の目が涙でうるむのが見えたが、たぶん白内障のせいだ。エムリーヌがもう一度アルバムを手に取ることはなかった。それに彼女は、すべての写真を、初聖体拝領の際のすべての映像を、暗記していた。アルバムこそは、彼女がまるで前世のように遠い昔の生活から剝ぎ取ってきた唯一の贅沢、先祖や同時代人を弔（とむら）う祭壇だった（彼女の年齢になると、同時代人もすでに昔の人だ）、それは、モカの湿気で傷（いた）んだ赤い革の蓋に表と裏から挟まれた墓に似ていた。

「あんたは何を知りたいの。何を話すこともできないよ。秘密だったからさ、知らぬ者はいなかったが、口にしてはならなかった、ちっぽけな国がどんなふうだかあんたも承知だろう、私の父さんがよく言っていたよ、『ちっぽけな国、ちっぽけな連中……』とね。あの人たちのことを、わたしたちはけっして話題にしなかった。クー・ド・ロス家の人々、それにドードーは、竹林の向こう側にあった別の家に住んでいたよ」奇妙にも、彼女は声を詰まらせる。オルガのせいかもしれない、台所をかき回しているあの元歌手のせいかもしれない。ぼくが歓迎されざる客人で、早く帰ってもらいたいと、ぼくらの内密な話は自分には迷惑だと言わんがために、わざと咳払いをしている。あたかもぼくらが陰謀を企てて彼女の生活を乱そうとしているかのようだ。「家は二つあったのさ」とエムリーヌはゆっくりと、一語一語を切るように話す。「わたしたちは子供だった、あの二軒の家があった、一方はよきフェルセン家、もう一方は、ライバルの悪しきフェルセン家というわけさ。わたしたちは二つ目の家には絶対に行かなかった、そこの住人の話は絶対にしなかった。アシャブの爺さんは彼の島から戻っていた。イギリス人の家政婦がいて、息子の世話をしていたわ。その子はひとりぼっちで大きくなった、わたしたちとは交わらなかったからね。ある日フランスに出かけて弁護士になった、いや裁判官だったか、忘れたよ。かの地でレユニオン島生まれの歌手と同棲して、クレオール美人だったわ、その人を荷物ともども連れ帰った。わたしはドードーが生まれたときにはもう結婚していたから、成長するところは見ていない、もうあそこには住んでいなかったからね。その後、奥さんが亡くなったのだけど、まるで最初からいなかったも同然で……。その女性のラニという名を一度耳にしたことがある、あちら、レユニオン島の王妃のひとりに見立てて、からかおうとしたのだと思う。ラローシュというのが旧姓だった。一方がフェルセン、他方がラローシュでラロス、クー・ド・ロスと呼ばれていた。これらはあだ名で、小石一投ほどの価値もないという意味よ、わかる？　いつもひそひそ話をしようと待ち構えている、この国の毒舌家どもの仕業よ。わたしたちは絶対に向こう側には行かなかった、言いつけに背く目的で行ってみることはあったけれど。溝を越えるのも遊びだった、池の近くの竹の垣根まで草のなかを這って進んだ、そうして家を眺めた。あなたたち、高い身分のフェルセンの家とは違って、美しい豪邸ではなかったわ。むしろ醜くて汚い小屋で、大きな栗色の鎧戸はいつも閉まっていた。中庭には雑草がはびこっていた。わたしたちは竹林の裏手にとどまって中をうかがったけれど、だれも姿を現さなかった、幽霊船のようだった……」

エムリーヌはむろん、ぼくのために語っているわけではない、過去をよみがえらせるため、あまりに昔のことで、彼女を措いて思い出せる人間がいないような過去を、今にも消えてしまいそうな青白い小さな炎のように揺らめくかすかな息を、よみがえらせるためだ。戸外では、レデュイに向かう道路が渋滞する時刻だ、クラクションが苛立ち、高まり、喉がかれたような音を立てる。鳥たちも仕事に取りかかる、ムクドリがエンジンの音を覆い尽くすほどけたたましく鳴く。それに相変わらずオルガが、あたりをかき回したりどなりつけたりしている。ぼくは聞き違いをしていないだろうか。エムリーヌの声は、「二つ目の家」と言うときに震える。「ドードーはそこで大きくなったの、父親と、年老いたイギリス人家政婦のもとで、ひとりっきりで。だれも見かけた者はいなかった。そして父親が死ぬと、街道を彷徨した。彼ひどく醜くなり、まともな顔ではなくなった、病気に罹ったのさ、らい病だというわさだった。彼は人目を避けた。

ヤヤの娘のアルテミジア婆さんしかいなかった。彼女は街道が途切れるあたり、サトウキビ畑のまん前の小屋に住んでいたのだけれど、ある日アルマンドー一味の卑劣漢どもがその小屋を潰してしまった。アルテミジアは悲嘆のあまり死んだ。以来ドードーの姿はアルマでは見かけなかった、でもその名前は忘れられなかった。ドードーはそこここに出没して、乞食になった、どん底の境遇に落ちた。わたしたちもみな追放された、虫けらのように追い出されたの。わたしたちはこっち、この〈反吐が出る場所〉に来て暮らした。あんたの父さんは行っちまったよ、歳が足りなかったので戦争はしなかった。戸籍上の身分を偽ろうとしたのに、兵隊にとってもらえなかった。そこですべてを投げうってフランスで勉強した、二度と島には戻らなかったよ。あの人はそう言い、それを守った。わたしが結婚したときでさえ来なかった」

墓を覆う革製の蓋は閉じられた、もう二度とは開くまい。ぼくには何も訊ねるべきことはない、まもなく消滅するひとつの物語だ。残るものは何もない、ただあの色の薄れた何枚かの写真、古めかしい祈禱書からこぼれおちた聖画のような写真だけだ。それは昔の時代から差してくる曙光(しょこう)だ、水平線を明るく照らすが、昼の光を大きく輝かせる力はない。もう遅すぎる。ぼくはエムリーヌの手を取った。扇風機のない古い家は息詰まるほど暑いのに、その手は冷たい。挨拶もそこそこにその場を後にし、大股で歩いて扉の掛け金を押す。錠前が軋み、錠の舌に木材がぶつかってがしゃんと鳴る音に、オルガが安堵しているだろうと思う。突如、乗用車やトラックの流れのなかに入ってしまった。クラクションの喧騒が触れてくる、ブレーキを踏む音や、乱暴な運転手たちの叫び声も。排気ガスの青い煙に息が詰まりそうになる。大男のトーニオ・デュカスはこれを「発煙筒」と呼んでいる。

楽園最後の日々

毎夜、南の方向を見晴るかすぼくの前に空が広がる、これほど長時間眺めたことはない、まもなくこの地を離れるからだろう、そして一つひとつのしるしや形状を網膜に焼きつけておきたいからだろう。これから先、望むたびに、現実のヴェールがどれほど分厚くとも、ぼくの生活がどんな状況であれ、目を閉じればもろもろのイメージが現れるだろう。ぼくが持ち帰りたいのは天頂、それ自体は見えないけれどそこに向かってすべてが集約される一点だ。天頂がぼくの好きな星座ばかりに囲まれているのは偶然だろうか、つる座、鳩座、鳳凰座(ほうおうざ)、からす座、それに胴体と両の翼で真南に向かって突き出した十字架をかたどる名もなき鳥の形をした星座だ。だがぼくがうかがっている星座(薄雲の間にかろうじて垣間見えるものの、星雲に溶け込んでしまう)は、孔雀座と鳳凰座の間で、みずへび座の尻尾の上に立って蛇のような星雲に背を向けた奇妙な鳥、ピカ・インディカだ。その姿にわが古き友、この数カ月探し回ったがむだに終わった友の姿を認めるのは容易だ。筋肉に覆われたその巨体、そのちっぽけな翼、鎌の刃のように鋭いくちばし、いくら煮ても柔らかくならない老人の禿(は)げ頭をもつかのヴォゲルル、肉を食えば吐き気を催させる鳥、わが老いたるドードーだ。

ぼくがさして望みもせずにモーリシャスにやって来たのは、起源を理解するため、すべてが始まった灼熱の地点を理解するためかもしれない。今から八十年前に、父は、フランスで研鑽を積むために島を離れた、第一次世界大戦中のことだ。そのとき父は、アルマの没落という災厄から逃れた。父の父親は、あまりに人を信用しすぎること以外にどんな過ちも犯さなかったのに、生家から追放された。東のほう、マエブールやベル・マール、あるいはプードル・ドールのほうへ行く道を指し示してくれる、燃える剣を携えた大天使はいなかった。代わりに、黒装束をまとって小さな眼鏡をかけた執行官がやって来て、財産の目録を作成した。

この物語はぼろぼろの織物である。母のために、母の疑問に答えるために、何かを持ち帰りたかったが、奇蹟は期待していなかった。公証人の古文書にも、国の古文書にも、何も見つからなかった。家族間の揉めごとは、現実にあった揉めごとのことだが（もうひとつの物語、ぼくが書く物語はむしろ想像の産物だ……）、あまり痕跡を残さない。それは弁護士事務所のフェルトに包まれた沈黙のなかで、サロンでの秘密裡の会議で、ときに寝間の恥ずかしい陰で起こった。古文書館の係員はいくぶん血のめぐりが悪い女性で、アルマの地図と定款（ていかん）を見せてほしいと言うと、失望したように首を横に振った。「お待ちください、何があるか見てきます……」彼女が見つけたのは、共和暦七年に、当時十八歳の妻アルマ・ソリマンと生後六カ月の娘アンヌを伴って、フランス島に移住した二十六歳の卸売商、ぼくの先祖アクセル＝トマ・フェルセンの名が記載された、商船ダフネ号の乗客名一覧だけだった。ぼくに愛想よくしようとして、その婦人は厚紙のように分厚い紙に乗客名簿をコピーしてくれた。おまけに、医学博士だったぼくの大叔父アレクシが、一九二〇年にパリからジュール・アルマンドーに宛てた一通の手紙が入った封筒がなぜかそこにあって、それをぼくに渡す。その手紙でアレクシは、なぜ、規約にはそう書かれていなくても、自分が製糖所の株の五十パーセントを所有する株主のひとりだと考えるかを説明していた。手紙は紫色のインクで書かれ、一部薄紙に滲んでおり、名宛人に読まれることはなかったと見える。手紙の興味はひとえに、それを書いた人間の信じがたい無邪気さ——策略と言ってもよいが——を示す点である。一瞬それをコピーしようか、いや、くすねてやろうかとさえ思ったが、やがてあきらめた、その内容があまりにばかげているように見えたからだ。

一九一九年に世界中で多数の死者を出したスペイン風邪の流行中に、フェルセン家の曾祖父エリアスが亡くなると、アルマの屋敷はアルマンドー家に買い取られ、フェルセン家はもはやその地所の管理人ではなくなった。すべてを捨てて、祖父アーノルドのようにボー・バッサンに逃れたり、大叔父アレクシや父のようにパリに出たりした——さらに同じ家系図の別の枝の嫡男であるアントワーヌのように、ロンドンで一家の財産を湯水のように使い果たしたあげく、弁護士会から除名された者もいる。アルマの歴史を形作るのはそうしたすべてだ、破産や最後の住人の追放さえ、また「マヤランド」すなわち幻影の地、という大げさな名前を冠した、島随一の規模を持つショッピング・センターを建てるために銀行連合に土地を売却したことさえ、それに含まれている。

昨日、エムリーヌが死んだ。ろうそくが吹き消されるように、老衰以外の原因なしに、眠っているうちに息を引き取った。知らせてくれたのはパティソン夫人だ。彼女は「お葬式に行くなら急がなくては、夏のモーリシャスでは死人はぐずぐずしないわ」と付け加えた。そこで、アルマには戻らずに——どのみちあそこに何が残っているというのか——モカ行きのバスに乗る。黒い石造りの古い教会の十字交差部には、隣人や親戚ら、わずかな参列者しかいない。スイスや南アフリカで暮らす孫たちは来なかった。参列者は立ったままで、無愛想なオルガが最前列にいる。悲しみのせいかさびしさからか、少し身が縮んだようだ。あの〈反吐の出る場所〉と呼ばれる家は、今後残るまい。解体されて、大学生向けの貸しアパートに建て替えられるだろう。暑苦しい天候で、マダガスカル沖から襲来してきそうなサイクロンが話題になっている。それで教会の扉も窓も開け放たれ、バスやトラックの唸り声や乗用車のクラクション、それに第二次世界大戦中のドイツ軍のヘルメットをかぶった配達人がまたがる自転車のかん高い音が聞こえる。ラジオ・ワンのけたたましい声が、rの音を巻き舌で発音するセガやチャンクラー鶏の宣伝に混じって聞こえてくる。そうした音の向こうに、つぶやくように祈りを唱える司祭の声が聞こえる。だが、エムリーヌが恋歌のリフレインのように好んで口ずさんでいた、あのすばらしい「怒れる日▼53」はない。涙を流す者はおらず、感動を装う咳払いがときどき聞こえるだけだ。人が老いたときには、埋葬されるはるか以前にすでに死んでいるのだ。そして、このとき突然、一種の奇蹟なのだが、エムリーヌの小さな飼い犬（あるいはオルガの飼い犬なのか、もう忘れたが）のリシアン〔リュシアンのクレオールなまり〕が、オジーヴ天井を戴く大扉から入ってきて、中央通路を祭壇までうれしそうに小走りに歩き、呆気にとられた司祭の前で一瞬立ち止まる。追い出そうとして「こら、出て行け！」などと言う者はいない。小犬は尾を振り、やがて踵を返して通りへと戻っていく。

ぼくは明日フランスに向けて発つ、たぶんまた来るだろう、来ないかもしれない、自分でもわからない。シミエ〔ニースの高級住宅街〕のサン・シャルル修道院では、母が報告を待っている。真っ先に「フェルセン家のだれか、生きていた？」と訊くだろう。「もうひとりもいないよ、母さん、ぼくが島を後にしてからはね」エムリーヌのことを母に話すかどうかわからない。彼女は、アルマンドー家やエスカリエ家、ロビネ・ド・ボス家がやって来る以前のアルマを知る世代の最後の生き残りだった。子供たちを食い物にするマヤの出現以前のアルマだ。むしろオルガやリシアンのことを話すかもしれない。ド

—ドーの遺した丸い石は、もうしばらくポケットに入れておこう。だが、それが収まるべき場所はどこかの博物館だ、たとえばラ・ロシエルの。あるいはパリの国立自然史博物館にある、かの大型鳥の大ざっぱな修繕を施された骸骨のかたわらだ。クララが空港で待っているはずだ。彼女を抱きしめて、首の窪みに生き生きとした匂いを嗅ぎたい。クララは訊くだろう、「で、よかった?」ぼくは答えるだろう、「うん、悪くないよ、新婚旅行には」彼女は、約束をさせるときのいつもの身ぶりで手を差し出し、ぼくは親指を圧しつけて約束の印を押すだろう。

おれは名無しだ

おれはドードー、ドードー・フェッセン、クー・ド・ロス、トカゲ。人を笑わすために、旅するために、すばらしいルンペンになるために生まれてきた。それに、歌手ラニ・ラロスの息子だ、おれは母さんの声が思い出せないが、母さんがサン・ジャン墓地へ運ばれていった日のことは覚えている。みながフェッセン家の先祖のかたわらに母さんを埋葬するのを望まなかったので、父さんは墓地のO（オー）通路奥の糸杉のそばに墓をひとつ掘らせた。母さんがいるのはそこ、壁際の、灰色の平墓石の下だ。父さんがいるのもそこだ、おれは墓穴の前に立っている、土のなかに降ろされる棺に雨が降っている。

ここ、〈白い家〉では、だれもおれのことを知らない。おれは本当に名無しだ。もうどこにも行きたくない。警察に連れていかれた日からおれはしゃべるのをやめた、やつらはおれの名前を知らない、年齢も知らない、おれのことを狂人だと思っている。それでここ、高速道路の入口近くの大きな庭のなかにある〈白い家〉に連れてきた。ここは貧窮者と精神病患者が暮らす家だそうだ、おれはその両方だ。窓は黒い鉄の格子でふさがれている、だれかが逃亡するのを恐れているのだ、しかしおれは逃亡などしたくない。ここここそおれの家だ、死に場所だ、相部屋だがベッドをあてがわれ、朝昼晩の三食を出してもらえる。朝はコーヒーに、ジャムや蜂蜜を塗ったパンだ。ときにはスーパーマーケットの古い果物が地面に落ちているのを拾って食べる。格子越しに、〈白い家〉の前の冬木立が見え、毎日小さな若葉やさえずる小鳥をじっと眺めている。庭の反対側の建物には、窓がたくさんあって、ときどき朝、それに金色の光線が当たる。サトウキビ畑を照らす日差しのように黄色い光線だ、おれは島の色を目で飲むように満喫する。医者が来るのは朝か夕方で、白衣を着た男女の医学生を引き連れている。女学生たちは真剣だ、眼鏡をかけ、髪を黒いシニョンに結い、マスクを着けて耳の後ろで留めている。毎日やって来るひとりの女学生がおれのお気に入りだが、栗色の巻き毛で、人をからかうような黒い目をしている。名前を尋ねると、「あら、とうとう口を開いたわね」と言う。「わたしはアイシャよ。あなたの名前は？」なぜか知らないが、この娘には恐怖を感じず、「おれの名前はドードーさ」と答える。他の連中は、おれのことをふざけて「あれは偽装者だ！」と言う。偽装者ってなんだろう、それを知りたいが、医者がその場にいるので口を閉ざしてそれ以上答えない。医者というのは、ひどく小男でも、アラブ人でも、偉い人だ。この医者は頭のてっぺんが禿げており、後頭部の毛を前方に撫でつけて格好をつけている。毎日、医者はおれにしゃべらせようとして、自分から名乗る。ラフマンとかサルマンとかいうアラブ名だ。名乗られても、おれは忘れる。この医者とは話したくない、おれの友達じゃない。やがて医者は他の病人を診(み)にいく、若者と年寄りがひとりずつだ。年寄りというものは何かにつけて泣き言を言うから、いつも後回しだ。呻(うめ)きながら「ああ、先生、御存知ではないでしょうが……」最後まで言わないので、医者には知りようがない。相部屋の若者はティトーだ。パリの市門の歩道で木切れを寄せ集めて火を熾(おこ)していた者たち、緑のビニール・シートの覆いの下で眠っていた子供たちと同じく、ジプシーだ。ティトーはいつも死にたがっている、だからここ〈白い家〉の、窓を格子でふさいだ部屋に閉じ込められている、不意に窓から飛び出したくなるかもしれないから。あるいは電車や縁日のオートスクーターの車輪の下にすら身を投げたくなるかもしれないから。実際にそんなことをやらかしたのだが、死ぬことはなく、足に何カ所か切り傷を負っただけだった。サルマン医師は、ティトーのベッドのそばの椅子に座り、ティトーは両手、両脚に包帯を巻いているので横になったままだ。医師はいろいろ質問するが、ティトーは答えず、顔を壁に向けたままだ。それで看護師のひとりが彼の尻に注射をし、医師はその場を去る。おれはティトーのそばにいて、奴を笑わせようと舌を思い切り伸ばす。舌はクールパ〔クレオール語でカタツムリ。走らないもの、の意〕のようにおれの頬を登って、目まで届く。ティトーはこれが大好きで、これをやると笑う。だが、トカゲのまねは、医者や学生たちが出ていってからでないとやらない、連中に偽装者と言われそうだから。おれの名前を知ったら、サルマン医師はおれをたちまち追っ払うだろうし、警察がうろついて、おれをハンソンさんの飛行機に乗せて島へ帰そうとするだろう。しかし向こうでおれはだれにも頼りようがない、ヴィッキーでさえおれを迎え入れたりできまい。島におれの死に場所はない、アルマは破壊された、だれもおれのことなど知りはしない。ここには、精神病患者がいるために、悪魔の隠れる鏡がない、おれはもう鏡から出てくるものを怖がらない、もう悪魔どもをうかがわないし、悪魔どももうおれをうかがったりしない。おれとともにいるのは、浮浪者、老人、名前を持たない連中だけだ。そしてティトーは、鳥のように飛翔するために窓から飛び出したがるから、あいつのことが大好きだ。

〈白い家〉では、おれは当初、格子窓のある部屋に閉じ込められていた。ある夜、ひとりの大柄の男がベッドの間を歩き回っていた。革のベルトを手に持ち、引っ張って伸ばした、するとパシッという音がした。このベルトでお前たちを絞め殺してやると言い、足を引きずり、革のベルトを鳴らしながらゆっくりと歩く。ティトーは怖がり、ベッドで体を丸めて泣いている。一方おれは、けっして眠らないのでベッドから出ると、男はティトーの前に立っていた。おれは何も言わないし、叫びもしない、狂人たちの寝室でそんなことをして何になる。警備員も夜は叫び声に耳を澄ましたりしない、朝になるとやって来て、みなそろっているなと言うだけだ。おれは男のほうに歩み寄り、両腕で男の体を抱えてぎゅっと締めつけたので、男は息ができなくなって、持っていたベルトを放し、へなへなと床に座り込んだ。両肩が震えているのがわかる、奴も泣いているのだ。おれは男を立たせ、奴のベッドまで歩かせ、寝かせて眠らせる。翌日、看護師たちがおれに話しかけてくる、あなたはヒーローだ、と言う。それでおれは、〈白い家〉のどこでも自由に歩き回れるようになった、おれはみんなの番犬というわけだ。庭のプラスチック製の椅子に腰かけ、植物や鳥を眺める。向こうから話しかけてくるので、おれも応じる。鳥たちには、食堂で出る干し葡萄を餌にやる。人間たちもそっと話しかけてくる、最初は老人だけだが、やがて看護師や、おれの気に入りの黒い目の女子学生も。彼女は戸外でおれの傍らに腰かけ、ノートにメモを取る、そのノートは、島を発つ前にヴィッキーがくれたノートによく似ている。女子学生のために、おれ自身のノートに好きな場所や言葉を書いてやる。ただしこの保護施設では、言葉を綴(つづ)ると警備員に没収される。ラ・ルイーズのアイーシャ・ジーヌは緑の目ととても白い歯をしていたが、ここのアイシャは彼女に似ていない。アイシャはおれのことを怖がらない、おれが怪物だなどと言わない。ある日、いつものように庭のベンチに腰を下ろしていたとき、彼女は手にメモ帳を持っていなかったが、前に少し身を傾けて、地面の砂利のなかに何かを探しながら言う、「あなた、いくつ?」それをおれに訊くのははじめてだ、ただし、医者として狂人を研究するためじゃない、ただおれがだれかを知りたいのだ。おれは言う、「わからないんだ、誕生日を知らないから」サン・ジャン教会のラバ神父に向かって言うようにおれは言う、「それは、おれが眠らないからさ、来る日も来る日もひと続きで、毎日が同じ一日なんだ」ラバ神父にはまったくわからなかったが、アイシャにはわかる。じっと考えてから言う、「じゃ、あなたは永遠ね」おれは笑いたくなるが、こう答える、「そのとおりさ、アイシャ、おれの人生は長くて、ただひとつの昼と、ただひとつの夜がある。おれは死ねないのかもしれないな」

〈白い家〉でおれは快適に過ごしている。アルマを思い浮かべることができる。アルマにいたころ、父さんは教会の近くにある事務所に通っていた。夕方、ベランダにやって来る。アルテミジアが中庭のお決まりの石に腰かけている。目は見えないが、父さんが戻ってくると気配を感じて立ち上がり、お茶を取りにいく。おれは父さんに近づいて、煙草のにおいを嗅ぎ、父さんの低い声を聞く。「やあ、どうだ(ワッツ・アップ)、坊主」と言う。ヤヤ婆だって見つけられる。道の先まで行った森の近くにまだ住んでいる、黒い木でできた小さな家だ。おれはヤヤ婆の腹にもたれて言う、「聞かせてよ、ヤヤ、動物の話を、短くても長くてもいいからさ。聞かせて、ヤヤ！　あの謎解きの小話(シランダーヌ)を、ヤヤ！」それにアルテミジアが相変わらずあそこにいる。おれが病気になっても、Σの大病がおれの鼻も口も目も蝕(むしば)んでも、アルテミジアは病気に罹ることを怖れず、両腕で抱きしめてくれる。おれはいつまでも子供で、アルテミジアは乳をくれる、おれは左右の乳房を順に触り、こっちはおれのもの、こっちもおれのものというわけで、きりがない。

〈白い家〉の庭で、冬の日差しがおれの顔を横切っていく、まもなく日が沈む、空は毎晩黄金色に染まる。おれは島にいる、ただしアルマンドー家、ロビネ・ド・ボス家、エスカリエ家といった悪人たちの島ではない。ケストレルさん。あるいはミシエ・ザン、ハンソンさん、モニークやヴェロニークの島ではない。それはアルマ、おれのアルマ、畑とせせらぎのアルマ、おれの心のなかのアルマ、おれの腹のなかのアルマだ。だれもがいつか死ぬ、だけどアルテミジアよ、お前は死なない。おれは黄金色の日差しのなかにじっとしている、眠れないから目は頭の内側に向いている。いつの日か、おれの魂は、頭に空いた穴から、星の群れる空に向かって飛び立つだろう。

昼と夜が、分割されずにひとつにつながる、それは寄せ波と引き波との緩慢な交代、アルマの人々も、保護施設の人々も、おれの父さんも旧姓ラロスの母さんも、ヤヤもアルテミジアも、それに海の向こう側にいるヴィッキーも、おれをこんな姿にした全身赤ずくめのゾベイードも、みな残らず運び去る目まぐるしい巨大な動きだ。正月が近づいていて、庭の木々に小さなランプを吊るし、施設の入口ホールに鉢植えの樅(もみ)の木を据える。くる年もくる年もずっと同じ木で、上部は禿げ、針葉は煙草を吸いすぎる父さんの歯のように黄ばんでいる。でも問題はない、おれは相変わらずあの同じ曲が弾ける、得意の「オールド・ラング・サイン」だ。広間で弾いてもよいという許可をもらった。おれのヒルシエンのピアノではなく、ガヴォーのピアノに過ぎないが、おれのベト祖母ちゃんの言語で歌詞を頭のなかで口ずさむことができる。それは男たち、女たちのありとあらゆる言語のなかで、一番キレイナ、一番ヤサシイ歌詞だ。それで毎日午後、看護師や医者が休憩している時間に、おれの周りでその歌詞を練習させる。たまには夜になることもあるが、その時刻になると、けなげな狂人たちが広間に集まってくる。おれはピアノに向かい、蓋を開けて弾きはじめる。一同はおれといっしょに、おれのベト祖母ちゃんのスコットランド語の歌詞を歌う。すると父さんとラロスの母さんまでもが、今いる場所でそれを聞く。それはきっと二人の魂を熱くするにちがいない――

ナツカシイ日々ノタメニ、友ヨ
ナツカシイ日々ノタメニ

親愛ノ一杯ヲ酌ミ交ワソウ
ナツカシイ日々ノタメニ▼54

変わり者、終章に代えて

この物語には欠落している環がひとつある、それはよくわかっている。だから母は、ぼくにこの巡礼の旅を依頼した。母は、公に了解されている話にも、夫の頑なな沈黙にも満足できなかった。ぼくがモーリシャスに来たのは、絶滅鳥の調査とは異なる調査のためだ。物語の断片を拾い集めるためだ、ただし理解するためではなく、それなしには安らかになれず、もやもやが晴れないからだ。きっと心の平衡の問題に違いない——クララはいつもぼくの一徹さを非難する。

アレクサンドル（子供時代を脱してからは父のことをこう呼ぶのが好きだ、父によく似合う屈強な名前だから）は、一九一七年に島を離れる。イギリス軍への入隊を試みるためだった。しかしイギリスとしては、十五歳の子供に用はない。彼はパリにいるアマチュア医者の叔父アレクシのところに行き、勉学を終えるまでサン・ミッシェル通りの小さなワンルームに同居させてもらう。同じ時期、もうひとりのフェルセンが生きていた、話題にもされない、家系図の悪しき枝に属する男で、アルマの地所を含むすべての財産を失い、後世から名うての不品行を断罪される人物だ——アシャブという奇妙な名前を持ち、ぼくも子供のころ、父が開催を承諾した一族のまれな集まりで、そのうわさを聞いていた。アシャブは、第一次世界大戦が始まる以前に、モザンビーク海峡のジュアン・ド・ノヴァ島で消息不明となり、その島でひとりの現地女性とともに、[55]コプラの採取で生計を立てていた。この女性について、悪意ある伝説は、物憂げで怠惰なアシカのごとくに語る。アシャブはその後、混血児の息子を連れてモーリシャスに戻ったと言う。だれもこの裏切り者の名を口にしたがらなかった。父の口から有無を言わせぬ口調で発された「できそこない」という形容を覚えているだけだ。アシャブの息子アントワーヌが、できそこないの伝説を引き継いだ、モーリシャスの上流社会とは縁を切り、よそから来た女性と罪深い生活を送ったからである。彼がパリで知り合ったレユニオン島生まれのクレオール女性で、エムリーヌの話を信じるなら、〈女王（ラニ）〉・ラローシュという名前だった。

なぜアレクサンドルは、遠縁にあたるアントワーヌのことを、ぼくに一度も話さなかったのだろう、この遠い親戚の男は、アルマの住人の正統フェルセン家の者たちが彼の姿を見ないで済むように植えた竹の衝立（ついたて）に隠れた、小川の向こう側の、歩いて百歩ほどの近所に住んでいたというのに。だれも彼のことを覚えておらず、一枚の写真だけが残っている。ぼくがエムリーヌのアルバムに垣間見た、黒い目をして繊細な顔立ちの少年である。どこかでこっそり撮られた写真だ、ボー・バッサンの劇場でのおやつの最中か、それともフェルセン一族の子供たちがブラ・ドーを訪れた折か——それはサトウキビの大農場を経営する一家の暗い過去が、彼らの生活のなかに不意に浮上した瞬間だ。

ぼくが興味を惹かれる女性は、〈変わり者〉の妻だ。彼女については名前しかわからない。まるで良家の人間たちがこぞって、策を凝らして彼女の姿を消し去ったかのようである。直接に見聞きした人々は今では死んでしまった、エムリーヌが最後の証人だった、彼女はこの女性を、竹の柵越しに、人慣れない、毒をもつ獣をうかがうようにして、住まいの戸口にちらりと見かけた。そのとき、ラニ・ラローシュは致命的な病に冒されていた。エムリーヌは二十五歳、カルセナックとまもなく結婚することになっていた。アルマからの追放はすでに起こっており、まもなくすべてが跡形もなく破壊されてしまう時期だった。そして竹の衝立の向こうでは、ラニの息子ドミニクが未知のらい病[56]に顔を蝕まれる悲劇が始まろうとしていた。

「遠ざけられた者（イストレインジッド・ワン）」――ぼくが〈変わり者〉というのは、ボードレールの詩を想起してのことだ。「何だと、いったい君の好きなものは何なのだ、並外れた変わり者よ、／――おれの好きなのは雲さ……あそこを……あそこを……流れていく雲……すばらしい雲！」[57]――むしろ〈離反者（アリエネ）〉、いっさいの対話を絶った者なのだろう。パリで法律を勉強しているときに、彼はどのようにしてその女性と出会ったのか、どうして彼女を選んだのか。公認のフィアンセをその女性のために捨てた。ところがそのフィアンセは、内々のうわさでは、とても美しかったという。おまけにルーアン地方のパルプ製造業者の跡取り娘で、とても裕福だったらしいから、アルマを破綻から決定的に救ってくれたかもしれなかった。彼には、真実と栄光がどこにあるのかわからなかった。ジュアン・ド・ノヴァ島に隠棲した父親がそうだったように、みずからの性向に身を任せた。だが、良家の連中というのは、ここでもフランスでも、裏切り者を許容しない、復讐の機会を探し求め、それを果たす。法の人が無法者となったということで、権力者に奉仕する最高裁が、ある日、辞職せよ、さもなければ弁護士連盟から抹消されよう、という二者択一を、〈変わり者〉に迫ったのだった。

　それにしても、彼女、ラニ・ラローシュは、ここ、アルマのなかでも忌むべき場所で、生涯最後の数年をどんなふうに過ごしたのだろうか。エヴァリスト・ド・パルニーの『マダガスカル先住民の歌』▼58を歌った歌手、第一審の案件処理に身を挺したモーリシャスの下級判事の心に火を点けたのだから、ポスター一枚見なくても、さぞ美しかったのだろうと想像されるクレオール女性は、舞台上で輝いた若いころを懐かしみながらどんなふうに過ごしたのか。それに、ヨーロッパに新たな戦争のざわめきが聞こえてくるなか、彼女は愛しているが自分とは結婚できない男に会いにいくために、武器と荷物を携えて〈郵船会社〉の船に乗り込もうと決意したのは、どういうわけだったのか。それは、アレクサンドル・フェルセンがアリソン・オッコナーという看護婦――ぼくの母だ――とイギリスで結婚するために行なった旅とは逆方向の道筋をたどる、行き止まりの旅、未来のない旅だった。

すべての物語には未完の部分がある、ぼくが再構成したかった物語も、この規則を免れない。この旅を決意したとき、人生の半ばだったと言えるが、それがこれほど深く自分に作用するとは思いもしなかった。かの鳥(ヴォゲル)、オランダ人の言うドダルセン、ルイス・キャロルの人物の発想源になった、画家ルーラント・サフェリー〔一五七六―一六三九、オランダ人〕の作とされる、ロンドン自然史博物館の絵によって有名になったドードーの探索は、おそらくは口実だった――三世紀以上も前に絶滅した鳥について、ぼくにどんな新しいことが知りえただろう。ぼくにできることは、父が見つけた丸い石をしかるべき場所に戻すこと、将来、夢や妄想の世界で新たに芽吹くように、それが元来属していたサトウキビ畑の赤土に返すことだった。ところがそうはしなかった。ぼくはそれを、職場の博物館に寄贈した。その小石が陳列ガラスの向こう側で、まるで幻の鳥が石の卵をひとつ産み落としたとでもいうように、両肢(りょうあし)の間に置かれて、鳥の黒い骸骨とひとつになればいいと思った。こうしてぼくは、もう過去の何ひとつ保有してはいない。

ぼくはまた、壊れた物語の、島におけるフェルセン家の物語の、破片を貼り合わせたかった、一族は今や、ドードーと同じくらいに消滅しかけているからだ、ドードー（デッド・アズ・ア・ドードー）のように死に絶えた、と言うではないか。消滅の途上にある一種族に属しているという感情、別の時代、別の文化の証人、脆弱で不確かな標識であるという感情が、あるいはうぬぼれだったのかもしれない。最後の生き残りの周囲で、世界は変容しつつある。どの世代においても人は、ある種の横柄さとともに、昔とはすっかり様変わりしてしまうだろう、と言わないだろうか。

　島を発つ前にブルー・ベイで、新世代を代表するひとり、ジャッキー・マルゼンという男に遭遇した。アルマンドー家の出で、かなり困窮しており、妻のイギリス女性アレックスと、南アフリカで改造された双胴船（カタマラン）で観光客を案内して何とか生計を立てている。彼はその船に、ピカ・インディカ（南天に現れるドードーの化身のひとつ）という仰々しい名前をつけた。感じのいい男で、このタイプの男たちはみなそうなのだが、年中、日焼けした肌をしている。ブルー・ベイの事務所に、礁湖に沈む夕日や大物釣り（または好みに応じて、ノワール川のイルカたちとの海水浴）を撮った、どぎついカラー写真を壁紙代わりに貼ってある。アルマンドー家の話を持ち出すと、とたんに平静を失う。「おぞましいよ、あいつらは！　おれはいっさい関わりたくない！」アルマについて彼はほとんど何も知らないが、ジュール・アルマンドーの次男のバーナードが、土地を銀行家たちに売却するのにアルマの自作農民たちを追放したときに吐いた言葉を教えてくれた。「みんな、鞭打ちだぞ！」ジャッキー・マルゼンの言うには、アルマの地所を売却して得た何百万ルピーという金を、税金逃れのためにジュネーヴの銀行に預けたのも同じ人物だった。

　フランスに戻ってからの数日、自分のニース行きに同伴してほしいので、その間休暇を取るようクララを説得した。母がいるサン・シャルル修道院にほど近い、丘の小さなホテルの、海が見える部屋を借りた。クララが旧市街の路地を散策する間、ぼくは修道院に向かって蛇行する道を登っていく。手ぶらを避けるために、道すがら、ミモザの枝を何本か手折(たお)った。丘のふもとの大通りを渡っていたときに、ある古い記憶がよみがえった、糖尿病で歩けなくなった大叔父のアレクシを訪ねた日の記憶だ。かれこれ二十年以上前のことで、当時はそのできごとに格別の注意を払わなかった。歩道の縁に立ち止まって、通りを渡るのに信号が緑に変わるのを待っていた。そのとき突然その男を見た。男が目に留(と)まったのは、自動車の波がスピードを落とし、予期せざる障害物を避けるのに二股に分かれたからだ。猛々しいクラクションの音も聞こえたし、運転手たちが吐く悪口雑言も聞こえたかもしれない。そのとき車道に、ひとつの形態、ひとりの人間が見えた、昔の軍服のマントのような緑色の外套めいたものを着ていた。その男は大通りのど真ん中で四つん這いになっていた。自動車の運転手たちがあえて停車することなしに、迂回していたのはその男だった。いくぶん危険を冒しながら、ダンサーのような軽い身のこなしで、ぼくは車の間を縫って近寄り、その男を両腕で抱き起こし、自分の足で立たせた。男は大柄で痩せていて、おそらくは年寄りだろう、よろよろしながら歩いた、襲撃された直後のような獰猛(どうもう)な目つきをしていた。奇妙な言語で何やらぶつぶつつぶやいていたが、ぼくを何より驚かせたのはその暗鬱な顔だった、目鼻立ちが昔の侵食でかき消されたようだった、あるいはやけどで溶けたようだった。てんでにクラクションを鳴らしながら自動車の列が知らん顔をして走りつづけるなか、ぼくは難渋しながら男を歩道まで歩かせた。そこで男は身を伸ばし、虚(うつ)ろな目で何も言わずにぼくを見つめた。やがて行くべき方向に歩きだしたので、そのままにした。今日までその男のことを思い出さなかった。ただ、この遭遇の話をぼくがすると、アレクシ大叔父は動揺したようだった。大叔父がそのとき何と言ったのか定かではないが、トプシーやアルマの話をしたように思う。しかしまた、のちにぼくの執着の種になる名を、愚鈍な鳥から取った親しみ深くてばかげたあだ名を、ぼくの個人史のなかでそれまで知らなかったひとりの男の名をはじめて耳にしたのは、その日だったようにも思う。

参考文献、証言、教示など　感謝を込めて

Harmens Zoon, Wolphert, et Laerle, Joris Joostensz, *Figures of the Dead Dodo*, Amsterdam, 1601（ハルメンスゾーン、ヴォルフェルト、およびレルレ、ジョリス・ジョーステンスゾーン『死せるドードーの形姿』アムステルダム、一六〇一年）

Hume, Julian P., *Historical Biology*, 2006, vol. XVIII, p. 65-89（ヒューム、ジュリアン・P「歴史生物学」誌、二〇〇六年、第十八号、六五―八九頁）

Leguat, François, *Voyage et aventures en deux isles désertes des Indes orientales* (sur le mariage du solitaire), Londres, 1708（ルガ、フランソワ『インド洋への航海と冒険』ロンドン、一七〇八年〔孤独鳥の結婚に関して〕／『17・18世紀大旅行記叢書【第Ⅱ期】』岩波書店、二〇〇二年）

Owen, R., *Memoir of the Dodo*, Londres, 1866（オーウェン、R『ドードーに関する覚書』ロンドン、一八六六年）

Parish, Jolyon C., *The Dodo and the Solitaire*, Indiana University Press, 2012（パリッシュ、ジョリオン・C『ドードーと孤独鳥』インディアナ大学出版局、二〇一二年）

Pitot, Albert, *T'eylandt Mauritius*, Port-Louis, 1905（ピトット、アルベール『モーリシャス島』ポート・ルイス、一九〇五年）

Savery, Roelandt, *Sketch of Living Dodos*, E. B. Crocker Art Museum, Sacramento（サーフェリー、ルーラント「生けるドードーの写生」〔絵画〕、サクラメント、E・B・クロッカー美術館所蔵）

Vinson, J., *Centenaire de la découverte des ossements du dronte*, Port-Louis, 1968（ヴァンソン、J『ドードーの骸骨発見から百年』ポート・ルイス、一九六八年）

Baissac, M. C., *Études sur le patois créole mauricien*, Nancy, 1880（ベサック、M・C『モーリシャスのクレオール方言の研究』ナンシー、一八八〇年）

Bachet, Georges, *Marie-Madelaine Mahé, fille naturelle de la Bordonnais*, Recueil trimestriel de documents et travaux inédits pour servir à l'histoire des Mascareignes françaises, Rennes, avril 1940（バッシエ、ジョルジュ「マリ＝マドレーヌ・マエ、ラ・ブルドネの非嫡子女子」、フランス領マスカレーニュ諸島の歴史に寄与するための未刊資料と研究集成、四半期分、レンヌ、一九四〇年四月）

Gerbeau, Hubert, *Les esclaves noirs. Pour une histoire du silence*, île de la Réunion, 1998（ジェルボー、ユベール『黒人奴隷、沈黙の歴史のために』レユニオン島、一九九八年）

Gurib-Fakim, Ameenah, *Plantes médicinales de Maurice et d'ailleurs*, République de Maurice, 2010（グリブ＝ファキム、アミーナ『モーリシャスとその他の土地の薬草』モーリシャス共和国、二〇一〇年）

Noël, Karl, *L'Esclavage à l'île de France*, Paris, 1991（ノエル、カール『フランス島における奴隷制』パリ、一九九一年）

サロジーニ・アスガラリさん［イッサ・アスガラリモーリシャス大学名誉教授の夫人］の、『ウパニシャッド』に関するご教示。

ピエール・ブールゴー＝デュ＝クードレ［一七四〇―九〇、フランス出身の水夫、モーリシャスの国会議員］の、ドードーの砂嚢の石に関する証言。

アレクシ・ル・クレジオ［作家の母方の祖父］の、トプシーに関する話。

カミーユ・ミオの、サクラヴーに関する話。

ロバート・バーンズの詩のゲール語版は、パトリック・オブレーナンとキアラン・オムイリによる。

訳註

▼1　スコットランドの詩人ロバート・バーンズ（一七五九―九六）が、古いスコットランド民謡に基づいて作った詩「なつかしい日々」"Auld Lang Syne" のリフレイン部分。久しぶりに再会した友と酒を酌み交わし、昔をなつかしむという内容。ベートーヴェンの編曲が流布している（「十二のスコットランド民謡」〔WoO, 156〕の第十一曲）。日本では「蛍の光」の題で知られるが、歌詞の内容は異なる。

▼2　一八三二年創刊の「シルネアン」紙と翌年創刊の「モーリシアン」紙は、ともにモーリシャスを代表する日刊紙で、南半球で最も早く創刊されたフランス語系日刊紙とされる。「シルネ」とは島を最初に発見したアラブ人がつけた島名。後者は、ブルターニュ地方からモーリシャス島（当時のフランス島）に移住した作家の先祖の二代目、弁護士でモーリシャス商業銀行の設立者でもあった高祖父ウジェーヌが創刊し、編集長を務めた。両紙は第二次世界大戦中は、紙不足から合併して刊行された。

▼3　モーリシャスはこの年にフランス領からイギリス領になった。書名は英語題である。

▼4　共和暦とは、フランス革命期の十二年あまりの期間のみ、革命政府によって独自に採用された暦で、革命暦とも呼ばれる。カトリックの西暦（グレゴリオ暦）の一七九二年九月二十二日（秋分）を共和暦元年元日として、百秒が一分、百分が一時間、十時間が一日、十日が一週間、三週間が一月というふうに、すべてに十進法が用いられた。旧来の生活習慣とかけ離れているうえに導入が性急だったため、一般には浸透しにくく、一八〇五年十二月三十一日をもって廃止され、グレゴリオ暦が復活した。草月（または牧月）とは、共和暦第九月で、グレゴリオ暦の五月二十（二十一）日から六月十八（十九）日の間。

▼5　文字どおりには「鹿のいる穴（火口）」。キュルピープ市内にある海抜約六百メートルの火山の火口（直径三百メートル、深さ八十メートル）が、大方埋まった跡に残る小さな湖。周囲は植物相が豊かで、数

百万年前に起きた火山島の誕生の秘密を宿す観光名所のひとつ。

▼6 以下「クレオール」（créole）の語が形容詞または名詞として人間について用いられる場合、「白人と奴隷（の子孫）との混血」を意味する。モーリシャス共和国では、こうした人々が「一般住民」をなすこと（特殊カテゴリーではないこと）が、憲法によって規定されている（イッサ・アスガラリ氏の教示による）。

▼7 ヴェルレーヌの有名な一句「巷（ちまた）に雨が降るようにわが心には涙降る」《Il pleure dans mon cœur comme il pleut sur la ville》（『詞（ことば）なき恋歌』中の「忘れられたアリエッタⅢ」）を踏まえるか。

▼8 モーリシャス南東部グラン・ポール地方の地名でブルー・ベイに面した付近。ドードーはじめ多くの絶滅種の脊椎動物の骨が大量に発掘されたことで有名な場所。文字どおりの意味は「夢の沼」

▼9 キャトル・ボルヌ市の南端に位置する地区。

▼10 ルピーはモーリシャスの通貨で、二〇二〇年現在、一ルピーは約二・七円。また一ルピーは百セントにあたる。

▼11 ジャムをはさんだ二枚のクッキーにピンクのソース・クリームを被せた、モーリシャスの代表的菓子。

▼12 ゆで卵の殻を剝き、しょうゆ、塩、香辛料、黒砂糖で煮込むモーリシャス料理。

▼13 モーリシャスに現に存在する最大の商業施設「バガテル」をモデルとしている。ただし、現実に位置する中西部モカ近郊から、作中では東岸部のロッシュ・ノワール村へと場所を移している。なお、「マヤ（マーヤー）」とは、サンスクリット語で「見かけ、幻影」の意。

▼14 ドビュッシーの組曲『子供の領分』の第六曲「ゴリウォーグのケーク・ウォーク」

▼15 ピアノ・ソナタ第十九番、ハ短調（C Minor）、D九五八のことか。

▼16 ベートーヴェンの編曲で知られるスコットランド民謡。註1および註54参照。本書ではシューベルト作曲とされている。

▼17 もとサン・マロの隣町であったが、一九六七年にサン・マロに吸収合併され、現在はその一地区。

▼18 マルキ・ド・サドの小説に登場する姉妹。姉のジュリーは『ジュリエット物語あるいは悪徳の栄え』

（一七九七―一八〇一）の、妹のジュスティーヌは『ジュスティーヌあるいは美徳の不幸』（一七九一、のち加筆して『新ジュスティーヌ』〔九七〕）のヒロイン。

▼19　十五世紀初頭にオランダの僧トマス・アケンピスによってラテン語で書かれた信仰の書。キリスト教関係の書物としては、聖書に次いで広く読まれた。ラムネーによる仏訳は一八二五年刊。

▼20　「街灯に吊るせ！」は、フランス革命時、暴動を起こした民衆が貴族や役人を捕らえて処刑した際のモットー。「貴族を街灯に吊るせ」は、革命歌「サ・イラ」の歌詞にも含まれる表現。

▼21　ウラジーミル・ナボコフの小説『ロリータ』（一九五五）は二度映画化されている（六二年、スタンリー・キューブリック監督のイギリス映画／九八年、エイドリアン・ライン監督のアメリカ映画）。本作『アルマ』の話者ジェレミーの現在は一九九七年と推測されるので（二八五、二九一、三〇二頁参照）、一本目のモノクロ映画を踏まえていることになる。

▼22　西側墓地に隣接する公園で、塩田（サリーヌ）公園とも呼ばれる。ロバート・エドワード・ハート（一八九一―一九五四）は、その名から推測できるようにイギリス人を先祖に持つが、フランス語表現のモーリシャス詩人。一九二〇年以後二度パリに滞在し、「メルキュール・ド・フランス」誌に拠る作家・詩人たちとのつながりを深めた。首都ポート・ルイスのモーリシャス・インスティチュートの図書館に長く勤務する。退職後は島南部スイヤックに住み、今日その海辺の墓地に眠る。

▼23　不良たちは「フェルセン」を音の類似した「ペルソンヌ」（Personne〔nobody〕）に置き換え、ドードーが「フェルセン」（Felsen）を「フェッセン」（Fèsen）となまるのをもじるように、「ペルソンヌ」をわざと「ペッソンヌ」（pèsonne）となまってからかう。なお、最後から二つ目の章題は「おれは名無しだ」。

▼24　モーリシャスの首都ポート・ルイスを見下ろすシニョー山の山麓に一九四〇年に建てられた開放式のカトリック教会で、高さ三メートルのマリア像がそびえる。一九八九年にローマ教皇ヨハネ・パウロ二世が、また二〇一九年には教皇フラシスコが訪れ、ミサを執り行なった。

▼25　シラサギ島（île aux Aiglettes）は、モーリシャス島南東部マエブールの沖一キロメートルに浮かぶ

面積二十六ヘクタールの無人島。モモイロバト（モーリシャスバト）をはじめ、巨大な亀、特殊なトカゲなど土地固有の動物種や植物種に富み、自然保護区に指定されている。

▼26　モーリシャス固有種の緑色の大型インコで、首輪のような模様を持つ。絶滅危惧種であったが、一九九三年以降モーリシャス野生生物財団の努力で飛躍的に個体数を回復した。

▼27　モーリシャス島南西部サヴァンヌ地域にあるカルデラ湖で、周辺はモーリシャスにおけるヒンドゥー教信仰の中心地。

▼28　キリストが受難の前夜、夕食（最後の晩餐）の前に弟子たちの足を洗い、自分に倣って今後弟子たちも互いの足を洗うよう説いたとする「ヨハネ福音書」第十三章の記述に基づくカトリックの儀式で、復活祭直前の木曜日（聖木曜日）に定められている。

▼29　ジョン・ジェレミー（一七九五―一八四一）は、イギリス植民地の司法官、外交官、行政官で、一八三二年モーリシャス検事に任命されたが、その奴隷制廃止論が現地の法務官、さらにはモーリシャス総督にも否定され、弾圧や嫌がらせを受けて帰国を余儀なくされた。しかし翌三三年にイギリス植民地を対象とする奴隷制廃止法が成立して以降、彼の主張の正当性が認知されるに至った。

▼30　一八五九年、パリ都市改造の一環としてサン・ミシェル大通りが通された際に、一部取り壊された旧街路。残存部分は今日のパリ五区、アンリ・バルビュス通りとダンフェール・ロシュロー大通りにあたる。

▼31　マスカレーニュ諸島のダンスを伴う民俗音楽。観光客にホテルで披露される「ホテル版セガ」（二〇二頁）と、家庭で奏される「サロン版セガ」がある。

▼32　レユニオン島原産でマスカレーニュ諸島にのみ生育する蔓植物、葉が三つに分かれて鶏の足に似る。

▼33　モーリシャス島にのみ産するモクレン目（別の分類によればクスノキ目）モニミア科の常緑樹。

▼34　マメ科蔓性の落葉低木。葉が悪臭を放つ。

▼35　モーリシャスは南半球にあり、一月は初夏である。

▼36　カトリックの典礼で唱えられる、いわゆる「〈聖霊〉への連禱」《Litanies du Saint-Esprit》の形式を

踏まえる。作者は、ニカラグアの国民的詩人ルベン・ダリオ（一八六七―一九一六）で、原作はスペイン語。

▼37　エリファス・レヴィ（一八一〇―七五、本名アルフォンス＝ルイ・コンスタン）は、フランスのオカルト思想家、若いころは小ロマン派の詩人。十九世紀の詩人やシュルレアリスムに影響を及ぼした。

▼38　「牛の木」こと「ガストニア・マウリシアーナ」は、モーリシャス島だけに生育するウコギ科の木で、絶滅危惧種。

▼39　エマヌエル・スウェーデンボルグ（一六八八―一七七二）は、スウェーデンの科学者・神学者・哲学者。生きながらにして霊界に入り、神やキリストと、また天使やもろもろの霊と意志疎通したと語った。彼が依拠する霊界と物質界の照応の原理は、バルザック『セラフィータ』やボードレール「万物照応」をはじめ、十九世紀フランス文学に小さからぬ影響を及ぼしたとされる。『天界の秘儀』（ラテン語全八巻、一七四九―九六／仏訳全十六巻、一八四一―五四）は、『旧約聖書』の「創世記」と「出エジプト記」の註釈。

▼40　「フカキ淵ヨリ、主ヨ、アナタヲ呼ビマス」は、『旧訳聖書』、「詩編」一三〇（ラテン語訳聖書〔ウルガタ〕では一二九）冒頭句。代表的な悔悛の祈りのひとつ。

▼41　直訳すれば「水の腕」。島の北東部ポスト・ラファイエット海岸付近の広大な湿地地帯から内陸に入ったところに広がる丘陵地帯。小説の話者ジェレミー・フェルセンの現在（一九九七年）よりも後になるが、海岸から丘陵地帯までの約五百ヘクタールが二〇一一年にブラ・ドー国立公園に指定され、モーリシャス原産種や固有種の樹木、草花、シダ類などの保護と、往時の製糖業隆盛を偲（しの）ばせる廃墟の観光開発が図られている。

▼42　紀元前六世紀の新バビロニア帝国のネブカドネザル二世が、祖国メディアへの望郷の念に苛（さいな）まれる妃（きさき）を慰めるために、バビロン（現イラク南部）の城砦の高台に建造したとされる庭園で、古代世界七不思議のひとつとされる。

▼43　ヨルダン川西岸の海抜約マイナス二百五十メートルの位置に現存する世界で最も標高の低い町。世界最古の町のひとつとして『旧約聖書』でも言及される。

▼44　中米マルティニーク島とインド洋西部のレユニオン島は、ともにフランスの海外県。タヒチ島は南太平洋フランス領ポリネシアで最大の島。

▼45　モンタンポワーヴル通りはパリ東部の十二区にあり、サン・マンデ・ドゥミ・リュースはパリの東に隣接する町、ヴァンセンヌの森はやはりパリの東の郊外に位置している。いずれも、ドードーが想像するモーリシャス島との地理的重ね合わせにおける南西部には対応しない。パリとモーリシャスを重ね合わせるドードーの地理的類推には、部分的に混乱が見られる。

▼46　一般に、ラバには「麻薬の密輸入者」、七面鳥には「愚かな娘」の含意がある。

▼47　釈迦がその下で生まれたとされる聖なる木。

▼48　オランダ語でドードーを指すDodaarsenは、「太って重い尻」(fat heavy bottom)の意。ドードーの肉は硬くて食用に適さないことから、Walghvogel (disgusting bird, oiseau de nausée)「いやな鳥、吐き気のする鳥」とも呼ばれた。

▼49　トマス・モア(一四七八―一五三五)はイギリスの法律家、人文学者、神学者。ラテン語の主著『ユートピア』(どこにもない場所、の意)において、著者本来の思想とは相反するような、共産主義的生活様式、信教の自由、女性聖職者の存在といった、架空の島の社会的宗教的慣習を描いた。著者の真意、とくにプロテスタントへの風刺ないし譲歩に関して、諸説がある。当時最高の官職であった大法官に任命されたが、国王至上法にカトリックの立場から反対し、ヘンリー八世と対立、斬首刑に処された。

▼50　ハモン・レストレンジ(一五八三―一六五四)はイギリスの下院議員を務めた人物で、一六三八年、ロンドン中心部の広場リンカーン・イン・フィールズ界隈(かいわい)で、問題のドードーがナツメグ大の石を食べるのを見たと記している。

▼51　ジョン・トラデスカント(一五七〇?―一六三八)は庭師で、ヨーロッパ各地のほか中東やアルジェリアにも旅して新種植物を収集した。晩年は国王チャールズ一世のお抱え庭師となる。一六二六年自らの収集品を、「アーク(箱舟)」と呼ばれる自宅博物館で有料公開、イギリスにおける最初の公共博物館となる。

後を継いだ同名（ジョン）の息子の死後、収集品は古物収集家で政治家のエリアス・アシュモール（一六一七―九二）の手に渡り、アシュモールは七七年オックスフォード大学に寄贈、それが世界最初の大学付属博物館であるアシュモレアン博物館の母体となった。トラデスカントの自宅博物館は、一九七七年以降「庭園博物館」として公開されている。

▼52　ギリシア神話で、海神ネレウスと、海神オケアノスの娘ドリスとの間に生まれた海のニンフたち。その数は五十とも百とも言われる。

▼53「ヨハネ黙示録」に示されるようなキリスト教の終末思想に基づいて、十二世紀ごろに成立したキリスト教聖歌（セクエンツァ）のひとつ。「怒れる日」(Dies Irae)とは、世の終わりにキリストが再臨し、あらゆる魂を裁くとされる「最後の審判」の日のこと。死者の安息を願うミサ（レクイエム）のなかで歌われることが多く、モーツァルトやヴェルディの「レクイエム」に取り込まれた例がとくに知られる。

▼54　本書巻頭のエピグラフにも使われたロバート・バーンズによる歌詞のリフレイン部分。バーンズの原詩は以下のとおり。"For auld lang syne, my dear,/ For auld lang syne,/ We'll take a cup o'kindness yet,/ For auld lang syne."ル・クレジオはここでは、バーンズの作詞のもとになったゲール語（スコットランド、アイルランドなどで使用されたケルト語）のバラッドを復元したヴァージョンを引いている。註1を参照のこと。

▼55　ココヤシの種子の胚乳を乾燥させたもの。ヤシ油の原料で、搾りかすは良質の飼料、肥料となる。

▼56「未知のらい病」、すなわち本書で繰り返し言及されてきた「Σの病気」とは、じつは「梅毒」(syphilis)である（著者の教示）。

▼57　ボードレールの散文詩集『パリの憂鬱』の、序文に続く巻頭篇《L'Étranger》の末尾。表題はふつう「異邦人」と訳されるが、話者（著者）が考えるように、周囲から浮き上がった異分子、変わり者、の意を汲みとるべきだろう。引用に先行する部分は以下のとおり――「君が一番好きな人はだれだ、さあ、謎めいた男よ、父親か、母親か、姉妹か、兄弟か？／――おれには父も、母も、姉妹も、兄弟もいない。／――友

人たちか？／――今の今までおれには意味不明の言葉をお使いだ。／――祖国か？／――それが地球のどのあたりにあるのか知らないね。／――美女か？／――女神にして不死ならば、喜んで愛しもしようが。／――黄金か？／――それを憎むのは、君らが神を憎むのと同じさ」

▼58　エヴァリスト・ド・パルニー（一七五三―一八一四）は、フランス領ブルボン島（現在のレユニオン島）生まれのフランス詩人。『マダガスカル先住民の歌』（一七八七）は、実際にはマダガスカルに一度も滞在しなかった作者が、当地の古い歌を仏訳したという名目のもとに、反植民地主義の感情を先駆的に表現した詩集。フランス近代散文詩集のはしりの一例とみなされている。収録十二篇中の第十二篇「ナアンドーヴ」、第五篇に基づく「アウワ」、第八篇「休息――それは甘く」の三篇にラヴェルが曲をつけた歌曲集『マダガスカル先住民の歌』（一九二六年初演）が有名である。歌手であったラニが歌ったのも、これらラヴェルの歌曲であったと思われる。

訳者あとがき

『黄金探索者』（一九八五年）、『隔離の島』（一九九五年）、『回帰』（二〇〇三年、邦題『はじまりの時』）と書き継がれた、父祖の地モーリシャスを舞台とするル・クレジオの小説作品は、第三作をもって完結を見たと作者自身が語り、大方の読者もそう思っていた。その「モーリシャスもの」に第四作が加わった。二〇一七年に刊行された本書『アルマ』である。

この前言撤回には外的要因が働いているという。作者によれば、モーリシャスで一生を過ごした親族、縁者にあたる高齢の証言者たちが他界してから一定の時間が経ち、彼らのことを小説のなかで語っても礼を失したり傷つけたりすることにはならないと思えるようになった。そうであれば、たしかにこれは今ようやく可能になった小説であると言えるだろう。しかし外的要因はあくまで副次的なものであり、より積極的な意志が働いていたことは容易に推測がつく。何しろ、本書の構想は三十年前からあったというのだから。幼少期から、遠くにあっていつか帰るべき本来的な場所のように感じてきたモーリシャスについて、まだ書き切れていないことがある、語るべきことが残っているという思いが募っていたと思われる。

痕跡の消滅に抗して

作家の分身とおぼしき語り手が、一族の過去をより深く知るためにフランスからモーリシャスに赴（おもむ）

くという設定は、『隔離の島』や『はじまりの時』と共通している。しかし『アルマ』の語りの構造や基本的調性は、先行作品とはかなり異質である。特定の人物に肉薄する欲求が主人公を突き動かしていた『黄金探索者』や『隔離の島』とも、死者や不在者に語らせる「活喩（プロソポペ）」を駆使しながらフランスからの移民である一族の壮大な叙事詩を織りあげた第三作とも異なって、『アルマ』では、消滅の途上にあるもの、いや、とうに消滅し、かすかな残光を発しているにすぎないひとつの集団的過去と、それを構成する無名の人々を、忘却の淵から救い出そうとする企図――たとえ不可能な企図であれ――が強く働いている。

実際、冒頭「序に代えて、人名」から、語り手ジェレミー・フェルセンは、一八一四年の『モーリシャス年鑑／植民地人名録』に拠（よ）りながら、あたかも連禱（リタニー）のように、おびただしい数の人名を列挙する。名指すことは、無名の死者に存在を回復する行為、せめて生者の記憶に彼らをつなぎとめようとする身ぶりである。一八一四年は、島の覇権がフランスからイギリスへと正式に移り、「フランス島」がオランダ統治時代（一六三八―一七一〇）の旧名「モーリシャス島」に改名された年で、この職業別人名録も英語版である。こうした名の多くはフランス名だが、イギリス系、オランダ系、インド系、あるいはアラブ系と思われる名も散見される。モーリシャスは当時すでに、種々の民族と文化が交差し、融合する島であった。

ジェレミーの関心は、『奴隷登録簿』にも向かう。かつてモーリシャスの奴隷は、アフリカ大陸東部やマダガスカル（「大いなる大地」とは、マダガスカル出身の奴隷による故国の呼称だった）から連れてこられて、サトウキビの大農園経営者に売られ、給仕、料理人、洗濯係、乳母、庭師などをして生涯を終えた。イギリスの奴隷廃止法（一八三三年）が植民地にも適用されたのを機に、モーリシャスではインドや中国からの移民が奴隷に代わるサトウキビ栽培の労働力となるのだが、じつは以後も奴隷の密貿易が続けられ、危険な夜の海岸で奴隷商人と大農園経営者の代理人との闇取引が行なわれた。奴隷制廃止前から、ときに遭難事故も起きた（「ラルモニー」、「ポンポネット」の章を参照）。奴隷たちは姓を持たず、死ねば共同墓地の外に、墓標なしに葬られた。ジェレミーの奴隷制へのこだわりは、彼が列挙する別種の固有名の列挙にも見てとれる。それはモーリシャスが製糖業の一大拠点であった時代に石灰窯（せっかいがま）が存在した地点、つまり労働力としての奴隷の収容所があった場所の列挙であり、さらにはサトウキビの品種の列挙である。

死者や墓地との親近は、もうひとりの語り手、ドードーことドミニク・フェルセンにも顕著である。若年時の娼婦との交渉で罹（かか）った「Σ（シグマ）の病気」（梅毒）のために、鼻とまぶたが溶けた異形の相貌を持つ、軽度の知的障害者となったドードーは、両親の死後、定まった住まいのない浮浪者となるが、彼は両親の眠るサン・ジャン墓地に足しげく通い、人並み以上の孝心を見せる。墓地で彼が行なうのは、消えかけた両親の名前と年号を、持参したチョークでなぞることである。墓守のザンがペンキを塗れば長持ちすると言っても、一度塗ったらそれっきりというのは生者の便法だと言って聞き入れない。ドードーにとって最良の親孝行は、両親に語りかけるように、チョークで彼らの名前を繰り返しなぞり、その消失に抵抗することである。

このように、二人の主要な語り手は、ともに死者や墓、あるいは廃墟との親近のなかで生きている。彼らの現在は過去の記憶の侵食を受けている。ただし、その形式は正反対だ。ジェレミーを突き動かしているのは、痕跡すらも消えかけた起源にたち返る願望である。彼はパリの国立自然史博物館に勤める博物学の専門家として、絶滅鳥ドードーの調査を口実にモーリシャスを訪れているが、奴隷収容所や奴隷商人をめぐる調査に拘泥（こうでい）していることに、ときに自嘲を禁じえない――「どれも過去の亡霊が相手だ。犠牲者が百五十年以上前に亡くなっていて、犯人が一度も不安に陥ったことのない犯罪の

あらましを、警察よろしく洗いなおしている」（一一五頁）

それに対し、ドードーにあっては、病気の後遺症で目が閉じられないために、本当の意味で眠るということができないところからくる侵食である。日々が夜によって分かたれることなく、人生が単一の長大な一日のように感じられる（「おれは同じ一日を生きている」、五八頁）。過去による現在の侵食というよりも、現在による過去の絶えざる同化と言うべきか。ドードーが生きるこの永遠の現在の感覚は、その語りに反映している。彼の語りには、基本的に現在時制しか存在しない（まれに複合過去が混じるが、半過去、大過去は皆無である）。幼い自分をあやしてくれた、奴隷の末裔であるヤヤ婆（ばあ）を思い出しながら、「昔、おれが赤子のころ、ヤヤ婆は力強い腕におれを抱き、〈大いなる大地〉の子守唄を『ルー・ルー・ルールールー、ルー……』と歌ってくれる」（一五五頁、動詞はともに現在形）と言い、ヘビー・スモーカーゆえに早死にした父親の墓前で、父の死の瞬間を回想するシーンでの反実仮想が、「もしおれが大声を上げるか、とっとと医者を呼びに走［ってい］れば、父さんは今も生きている［だろうに］」（二四頁、［　］部分は原文になし）といった調子である。すべての時制と法が直説法現在に一元化される。こうした言葉遣いは、ドードーのフランス語にはクレオール語が多分に混じり、クレオール語動詞は不定詞のみで活用形がない、という事情とも関連があるだろう。それにしても、この人物にあって、陰惨な身体性に起因する「同じ一日を生きている」実存感覚と現在時制のみの言語との符合は、彼の語りに、恒常的な物語的現在とも呼べるような精彩を付与し、それが小説の魅力の大きな部分を形成している。

ただし、翻訳において、ドードーの一元的言語をいかに訳すかはかなりの難問で、この人物の現在時制をそっくり日本語に移すと、支離滅裂な訳文になりかねない。かといって、そのつどその内実を汲みながら、現在、過去、未来、あるいは反実仮想などに明示的に訳し分けると、原文の奇異さの魅力が殺がれてしまう。そこで、日本語として通じなくならない程度に、あるいは誤解の余地が生じないかぎり、現在時制を尊重する方針を採った。それでも標準的な言葉に近づけすぎて、原文の突飛さと躍動感を薄めてしまってはいないかという懸念が残る。

小説の構成

『アルマ』は「序に代えて、人名」と「変わり者、終章に代えて」を含む四十三の章からなる。各章は数頁から十頁ほどの断章で、おおむね二人の主要な語り手、ジェレミーとドードーが交互に語る構成になっている。ただし、一方の語りが複数の章にわたって連続する箇所もある。都合二十四章がジェレミーの語り、十五章がドードーの語りである。また、「トプシーの話」、「マリ＝マドレーヌ・マエの身の上話」、「アショクの身の上話」、「サクラヴーの身の上話」の四章は、先行作品中でも頻繁に用いられた活喩により、死者に、それもモーリシャスを特徴づける奴隷、混血、移民といったカテゴリーを代表する死者に、語らせている。この最後の点を勘案すれば、この小説は厳密には二声というよりも多声によるポリフォニックな語りということになるだろう。しかも、ジェレミーの語りではそのつど焦点人物あるいは対話者が替わり、その人物の身の上を探ったり、その人物から証言や教示を引き出したりするために、彼自身は観察者ないし質問者の役割に徹する。語り手の増殖、語りの拡散の印象は抑えがたい。その反面、ジェレミーが話者となる二十四章中、年若い混血の娼婦クリスタルに割かれる章が五度回帰し、モーリシャス野生生物財団で働くアディティに割かれる章が四度回帰する。そのつど、彼女たちをめぐる語り手の認識が深まる。また二人の老婦人ジャンヌ・トビーとエムリーヌ・カルセナックを訪問する二章が連続し、エムリーヌは最高齢の最も重要な同族の証人として、さらに二つの章に回帰する。そしてこれらの章の間に、過去における絶滅鳥の遺骨発見現場の話や、奴隷収容所のあった製糖所跡や奴隷の地下牢跡を訪ねる数章が挿入される。一見拡散的なジェレミーの語りに統一感を与えているのは、過去を掘り起こそうとするジェレミーの意志を磁極として、同じ人物やテーマが繰り返し回帰する循環的構造である。これにより、いわば水と粉が混じり合い、小説はひとつの統一体として練り上げられる。

他方、ドードーの語りは一貫して独白であり、いかなる話し相手も、いかなる証人も必要としない。それは彼の境遇の変化と同じく直線的であり、両親の墓参りや、病気から派生した「トカゲ」の芸当（舌を伸ばして目を舐める）といった回帰的モチーフはあるが、「浮浪者の代表大使」としてモーリシャスからフランスに渡り、さらにパリから南に下ってニースに至る放浪に則してたえず更新される。ただし、奴隷の末裔の使用人ヤヤやアルテミジアとの幸福な幼少時の記憶と、渡仏前に島で優しく接してくれた看護研修生ヴィッキーの記憶が彼の内心を支えている。ジェレミーの循環的語りとドードーの直線的語りの組み合わせが、この小説に独特のリズムと躍動感を生んでいる。

ジェレミーは、絶滅鳥や奴隷制といった、島のいわばマクロ・ヒストリーへの関心と並んで、あるミクロ・ヒストリーへの切実な関心を秘めている。モーリシャスで世代を重ねた一族の歴史の空白部への関心である。この点は、先行するモーリシャス小説の主人公たち、あるいは彼らに投影された作者の関心と共通する。ただし、先行作品に見られたような、英雄的ではないにせよ一風変わった冒険家（『黄金探索者』のモデル、裁判官職をなげうって長年疑わしい宝探しに打ち込んだ祖父／島で出会ったインド系の娘と失踪する『隔離の島』の大叔父レオン）とは違い、ジェレミーの最大の関心は、フェルセン家の家系図の「悪しき枝」に属するドードーの一家、とくに彼の父アントワーヌと母ラニ・ラローシュである。ドードーの祖父アシャブはジュアン・ド・ノヴァ島の現地女性との間に混血児をもうけ、この息子アントワーヌも、弁護士資格を得たパリで出会ったレユニオン島出身の混血歌手との間にドードーをもうけた。彼らは二代連続の「できそこない」、裏切り者の一家として、親族から蔑（さげす）まれ遠ざけられ、同じ敷地内の竹林で仕切られた一隅でひっそりと暮らす。三代目であるドードーは「Σの病」で相貌が変わり、知的障害者となる。ジェレミーの父アレクサンドルは、世代的に近いはずのアントワーヌのことを息子に一度も語らなかった。モーリシャスを訪れたジェレミーは、遠縁の高齢女性エムリーヌの記憶に期待する。実際、彼女の古いアルバムのなかに、ジェレミーは「黒い目をして繊細な顔立ち」（三〇三頁）のアントワーヌ少年の姿を垣間見る。しかしそれ以上のものは得られない。エムリーヌのアルバムは、「昔の時代から差してくる曙光（しょこう）だ、水平線を明るく照らすが、昼の光を大きく輝かせる力はない。もう遅すぎる」（二八九頁）と彼はつぶやく。結局、ジェレミーは一族のミクロ・ヒストリーの再構築に失敗し、「この物語はぼろぼろの織物である」（二九一頁）、「すべての物語には未完の部分がある」（三〇五頁）と認めざるをえない。それはまた、この人物に自己のかなりの部分を委（ゆだ）ねている作家の感慨とも言えるが、作家の営みに則して考えれば、この限界こそ、想像の部分や創作の可能性を拓（ひら）くものでもある。

　ジェレミーとドードーの語りは、互いに相手をとらえることはない。しかし最終章の末尾、つまりこの小説が閉じられる直前に、二人がたった一度物理的に交わる瞬間が記されている。ただしそれはジェレミーの記憶のなかである。ジェレミーの「現在」、それは彼の父親が十五歳でモーリシャスを離れた一九一七年（二八五、三〇二頁）から数えて八十年後の一九九七年（二九一頁）であるが、その時点より「二十年以上前」、多くの車が行き交うニースの街なかの車道でひとりの男が転倒し、車列が迂回して通過していく場面に出くわした彼は、その男を助け起こして歩道まで連れていくのだが、見れば「目鼻立ちが昔の侵食でかき消されたようだった」。そのあと見舞った大叔父との会話のなかで、はじめて「愚鈍な鳥から取った親しみ深くてばかげたあだ名」を持つ男の存在を知った、という一文で小説は結ばれる（三〇八頁）。土壇場での二人の交差は、読者にある感慨を催させ、もう一度両者の関係を、また物語の由ってきたるところに思いを致すよう促す。実際、この逸話と、小説冒頭、ドードーが訪れるサン・ジャン墓地の墓石に刻まれた両親やミルー伯母さんの生没年を勘案すれば、ドードーは一九三四年ごろの生まれで（母親は四〇年没〔二二頁〕、彼は六歳だった〔二一頁〕）、七五年（ミルー伯母さんの没年）まではモーリシャスにおり、七七年ごろにはすでにフランスに来ていたと推測される。また彼が浮浪者になったのは父の死（七〇年）のあとだとすると、モーリシャスでの浮浪者生活はそれ以後、国を離れるまでの五、六年の期間であったこともわかる。

なぜモーリシャスか

それにしても、ル・クレジオはなぜ、これほどまでモーリシャスにこだわるのか。彼は、フランス革命期にブルターニュからモーリシャスに赴いた移民フランス人の、第六世代にあたり、また引き揚げ後の第二世代である。彼自身は、南仏ニースで生まれ育ち、フランス語とフランス文化のなかで育った。モーリシャスをはじめて訪れたのは十代の終わりで、そこを舞台とする小説を書くことを念頭に再訪するのは四十歳を過ぎてからである。しかし、幼いころから、家庭では万事にわたってモーリシャス風が浸透していた。アフリカでイギリス軍医を務めた父親は、一族の確執から十七歳で島を飛び出した人で、生涯二度と島に戻ることはなかったが、家じゅうにモーリシャス産の小さなオブジェを並べ、一個の信仰と呼べるほど島への強い愛着を抱きつづけた。曾祖父がモーリシャスで所有していた蔵書が、一家のアパルトマンの一角を占めていた。モーリシャス生まれの両親を持つ母親（作家の両親は従兄妹（いとこ）同士）も、島への傾倒が強かった。これほどモーリシャスの思い出や亡霊に満ちた家庭に育った作家は、自分の知らない国に対しノスタルジーは持ちようがないにしても、とりわけ父親のノスタルジーを介して、生まれ育った土地を離れ、好きだった景観をもう見られなくなった人の苦痛を十分に想像できた。たとえば『黄金探索者』には、父親のなかにあったこうした牧歌的郷愁、いわば『ポールとヴィルジニー』的な部分を作品化した面がある。

それに比べ、『アルマ』の描くモーリシャスははるかに複雑である。モーリシャスでは今も、街道沿いのいたるところにサトウキビ畑が広がっている。あるデータによると、十九世紀なかばと比べて二十一世紀初頭には、サトウキビの栽培面積は四割増え（七万三千ヘクタール）、粗糖生産高は四倍（六十万トン）になっている。製糖業はいぜん島の主要産業のひとつだ。しかし工場は機械化され、かつての石灰窯や奴隷収容所の存在すら知らない住民が多い。海岸沿いは観光開発が進められ、リゾート・ホテルやリゾート・マンションが立ち並ぶ。小説中でジェレミーが惹かれる年若い娼婦クリスタルは、パイロットを自称する中年のオランダ人を伴って島随一のショッピング・モールに出入りし、夜の歓楽街に出没する。作家は、観光客がまず目にするような、こうした現代モーリシャスの表層を丹念に描く一方で、それが隠蔽している過去を掘り起こすことにも力を注ぐ。南仏エク・サン・プロヴァンスにある国立海外領土古文書館での調査が、本書執筆のための最初の準備作業だったと、刊行直後のインタビューで語っている――「過去に生起したことを考えずに、島の今を生きることはできません」。小説中でジェレミーは、海浜娯楽センターや豪華分譲ホテルの建設が予定されている「ラルモニー（調和）」と名づけられた島西部のレ・サリーヌの海岸に立ち、かつて毎月のようにアフリカから連れてこられた黒人が上陸し、各地のプランテーションに向かって蟻の群れのように列をなして歩いていった光景を思い浮かべる（八六―八七頁）。同じように作家は、今日、旅行者たちが嘆賞する牧歌的景観が、奴隷たちの目には地獄めいた眺めと映り、山々がおどろおどろしい悪魔に見えたと語る。

奴隷制の痕跡が今日いよいよ消滅しつつあるとすれば、小説中で重要な役割を担う鳥ドードーはとうの昔に絶滅している。この鳥は、モーリシャスだけに生息した鳩の仲間の大型鳥で、翼が退化して飛ぶことができず、十六世紀末にオランダ人が渡来するまで長らく天敵のいない楽園で暮らしていた。その後一世紀も経たないうちに絶滅する運命にあるのだが、それは人間に乱獲されたというよりも（その肉は硬くて「吐き気を催させ」た）、渡来者が持ち込んだ豚や犬、それにネズミに卵を食い尽くされてしまったからである。しかもこの鳥は警戒心が薄く、動作が鈍かった。「最後の旅」の章は、一羽のドードーがモーリシャスからイギリスに運ばれる船旅と、到着後ロンドンで迎える悲惨な最期を語るが、ル・クレジオはドードーの仕草や表情を生き生きと描くのみならず、鳥の喜怒哀楽や郷愁まで、あるいは死に瀕して徐々に霞んでいく意識までも、精妙な感情移入的筆致でとらえる。他方、もう一羽のドードー、つまり人間のドードーことドミニクも、島の「お偉方」の思いつきで、モーリシャスからフランスへ「浮浪者の代表大使」として派遣されるが、彼は喜び勇んで旅立つわけではない。それどころか、出発前の彼には不安やためらいが強い。彼がパリ行きを断わらないのはひとえに、親切な看護研修生ヴィッキーの期待に応えるためである。しかも彼はこの旅を、戻ってくることのない旅と決めている。だから両親や乳母の墓に参り、慣れ親しんだ川や森やかつての自宅の廃墟を見納めに訪れる。つまり、鳥のドードーと人間のドードーには、流謫の旅を強制されるという共通点がある。

　しかも旅の果てに楽園が待ち受けているわけではない。鳥は窓のない、タイル張りの床の地下室に閉じ込められ、ときおり気まぐれな客の見世物になるために光の下に引き出される。何でも呑み込むのが評判となり、悪意ある観客の投石の犠牲となって死んでしまう。人間のドードーはというと、浮浪者たちの集いで得意の「オールド・ラング・サイン（蛍の光）」を弾いて一同を感激させたあとは、ふたたび浮浪者となり、パリの地形をモーリシャスの地形と想像のなかでだぶらせながら、主に十二区周辺の貧しい界隈をさまよう。やがて南下を始め、ニースの町に流れ着く。浮浪者たちの集いでの彼のピアノに感動して同行することになるアルジェリア人ベシールや、ジプシーの集団から離れて彼らに同行する「青い髪の娘」との人間的交流はあるにせよ、縁故のない土地に舞台は移っても、浮浪者を続けることに変わりはない。

ところで、このドードーの造形には、発想のもとになった実在の人物がいる。作家は前述のインタビューで、十歳のころに祖父から聞いた話を披露している。ある日祖父は、ニースの港を散策中に、かなり年配の、溶解したような異様な顔つきをした男に遭遇する。言葉を交わしてみると、男もモーリシャスの出であることがわかり、二人は郷愁に浸りながら故郷のことを語り合ったという。この逸話が本書の「海」の章に転置され、ドードーの視点からモーリシャス出身の老人との出会いが語られている。糖尿病を患っている（二八二―二八四頁）この老人は、小説末尾でジェレミーからドードーらしき人物との遭遇の話を聞いて動揺を見せる大叔父アレクシ（三〇七頁）に他ならない。また、モーリシャスの浮浪者一名をパリに派遣して当地の浮浪者と交流させるという突飛な話も、小説刊行の約十五年前に実際にあった話らしい。小説中のドードーの物語には、異なる時期に起きたこの二つの逸話が融合されていることになる。

ジェレミーは作家その人ではないが、作家の分身的人物であることは疑いない。彼は父親が子供のころに偶然見つけた、絶滅鳥ドードーの砂嚢の石をポケットに入れ、島のどこに行くにも持ち歩く。ハト目の鳥の体内には、硬いものを消化するための石が形成されているが、巨大鳥ドードーの砂嚢の石はテニスボールをひと回り小さくしたほどの玉だという。鳥の肉体が腐敗し、やがて無に帰しても、無機質なこの石は手つかずに残った。ただの石であると同時に、絶滅鳥の生命の何がしかを宿しているふしぎな石である。この石はまた、探索の手がかりがほとんどない一族の「悪しき枝」を知ろうとするジェレミーに、沈黙の励ましを与える魔法の石でもある。

小説の人物配置で、ジェレミーを魅了する幼い娼婦クリスタルが、未成年者の非行、買春旅行といった、短絡的で危険なモーリシャスの表層部分を体現するとすれば、島南西部の原生林を知悉し、暴行を受けて孕んだ子をひとり森のなかで出産するアディティは、自然とのハーモニー、瞑想やヨガに通じるインド文化の遺産（モーリシャスの住民の七割はインド系である）を体現する存在である。森を案内しながら、アディティはジェレミーにタンバラコクの若木を指さす。アカテツ科のこの木の種子は、厚い外皮に包まれ発芽しにくいが、ドードーが食べ、その砂嚢の石で砕いて排泄すると発芽しやすくなるため、両者は共生関係にあったとされる（ジェレミーの父親は、ドードーの砂嚢の石とタンバラコクの種子を書棚に並べてあった）。したがってドードー絶滅後はタンバラコクも絶滅したものと考えられていたが、若木が存在するということはこの木がドードー絶滅後も生きつづけている証になる。このささやかな挿話を含め、アディティは森を敏捷に歩く足取りからして、悠久の自然のアレゴリー、超時的なものを司る女神のような存在である。ひとつの世界の黄昏、痕跡の消滅という本書の主題に対置されるべきもうひとつの隠れた主題――永遠の現前、あるいは、夕べの薄明に包まれた冬景色のなかでそこだけ様相を変えることのない常緑の森――を担うのはこの人物である。

本書の翻訳を進めるにあたり、東京大学文学部准教授マリアンヌ＝シモン及川さんには、コロナ禍のさなか、オンライン会談の形で種々の疑問点の解決にお力添えをいただいた。モーリシャス大学のイッサ・アスガラリ名誉教授には、クレオール語表現やモーリシャスの地名、人名、慣習等について貴重な御教示をいただいた。最後まで残った数点の疑問は、著者ル・クレジオ氏の説明を受けて解決した。また作品社の青木誠也さんは、訳者の遅れがちな作業の進捗を辛抱強く見守り、校正段階では数知れない有益な助言をくださった。これらの方々への心からの感謝の念をここに記させていただく。

二〇二〇年十月

中地義和

【著者・訳者略歴】

J・M・G・ル・クレジオ (Jean-Marie Gustave Le Clezio)

1940年、南仏ニース生まれ。1963年のデビュー作『調書』でルノドー賞を受賞し、一躍時代の寵児となる。その後も話題作を次々と発表するかたわら、インディオの文化・神話研究など、文明の周縁に対する興味を深めていく。主な小説に、『大洪水』(1966)、『海を見たことがなかった少年』(1978)、『砂漠』(1980)、『黄金探索者』(1985)、『隔離の島』(1995)、『嵐』(2014) など、評論・エッセイに、『物質的恍惚』(1967)、『地上の見知らぬ少年』(1978)、『ロドリゲス島への旅』(1986)、『ル・クレジオ、映画を語る』(2007) などがある。2008年、ノーベル文学賞受賞。

中地義和 (なかじ・よしかず)

1952年、和歌山県生まれ。東京大学教養学科卒業。パリ第三大学博士。東京大学名誉教授。専攻はフランス近現代文学、とくに詩。著書に、『ランボー 精霊と道化のあいだ』(青土社)、『ランボー 自画像の詩学』(岩波書店) など。訳書に、『ランボー全集』(共編訳、青土社)、J・M・G・ル・クレジオ『黄金探索者』(新潮社/河出書房新社)、『隔離の島』(ちくま文庫)、『嵐』(作品社)、『ル・クレジオ、映画を語る』(河出書房新社)、A・コンパニョン『書簡の時代――ロラン・バルト晩年の肖像』(みすず書房) など。編訳書に、『対訳 ランボー詩集』(岩波文庫) など。

アルマ

2020年11月25日初版第1刷印刷
2020年11月30日初版第1刷発行

著　者　J・M・G・ル・クレジオ
訳　者　中地義和

発行者　和田肇
発行所　株式会社作品社
〒102-0072　東京都千代田区飯田橋2-7-4
TEL.03-3262-9753　FAX.03-3262-9757
http://www.sakuhinsha.com
振替口座00160-3-27183

装　幀　水崎真奈美（BOTANICA）
本文組版　前田奈々
編集担当　青木誠也
印刷・製本　シナノ印刷株式会社

ISBN978-4-86182-834-8 C0097

【作品社の本】

ヴェネツィアの出版人

ハビエル・アスペイティア著　八重樫克彦、八重樫由貴子訳

“最初の出版人”の全貌を描く、ビブリオフィリア必読の長篇小説！
グーテンベルクによる活版印刷発明後のルネサンス期、イタリック体を創出し、持ち運び可能な小型の書籍を開発し、初めて書籍にノンブルを付与した改革者。さらに自ら選定したギリシャ文学の古典を刊行して印刷文化を牽引した出版人、アルド・マヌツィオの生涯。　ISBN978-4-86182-700-6

悪しき愛の書

フェルナンド・イワサキ著　八重樫克彦、八重樫由貴子訳

9歳での初恋から23歳での命がけの恋まで――彼の人生を通り過ぎて行った、10人の乙女たち。バルガス・リョサが高く評価する“ペルーの鬼才”による、振られ男の悲喜劇。ダンテ、セルバンテス、スタンダール、プルースト、ボルヘス、トルストイ、パステルナーク、ナボコフなどの名作を巧みに取り込んだ、日系小説家によるユーモア満載の傑作長篇！　ISBN978-4-86182-632-0

誕生日

カルロス・フエンテス著　八重樫克彦、八重樫由貴子訳

過去でありながら、未来でもある混沌の現在＝螺旋状の時間。家であり、町であり、一つの世界である場所＝流転する空間。自分自身であり、同時に他の誰もである存在＝互換しうる私。目眩めく迷宮の小説！『アウラ』をも凌駕する、メキシコの文豪による神妙の傑作。　ISBN978-4-86182-403-6

逆さの十字架

マルコス・アギニス著　八重樫克彦、八重樫由貴子訳

アルゼンチン軍事独裁政権下で警察権力の暴虐と教会の硬直化を激しく批判して発禁処分、しかしスペインでラテンアメリカ出身作家として初めてプラネータ賞を受賞。欧州・南米を震撼させた、アルゼンチン現代文学の巨人マルコス・アギニスのデビュー作にして最大のベストセラー、待望の邦訳！

ISBN978-4-86182-332-9

天啓を受けた者ども

マルコス・アギニス著　八重樫克彦、八重樫由貴子訳

合衆国南部のキリスト教原理主義組織と、中南米一円にはびこる麻薬ビジネスの陰謀。アメリカ政府と手を結んだ、南米軍事政権の恐怖。アルゼンチン現代文学の巨人マルコス・アギニスの圧倒的大長篇。野谷文昭氏激賞！

ISBN978-4-86182-272-8

マラーノの武勲

マルコス・アギニス著　八重樫克彦、八重樫由貴子訳

「感動を呼び起こす自由への賛歌」――マリオ・バルガス＝リョサ絶賛！　16～17世紀、南米大陸におけるあまりにも苛烈なキリスト教会の異端審問と、命を賭してそれに抗したあるユダヤ教徒の生涯を、壮大無比のスケールで描き出す。アルゼンチン現代文学の巨匠アギニスの大長篇、本邦初訳！

ISBN978-4-86182-233-9

【作品社の本】

悪い娘の悪戯　マリオ・バルガス＝リョサ著　八重樫克彦、八重樫由貴子訳

50年代ペルー、60年代パリ、70年代ロンドン、80年代マドリッド、そして東京……。世界各地の大都市を舞台に、ひとりの男がひとりの女に捧げた、40年に及ぶ濃密かつ凄絶な愛の軌跡。ノーベル文学賞受賞作家が描き出す、あまりにも壮大な恋愛小説。

ISBN978-4-86182-361-9

無慈悲な昼食　エベリオ・ロセーロ著　八重樫克彦、八重樫由貴子訳

「タンクレド君、頼みがある。ボトルを持ってきてくれ」地区の人々に昼食を施す教会に、風変わりな飲んべえ神父が突如現われ、表向き穏やかだった日々は風雲急。誰もが本性をむき出しにして、上を下への大騒ぎ！　神父は乱酔して歌い続け、賄い役の老婆らは泥棒猫に復讐を、聖具室係の養女は平修女の服を脱ぎ捨てて絶叫！　ガルシア＝マルケスの再来との呼び声高いコロンビアの俊英による、リズミカルでシニカルな傑作小説。

ISBN978-4-86182-372-5

顔のない軍隊　エベリオ・ロセーロ著　八重樫克彦、八重樫由貴子訳

ガルシア＝マルケスの再来と謳われるコロンビアの俊英が、母国の僻村を舞台に、今なお止むことのない武力紛争に翻弄される庶民の姿を哀しいユーモアを交えて描き出す、傑作長篇小説。
スペイン・トゥスケツ小説賞受賞！　英国「インデペンデント」外国小説賞受賞！

ISBN978-4-86182-316-9

外の世界　ホルヘ・フランコ著　田村さと子訳

〈城〉と呼ばれる自宅の近くで誘拐された大富豪ドン・ディエゴ。身代金を奪うために奔走する犯人グループのリーダー、エル・モノ。彼はかつて、“外の世界”から隔離されたドン・ディエゴの可憐な一人娘イソルダに想いを寄せていた。そして若き日のドン・ディエゴと、やがてその妻となるディータとのベルリンでの恋。いくつもの時間軸の物語を巧みに輻輳させ、プリズムのように描き出す、コロンビアの名手による傑作長篇小説！　アルファグアラ賞受賞作。

ISBN978-4-86182-678-8

密告者　フアン・ガブリエル・バスケス著　服部綾乃、石川隆介訳

「あの時代、私たちは誰もが恐ろしい力を持っていた──」名士である実父による著書への激越な批判、その父の病と交通事故での死、愛人の告発、昔馴染みの女性の証言、そして彼が密告した家族の生き残りとの時を越えた対話……。父親の隠された真の姿への探求の果てに、第二次大戦下の歴史の闇が浮かび上がる。マリオ・バルガス＝リョサが激賞するコロンビアの気鋭による、あまりにも壮大な大長篇小説！

ISBN978-4-86182-643-6

蝶たちの時代　フリア・アルバレス著　青柳伸子訳

ドミニカ共和国反政府運動の象徴、ミラバル姉妹の生涯！　時の独裁者トルヒーリョへの抵抗運動の中心となり、命を落とした長女パトリア、三女ミネルバ、四女マリア・テレサと、ただひとり生き残った次女デデの四姉妹それぞれの視点から、その生い立ち、家族の絆、恋愛と結婚、そして闘いの行方までを濃密に描き出す、傑作長篇小説。全米批評家協会賞候補作、アメリカ国立芸術基金全国読書推進プログラム作品。

ISBN978-4-86182-405-0

【作品社の本】

ビガイルド　欲望のめざめ　**トーマス・カリナン著　青柳伸子訳**

女だけの閉ざされた学園に、傷ついた兵士がひとり。心かき乱され、本能が露わになる、女たちの愛憎劇。ソフィア・コッポラ監督、ニコール・キッドマン主演、カンヌ国際映画祭監督賞受賞作原作小説！

ISBN978-4-86182-676-4

被害者の娘　**ロブリー・ウィルソン著　あいだひなの訳**

同窓会出席のため、久しぶりに戻った郷里で遭遇した父親の殺人事件。元兵士の夫を自殺で喪った過去を持つ女を翻弄する、苛烈な運命。田舎町の因習と警察署長の陰謀の壁に阻まれて、迷走する捜査。十五年の時を経て再会した男たちの愛憎の桎梏に、絡めとられる女。亡き父の知られざる真の姿とは？　そして、像を結ばぬ犯人の正体は？

ISBN978-4-86182-214-8

世界探偵小説選

エドガー・アラン・ポー、バロネス・オルツィ、サックス・ローマー原作

山中峯太郎訳著　平山雄一註・解説

『名探偵ホームズ全集』全作品翻案で知られる山中峯太郎による、つとに高名なポーの三作品、「隅の老人」のオルツィと「フーマンチュー」のローマーの三作品。翻案ミステリ小説、全六作を一挙大集成！　「日本シャーロック・ホームズ大賞」を受賞した『名探偵ホームズ全集』に続き、平山雄一による原典との対照の詳細な註つき。ミステリマニア必読！

ISBN978-4-86182-734-1

名探偵ホームズ全集　全三巻

コナン・ドイル原作　山中峯太郎訳著　平山雄一註

昭和三十～五十年代、日本中の少年少女が探偵と冒険の世界に胸を躍らせて愛読した、図書館・図書室必備の、あの山中峯太郎版「名探偵ホームズ全集」、シリーズ二十冊を全三巻に集約して一挙大復刻！　小説家・山中峯太郎による、原作をより豊かにする創意や原作の疑問／矛盾点の解消のための加筆を明らかにする、詳細な註つき。ミステリマニア必読！

ISBN978-4-86182-614-6、615-3、616-0

隅の老人【完全版】　**バロネス・オルツィ著　平山雄一訳**

元祖“安楽椅子探偵”にして、もっとも著名な“シャーロック・ホームズのライバル”。世界ミステリ小説史上に燦然と輝く傑作「隅の老人」シリーズ。原書単行本全3巻に未収録の幻の作品を新発見！　本邦初訳4篇、戦後初改訳7篇！　第1、第2短篇集収録作は初出誌から翻訳！　初出誌の挿絵90点収録！　シリーズ全38篇を網羅した、世界初の完全版1巻本全集！　詳細な訳者解説付。

ISBN978-4-86182-469-2

思考機械【完全版】　全二巻　**ジャック・フットレル著　平山雄一訳**

バロネス・オルツィの「隅の老人」、オースティン・フリーマンの「ソーンダイク博士」と並ぶ、あまりにも有名な“シャーロック・ホームズのライバル”。本邦初訳16篇、単行本初収録6篇！　初出紙誌の挿絵120点超を収録！　著者生前の単行本未収録作品は、すべて初出紙誌から翻訳！　初出紙誌と単行本の異動も詳細に記録！　シリーズ50篇を全二巻に完全収録！　詳細な訳者解説付。

ISBN978-4-86182-754-9、759-4

【作品社の本】

ヴィクトリア朝怪異譚

ウィルキー・コリンズ、ジョージ・エリオット、メアリ・エリザベス・ブラッドン、マーガレット・オリファント著　三馬志伸編訳

イタリアで客死した叔父の亡骸を捜す青年、予知能力と読心能力を持つ男の生涯、先々代の当主の亡霊に死を予告された男、養女への遺言状を隠したまま落命した老貴婦人の苦悩。日本への紹介が少なく、読み応えのある中篇幽霊物語四作品を精選して集成！　ISBN978-4-86182-711-2

夢と幽霊の書

アンドルー・ラング著　ないとうふみこ訳　吉田篤弘巻末エッセイ

ルイス・キャロル、コナン・ドイルらが所属した心霊現象研究協会の会長による幽霊譚の古典、ロンドン留学中の夏目漱石が愛読し短篇「琴のそら音」の着想を得た名著、120年の時を越えて、待望の本邦初訳！　ISBN978-4-86182-650-4

ゴーストタウン　**ロバート・クーヴァー著　上岡伸雄、馬籠清子訳**

辺境の町に流れ着き、保安官となったカウボーイ。酒場の女性歌手に知らぬうちに求婚するが、町の荒くれ者たちをいつの間にやら敵に回して、命からがら町を出たものの——。

書き割りのような西部劇の神話的世界を目まぐるしく飛び回り、力ずくで解体してその裏面を暴き出す、ポストモダン文学の巨人による空前絶後のパロディ！　ISBN978-4-86182-623-8

ようこそ、映画館へ　**ロバート・クーヴァー著　越川芳明訳**

西部劇、ミュージカル、チャップリン喜劇、『カサブランカ』、フィルム・ノワール、カートゥーン……。あらゆるジャンル映画を俎上に載せ、解体し、魅惑的に再構築する！　ポストモダン文学の巨人がラブレー顔負けの過激なブラックユーモアでおくる、映画館での一夜の連続上映と、ひとりの映写技師、そして観客の少女の奇妙な体験！　ISBN978-4-86182-587-3

ノワール　**ロバート・クーヴァー著　上岡伸雄訳**

“夜を連れて”現われたベール姿の魔性の女（ファム・ファタール）「未亡人」とは何者か!?

彼女に調査を依頼された街の大立者「ミスター・ビッグ」の正体は!?

そして「君」と名指される探偵フィリップ・M・ノワールの運命やいかに!?

ポストモダン文学の巨人による、フィルム・ノワール／ハードボイルド探偵小説の、アイロニカルで周到なパロディ！　ISBN978-4-86182-499-9

老ピノッキオ、ヴェネツィアに帰る

ロバート・クーヴァー著　斎藤兆史、上岡伸雄訳

晴れて人間となり、学問を修めて老境を迎えたピノッキオが、故郷ヴェネツィアでまたしても巻き起こす大騒動！　原作のオールスター・キャストでポストモダン文学の巨人が放つ、諧謔と知的刺激に満ち満ちた傑作長篇パロディ小説！　ISBN978-4-86182-399-2

【作品社の本】

アルジェリア、シャラ通りの小さな書店

カウテル・アディミ　平田紀之訳

1936年、アルジェ。21歳の若さで書店《真の富》を開業し、自らの名を冠した出版社を起こしてアルベール・カミュを世に送り出した男、エドモン・シャルロ。第二次大戦とアルジェリア独立戦争のうねりに翻弄された、実在の出版人の実り豊かな人生と苦難の経営を叙情豊かに描き出す、傑作長編小説。ゴンクール賞、ルノドー賞候補、〈高校生（リセエンヌ）のルノドー賞〉受賞！

ISBN978-4-86182-784-6

モーガン夫人の秘密

リディアン・ブルック著　下隆全訳

1946年、破壊された街、ハンブルク。男と女の、少年と少女の、そして失われた家族の、真実の愛への物語。リドリー・スコット製作総指揮、キーラ・ナイトレイ主演、映画原作小説！

ISBN978-4-86182-686-3

分解する

リディア・デイヴィス著　岸本佐知子訳

リディア・デイヴィスの記念すべき処女作品集！　「アメリカ文学の静かな巨人」のユニークな小説世界はここから始まった。

ISBN978-4-86182-582-8

サミュエル・ジョンソンが怒っている

リディア・デイヴィス著　岸本佐知子訳

これぞリディア・デイヴィスの真骨頂！
強靭な知性と鋭敏な感覚が生み出す、摩訶不思議な56の短編。

ISBN978-4-86182-548-4

オランダの文豪が見た大正の日本

ルイ・クペールス著　國森由美子訳

長崎から神戸、京都、箱根、東京、そして日光へ。東洋文化への深い理解と、美しきもの、弱きものへの慈しみの眼差しを湛えた、ときに厳しくも温かい、五か月間の日本紀行。

ISBN978-4-86182-769-3

ランペドゥーザ全小説　附・スタンダール論

ジュゼッペ・トマージ・ディ・ランペドゥーザ著　脇功、武谷なおみ訳

戦後イタリア文学にセンセーションを巻きおこしたシチリアの貴族作家、初の集大成！
ストレーガ賞受賞長編『山猫』、傑作短編「セイレーン」、回想録「幼年時代の想い出」等に加え、著者が敬愛するスタンダールへのオマージュを収録。

ISBN978-4-86182-487-6

【作品社の本】

【作品社の本】

戦下の淡き光　マイケル・オンダーチェ著　田栗美奈子訳

1945年、うちの両親は、犯罪者かもしれない男ふたりの手に僕らをゆだねて姿を消した――。母の秘密を追い、政府機関の任務に就くナサニエル。母たちはどこで何をしていたのか。周囲を取り巻く謎の人物と不穏な空気の陰に何があったのか。人生を賭して、彼は探る。あまりにもスリリングであまりにも美しい長編小説。

ISBN978-4-86182-770-9

名もなき人たちのテーブル　マイケル・オンダーチェ著　田栗美奈子訳

わたしたちみんな、おとなになるまえに、おとなになったの――11歳の少年の、故国からイギリスへの3週間の船旅。それは彼らの人生を、大きく変えるものだった。仲間たちや個性豊かな同船客との交わり、従姉への淡い恋心、そして波瀾に満ちた航海の終わりを不穏に彩る謎の事件。映画『イングリッシュ・ペイシェント』原作作家が描き出す、せつなくも美しい冒険譚。

ISBN978-4-86182-449-4

ヤングスキンズ　コリン・バレット著　田栗美奈子・下林悠治訳

経済が崩壊し、人心が鬱屈したアイルランドの地方都市に暮らす無軌道な若者たちを、繊細かつ暴力的な筆致で描きだす、ニューウェイブ文学の傑作。世界が注目する新星のデビュー作！　ガーディアン・ファーストブック賞、ルーニー賞、フランク・オコナー国際短編賞受賞！

ISBN978-4-86182-647-4

孤児列車　クリスティナ・ベイカー・クライン著　田栗美奈子訳

91歳の老婦人が、17歳の不良少女に語った、あまりにも数奇な人生の物語。火事による一家の死、孤児としての過酷な少女時代、ようやく見つけた自分の居場所、長いあいだ想いつづけた相手との奇跡的な再会、そしてその結末……。すべてを知ったとき、少女モリーが老婦人ヴィヴィアンのために取った行動とは――。感動の輪が世界中に広がりつづけている、全米100万部突破の大ベストセラー小説！

ISBN978-4-86182-520-0

ハニー・トラップ探偵社　ラナ・シトロン著　田栗美奈子訳

「エロかわ毒舌キュート！　ドジっ子女探偵の泣き笑い人生から目が離せません（しかもコブつき）」――岸本佐知子さん推薦。スリルとサスペンス、ユーモアとロマンス――一粒で何度もおいしい、ハチャメチャだけど心温まる、とびっきりハッピーなエンターテインメント。

ISBN978-4-86182-348-0

ラスト・タイクーン　F・スコット・フィッツジェラルド著　上岡伸雄編訳

ハリウッドで書かれたあまりにも早い遺作、著者の遺稿を再現した版からの初邦訳。映画界を舞台にした、初訳三作を含む短編四作品、西海岸から妻や娘、仲間たちに送った書簡二十四通を併録。最晩年のフィッツジェラルドを知る最良の一冊、日本オリジナル編集！

ISBN978-4-86182-827-0

美しく呪われた人たち　F・スコット・フィッツジェラルド著　上岡伸雄訳

デビュー作『楽園のこちら側』と永遠の名作『グレート・ギャツビー』の間に書かれた長編第二作。刹那的に生きる「失われた世代」の若者たちを絢爛たる文体で描き、栄光のさなかにありながら自らの転落を予期したかのような恐るべき傑作、本邦初訳！

ISBN978-4-86182-737-2

【作品社の本】

アウグストゥス　ジョン・ウィリアムズ著　布施由紀子訳

養父カエサルを継いで地中海世界を統一し、ローマ帝国初代皇帝となった男。世界史に名を刻む英傑ではなく、苦悩するひとりの人間としてのその生涯と、彼を取り巻いた人々の姿を稠密に描く歴史長篇。『ストーナー』で世界中に静かな熱狂を巻き起こした著者の遺作にして、全米図書賞受賞の最高傑作。

ISBN978-4-86182-820-1

ストーナー　ジョン・ウィリアムズ著　東江一紀訳

これはただ、ひとりの男が大学に進んで教師になる物語にすぎない。しかし、これほど魅力にあふれた作品は誰も読んだことがないだろう。――トム・ハンクス

半世紀前に刊行された小説が、いま、世界中に静かな熱狂を巻き起こしている。名翻訳家が命を賭して最期に訳した、"完璧に美しい小説"第一回日本翻訳大賞「読者賞」受賞

ISBN978-4-86182-500-2

ブッチャーズ・クロッシング

ジョン・ウィリアムズ著　布施由紀子訳

『ストーナー』で世界中に静かな熱狂を巻き起こした著者が描く、十九世紀後半アメリカ西部の大自然。バッファロー狩りに挑んだ四人の男は、峻厳な冬山に帰路を閉ざされる。彼らを待つのは生か、死か。人間への透徹した眼差しと精妙な描写が肺腑を衝く、巻措く能わざる傑作長篇小説。

ISBN978-4-86182-685-6

黄泉（よみ）の河にて　ピーター・マシーセン著　東江一紀訳

「マシーセンの十の面が光る、十の周密な短編」――青山南氏推薦！　「われらが最高の書き手による名人芸の逸品」――ドン・デリーロ氏激賞！　半世紀余にわたりアメリカ文学を牽引した作家／ナチュラリストによる、唯一の自選ベスト作品集。

ISBN978-4-86182-491-3

ねみみにみみず　東江一紀著　越前敏弥編

翻訳家の日常、翻訳の裏側。迫りくる締切地獄で七転八倒しながらも、言葉とパチンコと競馬に真摯に向き合い、200冊を超える訳書を生んだ翻訳の巨人。知られざる生態と翻訳哲学が明かされる、おもしろうてやがていとしきエッセイ集。

ISBN978-4-86182-697-9

歌え、葬られぬ者たちよ、歌え

ジェスミン・ウォード著　石川由美子訳　青木耕平附録解説

全米図書賞受賞作！　アメリカ南部で困難を生き抜く家族の絆の物語であり、臓腑に響く力強いロードノヴェルでありながら、生者ならぬものが跳梁するマジックリアリズム的手法がちりばめられた、壮大で美しく澄みわたる叙事詩。現代アメリカ文学を代表する、傑作長篇小説。

ISBN978-4-86182-803-4

【作品社の本】

心は燃える

ル・クレジオ　中地義和・鈴木雅生訳

幼き日々を懐かしみ、愛する妹との絆の回復を望む判事の女と、
その思いを拒絶して、乱脈な生活の果てに恋人に裏切られる妹。
先人の足跡を追い、ペトラの町の遺跡へ辿り着く冒険家の男と、
名も知らぬ西欧の女性に憧れて、夢想の母と重ね合わせる少年。
ノーベル文学賞作家による珠玉の一冊！

ペルヴァンシュはまたもかたくなになっていた。クレマンスが表しているものすべてを、社会的地位だの、責任だの、権威だのを憎んでいた。ある瞬間、こんなあばら家を出て、あんなひどい人たちから遠く離れたところに行けるようにあなたを助けてあげられるわ、お金を貸してあげられるわと、ぎこちなく口にした。ペルヴァンシュは猛然と反発した。（「心は燃える」より）

きっと、アリがひとこと頼みさえしたら、サマウェインは自分の宝物を見せただろう。手紙の束を、何枚もの黄ばんだ写真を、そしてなによりも、女性の腕に抱かれた赤ん坊がうっすらと写っている写真を。海の向こうからやってきた金髪の女性、父を連れて行ったその女性を、サマウェインは母と呼んでいる。（「宝物殿」より）

ISBN978-4-86182-642-9